새 미
작가론
총 서
20

김 용 성

김
종
회
편

새미

■ 머리말

　우리 모두가 그토록 경애하던 남현 김용성 선생님을 저 먼 곳으로 보내드린 때가 봄꽃 화사한 4월이었습니다. 그런데 무심한 세월은 유수와 같이 흘러 어느덧 만산 홍엽의 11월이 되었습니다. 오고 또 가는 계절의 변환은 예나 지금이나 마찬가지인데, 정작 남현 선생님은 우리 곁에 계시지 않습니다.

　선생님은 우리 시대의 여러 모습을 강력한 사회의식으로 소설이라는 그릇에 담았으며, 그로 인해 작가의 길이 어떠해야 하고 독자와 어떻게 만나야 하는가를 모범으로 보여주셨습니다. 뿐만 아니라 글이 곧 그 사람이라는 언사를 증명하듯, 올곧고 참된 품성으로 많은 사람들에게 선한 기억의 자취를 남겨 놓으셨습니다.

　이번에 함께 펴내는 김용성 연구, 김용성 에세이, 그리고 재 발간하는 한국현대문학사탐방 등 세 권의 책은 기실 남현 선생님께서 아직 이 땅에 계실 때 서둘러 상재하려 계획을 했었습니다. 그러나 너무도 황망히 떠나시는 바람에 우리 모두 망연자실 손을 놓았다가, 이제 다시 기력을 찾아 유고집의 형식으로 선생님 영전에 바치려 합니다.

　김용성 연구는 그동안 여러 문인과 연구자들이 작가 김용성의 문학에 대해 쓴 작가론, 작품론, 작품 해설 등을 한데 모은 것입니다. 한 시대의 증언자로서, 그리고 우리 사회와 역사에 대한 새로운 시각의 발화자로서 그의 소설이 어떤 의미와 지위를 갖는 것인가를 가늠할 수 있을 것입니다. 미상불 이 책은 앞으로 김용성 연구자들에게는 긴요하고 친절한 길잡이가 되리라고 봅니다. 그런 점에서 이 책이 보다 일찍 묶여졌더라면 하는 아쉬움이 큰 터이지만, 동시대를 치열한 문제의식과 함께 조망하며 여러 걸작들을 생산한 한 작가에게 친숙하게 다가설 수 있는 통로가 되기를 바랍니다.

김용성 에세이는 생전에 남현 선생님께서 여기저기에 쓰신 소설 이외의 산문들을 한데 모았습니다. 그렇게 많은 작품집을 낸 작가이건만 산문집으로서는 처음이자 마지막인 셈입니다.

이 책에는 작가의 문학에 대한 생각을 담은 문학론, 자전을 포함한 에세이, 그리고 문학 좌담과 선생님의 사후 문우·벗·후배들이 쓴 추도사 등을 실었습니다. 인간 김용성을 가장 가까이서 볼 수 있는 좋은 자료집이 될 것입니다. 작가의 진솔한 생각과 육성을 있는 그대로의 모습으로 관찰할 수 있는 기회가 되었으면 합니다.

그런가 하면 이번에 세 번째로 발간하는 한국현대문학사탐방은 작가 김용성의 명성과 함께 널리 알려졌던 대표적 저술을 새로운 편집과 장정으로 다시 세상에 내놓는 것입니다. 일찍이 선생님의 한국일보 기자 시절과 그 이후의 증보 단계를 거치면서, 1973년 국민서관 판 및 1984년 현암사 판이 발간되었고 이제 결정판으로 국학자료원 판을 발간하게 되었습니다. 작가의 성실한 발품과 정밀한 손끝에서, 한국문학사와 주요 작가들의 문학이 숨 쉬는 현장을 발견할 수 있을 것입니다.

이 세 권의 책이 아직도 더 큰 결실을 추수할 수 있는 날들을 남겨두고 너무 일찍 떠난 남현 선생님께 충실한 조의를 다할 수 있다고 보지는 않습니다. 그러나 이 가운데에는 그분을 존경하고 사랑하던 우리 모두의 깊은 그리움과 안타까움, 그리고 뛰어난 작가로서의 평가에 대한 절실한 바람이 담겨 있습니다. 선생님을 떠난 보낸 지 반 년을 넘긴 이날에 거듭 옷깃을 여며 명복을 빌면서, 세 권의 책의 모양이 이루어지도록 애써주신 분들께 마음을 다해 감사드립니다.

2011년 11월
남현 김용성선생 유고집 출간위원회

■ 머리말

1. 작가론

2. 작품론

3. 작품해설 · 기타

1

작가론

김용성 소설의 예술적 승리

김 병 걸

한 작가의 작품세계를, 더구나 발전과정에 있는 작가를 두고 한 두 마디로 요약한다는 것은 극히 위험스러우면서도 우리는 어쩔 수 없이 그렇게 요약할 필요를 느끼게 된다. 김용성의 작품은 주로 사회조직이 빚어놓은 올가미에 걸려든 인간들의 비극성을 간간이 희극적인 풍자로 그려내는 특색이 있다. 비극을 회화적으로 표출할 때, 그 수법이 성공적이 되면 작품의 예술적 효과는 비극을 비극적으로 도형하는 경우보다 훨씬 큰 가치를 얻어낸다. 반대로 희비극간의 균형이 잘 잡히지 않고 들쭉날쭉하면 실패작이 되리라는 것은 더 따질 것도 없다. 따라서 한 작품 속에 비극적인 요소와 희극적인 요소를 병합 조절하기란 여간 어려울 뿐 아니라 그만큼 실패로 돌아갈 위험이 크게 도사리고 있다. 그런데 김용성은 그런 위기를 어느 정도 극복한 작가라 말해도 좋을 것 같다. 이 점을 단적으로 입증하는 것이 「촉각」이다.

「촉각」이나 「리빠똥 장군」·「유적지」·「마의 자유」 등을 구체적으로 살펴보기에 앞서 우리는 사회의 조직체와 인간의 관계 그리고 그것을 보다 효율적으로 부각시키기 위한 풍자성을 알아둘 필요가 있다. 왜냐하면 그것이 김용성 소설의 주조主調를 형성하는 까닭이다.

인간이 인간으로서 생존을 지속하자면 필연적으로 사회적 조직이 제일요건이 된다. 조직체제가 없는 사회란 상상할 수도 없거니와 그런 것이 존재한다면 카오스에 불과할 것이다. 인간이 정치적 동물이라 불리어지는 것은 그가 사회적 존재양식을 떠나서 존재할 수 없다는 것을 의미한다. 인간과 사회조직은 운명적인 연대의 관계에 놓인다. 조직은 인간이 인간의 삶을 능률화하고 풍부케 하고 또한 민활하게 꾸미려는 이데올로기의 구체화인 것이다. 인간이 의식주를 위해서 만들어내는 생산품은 말할 것도 없고 언어·질서·법·전통·사회제도와 같은 고도의 생산물도 인간의 노동에 의해 제작된 것으로서 그 안에는 인간적인 것, 즉 인간과 인간의 관계를 원활하게 이끌려는 동기가 본질적으로 내재한다. 그런데 인간이 인간적인 것을 편리하게 하고 풍부하게 꾸미기 위해 만든 것이, 이제 인간으로부터 이탈한 자동적인 거대한 힘으로 변모하여 거꾸로 인간을 인형화人形化하고 인간의 생명, 가치·창조력을 소외시키는 기능을 발휘한다.

상품·화폐·자본 뿐 아니라 무형의 추상적 이데올로기, 제도·조직·권력 등도 비상한 마력을 현시하면서 인간과 인간의 관계를 반인간적인 것으로 규정한다. 그리하여 불화와 갈등, 질시와 투쟁이 일어나서 인간과 사회의 관계는 주술적 마력의 관계로 환치되는 경우가 허다하게 일렁거린다.

김용성의 작품 중에서 인간소외의 문제를 가장 탁월하게 표출한 작품은 「유적지」이다.

이 소설은 상상력의 탁월한 도약과 능란한 우회적 기술로써 시사성時事性을 시사성적인 것일 수 없는 어떤 원리적 문제로 재구성하고 있다. 필자는 작품의 줄거리나 전개, 즉 작품의 결구 같은 것을 소개할 생각이 없다. 중요한 것은 왜 이런 작품이 우리에게 지워 버릴 수 없는 충격파를 일으키느냐 하는 근원적 문제이다. 「유적지」는 힘과 힘의 대극적인 부딪침에서 결과 된 인간소외의 현상을 추적한다. 최고의 영광과 부와 힘을 누렸던 '공도회' 여사가 명칭 할 수 없는 외부의 작용으로 하루아침에 지옥에 갇힌다. 말하자면 혼돈이 그녀를 고발하고 유죄로 선고한 것이다. 용호龍虎 같은 힘의 소유자라도 한번 꺾이면 미물이 되고 회생을 위한 초인적 의지조차 한낱 물거품에 지나지 않게 되는 인간사회의 경쟁원리에 우리는 새삼 전율을 금할 바가 없다. 아무튼 패자는 동물 같은 굴욕을 감수해야 한다. 절단된 힘은 송장이나 다름없는 것이다. 그러나 독자는 이 작품에서 거짓이 진실로 받아들여지고 있는 사회적 상황에서도 현재의 좌절과 절망이 결코 회로불능回路不能의 상태를 뜻하고 있는 것은 아니라는 어떤 암시를 읽어 낼 수 있으리라.

「유적지」에서도 그러하거니와 「리빠똥 장군」·「촉각」·「마의 자유」에서도 김용성은 부조리한 현실상을 서술한다. 소외의 세계와 비아非我의 세계가 무대장치의 전경前景으로 부상되며 그 속에서 인간적인 것이 비인간적인 것으로 전락하는 일종의 존재론적인 비극이 연출된다. 여기에 덧붙여 특히 「리빠똥 장군」과 「촉각」은 풍자적 색채로 짙게 물들어 있다. 풍자, 즉 새타이어는 방법적으로 비판과 기지와 아이러니컬한 유머를 뒤섞어가면서 어떤 대상을 익살맞게 하거나 혹은 그것을 간접적으로 꾸짖는 효과를 가져온다.

문학에서 풍자가 노리는 궁극의 목적은 인간의 부정과 위선과 타락, 권력이나 세도배의 오만불손 등, 요컨대 사회악社會惡을 드러내 보임으로써 결국 사회기풍을 정화하려는데 있다. 새타이어의 제재는 오늘날 흔히 정치적 흑막이나 사회의 이면상에 관한 리얼리스틱한 묘사에 뿌리박고 있는 까닭에, 때에 따라선 그런 치사恥事에 상응하는 상스러움과 외설을 풍겨대는 수가 있다. 그러나 새타이어의 본질은 어디까지나 언어의 표현에서 드러나는 위트에 내재하는 것이다. 풍자문학에 있어서 위트를 중요시하는 것은 문학상의 어떤 규약 때문에서가 아니라, 오직 심리적인 효과에서 자연적으로 그렇게 되는 현상이다. 우리는 우리에게 두려움이나 혐오감을 주는 대상물을 증오할 수 있고 저주할 수도 있고 또한 그것에 완강히 버티어 설 수도 있다. 우리는 결코 그것을 웃어 버리지 않는다. 어떤 일또는 사람을 보고 웃어 버린다는 것은 바로 웃는 사람의 우월감의 표시이며 그 심리적 작용의 노출인 것이다. 새티리스트satirist는 풍자의 대상자로하여금 역습이나 격노의 감정을 터뜨리지 않도록 멋진 위트를 투사하면서 그 대상자를 힘껏 공격할 수 있는 고지를 확보한다. 그는 심리적 면에서 우월자인 것이다. 한편 그의 독자들도 기지의 명쾌성에 이끌려 고지점령의 흥겨운 정감에 사로잡힌다. 그것 역시 공감에서 오는 우월적 심리작용 때문이다.

「리빠똥 장군」은 조직사회가 강요한 기구의 치차장치齒車裝置의 내부에 갇혀 인간이 반인간인 것으로 변모하게 되는 과정의 비극성을 희화적으로 그려낸다. '리빠똥 장군'은 실제 계급이 대령이며 연대장의 직책을담당한다. 그는 무자비하게 휘하의 장사병들을 통솔하는 폭군이기 때문에'리빠똥 장군'이라는 별명을 얻게 된다. '리빠똥'은 '똥파리'를 거꾸로 읽은명칭인데, 이것은 프랑스어 발음식으로 변조된 풍자어이다. 이 별명은 그에게 시달림을 받던 어떤 인사 행정관이 지혜롭게 꾸며낸 조어이다. '리빠똥 장군'은 별을 하나 따 준장으로 진급하겠다는 야욕에 불탄다. 그는 군대밥을 같이 시작한 동료들이 벌써 별을 몇 개씩이나 딴 장성이 된 데 반하여, 자기의 지진적遲進的 승급에 깊은 열패의식을 느끼지만 그렇다고낙담에 빠지는 일이 없이 기회가 닥치는 대로 큰 공명을 떨치려 한다. 그가 부하들에게 폭군으로 군림하는 까닭도 바로 여기에 있다. 그는 군대의강압적인 조직질서를 이용해서 자기의 진급의 터전을 부단히 닦는다.

다른 한편 '리빠똥 장군'은 20년 군대생활에 별을 달지 못한다면 어디군인이랄 수 있는가 하는 강한 자부심과 집념에 쫓겨 학교 동창인 모 삼성 장군, 국회의원, 재벌에게 교섭의 편지를 띄운다. 그러나 그렇게도 염원하던 장군 진급심사에서 보기 좋게 탈락된 '리빠똥 장군'은 그 원인이 연대내의 불순분자들의 음모 때문이라 넘겨짚고 휘하 장사병들을 인간 이하의 굴종으로 몰아넣으며, 한편 국가에 대한 자기의 충성심이 어떠한 가를 훈련기간에 여실히 증명하겠다 호언한다. 그리하여 대간첩작전 훈련 명령을 받고 강원도 태백산맥 고지와 골짜기로 배치된「리빠똥 장군」의 한 대대 사병들은 말할 것도 없고, 대대장 '송달명' 중령도 혹한의 설산雪山에서 생지옥 같은 고초를 겪는다. 이 작전훈련 동안에 일어난 여러 우여곡절과 훈련의 실패로 해서 결국 '리빠똥 장군'은 군재에 회부될 위기에서 법무관의 호의적 증언에 의해 정신병원에 수용된다. 그곳에서 '리빠똥 장군'은 마침내 자살하고 마는데, 자살하기 직전에 그를 찾아간 그의 부관격인 '정 중위'에게 그는 이렇게 말한다.

> 나는 많은 사람들, 특히 부하들에게 못된 짓을 많이 했다. 그러나 나는 아직도 그것이 꼭 나의 죄라고 생각하고 싶지는 않군. 나처럼 잔인해질 수 있는 인간은 얼마든지 있을 것이니까. 그렇다고 해서 그것도 그들의 죄가 아닐걸세. 우리는 좀 묘한 세상에 살고 있는 셈이지.

'리빠똥 장군'은 이를테면 소외의 자각, 그리고 그 결과에서 빚어지는 주체와 객체, 존재와 소유 사이에서 야기되는 비극적인 긴박감의 자기폭파를 의미한다. 세상은 어느 곳에서나 인간이 비인간적인 것으로 침염浸染되고, 모든 것이 합리화되며 계산에 들어맞는 조직체의 기계장치의 부속품으로 삽입되는 것이다. 사람은 익명적인 계층, 질서적 사회 안에서 그 독자성이 박탈되어 한 개의 물건, 무인격적無人格的인 가련한 존재로 변질하는 것이다.

「촉각」은 정직하지만 좀 바보스런 인간의 행동을 해학적으로 그린 짧은 단편이다. 삶의 열패자劣敗者를 익살로 묘사한다는 것은 글자 그대로의 의미에선 가혹한 수법으로 생각되지만, 실은 가혹과는 역비례 되는 인간의 무한한 애정을 용솟음치게 한다. 기쁨의 과도가 역작용으로 눈물을 자아내듯이, 작가가 설움을 당하는 약자를 풍자할 때, 그것은 적어도 문학에서는 동정적인 필법 이상의 눈물겨운 정경의 효과를 얻어낸다.

출판사 편집부 말단사원인 '정달진'은 남들보다 훨씬 성실하고 근면하게 맡은 바의 직무를 이행하는데도 미련퉁이라는 딱지가 붙어 부장의 타박을 도맡게 되고 동료들간에서 따돌림을 받는다. 그는 시쳇말로 센스가 전연 없는 인간으로 낙인이 찍힌다. 어느날 '정달진'은 타고 가던 버스가 교통사고를 일으켜 그 통에 부상을 입고 입원했는데, 그곳에서 그는 간호원이 괴상한 몰골을 하고 있다는 것, 즉 귓바퀴 뒤에서 연골처럼 위로 쭉 뻗어 오른, 흡사 달팽이의 촉각을 확대한 것 같은 두 개의 물체가 그녀가 움직일 때마다 머리 위에서 흔들거리는 것을 목격한다. '정달진'은 또한 자기를 진단하는 의사에게도 그와 같은 촉각이 있다는 것을 발견한다. 그뿐만 아니라 퇴원 후 '정달진'은 세상 사람들이 모두 머리 위에 쭈뼛이 솟았다 머리 속으로 사라지는 두 개의 촉각들을 가진 것을 보고 깜짝 놀란다. 그때 그는 자기만이 그 같은 촉각이 없어 남들에게 시달림을 받고 조롱을 당하며, 도태되어 마땅한 물건으로 간주되고 있는 이유를 깨닫는다. 그래서 그는 진화된 인간으로서의 면모를 갖추기 위해 남들의 촉각처럼 머리카락 속으로 들락날락하는 신축력은 없으나 어쨌든 그들 것과 모양만큼은 똑같은 촉각 안테나를 어느 장인匠人의 손을 빌어 만들어 쓰고 다닌다. 그의 걸음은 이제 활기가 있고 얼굴은 자신만만한 꽃웃음을 띤다.

그러나 그의 계산은 들어맞지 않는다. 그의 머리에 쓴 촉각 안테나는 거리에서나 사내에서나 웃음거리의 표적이 되며, 결국 '정달진'은 미친 사람 취급을 받고 출판사에서 쫓겨난다. 그 후 그는 구직하러 거리를 헤매다 어떤 유력한 수출업체의 선전재료로 이용되어 돈 몇 푼 얻어가지고 허기에 지친 다리를 끌며 길을 건너던 순간 자동차에 치여 죽는다. '정달진'의 존재는 요컨대 요령과 눈치, 주판알같이 민활하게 움직이는 타산력打算力, 감미로운 아첨과 간교한 술수 등이 판을 치는 비인간적 세계에서 사멸되는 인간적인 것의 비극을 대변하고 있는 것이다.

「마의 자유」는 한국적 상황 속에서 널리 일어나고 있는 강도관념强道觀念과 피해의식을 도형하고 있다. 주인공 '소대성'은 6·25 때 월북한 아버지의 기억 때문에 죄 없이 죄의식에 포박 당한다. 그는 무형의 추격자에 쫓기는, 흡사 범인의 신세이다. 집에서나 직장에 가서나 낯선 사람의 방문을 받게 되면 맘 둘 곳을 찾지 못한다. 그는 그러한 불안에서 자신을 보호해 줄 유일한 방패는 그가 군에서 받은 공로표창장이라 생각하고 그것을 표구점에 부탁해 표구하여 간직한다. 그는 추격자에게 잡히면 아버지는 비록 공산주의자일지 모르지만 자기는 엄연히 민주주의 교육을 철두철미하게 받은 반공주의자임을 증명할 작정이라 마음 다짐한다. 그러나 세상은 어디에나 공포의 촉수가 뻗쳐 있다. 그곳에서 벗어날 탈출구는 없는 것이다. '소대성'의 위축된 심리는 강박관념에 의한 노이로제 현상이라 단정할 수만도 없는 어떤 근원적인 의미를 내포한다. 그것은 집단의 권력이 내적 인간의 자유로운 의사의 창달을 무참하게 짓밟아 버리고 대신 인간의 무사상성無思想性을 강요하는 데서 기인하는 현상이라고도 볼 수 있다.

「거짓말장이」는 6·25 동란이 빚어놓은 동족상잔의 비극적 상흔을 표출한다. 여기에서 우리는 '정달진'(「총각」의 주인공과 동명이인)이라는 거짓말쟁이가 사변 때 어린 몸으로 보복적인 살인을 저지른 후부터 성년이되어 그가 죽인 사람의 폐가를 불태워 버리는 과정에서 인간적인 것과 비인간적인 것의 심리적 갈등에 찢기고 그것에 쫓기는 모습을 읽어낼 수 있다. '정달진'의 잔혹한 심리의, 그리고 거짓말을 퍼뜨리는 그 심술의 저변에는 비인간적이었던 자기의 과거에서 스스로를 구원하려고 몸부림쳐도 끝내 그것이 이루어지지 못해 고통을 받는 비극성이 괴어 있는 것이다.

「제비 이야기」는 13세 소년의 수기手記라 말할 수 있다. 가난의 극단으로 휘몰려 처절한 비극을 겪어야만 하는 한 가족의 운명적인 몰락에서 우리는 앙드레 말로의 역설 "가난은 용서할 수 없는 굴욕이다"를 되새기게 된다. 굶주림에 지쳐 사경에 빠진 어린 자식의 처참한 꼴을 보다 못해 목 졸라 죽이는 아버지의 번뇌, 감옥에 갇힌 그 아버지의 죄를 믿으려 하지 않는 소년의 어버이에 대한 애정—그것은 말로 다할 수 없는 인간적인, 너무나 인간적인 파토스라 하지 않을 수 없다.

『리빠똥 장군』, 예문관, 1975

김용성의 소설 세계

─ 우상과 진실

김주연

　김용성金容誠 소설에서 가장 주목되는 문제는 그 스스로 '없는 것을 있는 것으로 보는 착각의 시선'(「촉각」), 즉 우상偶像의 문제이다. 이 문제를 가장 분명하게 보여주고 있는 「촉각」의 경우, 주인공은 교통사고를 당해 부상을 입은 후 병원 간호원의 모습에서 뿔 비슷한 물건이 머리 양쪽에 돋아난 것을 본다. 주인공은 출판사 편집부 말단사원. 그것도 능력을 인정받지 못하고 좌절된 삶을 살아가고 있는 젊은이다. 교통사고로 인한 부상만 하더라도 광란하다시피 폭주한 끝에 전주에 받힌 버스에서 오직 소설의 주인공, 정달진만이 부상을 입었던 것이다. 그는 이를테면 그의 상사의 말대로 능력도, 수완도, 눈치도 없는, 사회적으로 별로 평가를 받지 못하는 처지인데다가 재수마저 없는, 인생의 외톨박이이다. 병원 간호원의 머리에서 촉각을 발견한 정달진은 그 뒤 모든 사람의 머리에서 비슷한 물건을 보게 되는데, 이러한 환시幻視 현상 때문에 급기야 그는 미친 사람으로까지 손가락질을 받는 지경에 이른다. 멀쩡한 사람 머리에서 뿔이 돋아난 것 같은 착각을, 그것은 잠깐 동안의 일이 아닌, 지속적인 환시 현상으로 갖고 있다는 것은 물론 정상인의 의식이 아니다. 그러나 주인공의 관점에서 바라볼 때, 촉각觸角은 일종의 상징일 뿐, 그를 제외한 모든 사람들은 소외와 좌절의 감정 없이 일상생활을 영위하고 있어 그들 외부의 모든 것들과 그 자신 사이에는 커다란 의식의 거리가 놓여 있다. 이러한 구조가 바로 김용성 우상의 특징인데, 그 우상은 사회와 같은 외적 압력으로부터, 때로는 인간 스스로의 궁핍과 공포와 같은 내부로부터 솟아난다는 점에, 그 특이한 본질이 발견된다.

우선 「촉각」의 경우, '없는 것을 있는 것으로 보는 착각의 시선'은 주인공 정달진의 슬픈 기억과 관계된다. 25년 전 - 6·25동란이 한창 진행 중이던 여름 어느 날 피살당한 부모들 곁에서 뿔 달린 도깨비의 환영幻影을 보았던 일이 있다. 적군들의 모습에서 그것을 발견한 주인공은 고아로 자라나면서 '그로부터 뿔 달린 인간들의 꿈을 꾸면서 밤새 곤죽이 되도록 시달림'을 받아온다. 그것은 공포의 추억이다. 워낙 어린 나이였던 시절의 사건이기는 했으나, 그 공포의 경험은 그에게 증오와 분노 같은 적극적인 대결의식 대신에 일종의 피해의식을 갖게 하는데, 그 결과 주인공은 웬만한 사회생활의 충돌에서도 곧잘 이 의식에 시달리게 되는 것이다. 주로 환시(「촉각」 이외에도 「거짓말장이」 「시인의 얼굴」 등에서 그것은 계속 반복된다)를 통해서 만들어지는 그의 우상은 그러므로 일단 작가 내부의 피해의식의 소산이라는 판단을 가능케 한다.

환시 문제에 집요하게 매달린 작품으로서, 우리는 「거짓말장이」를 다시 읽을 수 있다. 이 소설의 주인공은 기이하게도 「촉각」의 주인공 정달진과 똑같은 이름을 하고 있다. 이야기는 휴전이 된 이듬해, 임진강변을 고향으로 하고 있는 정달진이 한 낡은 폐가에서 처녀의 모습을 보았다는 환시와 세 번째에 걸친 그 반복으로 구성된다. 무대가 되는 폐가는 원래 중년의 부부와 스무 살 남짓한 외동딸이 살고 있었지만, 전쟁통에 부역을 하다가 두 부부가 죽음을 당한 것이다. 시체를 보고 까무라친 처녀는 그 뒤 마을에서 자취를 감추었으나 휴전 후 이북 땅이 된 곳에 사는 것으로 짐작된다. 바로 이 폐가에 1월 8일이 되면 그 처녀 딸이 강을 건너와 촛불을 밝히고 운다는 것이 정달진의 주장이다. 그러나 그의 주장은 사실이 아니라는 것이 그의 어린 친구들에 의해 곧 판명된다. 그것은 정달진 스스로의 조작이었던 것이다. 그의 거짓말이 세 번째 거듭되었을 때, 단순한 환시라고만 생각되어 왔던 처녀 출현 이야기는 폐가에 대한 정달진의 방화에 의해 그 전모가 밝혀진다. 즉 처녀의 두 부모는 인민군 편에서 활약하다가 인민군에 의해 부친을 잃은 정달진에게 살해되었던 것이다. 그 내막은 당시의 혼란에 가려서 비밀로 되어 왔으나 아직 어린 소년에 지나지 않았던 가해자 ― 정달진에게는 끊임없는 가위눌림으로 작용해 왔던 것이다. 말하자면 이 작품에서의 환시는 사회가, 혹은 외부의 현실이 주인공에게 적극적으로 가한 공격 때문에 빚어진 것이 아니라, 주인공 스스로의 행동의 결과에 의해 유발된 피해의식의 소산이다. 그러나 여기에서도 우리가 공통으로 발견할 수 있는 것은, 환시를 통해 그를 짓누르는 저 공포의 우상은 작가 개인의 무디지 못한 의식, 그 여린 신경의 결과라는 점이다.

확실히 김용성의 주인공들은 사물을 똑바로 쳐다보고 그 핵심을 정직하게 받아들이는 눈 대신에, 무언가 주눅이 들린 눈을 갖고 있다. 그 눈은 핵심 대신에 곧잘 허깨비를 본다. 그러나 허깨비를 보고 난 다음의 일은 이상하게도 어떤 통일성 위에서 찾아지지 않는다. 「촉각」의 주인공은 자살로서 그의 연약한 이단異端을 끝맺었는가 하면, 「거짓말장이」의 그는 문제의 폐가를 불태워 없애 버리는 적극성을 보여주기도 한다. 그렇다면 이 작가의 진정한 의식의 향방은 어디를 향하고 있는가.

이 작가의 세계를, 보다 깊이 있게 이해하기 위해서는 그의 출세작 「리빠똥 장군」에 주목할 필요가 있다. 뒤집어 읽으면 '똥파리'가 되는 리빠똥 장군이란, 어느 연대의 연대장, 그러니까 아직 장군이 되지 못한 대령이다. 그러면서도 그가 장군으로 불리우는 까닭은, 장군으로 진급하고자 하는 그의 열망과 함께 그가 지닌 갖가지 기행·우행 때문이다. 요컨대 그는 군대라는 특수사회, 조직과 명령을 생명으로 하는 군대사회에서는 얼핏 이해되지 않는 피에로처럼 보인다. 비인간적인 통솔방법과 무자비한 행동은 가장 전형적인 군인을 연상시키지만, 정훈관 정중위와의 관계에서 살펴진 그의 면모란 차라리 비조직적인 느낌을 줄 정도다. 군대사회에서의 출세를 인생의 목표로 하면서도 장군으로서의 위엄과 훈련의 생활을 무시하는 어릿광대로서의 모습은 실전연습 훈련에서 보여지는 대대장 송중령과의 대비에서 여실히 드러난다. 리빠똥 장군은 우격다짐의 명령으로 부하들에게 자기 권위를 강요하는 일방, 송중령은 인간 이하의 수모를 감수하면서도 명령 같지 않은 명령에의 복종, 그리고 어김없는 임무수행으로써, 투철한 군인정신을 보여준다. 이 소설의 시점으로 되어 있는 정중위는 처음 리빠똥 장군에게서 그 잔인한 성격과 조직사회를 빙자한 포악한 지휘방법에서 군인으로서의 어떤 본질을 느꼈으나 실전 연습훈련이 끝나고 난 다음, 그에 대한 인식의 변화를 발견한다. 그것은 리빠똥 장군에 대한 대대장 송중령의 다음과 같은 평가를 기점으로 일어난다.

> "이봐, 연극은 그만 둬, 자넨 처음부터 연극을 하고 있단 말야. 자넨 장군에게 이용당하면서도 장군에게 반항하고 있었고, 나와 함께 있을 때에도 나에게 자네의 어떤 고뇌의 감정을 전달하려고 노력하는 척했단 말야. 군대의 조직을 무너뜨리고 그 잘난 인간성을 복귀시키기 위해서 말야. 어림도 없는 연극이다. 장군은 감정을 지니고 있었지만, 이 나는 감정이라곤 털끝만치도 없기 때문에 합리적이면서도 더 잔인해 질 수가 있지."

결국 OP에 올라가 관측임무를 수행하고 있던 대대장을 근무태만으로 몰아 포사격을 가했던 리빠똥 장군의 과잉 군인정신은 그를 오히려 정신병자로 낙인 찍은 후, 군대사회에서의 추방이라는 결과를 불러온다. 리빠똥은 불명예 전역과 함께 정신병원에 갇힌다. 정신병원에는 바로 리빠똥에 의해 정중위가 한때 수용된 일이 있다는 점을 생각해 볼 때, 정중위 역시 송중령의 지적대로 그 엉뚱한 파행성(별을 달고 영내를 횡행한다든가 하는)과 더불어 기본적으로는 리빠똥과 같은 성격과 구조를 갖는다.

리빠똥은 마침내 정중위가 갖다 준 권총으로 자살한다. 그의 자살은 평소의 그가 보여준 언행으로 보아 논리의 일관성 밖에 튀어나와 있지 않지만, 우리로서 흥미로운 것은 왜 정중위가 그에게 권총을 갖다 주었느냐는 점이다. 자살방조, 자살권유를 지나서 결과적으로 살인행위로 연결되는 이 과정은 우리로 하여금 정중위가 리빠똥을 죽게 했다는 결론을 갖게 한다. 확실히 리빠똥은 정중위에 의해 죽은 것이다. 이렇게 볼 때, 단위부대의 최고 책임자로서의 권위와 책임은 커녕, 시종 웃음거리, 특히 정중위에게는 한갓 피에로에 지나지 않았던 리빠똥은 이 작가가 만들고 있는 일련의 우상 가운데 하나임을 알 수 있다. 그러나 「리빠똥 장군」에서 나타나는 우상의 등장 배경은 김용성金容誠의 다른 작품들에서 보여지는 것과 같은, 주인공 피해의식의 소산이 아니라는 사실이 주목된다.

이 소설의 경우, 소설 모두冒頭에서 주인공 정중위는 악명 높은 리빠똥이 부임하고 그에 대한 신고를 해야 할 자리에 앞서, '뭐 똥파리 장군이라고 인간이 아니겠능교?' 라는 꽤 의연한 태도를 벌써 보여준다. 그는 어떤 의미에서 리빠똥을 조종하고 구경해 온 사람일 수 있다는 점에서, 적극성을 가진다. 그리고 그 적극성은 드디어 그를 죽이는 데까지 발전한다.

「리빠똥 장군」의 이 같은 특이한 우상 구조는 이 작가의 대부분의 우상이 개인적 정서 침해의 산물이라는 점과는 달리, 군대사회와 같은 집단이 만들어 낸 억압의 분비물이라는 점에서 찾아질 수 있을 것이다. 그런 의미에서 이 작품의 우상은 작가 내부에서 솟아난 것이 아니라 외부에서 주어진 것이다. 주인공의 환시에 의해 나타난 허상이 아니라, 집단과 더불어 활개 치는 실체인 것이다. 리빠똥은 한 인간이 자신의 감정을 속이며,

자신의 인간성을 버리면서 한 집단의 질서에 맹종하였을 때 나타나는 인간의 왜곡된 그림자라고 할 수 있을 것이다. 「리빠똥 장군」이 소설로서 감명을 줄 수 있는 것은 이 같은 우상 구조의 공적인 성질에 있으며, 이를 파괴하는데 주인공과 더불어 작가가 과감할 수 있었다는 그 극복의 정신에 있다고 할 수 있다.

우상은 진실의 정신과 현실의 육체를 가지지 않은 허구의 관념이다. 그것은 김용성이 만들어 보여주듯이, 사람들의 마음속에서 기어 나오기도 하고, 느닷없이 밖에서 들이닥치기도 하는데, 그 어느의 경우에 있어서든 우리의 정직한 삶을 방해한다는 점에서 배격된다. 우상이 많은 시대란 가치가 없는 시대이다. 가치에 가난한 사람들은 그 대신 무엇인가를 갖고 싶어 하는데, 가난한 그들의 눈에 떠오르고, 손에 잡히는 것은 결국 우상의 가련한 목각木刻들 뿐. 작가로서 이 문제를 그의 방법론으로써 삼는다는 것은 그가 얼마나 가치에 굶주리고 있으며, 얼마나 열렬한 가치의 구애자求愛者인가 하는 것을 말해 준다. 확실히 김용성의 소설은 무엇인가를 찾아 방황하는, 혹은 무엇인가로부터 허겁지겁 도주하는 겁먹고 피로한, 그러면서도 집요한 눈들에 의해 구성되고 있는 것 같다. 「촉각」, 「거짓말장이」에서의 환시 현상은 바로 보고 싶은 것을 보지 못하는 자의 전도된 시선을 보여주는 것 이외에 다른 어떤 것일 수 없으며, 「리빠똥 장군」에서의 죽음을 통한 장군의 퇴장은 정직한 시선을 착란시키는 장애물의 제거라고 이름 붙일 수 있을 것이다.

이런 관점에서 볼 때, 이 시선의 문제는 이 작가의 특유한 방법정신임이 분명한 듯하다. 구멍을 통해 애인의 웃음을 봄으로써 일상의 기계적인 생활에서 구제감救濟感을 얻는 「밤의 기아」나, 의문의 삶을 남기고 죽은 전시대 시인의 진짜 얼굴을 찾아 헤매는 「시인의 얼굴」 등의 작품들이 모두 그러한데, 이것은 이 작가가 얼마나 우상의 가상을 증오하고, 그 뒤에 숨은 진실의 실상을 얻으려고 노력하고 있는가 하는 것을 말한다고 할 수 있다. 가령 「밤의 기아」의 경우, 주인공인 18살짜리 소년은 구멍을 통해서 눈으로 만나는 소녀와의 사랑을 현실생활 속에서 획득하기 위해 동료의 의리와 진실을 배반하는데, 그 결과로서 주어지는 것은 사랑을 포함한 그의 모든 생활 자체의 상실로 드러난다. 결국 사랑은 시선의 차원에서 만족될 뿐, 현실과 조직사회의 조건까지 동시에 만족시키면서 구현되지는 않는다. 말하자면 사랑 역시, 실천의 힘 속에 존재할 수 없다는 점에서 일종의 우상태偶像態로만 존재한다. 그것을 부수고자 했을 때, 그의 전 존재가 함께 부숴진다. 그것은 「시인의 얼굴」에서도 마찬가지로 나타난다. 시인은 나라의 패망을 통탄하고 할복자살한 호남으로 전해지고 있지만, 이러한 전문傳聞은 주인공 기자의 끈질긴 추적 조사 결과 진실이 아닌 것으로 밝혀진다. 그러나 기자의 끈질긴 우상 파괴의 노력에도 불구하고 그 우상은 사회적으로 그대로 재현된다. 추남인 시인의 얼굴이 미남으로 둔갑한 것을 참지 못하고 손을 댄 기자는, 그러나 그 신문사를 떠나야 했다.

김용성에게 있어서 우상은 언제나 집단의 그림자로 생각되는 것 같다. 그가 선천적인 피해의식의 소유자라 하더라도 필경은 사회와 집단이 가한 상처에 의해 그것은 생겨난 것으로 간주된다. 우상을 증오하고 파괴하고자 하는 인간의 노력은 그것이 달성되는 순간, 그를 그 사회에서 쫓아낸다.

『사해 위에서』, 삼중당문고, 1977

비극적 관점과 반인간화

임 헌 영

1961년 5·16이 났던 해에 김용성은 21세란 학생의 신분으로 한국일보 장편소설 현상에서 『잃은 자와 찾은 자』란 작품으로 당선되었다. 50년대의 전후파 세대가 아직도 전쟁 소설이란 장르를 예술적으로 충분히 형상화시키지 못했던 60년대의 문턱에서 김용성은 신인답게 한국의 비극을 배경삼아 전쟁 서사시를 썼다. 아마 50년대의 전쟁 문학을 새로운 차원으로 끌어 올리는 데 『잃은 자와 찾은 자』는 그 전환점이 되었지 않았나 싶다.

주인공 허준은 일제하에서 일본 여성과의 사련邪戀으로 태어났으나 해방 후에는 아버지를 따라 서울에서 한국인 의모義母와 함께 살았다. 이 무렵의 허준은 한 여성과 사랑에 빠졌으나 독립투사였던 그녀의 아버지가 왜놈의 씨라고 배격하여 실연의 상처로 지냈다. 파리 소르본느 문과 대학에 유학 간 허준은 그 화려한 도시에서도 여전히 고독과 방황으로 정신적 안주지를 찾지 못하고 지냈다. 프랑소와즈 파블로와의 사랑은 삼각관계로 번져 결투까지 벌이는 등의 고뇌만 쌓이는 생활 속에서 그는 유태인 창녀 마리아와의 육체적 교섭으로 겨우 만족한다.

이런 실의와 좌절을 헤매면서도 정신적 기둥을 갈구할 때 6·25의 소식을 듣고 허준은 감히 방관자가 아닌 참여자가 되고자 귀국한다. 이등병으로 싸웠던 준은 결국 외국군에 의하여 죽고 만다.

한편 가난하게 자라난 철은 친구 현수의 도움으로 여자 의과대학생 한미라 집의 가정교사로 들어가게 된다. 철은 현수와 가까운 미라를 좋아하면서도 지하 운동 때문에 결국 투옥당한 채 6·25를 맞아 탈옥한다. 철은 현수를 체포케 만들어 결국 굴복 않는 그를 총살당하게 하며, 애인을 잃고 실의에 빠진 미라를 정복한다. 그러나 곧 유엔군의 참전으로 후퇴 중 간호원이 된 미라는 부상당해 온 철과 다시 만나게 되어 새 생활을 시작하고자 탈출 중 외국군의 손에 의하여 죽고 만다.

결국 『잃은 자와 찾은 자』는 그 무엇인가를 찾으려 하다가 모든 것을 잃고 만 세대에 대한 역사적 증언이다. 여기서는 물론 철이 잔인한 공산주의자로 부각되는 등의 도식적인 부분이 있으나 1960년대적 상황에서는 새로운 전쟁 소설의 길을 열어 주고 있다. 특히 철과 준이 예외 없이 외국군에 의하여 죽게 만든 사실은 이 작가가 6·25의 진정한 비극이 어디에 있었던가를 역사적 안목으로 파악한 것이라 해석된다.

그리고 처녀 장편에서 국제 사회와 민족적 비극을 연관시켜 형상화할 수 있었던 것은 아마 작가 김용성이 일본 고오베에서 출생한 사실과 영문학을 전공한 영향으로 보여진다. 그는 배재培材중학을 거쳐 지금은 없어진 국립교통고등학교를 나와 경희대학에서 영문학을 전공했다.

이미 어엿한 작가로 대학을 나온 그는 좀 엉뚱하게도 해병대 간부 후보생으로 입대했다가 중위로 제대한다. 아마 그의 단단해 보이는 체구와 찌르는 듯한 눈매는 해병 시절에 더욱 단련된 것이 아닌가 생각되나 신통하게도 그는 해병대 시절의 이야기는 작품으로 별로 쓰지 않는다. 뿐만 아니라 요즘 세대의 작가들과는 대조적으로 사소설적私小說的인 요소가 가장 적은 것이 김용성이 아닐까 싶을 만큼 그에겐 자신의 체험을 직접 작품에 투영시키는 예가 드문 편이다.

제대 후 그는 한국일보 기자로 있으면서 본격적인 창작 활동을 전개하다가 1972년 이후부터는 직장을 버리고 창작에만 전념하고 있다. 이 무렵 그는『한국 현대 문학사 탐방』이란 저서를 하나 냈는데, 이 책은 작고 작가·시인들에 대한 가장 정확한 연보年譜 조사서로 평가되고 있다.

김용성의 소설 세계는 현실에 너무 밀착하지 않으며 또 역사나 현실에 대한 변혁에의 의지도 나타내지 않는다. 그러면서 그는 객관적인 입장에서 뒤범벅이 되어 있는 오늘의 사회 윗부분을 재미있게 '이야기'해 주고자 노력한다. 말하자면 그는 신기하고 재미있는 '이야기'로 현실을 독자들에게 이해시키려 하며, 그의 소설은 이런 작가 자신의 의도대로 교묘한 사건들로 이루어져 있다.

그의 문학적 관심은 현대인이 안고 있는 많은 불안 의식 중 전통적인 정신의 지주를 잃어 가고 있는 데 크게 쏠리고 있다.

「홰나무 소리」를 보면 외판사원으로 방황하는 '나'를 통하여 3대에 걸쳐 얽힌 집 앞 홰나무의 신비성과 전통성을 느끼게 된다. 주인공의 할아버지는 일본에 의하여 강제 해산당한 구한말舊韓末 군인으로 귀향 후 의병운동을 하다가 일병日兵에 죽임을 당했다. 홰나무 아래서 할아버지의 시체는 효수되었다.

그 후 야학으로 할아버지의 뜻을 이어 오던 아버지는 8·15 후의 좌우익 투쟁 혼란 속에서 역시 이 홰나무에 묶여 총살당했고, 6·25 때 어머니마저 잃은 주인공은 고향을 잊고 지낸다. 그런데 이 마을이 근대화의 물결로 공국工國으로 바뀌기에 다들 이주해야 되며, 그 홰나무도 베어진다는 것이었다. 궂은 날이면 운다고 들어온 전설적인 홰나무에 대한 미련과 비극적 추억을 마지막으로 보기 위하여 하향한 '나'는 역시 자신의 삶은 정착이 아닌 방황에 있다고 느낀다. 그러나 주인공은 방랑이 좋아서가 아니라 그 어떤 전통적인 안주지를 잃은 데 대한 방황의 한 수단으로 취하는 것이다.

이처럼 전통성에 대한 애착과 추구는 김용성 문학의 한 중요한 사건 전개 비결이며, 이를 통하여 그는 사라져가는 현대 사회의 반인간화 현상을 간접적으로 고발·비판하고 있다.

　월남전을 소재로 한 「불상」이란 단편은 김용성 문학의 이와 같은 문제성을 가장 선명하게 나타낸 것이다. 파월군의 한 분대는 적 지휘관이 살았다는 마을을 공격하나 적군은 없고 노인 하나가 불상을 앞에 놓고 불공하는 걸 발견했다. 분대장은 노인을 죽인 후 불상을 탈취하나 며칠 후 그걸 잃게 된다. 그 뒤 어느 전투에서 베트콩 시체를 뒤지던 중 예의 그 불상이 있음을 안 김일병은 모든 비밀을 알아낸다. 자주 보던 한 소년이 분대장이 지닌 불상을 훔쳐 그 베트콩에게 준 것이었다. 김일병은 그 불상을 다시 소년에게 건네주어야겠다고 결심한다. 여기서 불상은 마치 '홰나무 소리'처럼 삶과 평화에의 기원이요, 전쟁과 죽음의 증언자처럼 느껴진다.

　현대의 문명이 빚은 혼란과 반인간화 현상으로 모두가 유랑자가 되어 마치 세계 시민 전체가 고향 상실자로 변해 버린 착각이 들기도 하는 상황은 인간들로 하여금 고향에의 향수를 짙게 한다.

　「사해死海 위에서」의 김만수는 바로 이런 방랑 뒤의 귀향자로 기록된다. 그는 어느 한적하고 평화로운 어촌에 살다가 도시로 나가 방랑의 생활로 일생을 마치곤 죽게 된다. 그는 아들에게 깨끗하고 맑은 자기 고향 바다에다 자신의 한 줌 재를 뿌려 줄 것을 유언한다. 그러나 막상 젊은이가 찾아온 아버지의 고향은 공업화 바람으로 폐촌이 되어 버렸고, 바닷물까지 오염됐으며, 여기에다 해안을 지키는 경찰에 의하여 미행까지 당하게 된다. 그는 오염이 덜 된 바다 멀리까지 나아가 재를 뿌리며 아버지의 소원이 얼마나 허망한 것인가를 새삼 느낀다.

　김용성은 현대인의 고향 상실증을 확대시켜 우리의 역사적 비극에다 그대로 대입시키기도 하는데 「강 건너 북촌」은 그 좋은 예가 된다. 휴전선 부근에 살면서 고향을 눈앞에 보고 살아가는 이들 일가는 어느 날 아버지가 고향집으로 떠남으로써 비극은 잉태된다. 마치 「사해 위에서」와 마찬가지로 꿈으로 그리던 고향에의 안주가 이루어지지 못하고 결국은 긴 세월이 지난 후 시체로 발견되는 비극을 이 작품은 그려 주고 있다.

여기서 작가는 현대인이 지닌 방랑성의 비극은 문명이 낳은 반인간화만이 아닌 민족 분단에도 그 원인이 있음을 보여주고 있다.

처녀작에서 분단의 비극을 다룬 이 작가는 그 후에도 전쟁의 일선과 후방을 여러 각도로 다뤄 왔는데 특히 전쟁의 후유증을 다룬 「버림받는 집」과 「리빠똥 장군」은 주목할 만하다.

「리빠똥 장군」은 '똥파리'를 프랑스어식으로 발음하여 거꾸로 읽은 것인데 매우 회화적이고 이 군인의 속성을 잘 상정해 준다. 그는 20년 군대생활에서 별 하나를 못 따는 치욕을 씻고자 진급을 위해 전력한다. 그러나 갖은 노력도 보람 없이 승진에서 탈락되자 애국과 충성심에 불타는 그는 자신의 꿈이 좌절된 것은 연대 내의 불순분자가 있기 때문이라고 생각한다.

따라서 그는 불굴의 의지로 자신의 충성심을 다시 보이고자 노력하던 중 대간첩작전 훈련에 동원된다. 그의 소박하나 지나친 야망은 이 훈련을 실패로 끝맺게 했을 뿐만 아니라 중대한 실수로 군재에 회부될 위기까지 겪는다. 법무관의 도움으로 간신히 정신 병원에 수용된 그는 결국 자살하고 만다.

언뜻 보기에는 한 우직한 군인의 최후를 그린 것 같은 이 소설은 사실 깊은 뜻을 지니고 있다. 즉 전쟁이 낳은 인간성을 엿볼 수 있다는 점에서 「리빠똥 장군」은 주목된다. 목적을 위해서는 수단을 가리지 않는다는 전쟁 시대의 삶의 형태가 보편화한 것이 오늘의 사회라고 보면 이 우스꽝스러운 주인공은 결코 우연히 탄생된 것이 아니다.

'나처럼 잔인해질 수 있는 인간은 얼마든지 있을' 것이며, 그것은 죄가 될 수 없다고 그는 말한다. 결국 자신의 목적을 위해서는 다른 사람은 얼마든지 그 방법과 수단의 도구로 학대해도 좋다는 반인간화 현상을 「리빠똥 장군」은 보여주고 있다.

전쟁의 또 하나의 후유증을 증언한 「버림받은 집」은 이영이라는 12세 소년을 등장시키고 있다. 양공주 출신 어머니를 가진 이 소년은 폐가로 해골과 뼈가 있는 곳에서 밤마다 램프를 밝히고 그림을 그린다. 그는 누구와도 이야기를 꺼리며, 자기가 그린 그림은 자기 방에 모아 둔 채 누구에게도 보여주지 않는다. 그는 그림에 훌륭한 소질을 보이고 있으나 정서적인 불안과 정신이상으로 기형성이 나타난다. 그 소년을 바로잡아 주고자 한 청년이 폐가를 불태워 버리자 결국 소년도 죽고 만다.

이 이야기는 물론 전쟁만의 후유증을 다룬 것은 아니다. 현대 사회가 지닌 각종 사고와 불상사, 그리고 반인간적인 사회 체제가 빚은 현상의 하나로 폐가와 소년이 설정되고, 그 소년의 어머니가 등장한다. 이런 비인간적인 음울한 분위기는 「백년 만에 날아오는 새」나 「바드레」, 그리고 「마魔의 자유」, 「거짓말장이」 등에도 전쟁의 한 부작용으로 나타난다.

한편 김용성은 현대 사회가 안고 있는 우발적인 사건을 인간성의 회복이라는 관점에서 다루기도 한다. 예컨대 「도주」는 재벌 2세를 사칭하는 청년이 여인과 산에서 애무를 하던 중 살인 강도가 나타나 그의 요구대로 피신시켜 준다. 그러나 정작 그 강도를 보낸 후에 보니 자기가 피의자로 쫓기고 있음이 밝혀지는데, 우연하게도 자신의 옷을 그 강도가 입고 가 버려서 위기를 모면할 가능성이 생기게 된다. 이런 사건은 우연이 빚은 기적을 다룬 것으로 질서가 없는 사회 어디서나 흔히 있을 수 있으며, 작가는 이것을 뚜렷한 주제 의식이 없이 그냥 흥미 본위로 다루고 있다.

여기서 흥미 본위라는 것은 아까 작가 김용성이 한때 몸담았던 신문기자 생활이 준 호기심의 소산이 아닌가 보여진다. 이런 신문기자적인 호기심과 사건의 우연성을 다룬 것에는 「욕망의 꼬리」라는 작품도 있다.

작가가 우연성에서 사건을 전개하는 것은 일종의 기교적 문제이기도 하나 김용성은 이것을 자신이 추구하는 현대인의 반인간화 현상과 결부시키고 있다.

김용성은 현대 사회의 반인간화 현상을 비단 한국적 상황 속에서만 찾는 것이 아니라 국제 정치의 역학 관계 가운데서도 표출시키고 있다.

예컨대 「재판관 귀하」나 「일본도日本刀」는 그 좋은 예인데 여기서 작가는 선진 자본주의 국가의 인간상들까지도 반인간화의 모습이 역력함을 묘파한다.

「재판관 귀하」는 김경호란 일본인 살인범이 재판장 앞으로 보내는 호소문 형식을 취하고 있다. 독립운동을 하다가 일본 관헌에 잡혀 3년간의 옥고를 치른 아버지 밑에서 자라난 김경호는 8·15 후 가난한 소년 시절의 모습이 우연히 미군 병사의 카메라에 촬영된다.

그 뒤 공교롭게도 경호의 집이 있던 자리엔 큼직한 에도 호텔이 세워지고, 그는 많은 곡절을 거친 뒤 그 사원이 된다. 그런데 호텔의 일본 관리인 측은 옛날 경호의 어릴 때 모습이 담긴 사진을 찾아내어 선전 자료로 쓰고자 한다. 그 가난에 찌들은 땅을 빌딩으로 바꿨다는 오만의 선전 술책이었다.

한편 경호는 꿈에 아버지가 괴로워하며 에도 호텔을 치워 달라는 모습을 본다. 경호는 일본인 경영주에게 선전 자료 사진을 쓰지 않도록 종용하나 거절당하고 도리어 정신병자 취급을 받는다. 이에 격분하여 경호는 살인극을 저지른다.

「일본도」는 '나'의 친구 김성도와 그가 가졌던 일본도에 얽힌 이야기인데, 우습게도 소년 시절에 용맹스럽던 김성도가 진짜 그 칼 임자인 일본인 앞잡이로 국제 펨프가 되어 있다.

이런 사건을 통해서 작가가 주장하는 것은 한 개인이나 약소민족의 반인간화 현상은 보다 강력한 다른 민족이나 조직에 의하여 가속화해 가고 있다는 사실이다.

김용성은 자신의 작품에 대하여 이렇게 말하고 있다.

> 작품들을 다시 훑어보며 환기되는 것은 나의 단편들이 비극적인 관점에서 씌어졌다는 것이다. 문제를 던지는 데서 그친 것도 있음을 시인한다. 해결은 독자 스스로 하라는 뜻에서였다. 그러나 앞으로는 주인공 자신이 해결하는 그런 작품을 쓰고 싶다. 도태되지 않고 창조하는 인간이 등장하는 소설, 글쎄, 가능할지는 모르겠지만 그것이 앞으로의 내 소망이다.(소설집 『홰나무 소리』 후기에서)

여기서 '문제를 던지는 데서 그친 것'이란 말은 곧 우연성으로 사건의 흥미를 만든 소설을 가리킨 것이라 할 수 있다. 그리고 '비극적인 관점'이란 것은 아마 반인간화 해가는 모든 요소에 대하여 비판적인 안목으로 보며, 따라서 거기에 희생되는 모습을 그린 것이기에 작가 자신이 그렇게 표현한 것으로 보여진다.

사실 김용성의 주인공들은 달콤한 사랑이나 행복의 순간을 맛보는 겨를이 없다. 거의 대부분의 주인공들은 가난에 쫓기거나 그 어떤 컴플렉스로 방화하며, 경제적인 여유가 있는 주인공은 방랑아적인 뿌리 뽑힌 생활로 고독하게 지낸다.

비록 소년 주인공들도 이런 데서는 예외가 안 된다. 「해빙」에 등장하는 소년들은 공장 창고를 털기 위하여 땅굴을 파는 어른들을 도와주며, 「밤의 기아棄兒」에 나오는 청소년은 자신의 꿈을 달성하기 위하여 갖은 음모까지 다 꾸민다. 이미 순진성이나 맑은 꿈을 상실한 채 욕망으로 더럽혀졌거나 비뚤어진 청소년상이 김용성 소설의 대부분을 채우고 있다.

역시 우연성을 기교의 바탕으로 삼으면서 주제 의식이 선명치 못한 「시인의 얼굴」은 아마 김용성의 소설 중 드물게 보는 자기 직업의 경험이 소재가 된 예가 아닌가 싶다. 잊혀진 한 시인의 영상을 찾는 기자의 집념과, 그 집념을 인기로만 몰고 가려는 현대 언론 매체의 조직적인 허위의 창조 모습을 이 작품은 그려 주고 있다.

60년대 초기에 등단한 김용성은 이제 자기 세계를 열심히 구축하며 독특한 음성을 내고 있다.

문학사적으로 볼 때 그의 소설은 기교주의도 아니요 그렇다고 현실 비판이 강한 편도 아닌 중도적 입장에 서 있는 것으로 평가된다. 이제 그 자신의 소망대로 보다 깊고 주제가 뚜렷한 소설을 기대할 시기가 되지 않았나 싶다.

『한국현대문학전집 27』, 삼성출판사, 1985

뛰어난 스토리 텔러

신 동 한

작가 김용성은 1961년 ≪한국일보≫의 장편 소설 현상 모집에 약관의 나이로 작품 『잃은 자와 찾은 자』가 당선되어 크게 화제를 모으며 문단에 나왔다.

그 후 그는 『리빠똥 사장』·『내일 또 내일』을 비롯한 여러 편의 장편 소설과 수많은 중·단편을 쓰면서 많은 문제성을 제기해 왔다.

20여 년간의 작가 생활을 하면서 김용성은 신문사·출판사 등에서 일을 하기도 했지만 그것은 생활의 한 방편이었을 뿐이고 작품 집필을 위해서 일자리에 오래 머무르지를 않았다.

그는 무엇보다도 성실한 문학에 대한 정진과 집념으로 일관해 왔다. 그것은 다른 작가에 비겨 질적으로나 양적으로 월등한 작품 세계를 보더라도 짐작하고 남을 일이다.

그는 소설뿐 아니라 지난날의 우리 문학사에 큰 자취를 남긴 작가·시인의 연고지와 유족·친지를 찾아 그들의 생생한 업적을 면밀하게 살피는 작업을 『현대한국문학사탐방』이라는 중후하면서도 귀중한 내용으로 담은 책을 묶어 냈고 또 그 속편을 집필하기도 했다.

그의 데뷔작이며 대표작으로 꼽히는 장편 『잃은 자와 찾은 자』만을 보더라도 짐작할 수 있는 일이지만 그는 뛰어난 스토리텔러이다. 스토리텔러라는 말은 바꾸어 말한다면 소설의 가장 바탕이 되는 소재가 다양하다는 뜻이 되기도 하는 것이다.

무엇보다도 소설의 기본이 되는 것은 그것이 어느만큼 독자에게 새로운 이야기를 작품에서 보여 주느냐 하는 문제일 것이다.

새삼스러운 말이 필요 없겠지만 소설의 기원은 이야기에서 비롯되었다고도 할 수 있다. 물론 이야기가 소설의 전부라는 말은 절대로 아니다. 또 현대 소설에서는 일부러 이야기를 무시한 줄거리 없는 소설이 나타나고 있기도 하다.

그러나 그것은 의식적인 줄거리의 무시에서 자신의 소설의 특색을 나타내 보려는 기법의 실험으로 생각해야 할 문제인 것이다.

어쨌든 아무리 시대가 변천하고 세상의 모습이 뒤바뀌더라도 소설은 이야기를 만들어내야 하고 또 그것은 재미가 있어야 한다.

아무리 나름대로는 이야기를 꾸며 냈다 하더라도 그것이 지리하고 재미가 없다면 아무 소용도 없는 일이다.

또 재미있는 이야기라는 것은 반드시 변화무쌍한 줄거리에서만 이루어지는 것이 아니다. 별로 재미없을 것 같은 이야기도 그것을 엮어 내는 사람의 솜씨에 따라서 아기자기한 이야기가 만들어지기도 하는 것이다.

이와 같은 스토리텔러로서 작가 김용성은 뛰어난 재질을 가지고 있다. 그가 들고 나온 데뷔작 『잃은 자와 찾은 자』도 그렇거니와 그 후에 써 내려온 여러 작품들을 보더라도 그것은 하나같이 그의 스토리 텔러로서의 솜씨가 빛을 발하고 있는 것이다.

또 그것은 흔히 말하는 소재주의素材主義에 빠져 있는 가벼운 것이 아니다. 작품의 소재로서의 이야기의 바닥에 깊이 있는 주제가 깔려 뛰어난 소설의 세계를 보여 주고 있다.

그의 여러 작품에 나타나 있는 가장 줄기찬 주제의 추구는 무엇보다도 민족 분단의 아픔을 절실하면서도 처절하게 그려 나가고 있다는 점이다.

그것은 작품 『잃은 자와 찾은 자』에서도 뚜렷하게 나타나 있다.

우선 이 작품이 분단의 비극을 송두리째 드러냈던 6·25 동란을 그 무대로 하고 있다는 데서도 쉽게 짐작할 수 있을 것이다.

여기에는 허준이라는 프랑스 유학생과 사회주의에 빠졌던 강철이라는 두 젊은이가 주요 인물로 등장한다.

6·25 동란이라는 우리 역사상 미증유의 동족상잔의 회오리바람 속에서 허준과 강철은 거센 운명의 장난 가운데 비극의 가시밭길을 걷게 된다.

허준은 파리에서 유학 생활을 하다가 6·25 동란이 일어났다는 소식을 듣자 바로 귀국하여 군에 자진 입대하고 참전을 하는데, 그것은 하루라도 빨리 평화를 찾는 길은 그 방법밖에 없다는 믿음에서 이루어지는 행위이다.

한편 서울에서 고학을 하며 대학 공부를 하던 강철은 사회주의에 빠져 지하 운동을 한 끝에 체포되어 감옥에 갇혀 있다가 6·25 전쟁을 맞이하게 된다.

이리하여 공산군이 서울에 내려오자 강철은 그들의 손에 의해 풀려나 소위 영웅적 행동의 선봉에 나선다.

이와 같이 대극의 길을 걷는 허준과 강철은 6·25의 거센 물결에 휘말려 들어간다.

한편 허준과 강철은 인연을 맺게 된 젊은 여인들이 있다. 허준은 파리에 있던 시절, 사랑을 느꼈던 프랑스 여대생 프랑소와즈 파블로라는 여인이 있었다. 그러나 둘 사이는 사랑의 결실을 맺지 못한 채 허준은 발길을 돌려 귀국하여 전선에 나서는 것이다. 총검을 들고 싸움터에 있으면서도 허준은 끊임없이 프랑소와즈 파블로에게 자신의 심경을 털어놓는 편지를 적어 나간다.

한편 허준과 대극의 길을 걷는 강철과 인연을 맺게 되는 여인은 그가 가정교사로 있던 집의 딸인 한미라이다.

강철은 한미라에게 뜨거운 사랑을 느낀 나머지 그녀의 약혼자이며 친구였던 김현수를 소위 반동분자로 몰아 총살형을 받게 한 뒤 한미라를 차지하고 만다.

이와 같이 잔인한 인간성의 강철에게 사로잡힌 한미라는 그의 아이를 임신하게 되고 그것이 번져 그에 대한 사랑의 정이 싹트기도 한다.

강철과 한미라는 사랑의 세계에 젖어들지만 그 앞길은 평탄하지가 않다. 주변의 환경이 그들의 삶을 그렇게 평온한 가운데 놓아 둘 수가 없게 되어 있다.

전쟁의 비인간적인 행위는 강철에게 스스로의 인생과 사상에 대한 회의와 갈등을 가져오게 된다. 그는 죽음이 도사리고 있는 전쟁터에 나서는 데서 자신의 고뇌를 해소하려고 한다. 한미라도 간호원으로 싸움터에 나서고 만다.

강철은 전쟁에 나간 얼마 뒤 중상을 입고 북한의 어느 학교 교정에 누워 있는데 간호원으로 참전한 한미라가 그곳에서 그를 발견한다. 우연이라고 하기에는 너무나 지나친 운명의 장난이라고 할 수밖에 없는 일이다.

이곳에서 강철과 한미라는 공산군의 손아귀에서 벗어나려고 탈출을 꾀하지만 중공군을 만나게 되어 사살되고 만다.

한편 강철과는 반대되는 입장에서 참전하고 있는 허준은 자신이 소속되어 있던 부대가 중공군의 인해 전술로 흩어져 후퇴하는 가운데 어느 호 속에서 죽음을 당하게 된다.

죽은 허준의 호주머니 속에는 그가 목숨을 잃을 때까지 사랑의 정을 간직하고 있던 프랑소와즈 파블로에게 씌어진 편지가 있었는데 그 가운데 한 대목에는 다음과 같은 내용이 적혀 있다.

　　영원한 프랑소와즈
　　잃어버린 자의 본보기를 들려 주겠읍니다. 며칠 전에 나는 중국 공산군에게 쫓기고 있었읍니다. 나는 눈이 쌓인 길을 홀로 걸었읍니다. 그런데 그 길에서 쓰러진 남녀의 기이한 광경을 보았읍니다. 그들은 북한 공산군의 복장을 하고 있었읍니다. 그러나 그들에게는 계급도 붙어 있지 않았고 그들의 곁에는 총 한 자루도 없었읍니다. 그들은 머리를 마주 향한 채로 쓰러져 있었는데 저마다 손을 앞으로 뻗고 있었읍니다. 그들은 죽기 전에 서로 손을 마주 잡으려고 애를 쓴 것처럼 보였읍니다. 그러나 남녀의 손은 간격을 둔 채로 멎어 있었읍니다. 그들의 얼굴은 이상하게 보기 흉한 표정으로 굳어 있었읍니다. 그들이 서로 총알을 맞고 눈길을 기어 온 자국이 있었읍니다. 피자국이 ……

이와 같이 허준의 편지에 적혀 있는 북한 공산군의 복장을 한 남녀의 시체란 말할 것도 없이 강철과 한미라인 것이다.

작가는 허준의 편지를 통해서 강철과 한미라의 젊은 죽음을 잃어버린 자의 본보기라고 단호하게 규정하고 있다.

그의 소설의 제목이 되어 주고 있는 『잃은 자와 찾은 자』 가운데의 '잃은 자'의 본보기를 강철과 한미라의 걸어 나온 길과 그들의 비참한 죽음에서 찾고 있다면, 그러면 제목 가운데의 한쪽 부분인 '찾은 자'는 누구일까?

역시 그것을 작가는 허준의 편지를 통해서 다음과 같이 말하고 있다.

세계가 살아나갈 수 있는 길은 정신을 과학의 세계까지 끌어 올리는 것입니다. 그렇지 않으면 기계를 줄여야 합니다. 나는 약 한 달 전에 방금 점령한 부락의 조그만 교회에 들어갔던 일이 있읍니다. 그 교회는 현관에 포탄의 세례를 받았읍니다. 벽은 다 헐었고 총알의 구멍이 숭숭 뚫려 있어 아주 보기가 흉했읍니다. 마침 그날은 일요일이어서 오후였지만 자유스러운 예배를 보게 되었읍니다. 나는 얼마 되지 않는 신도들의 제일 뒤에 서 있었읍니다. 나는 총을

들고 들어갔는데 그것을 벽에 기대어 놓았읍니다. 그리고 그것을
여러 사람의 눈에 뜨이지 않도록 가려 서 있었읍니다. 예배가 끝나
서 나왔을 때 나는 목사의 한쪽 눈이 없는 것을 알았읍니다. 그는
그 눈을 공산주의자들에게 빼앗겼던 것입니다.

　　그리고 그의 아들은 공산군으로 끌려가 전사했읍니다. 그에게는
희망이 없는 것처럼 느껴졌읍니다. 그러나 그에게 절망은 없었읍니
다. 프랑소와즈, 당신이 기회가 있으면 이사야의 기록을 읽어 주십
시오. 몇 절인지는 기억이 나지 않습니다만 장은 49장입니다. 그 목
사가 낭독한 구절이었읍니다. 전쟁터에서 죽어 버린 자는 죽어 버
린 자들대로 내버려 두십시오. 세계는 살아 남은 자에게 희망을 겁
니다. 그 검은 옷을 입은 목사처럼 폐허화한 초토 위에 생을 긍정하
고 살아 나가는 인간에게 희망을 겁니다. 세계는 전쟁으로 죽어간
자들을 잃어버렸읍니다. 그러나 생의 긍정자를 찾았읍니다. 적어도
살아 남은 자들은 찾은 자들입니다. 세계는 그들에게 허무를 주지
않을 것입니다.

　'잃은 자'를 허준의 편지 속에서 구체적으로 이야기했던 작가는 같은
편지의 한 대목에서 '찾은 자'를 이와 같이 설명하고 있는 것이다. 즉 아무
리 어려운 고비를 겪어 나가더라도 살아남은 자들은 '찾은 자'라는 것을
검은 옷을 입은 목사의 모습을 통해서 나타나고 있다.

　뜻없이 죽은 자는 잃은 자이고 쓰라린 비극의 도가니 속에서도 살아남
은 자는 찾은 자라는 작가의 생각은 이렇게 해서 작품 속에 절실하면서도
구체적으로 그려져 있다.

　앞에서도 말했듯이 작가 김용성은 뛰어난 스토리텔러이면서 또 그 바
닥에는 무거운 주제가 무리 없이 깔려 있다는 것은 『잃은 자와 찾은 자』
의 작품 세계 속에서도 유감없이 나타나 있다.

　또 이 작품 속에서 뼈아프게 그려져 있는 민족 분단의 비극은 작가 김

용성이 그 이후로도 끊임없이 추구하고 있는 가장 줄기찬 주제 가운데의 하나이다.

그는 『잃은 자와 찾은 자』 이후의 여러 중·단편 속에서도 이것을 꾸준히 그려 나가고 있다.

물론 문학의 주제는 다양하면서도 무한한 것이다.

그러나 그것은 작가가 발붙이고 살아 있는 현실을 떠나서 문학은 있을 수 없고 또 그 주제가 우러나오는 것이 아니라는 것은 자명하다. 물론 우리가 처해 있는 현실 속에서만 문학의 주제를 찾아야 한다는 근시안적 말이 아니라, 현실을 완전히 무시한 애매모호한 추상의 세계를 문학의 가장 무거운 주제로 여겨서는 안 되겠다는 이야기일 뿐이다.

이러한 점에서 생각해 본다면 우리의 현실 가운데에서 가장 절실한 문학의 주제는 민족 분단의 비극을 어떻게 극복해야 하느냐 하는 문제일 것이다.

물론 이것이 문학의 모든 것을 포괄한다는 것은 아니겠지만, 어쨌든 언제나 우리나라의 작가·시인들 염두에서 떠날 수 없는 주제의 하나가 바로 이 민족 분단의 비극이라고 할 수 있다. 그것을 가장 구체적이면서도 성실하게 보여 주고 있는 것이 바로 김용성의 작품 세계인 것이다.

작품 『잃은 자와 찾은 자』에서 우리는 전쟁의 비참함과 동족상잔의 쓰라림을 너무나 뼈아프게 읽게 된다.

우리 역사에 있어서 가장 어두운 장이 되어 주고 있는 6·25 동란은 『잃은 자와 찾은 자』 말고도 그 동안 여러 작가에 의해서 그려져 왔다.

그러나 그것은 대부분 전쟁의 실록을 소설의 형식으로 바꾸어 놓은 것이었을 뿐이다. 무엇이 인간을 전쟁의 극한 상황 속에서 움직여 나가게 하고 또 죽음과 삶의 갈림길에서 사람들은 어떠한 몸짓을 하는지─이와 같은 여러 문제가 다른 어느 작품보다도 깊이 있게 다루어지고 있는 것이 김용성의 『잃은 자와 찾은 자』의 작품 세계라고 할 수 있다.

요즈음 문단 주변에서 흔히 입에 올리는 말 가운데 하나가 '우리 문학 작품에는 철학이 없고 사상이 없다.'라는 것이다.

　물론 깊이 있는 내용을 담은 문학 작품이 쉽사리 나올 수는 없는 것이고 또 그것은 작가의 뛰어난 역량과 함께 그러한 작품을 만들 수 있게 하는 여러 가지 주변의 여건도 갖추어져야 하는 것이다. 덮어놓고 작품의 철학과 사상을 운위한다고 해서 그것이 이루어지는 것은 아니다. 거기에는 작가의 피나는 수련과 함께 올바른 사고의 끊임없는 이어짐의 결과로 그것은 형성되어 나가는 것이다. 이것은 그 작가의 인간적 바탕이 어떻게 형성·발전되어 나가느냐에 따라서 변모된다고도 할 수 있다.

　흔히 문학과 인간은 별개의 것이라는 말을 하는 사람들이 있다. 그러나 모든 사고와 체험의 결집체로 나타나는 문학 작품이 그것을 쓰는 인간과 따로 떨어진 것일 수는 절대로 없다.

　건전한 사고와 성실한 행동에서만이 정상적인 뛰어난 작품이 나올 수 있는 것이지, 그렇지 않은 속에서는 우리의 가슴을 뒤흔들어 놓는 문학 작품을 찾을 수는 없는 것이다.

　물론 천재나 기인의 세계에서 어떠한 번뜩이는 재질의 문학을 얻게 될 수 있다는 것을 부정하는 것은 아니다. 그러나 그것은 어디까지나 예외적인 것이지 그것이 문학의 모든 세계에 통용되는 것은 아니다. 피나는 노력과 올바른 사고방식─문학의 세계에서도 그것은 배제될 수 없는 큰 명제라고 할 수 있다.

　이와 같은 문학에 대한 성실성이 더욱 깊어질 때 우리 문학에도 무게 있는 철학과 사상을 담은 작품이 나타날 것은 분명하다

　작가 김용성이 장편 『잃은 자와 찾은 자』를 쓴 이후로 꾸준히 발표해 온 작품 세계는 문학에 대한 성실성을 잃지 않은 줄기찬 길이었다고도 할 수 있는 것이다.

그것은 데뷔작인 『잃은 자와 찾은 자』에서도 그 윤곽을 드러내 주었지만 20여 년의 시간의 경과는 그것을 더욱 뚜렷하게 보여주고 있다.

우리는 작가에게 과대한 주문이나 욕심을 부려 그들의 고충을 제대로 살피지 못하는 점도 없지 않다. 덮어놓고 철학과 사상을 들먹이는 것도 그 가운데의 하나일는지 모른다. 그것이 하루아침에 이루어지는 것이 아니고 문학에 대한 끊임없고 꾸준한 성실성과 정진 속에서 싹터 나온다는 것은 더 말을 보탤 필요도 없는 일이다.

이와 같은 문학에 대한 성실성의 한 본보기를 김용성의 소설의 발자취에서 찾을 수 있으며 또 그것은 솜씨 있는 그의 작품 세계에서 뚜렷이 빛을 발하고 있다.

문학을 하나의 천직이요, 신앙으로 생각하고 스스로를 과분하게 드러내려 하지도 않고 조용하면서도 무게 있게 작품상에서 꾸준하게 보여 주고 있는 김용성의 소설 세계는 오늘과 같은 어지러운 세상에서는 무엇보다도 값지고 귀중한 것이라고 할 수밖에 없다.

그와 같은 문학에 대한 성실성이 그의 작품의 하나의 큰 주제가 되어 주고 있는 민족 분단의 비극의 극복이라는 과제에서 뛰어난 결실을 보여 주고 있는 것이다.

우리의 문학 작품이 더욱 많은 사람에게 감동을 주고 살아나가는 데 큰 힘과 용기를 주기 위해서는 우선 작가의 성실성과 함께 끊임없는 정진과 탁마가 무엇보다도 요청되는 것이다.

이와 같은 문학의 길을 말없이 걸어가고 있는 김용성의 작품 세계에 독자들은 언제나 주목을 하여 그의 발전과 비약이 틀림없이 있을 것으로 기대해도 무방할 것이다.

『한국문학 33』, 삼성당, 1988

상황성과 역사성의 사이

권 영 민

[1] 작가 김용성金容誠은 1961년 『잃은 자와 찾은 자』라는 장편소설을 발표하면서 문단에 나서고 있다. 나이 스물을 막 넘어선 대학생의 신분으로 그는 작가라는 명패를 갖게 되었고, 그 호활한 기질이 다양한 소설적 무대를 그 앞에 펼칠 수 있게 만들고 있다. 소설 창작의 첫 10년을 정리할 즈음에 그가 발표한 「리빠똥 장군」(1971)은 메커니즘에 도전하는 그의 예리한 작가의식을 주목하도록 만들었으며, 작품집 『홰나무 소리』(1976)를 간행할 무렵에는 그의 지적인 안목이 감성적인 영역으로 확대되고 있음을 확인할 수 있다.

그러나 김용성은 변화의 작가는 아니다. 그가 『내일 또 내일』, 『떠도는 우상』, 『나신의 제단』 등의 장편소설을 신문에 연재하였다 하더라도, 그의 소설적 수법이 대중화의 물결에 휩쓸리지 않았던 사실을 우리는 기억하고 있는 것이다. 오히려 70년대 후반에 들어서면서 「밀항」 연작에 손을 대고 자기의식의 재정립에 힘쓰고 있는 것이라든지, 작가로서의 수업과 별도로 학문으로서의 문학연구에도 빠져들었다는 점을 가벼이 보아 넘길 수는 없는 일이다.

김용성의 근작인 『도둑일기』(1983)는 70년대 벽두, 상황적 인식에 눈뜨게 했던 「리빠똥 장군」의 충격을 재현하고 있다. 그는 이제 상황성에 집착하는 것이 아니라 역사성에 접근하고 있으며, 새로운 역사적 인식에 의해 작가의 시야를 조정하고 있다.

이 짤막한 글은 김용성의 「리빠똥 장군」과 『도둑일기』를 점검하기 위한 것이다. 「리빠똥 장군」에서의 상황의식이 『도둑일기』에서의 역사의식으로 확대되고 있는 것을 확인하면서 우리는 김용성의 작가적 성장과 그 미더운 관점에 다시 기대를 모아도 될 것이다.

2 작가 김용성의 특징적인 단면을 잘 대변하고 있는 소설 「리빠똥 장군」은 조직사회 내부에서 야기될 수 있는 인간적 갈등과 그 파탄의 과정을 추적한 작품이다. 60년대 말기의 사회적 상황 속에서 화제작으로 손꼽혔던 이 작품은 조직의 비인간적 폭력에 대한 작가의 냉소적 시선이 더욱 이채롭다.

이 소설에는 주목할 만한 두 사람의 인물이 등장한다. 군대라는 제도화된 사회에 존재하고 있는 인물은 리빠똥 장군이라는 별명을 갖고 있는 연대장, 월남전에 참전했던 경력을 갖고 있는 고릴라라는 별명의 정 중위이다. 그리고 이들을 둘러싸고 부대원과 장교들이 함께 배치되어 있다. 이들은 모두 군대제도에 의해 존재하고 그 제도를 위해 존재해야 하며, 그 제도의 일원으로 존재한다. 하지만, 이들 인물은 각기 다른 방향으로 이들이 처해 있는 제도내적 상황에 대응하고 있다.

리빠똥 장군은 대령으로서 별을 달기 위해 모든 힘을 다한다. 가장 충실한 제도의 일원이 되어야 하지만, 제도의 일원이 되면 될수록 오히려 그는 제도화되고 만다. 그는 지상의 목표였던 별을 끝내 달지 못함으로써 심한 성격분열을 드러내고, 부대원들에게 온갖 횡포를 저지르게 된다. 고릴라 정 중위는 이러한 연대장과 정면으로 부딪치면서 연대장의 심리를 꿰뚫고 있다.

고릴라 정 중위가 뒤에서 어깨를 축 늘어뜨리고 천천히 걸어 나가 장군 옆에 올라섰다. 정 중위는 두 눈을 끔뻑거리며 장교들을 내려다보았다.

　　"자네, 미쳤나?"

　　"아닙니다."

　　"아닙니다!"

　　정 중위는 장군의 물음에 연거푸 소리 질러 대답했다.

　　"미친놈보고 미쳤느냐고 물어보면 물어본 놈이 미친놈이라는 말이 있지만, 이 친구는 절대로 미치지 않았어. 그리고 나도 미치지 않았고……."

　　장교들 사이에 참다못해 낄낄거리는 웃음소리가 나더니 급기야 와 하고 웃음보가 터졌다. 리빠똥 장군도 멋적은 듯이 흐물거리며 웃었다. 그러나 정 중위만은 결코 웃지 않았다.

　　……(중략)……

　　"나를 만나려고 한 목적은?"

　　장군에게는 아직 정 중위를 공격할 여지가 남아 있었다. 정 중위는 한동안 머뭇거리더니 장군을 향해 소리쳤다.

　　"미칠려고 그랬는지 모르겠습니더."

　　그러자 장교들 간에 웅성웅성하는 소리가 났다. 다시금 장군은 교탁을 탁탁 치고 조용해지기를 기다렸다. 드디어 그의 입에서 욕이 튀어나왔다.

　　중위의 계급에 불과한 정 중위가 별을 달고 연병장에 나타났던 희한한 사건을 두고 리빠똥 장군과 정 중위는 앞의 인용에서와 같이 날카로운 심리적 대결을 연출한다. 이들의 갈등은 준장으로서의 진급이 좌절되어버린 리빠똥 장군이 대간첩작전 훈련과정에서 저지른 엄청난 실수로 군복을 벗게 될 위기에 처함으로써 더욱 미묘하게 전개된다. 리빠똥 장군은 이십여 년을 오로지 군대에서 지낸 사람이기 때문에 군대의 제도권 밖에 나가서 살 수 없는 자신을 발견한다. 그렇기 때문에 그는 결국 스스로 목숨을 끊어버린다. 그러나 정 중위는 또다른 리빠똥 장군이 얼마든지 다시 나타날 수 있음을 알고 있다.

작가 김용성은 「리빠똥 장군」에서 상황성에 대한 날카로운 인식을 보여주고 있다. 이 작품에서 문제시되고 있는 것은 작중인물의 성격 파탄이나 그 인간적 몰락이 아니다. 그와 같은 결과를 초래하게 만들고 있는 상황적 메커니즘에 문제가 있는 것이다. 엄격한 계급 사회에서의 인간 관계는 오직 상하의 수직적인 연결로만 규정되고 있으며, 명령에 의해 모든 것이 움직인다. 그러므로 이러한 메커니즘에 대한 인간적 도전이란 힘든 일이 아닐 수 없다. 하지만, 이러한 제도화된 조직이기 때문에 그만큼 단선적인 측면도 없지 않다. 작가 김용성은 조직의 내적 구조를 지탱하는 명분이 실상은 형편없이 허망한 것일 수도 있다는 점을 지적함으로써 상황성이 빚어내는 아이러니의 의미를 놓치지 않고 있다.

> 정 중위는 가슴속에서 권총과 실탄 여섯 발을 내놓았다. 그리고 좀더 창백해진 리빠똥 장군의 얼굴을 바라보았다. 그는 정 중위에게 웃음을 보냈다.
>
> "곧 가야 하겠지. 마지막이라고 생각하니 뭔가 자꾸 말하고 싶어지는군. 나는 많은 사람들, 특히 부하들에게 못된 짓을 많이 했네. 그러나 나는 아직도 그것이 꼭 나의 죄라고 생각하고 싶지는 않군. 나처럼 잔인해질 수 있는 인간은 얼마든지 있을 것이니까, 그렇다고 해서 그것도 그들의 죄가 아닐 걸세. 우리는 좀 묘한 세상에 살고 있는 셈이지. 자, 그럼 지체하지 말고 돌아가게. 눈치를 채면 모든 것이 허사가 되니까."
>
> "연대장님, 저의 마지막 선물입니다."
>
> 하고 정 중위는 윗포킷을 뒤적거리더니 한 쌍의 별을 끄집어냈다.
>
> "최후까지 날 조롱할 셈인가?"

이렇게 말은 하고 있었지만 장군은 흡족한 듯이 웃었다.

"참으로 희극적이군."

그리고 그는 대령 계급장을 떼고 그것을 대신 달았다. 전혀 어울리지가 않았다.

"자, 지옥에서나 만나지."

리빠똥 장군과 고릴라 정 중위는 악수를 나눴다. 꼭 죽음을 앞둔 사람이나 그 죽음을 도우려는 사람들 같지는 않았다. 그들은 좀 담담한 표정들이었다. 그러나 정 중위가 장군의 병실을 나섰을 때, 그의 등줄기에서는 식은땀이 흘러내리는 것을 의식했다. 그는 아래층으로 내려서자 복도의 창문을 넘었다. 그리고 황막한 벌판을 뛰어 철조망 밑을 기어나갔다. 거기서부터 논길이 시작되는 것이다. 정 중위는 논둑에 서서 불빛이 띄엄띄엄 빛나고 있는 병원 건물을 올려다보았다. 참으로 먼 곳에서 들리듯 땅, 땅, 땅, 연달아 세 발의 총소리가 들린 것은 바로 그 순간이었다. 오싹하는 전율이 전신을 타고 내렸다. 결국 죽었단 것이겠지.

리빠똥 장군의 최후를 그려놓고 있는 이 대목에서 우리는 끝까지 조직 내부에 존재하고자 하는 한 인간의 종말을 볼 수 있다. 긴장감마저 돌게 하고 있는 이 장면 제시의 직접성은 상황성의 인식이 고조되었을 때에만 가능한 묘사의 성과가 아닐 수 없는 것이다.

리빠똥 장군은 자살한다. 그러나 그 자살은 조직 내부에 살아남기 위해 모든 것을 버리고 단순화되어버린 그가 바로 그 조직의 메커니즘에 의해 마지막으로 자기 자신을 버리는 행위라고 할 수 있다. 그는 자살하지만, 그러나 그는 자살당하고 있는 셈이다.

그러므로 소설 「리빠똥 장군」은 상황적 인식을 바탕으로 하는 하나의 풍자임에 틀림없다. 작가는 서술의 초점을 등장 인물인 리빠똥 장군에게 맞추고 있지만, 인물 풍자에만 그치지 않는다. 리빠똥 장군은 죽지만, 새로운 리빠똥은 얼마든지 나올 수 있으며, 또 나오게 마련이라는 상황에 대한 풍자가 더욱 강렬하다. 조직을 인간이 만들어내지만, 조직에 의해 다시 인간이 만들어진다는 사실을 우리는 놓칠 수 없는 것이다.

③ 소설「리빠똥 장군」이 가지는 상황성에 대한 풍자적 인식은 작가 김용성의 지적인 태도를 확인할 수 있는 중요한 단서가 된다. 김용성은「리빠똥 장군」이후에도 비슷한 시선을 갖고 사회적 메커니즘에 대한 비판에 통속성을 곁들인『리빠똥 사장』을 쓴 적이 있다. 그러나 이 작품은 인물 풍자의 격이「리빠똥 장군」에서의 긴장을 유지할 수 없는 상태로 떨어져 버리고 있다. 그후 김용성은 다작의 시기에 접어들고 있는 것처럼 보이지만, 상황성에 대한 문제의식이 약화되면서 크게 주목되지 못한다.

70년대 후반기의 소설이 보여준 사회적 관심을 놓고 보더라도, 김용성은 이렇다할 변화를 보이지 않고 있다. 그러나 이러한 암중모색은 상황인식의 직접성을 역사인식의 폭으로 확대시키고자 하는 작가의 내적인 고통과 그 노력이었음을 우리는「밀항」의 연작에서 확인할 수 있게 된다. 평단에서 크게 문제시되지는 않았으나,「밀항」은 작가 김용성의 변신을 말해주기에 충분한 것이며,「밀항」이후의 김용성을 기대하게 만든 힘이 되기도 한다. 그리고 우리는 80년대의 벽두에 다시 김용성의『도둑일기』에 대면하게 된 것이다.

소설『도둑일기』는「리빠똥 장군」에서부터 의도되기 시작한 작가의 내적 변신의 궁극이며,『도둑일기』로 시작되는 새로운 소설 세계의 출발이다. 이미 앞에서도 언급한 바 있지만, 이 작품은 작가 김용성의 지적인 태도가 상황성에서 역사성으로 그 인식의 방향을 전환하고 있음을 말해주는 작품이다.

나는 이른바 성장소설이라고도 하고 교양소설이라고도 하는 소설을 한번 쓰고 싶었다. 어렸을 때에는 『데미안』을 통해서 감동을, 좀 나이 들어서는 찰스 디킨스의 소설들을 읽으면서 실제를, 그리고 얼마 전에는 솔 벨로의 소설들로부터 충동을 받았다고 말할 수 있을 것이다. 그런 것들을 읽었고 그래서 썼을 따름이다.

『도둑일기』는 6·25전쟁기와 그 이후 4·19 직전까지의 각박하고 어지럽기만 하던 시대를 배경으로 하고 있지만, 전쟁을 이야기하고 있는 것은 아니고 그렇다고 인간 내면의 심리를 그린 것도 아니며 사회 비리를 적나라하게 묘사해 보인 것도 아니다.

『도둑일기』는 전쟁으로 말미암아 졸지에 고아가 된 세 형제의 청년기에 이르기까지의 성장 궤적을 따라가고 있다. 이들은 도둑질로부터 그리고 도둑질을 통하여 자기들 각자의 삶을 개척해 나간다. 사실상 50년대 전반기에는 생존을 위한 수단으로 도둑질도 마다하지 않던 사람들이 많았다. 인간에게 내린 형벌이 너무나 가혹했으므로 신 스스로도 도둑질을 용서하고 있었다. 그러나 오늘날은 용서를 받을 수 없는 시대임에도 불구하고 여러 형태의 도둑질이 자행되고 있다. 그것은 세 형제 중의 한 인간이 삶에 대한 반성을 하지 않고 오로지 부의 축적만을 추구해왔기 때문이다.

인용이 다소 지루한 느낌을 줄 수도 있지만, 우리는 여기서 김용성이 술회하고 있는 말 가운데 '성장소설'과 '삶에 대한 반성'이라는 두 가지 내용을 주목할 필요가 있다. 이것은 상황성의 인식을 중시하던 작가 김용성의 태도 변화를 스스로 해명하고 있는 단서가 되고 있기 때문이다.

'성장소설'이란 무엇인가? '성장소설'이란 딜타이가 괴테의 『빌헤름·마이스터의 수업시대』를 규정해 놓은 유명한 정의 — 일련의 단계를 거쳐 하나의 이상을 실현하는 발전으로서 삶을 그리고 있는 소설 — 에서 이미 그 속성이 해명된 바 있다. 발전으로서의 삶을 그리는 소설로서 '성장소설'의 본질을 문제삼는다고 할 때, 우리는 김용성이 의도하고 있는 바가 무엇인가를 짐작할 수 있게 된다. 그는 언제나 상황성에 집착했었기 때문에, '과정'보다는 '국면'의 긴장을 소설에 자주 그려내고 있었으며, 상황의 모순과 비리에 대한 풍자와 비판을 즐겨 행하여 왔던 것이다.

그런데 김용성이 '상황'보다 '과정'을 중시하는 '성장소설'을 쓰고 싶다고 말하는 것은 '삶의 반성'을 포함하여 인간의 삶의 국면이 아니라 그 역사를 보고자 한다는 것으로 해석할 수 있을 것이다. '과정'을 본다는 것, 삶이 일정한 단계를 거치며 더 높은 차원에 도달하는 모습을 전체적으로 조망하겠다는 것 — 이것이 바로 삶의 역사에 대한 관심임을 누구도 부인할 수는 없을 것이다.

소설 『도둑일기』는 삶의 한 단계에서 확인할 수 있는 특징의 국면이나 상황을 문제삼기 위한 것이 아니라, 그 전체적 과정을 보기 위한 소설이다. 이 소설이 작가의 의도대로 '성장소설'의 전형을 실현해 보이고 있는지를 따질 필요도 없이, 우리는 작가 김용성의 인생을 보는 눈이 역사성에 대한 인식으로 폭을 넓히고 있음을 알 수 있는 것이다.

『도둑일기』는 세 어린 형제가 중심인물로 등장한다. 6·25로 아버지가 전사하고 고통스런 삶의 과정에서 어머니마저 병사하고 만다. 전후의 폐허 속에 세 형제는 전쟁고아라는 낙인을 받으며 내버려진다. 죽기 전에 어머니는 어린 형제들에게 도둑질을 하지 말고 정직하게 살아야 한다는 삶의 규범을 유언처럼 들려준 바 있지만, 이 형제들은 누구도 그 뜻을 바로 새길 수 없는 막다른 국면에 부딪히게 된다.

세 형제는 먹고 살아가기 위해 남의 물건에 손을 대기 시작한다. 주린 배를 달래기 위해 음식이나 군것질거리에 손을 대면서부터 점차 이들은 도둑으로 자란다. 작가는 바로 이들 형제의 성장과정을 추적하고 있는데 결국 그것이 제목 그대로 『도둑일기』로 만들어지고 있는 셈이다.

그러나 이 소설은 세 형제가 도둑으로 성장하는 과정을 그려보이기 위한 것은 아니다. 작가 김용성은 이를 세 형제의 행동 방식에 각각 특이한 국면을 제공하고 있으며, 그 성격과 반응의 특징이 '남의 것, 자신이 이룬 것이 아닌 타인의 것'에 대한 인식의 차이를 드러내도록 조정하고 있다. 맏형은 모든 것에 행동으로 대응한다. 그는 자신의 행동에 어떤 윤리적 판단이나 비판을 가하지 않으며, 자기 행위를 생존의 수단으로 정당화시켜 놓고 있다. 그는 도둑질을 하면서도, 다른 사람들이 먹고 살기 위해 일하는 것과 똑같이 자신의 도둑질을 합리화시키고 있다. 맏형과 대조를 보이고 있는 것은 막내이다. 막내는 행동보다 생각을 앞세운다. 아무리 먹고 살기 위한 행위이지만 도둑질에 명분을 부여하려고 들지는 않는다. 부도덕을 알면서 회의하고 그러면서 형과 부딪친다. 중간은 언제나 맏형에게 의지하는 병약한 인물로 그려지고 있다. 결국 이들 세 형제의 삶의 방식은 6·25에서 4·19로 이어지는 십여 년의 혼란기를 통과하는 방법으로 집약되고 있다고 할 것이다.

그렇다면 작가 김용성은 『도둑일기』를 통해 무엇을 말하고 있는 것일까? 우리는 여기서 다시 딜타이의 '성장소설'에 대한 해명에 귀를 기울일 필요가 있다. '성장소설'은 소설 속의 주인공의 삶의 과정을 보여준다. 그러나 그 과정은 언제나 하나하나의 단계가 보여주는 상황성에 연결에서 진정한 의미가 드러난다. 사회적 실체성과 이상적 삶에 도달하기 위한 노력을 생각하지 않고는 '성장소설'은 아무런 의미도 없다. 김용성은 바로 이러한 '성장소설'의 본질을 꿰뚫어보고 있다. 그러므로 그는 『도둑일기』에서 결코 도덕적 세계의 객관적 형상을 부여하고자 노력하지 않는다. 시대적 상황과 현실의 조건이 폭력과 범죄를 유발하기까지의 과정, 사람의 습성을 악하고 우스꽝스럽게 만들어버리는 요소, 그리고 이러한 요건들이 함께 어울려져 한 인간의 성장과정에 깊이 홈을 파이게 만드는 과정을 조명하고 있는 것이다. 도둑질이라는 가장 비도덕적인 행위를 통해서 인간적인 성장과 개성의 완성을 추구하고 있는 작가 김용성은 소설 『도둑일기』를 비정의 풍자양식으로 규정하려고 하지 않는다. 대체 도덕적인 세계가 소설적으로 또는 미적으로 관찰될 수 있는 것일까? 작가 김용성은 생존의 절대적인 도덕률이 끝나는 곳에서 삶의 문제와 인간이 맞부딪치는 또다른 독특한 관계를 주목할 뿐이며, 바로 여기서 인간 상황의 법칙을 재구성하고 있을 뿐이다.

4 김용성은 우리 사회의 행동적 규범과 그 형성과정을 『도둑일기』를 통해 총체적으로 해명해 보고자 했는지도 모를 일이다. 그것은 이 작품이 인간성의 전형적인 발전과정의 몇 가지 단계를 집약시켜 보여주고 있기 때문이다. 그는 체험의 영역이 소설의 세계에 작용하게 될지도 모를 선입견을 제거하기 위해 『도둑일기』를 쓰고 있는지도 모르며, 또다른 반어법으로 우리 시대의 더 큰 '도둑이야기'에 매달릴지도 모른다. 그러므로 『도둑일기』의 뒤에 이을 소설의 세계를 여기서 점쳐본다는 것도 어울리지 않는 일이다.

다만 성실한 독자로서 우리는 작가 김용성이 상황성의 단면적 인식을 착실하게 확대시켜 역사성으로의 전환을 꾀하고 있다는 점만을 다시 주목해도 될 것이다. 그것이 김용성을 더욱 가깝게 만날 수 있는 최선의 길이다.

『우리시대 우리작가 2』, 동아출판사, 1989

평형원리와 작가적 전망

정 현 기

1. 소설은 혼돈에서 질서를, 어둠에서 빛을 찾는 말의 발걸음이다.

김용성金容誠의 소설들에서 우리는 여러 형태의 혼돈과 어둠을 본다. 그가 의도했거나 의도하지 않았거나 간에 그가 보인 혼돈과 어둠에 관한 작가적 절망은 곧바로 우리들 마음의 절망을 대변하는 것이고, 그런 절망감을 앞장세움으로써 질서와 빛을 찾으려는 마음을 동시에 세울 것을 그는 꿈꾼다. 중견 작가 김용성이 실제의 삶을 통해 겪은 혼돈과 어둠은 그의 소설 작품들 쪽으로부터 추적하여 볼 때 크게 나누면 두 가지 집단적 감수성의 균형상실과 잇대어 있다. 하나는 유아시절에 아무런 마음의 준비도 없이 마주친 6 · 25 동족 전쟁이다. 그의 장편소설 『도둑일기』에 보면 서대문 영천 시장 바닥을 놀이마당으로 삼아 어린 시절을 보내던 그는 느닷없이 경찰관이었던 아버지가 전선으로 홀홀 떠났다가 죽음으로써 졸지에 고아가 되는 혼란 상태를 겪는다. 전쟁이 곧 혼돈이며 어둠이라는 사실은 길게 부연될 필요조차 없는 진실일지도 모른다. 36년 동안 일제의 통치를 받는 민족적 수모가 1945년 8월15일에 면제되자 이번에는 38도선을 축으로 한 남쪽과 북쪽을 미 · 소가 어떤 방식으로 분할 통치를 하였고, 3년 후인 1948년 8월 15일에는 이승만을 수반으로 하는 남한 단독 정부가, 같은

해 9월 9일에는 김일성을 우두머리로 하는 이북의 인민공화국 정부가 수립되었으며, 또 어떤 경로로 그 2년 후인 1950년에 6·25사변이 터졌다는 등의 논리적인 진술은 한 작가가 어렸을 때 느닷없이 겪은 혼돈 상태를 설명하는 아주 멀고도 뜻없는 겉껍질에 지나지 않을 수 있다.

일정한 기간을 부모 밑에서 양육 받으며 스스로 설 수 있는 힘이 선 다음, 부모를 위시한 그들 생활권 이웃들로부터 격려를 받으며 새로운 삶의 길을 걷는다는 아주 평범하면서도 범상한 생활의 질서와 감각의 흐름이 문득 끊어지고 앞길이 전혀 낯선 조건으로 주어졌다는 것은 무서운 충격이 아닐 수 없다. 사람들 모두가 지니고 있는 낯익은 세계로의 집착을 어느 날 문득 떨쳐내고 새롭게 길들여 가지 않으면 안 될 그런 마음 시린 생존 내용을 우리는 40여 년 전에 겪었고, 작가 김용성의 소설 문맥들 속에 그것은 굳은살처럼 박혀있다. 생활 방법에 관한 믿음(신조信條 혹은 이데올로기)이 다르다는 핑계의 깃발을 걸고 서로 마음 놓고(?) 죽이고 죽이는 민족적 자기모독이 6·25전쟁이라는 집단적 살육으로 자행되었다는 사실은 우리가 계속해서 드러내어 반성하고 되새겨야 할 비극적 치욕임에 틀림없다. 어린 시절에 겪은 작가의 개인적 체험이 민족 공동체에 드러낼 체험의 보편질료로 되는 까닭이 바로 민족의 비극적 치욕을 씻는 계기의 마련일 터이다. 혼돈으로부터 질서를, 어둠으로부터 빛을 찾으려는 작가적 노력이 역사 속에 그렇게 있었고, 또 있을 듯해 보이는 사실의 드러냄으로부터 수행된다는 기본적인 소설독법으로 김용성의 작품들은 풀이될 수 있을 것이다. 긴 중편소설「안개꽃」과 단편소설「버림받은 집」, 「아카시아 꽃」, 「제육열인간第六列人間」, 「홰나무 소리」 등의 작품들이 허리 잘린 민족의 비극적 치욕을 보인 작품에 해당한다.

둘째로 그가 마주친 혼돈과 어둠은 1961년 5월 16일의 군부 쿠데타 성공과 관련하여 파생된 사회적·경제적 구조 개편으로 생긴 여러 현상들이다. 쿠데타 군부를 이끈 육군소장 박정희朴正熙가 민정이양을 약속하여 민심을 다독이다가 그 자신이 군복을 벗고 정권을 잡은 이후인 1964년 2월 15일자의 ≪조선일보≫ 사설은 "'민정民政의 봄'은 왔건만 꿈을 찾을 길 없다"는 제목으로 다음과 같이 한탄의 일절을 보이고 있다.

> 民政이 되면 무슨 신통한 삶의 길이 저절로 트이는 것은 아니지만 어둡고 괴롭던 軍政 밑에서 解脫해 보겠다는 悲願이 서려 한결같이 民政을 渴求했던 것이다. 그 民政의 發足된 지도 이미 두 달, 큰 期待를 걸고 뽑아낸 國會議員이 있고, 大革新運動을 公約한 行政府도 이제는 엔간히 제자리를 잡았을 것이겠지만 國民에 비쳐지는 政治의 현실은 모두가 어쩔 줄 몰라 그날 그날의 말썽에 발을 동동 구를 뿐 힘있게 來日을 約束하는 그 아무것도 없어 보인다.

군부 쿠데타 정권이 약속한 것들을 얼마나 제대로 지켰는가 하는 몫은 역사가들이 점검할 일이지만, 60년대 당시 그들이 약속한 것 가운데 가장 큰 공약은 '민생고民生苦를 시급時急히 해결'한다는 것이었다. 민생고 해결을 위한 박정희 장군의 고민은 쿠데타 초기에 가장 심각한 것이었을 터이고, 그 방법이 산업 근대화라는 목표설정이었음은 널리 알려진 바와 같다. 근대화에 대한 논의는 이미 개항기 초기(1900년대 초)부터 개화파들에 의해 주창되었던 것이니 만큼, 박 장군이 그걸 실천해 보겠다는 데 많은 동조자가 있었던 것은 의심의 여지가 없다. 그러나 선진국이라고 지칭받는 제국주의 열강국들이 근대화 과정에서 겪은 수많은 시행착오를 거의 수정없이 받아들임으로써 우리에게 던진 충격은 엄청난 것이었고, 그것으로 인해 파생된 희생과 소외, 폭력 등은 1970년대 소설의 내용적 성격을 장식하는 기본 가락이었다. 황석영黃晳暎, 윤흥길尹興吉, 이문구李文求, 조세희趙世熙 등 1970년대 리얼리즘 작가군들이 이런 근대화 과정에서 파생된 노사

문제, 폭력문제, 소외(떠돌이)문제, 농민 해체(농민의 도시집중) 문제, 근대화의 꽃인 도시확장에 따른 인간성 교류의 단절 문제 등을 집중적으로 작품 속에서 다루었으며, 그들과 같은 연배인 김용성이 또한 독특한 그의 체험 내용에 그 문제를 끌어다 독특한 소설문법으로 다루고 있음을 본다. 군부정군 지도자들이 '무無에서 유有를 창조한다'는 투의 강력한 밀어붙이기 정책을 실현해 가고 있었을 때, 문제적 개인들인 작가들 눈에는 그것이 일종의 혼돈이고 어둠이며, '없었던' 전통에서가 아니라 뭔가 존재하지만 형이상학적으로만 보였던 전통을 일거에 까뭉개는 무지막지한 실천으로 보였던 것이다. 박정희 장군이 가장 많이 쓴 '하면 된다'는 구호나 국민교육헌장에서 밝힌 '능률과 실질을 숭상한다'는 믿음을 다지는 내용들은 경제건설 위주의 단선적인 것이어서, 일테면 오랜 역사 속에 잠겨 있는 전통적인 여러 가치들이 급격히 허물어지거나 끊기는 충격이 이 시기에 연속적으로 가해졌다. 「사해 위에서」, 「제육열인간」, 그리고 회심의 문제 중편소설인 「슬픈 양복재단사의 나날」, 「아카시아 꽃」, 「유적지」 등이 근대화를 겪으면서 맞이한 어두운 내면을 다룬 김용성의 작품들이다.

2. 허리 끊긴 민족의 비극적 체험

한반도의 영토를 38도선으로 가르고 각기 다른 방식의 이익집단이 남·북을 차지하면서 우리 민족은 허리가 잘렸다. 생각하는 방식에서부터 비롯하여 38도선 저쪽과 이쪽은 서로 닮아서도 안 되고, 서로를 칭찬해서도 안 되며, 일체의 내왕이 금지될 뿐만 아니라 서로는 서로를 원수로서 적개심만을 키워야 하는 관계로 40여 년을 우리는 살아왔다. 1950년도에 일어났던 동족전쟁은, 믿음의 차이가 곧 죽음을 몰고 오는 피로 환산될 수도 있다는 실례를 보여 주었다. 이런 민족적 비극의 전말을 과연 한 마디로 요약할 수 있을까? 미·소를 축으로 하는 열강 제국의 자기 국가 이

익에 맞춘 남·북 분할이라는 지극히 추상적인 말만으로 과연 이 문제의 전모가 다 밝혀질 수 있을까? 민족 내부의 갈등 문제는 어떻게 설명돼야 할까? 김용성은 이 문제의 한 부분을 단편소설 「홰나무 소리」에서 풀어 보이고 있다.

유교 이데올로기가 허가한 양반과 상인 계급간의 고착된 관념형태는 서양에서 밀려들기 시작한 자본주의, 사회주의 이데올로기의 충격으로 서서히 심각한 도전을 받기 시작하였고, 그 구체적인 실례는 각 지역 토지 소유자들의 토지 운영 실태에서 드러났다. 「홰나무 소리」의 한 주인공 덕보의 비극적 종말은 믿음이라고 번역될 법한 이데올로기 간의 한반도에서의 충돌에 의해 파생된 파국이며, 가진 자와 갖지 못한 자 사이에 있을 법하고 또 실제로 있었던 갈등 내역이 중흥적으로 덧붙여진, 역사를 지닌 자해행위이다. 덕보의 아버지는 6·25 당시 빨갱이였고 자기의 주인인 작중 화자 '나'의 아버지를 홰나무에 세워 놓고 총살하였으며, 그의 할아버지는 '나'의 할아버지의 충직한 하인이며, 또 동시에 한말 의병 부대장으로서 '나'의 할아버지(물론 양반이고 토지를 소유한 문벌 집안)인 홍순구洪淳九와 함께 일본군과 싸우다가 처참하게 죽었다.

두 개의 모가지가 긴 장대 위에 꽂혀 세워져 있었다. 할아버지의 얼굴은 온통 피투성이였고 산발한 머리카락이 그 위를 덮어 내렸다. 두 눈은 뜬 채여서 햇빛에 시퍼렇게 빛이 났다. 얼른 보아 그것은 할아버지의 얼굴같지가 않았다. 그러나 그 밑에 매어단 흰 무명천에는 피로 쓴 글씨가 있었다.

'자칭 의병장이라 일컫던 산도적의 두목 홍순구의 목이나 찾아가라.'

그 옆에는 할아버지와 똑같은 모습으로 갔다가 똑같은 모습으로 돌아온 덕보의 할아버지가 걸려 있었다.

'산도적의 부두목이자 홍순구의 가노인 칠성이의 목이나 찾아가라.'

대한제국의 마지막 한병韓兵 대장 박승환朴昇煥이 나라를 빼앗긴 울분에 자결해 죽고 나자 그 휘하의 장교 가운데 하나였던 홍순구가 귀향하여, 재산을 처분하고 의병활동을 벌이다 일본 토벌대에 의해 효수 당한 사건을 지닌 한 가족사 얘기는 한반도 역사의 한 축약도에 다름 아니다. 그들은 양반 계급이고 재산과 토지를 가진 집안이었다. 그들의 하인인 칠성과 그의 아들 빨갱이, 그의 아들 덕보로 이어지는 가계는 가진 집안인 홍씨 가계와는 과연 양립할 수 없는 대적관계인가, 아니면 의존관계인가? 한국에 있어서의 이 관계 규명은 그것이 고약한 전제조건 위에 놓여 있어, 상당히 난해한 것이 사실이다. 그것을 계급혁명의 필연적 과학법칙으로 설명하려 한 마르크스의 이론적 공상을 이북 쪽에서 정책 결정의 철학적 기반으로 삼고 있고 그들과 계속해서 대치상태에 놓여 있는 한, 노·사 간의 문제로 발전한 이 이익 싸움의 문제는 간단하게 우열판정을 내리기 어렵게 되어 있다. 가장 확실한 것은 작가의 시선에 걸린 바, 틀림없이 민족 전체를 위해 재산을 바쳤고, 학교를 건립하여 국가에 헌납한 한 양반 가계를 적대하면서 살해한 행위가 비참한 분노의 결과이고, 그런 행위란 비열한 짓을 따름이라는 인간적인 속죄의식이 인간성 속에 있다는 일깨움을 우리가 확인할 수 있는 점이다.

　　이따금 지난 일들을 들려주던 할머니도, 아버지의 죽음 이태 뒤 일어난 전쟁통에 마을을 휩쓴 전염병에 감염되어 신음하던 어머니도 세상을 떠났다. 두 사람 다 불행한 여자들이었다. 할머니는 생존시에 아버지가 설립한 학교를 면에다 바쳤다. 이제 나는 홀로였으며 일단 홰나무를 찾아온 이상 내가 무엇인지 깨닫지 않으면 안 되었다. 그러나 그것은 막연한 생각에 지나지 않았다. 나는 죽을 때까지 내 자신을 발견하지 못할 것이다. 이 생각만이 가장 확고한 것 같았으며 그럭저럭 세상을 살아가는 데 필요한 합리적인 사고가 아니겠는가.

마르크스식 교조주의 율법에 의한다면, 위의 진술내용은 가지고 있던 계급의 필연적인 몰락으로 풀이될 수 있을지 모른다. 그러나 그 율법에 기댄다 하더라도 덕보의 자살행위는 정당하게 설명될 수 없다. 자비심 일체를 배제한 기계적 법칙 적용으로 논급될 소지가 없지 않지만 우스운 견강부회일 것임에 틀림없다.

중편소설「버림받은 집」속에 글 쓰는 '나'는 「홰나무 소리」속의, 방황하며 '죽을 때까지 내 자신을 발견하지 못할 것'으로 믿고 있는 '나'의 또 다른 모습이다.

> "우리가 살고 있는 집들은 모두 전쟁에 뜯기고 할퀴움을 당하고 더럽고 추잡하게 무너져 가고 있어. 다시 세워야 할 거야. 질서가 필요해."

「버림받은 집」은 두 집안의 황폐한 내면풍경을 대위법으로 그려 보인 작품이다. 하나는 화자 '나'가 겪은 견딜 수 없는 '권태로움'과 '무미한' 삶의 목표 상실이고, 또 하나는 그런 화자 '나'가 하숙집을 얻어 들은 셋방에서 발견한 3층 양옥 폐가에 집착하는 한 소년의 황폐한 내면 풍경이다. 대학을 졸업하고 군대생활 3년 동안 심한 구타로 정신적인 상처를 심하게 받은, 작품을 쓰는 화자, '나'는 분단된 조국의 한쪽에서 동족인 저쪽을 적으로 대치하여 조련되던 군대생활에서 이미 삶의 정상적인 자기실현의 의미를 잃은 인물이다. 그래서 대학시절에 사귀며 사랑하던 애인 미애와의 관계도 바로 그런 자기 상실을 경험한 화자 탓에 정상적으로 지속되지 못하고 있다. 앞에 인용한 부분은 사랑의 지속을 호소하는 미애 앞에서 읊조리는 화자의 메마른 자기 독백이고, 「홰나무 소리」에서 확인한 바 자기 생애에 관한 불확실한 전망에 몸둘 바를 모르는 사람의 전형적인 '위선적 몸짓'이다. 삶의 목표도, 주체성도 잃은 메마른 내면을 가진 주인공의 눈초리에 잡힌, 거의 창녀나 다름없는 여주인공인 하숙집 여주인의 고뇌나 그녀가 힘겹게 기르고 있는 아들 정일(12세)의 자폐증 증세는 동족끼리 죽이고 죽는 전쟁을 치른 이들이 겪을 수밖에 없는 비극의 상징적 동족성을 이룬다. 아버지조차 모르게 태어난 소년의 자폐증을 치유해 보겠노라고 소년이 집착하는 폐가(헛간에 있는 해골은 전쟁 후유증을 보이는 상징물이다)에 불을 싸지른 화자인 나의 세상에 대한 회의와 부정적 시각은, 자기 외의 사람을 모두 '훼방꾼'으로 지목하는 소년의 세상을 향한 냉소적 시각과 동족성이라는 말이다. 그들은 다 같이 뭔지 헤아려 알 길 없는 힘에 의해 희생되고 있는 속죄양pharmakos이다. 동족끼리 집단살육을 치룬 자들의 정신의 폐허 상태를 보이는, 상징적이고 비극적인 삶의 내역을 가정생활의 붕괴라는 실례로 내보이는 작품이 「버림받은 집」이다. 영혼의 안식처로서의 기능을 발휘할 수 없는 상황 인식이 이 작품의 기본 골격이다.

작품 얼개의 긴장 밀도로 보아 「버림받은 집」보다 초점이 좀더 분단비극 쪽으로 모아진 중편소설 「안개꽃」은 동족분단의 속죄양이라는 측면에서 시야가 단일화된 작품이다. 「버림받은 집」에서 화자 '나'를 향해 사랑을 고백하는, 죽은 소년 경일이의 이모 얘기는 작품의 긴장을 퍽 희석시키는 장면인데 비해 「안개꽃」은 그런 둘째 주제가 끼어들지 않는다. 원리원칙을 따지는 기관원 신분의 화자 '나'를 통해서 확인된, 월남한 이승호李承鎬의 가족사 역시 한반도 분단현실의 한 축도인데, 작가는 이 작품에서도 두 가계家系를 대비하는 대위법으로 얼개를 엮고 있다. 흥미롭게도 「안개꽃」의 주인공은 「홰나무 소리」에서나, 「버림받은 집」에서나 마찬가지로 뭔가 자기 존재의 정당한 값매김 길을 찾아 나선 인물들과 동격에 놓여 있으면서도 긍정적인 해답의 실마리를 찾지 못해 절망하거나 망연자실한 두 작품과는 다르게도 탐색 모티브의 희극 장르적 결말에 닿아 있어 작가의 밝은 전망을 읽게 한다. 이북으로부터 동독을 거쳐 서독으로 탈출, 다시 남한에 온 중년 사내 이승호李承鎬가 남한에서 찾고자 한 것은 단순한 자기 아버지가 아니다. 6·25전쟁 당시 이승호는 어린 시절에 아버지, 어머니, 여동생과 함께 남쪽으로 피난길에 나섰지만 그의 아버지 이민수만 남하에 성공했고, 어머니와 여동생은 피난길에서 폭사당하는 아픈 경험을 지니고 있는 인물이다. 이북에서의 이승호는 그의 아버지 이민수가 백여 명의 인민을 학살하였다는 전력 때문에 사람 대접을 받고 살 수 없는 입장이었다. 그리고 무엇보다도 그로 하여금 아버지를 찾는 일에 전력을 기울이게 한 것은 어렸을 때의 아버지에 대한 나쁜 기억이다. 가족을 피난길 위에 내던지고 자기만 살겠다고 달아난 아버지의 정체가 과연 무엇인지가 그에게는 확인하지 않고는 견딜 수 없는 존재에의 의혹이다. 진정한 아버지를 찾는 모험길 여행이 이 작품의 기본 모티브임이 드러난다. 흥미롭게도 그런 의혹을 남기고 경황없이 남하해 온 주인공 이승호의 아버지 이민수의 가계는 「홰나무 소리」 속의 홍씨 가문과 동족성을 이루는 내용으로 되어 있다.

> 빨갱이들이 득세하기 전까지 할아버지의 덕망은 꽤 널리 알려져 있었어. 할아버지는 사재를 모두 털어 학교를 세우고 교회를 건립하는 데 큰 공헌을 하셨지. 빨갱이가 득세하고도 할아버지는 과거의 업적으로 인해서 그럭저럭 무사히 지내오신 셈이었지. 그런데 갑자기 사정이 달라졌지. 유엔군이 진격해 올라오면서부터 빨갱이들은 단말마적인 발악을 자행하기 시작했어.

할아버지는 교회 머슴의 죽창에 찔려 죽었고, 유엔군이 진주하자 비참하게 죽은 교회 장로(할아버지)의 아들 이민수는 빨갱이 색출을 위한 정주지구 치안대장을 하도록 임무가 떠맡겨졌으며, 그가 빨갱이 혐의자를 함부로 죽이는 것을 막았으나, 그 휘하 대원들이 살상을 했기 때문에 책임을 면할 길이 없었다는 사정들은 하나하나 밝혀짐으로써 그가 피난의 남행길에서 그처럼 허둥댄 사실의 원인을 깨우치게 되었다. 아버지는 결코 잔인한 살인자도 아니며, 비겁한 도망자도 아니라는 사실 확인과 함께 자기(이승호)와 아내를 버리고 온 죄책감 때문에 종국에는 정신병원 신세를 진 진정한 아버지를 찾았다는, 이토록 긴 자기 근원 탐색의 이야기를 통해 작가가 말하고 싶어 하는 것은 무엇인가? 동족끼리 서로를 죽인 민족이 피할 수 없이 겪는 희생양에 관한 이러한 작가적 증언은 우리가 분단에 의해 짊어진 속절없는 덫으로부터 해방을 위한 사실 확인에 다름 아닐 터이다. 이런 분단비극에 관한 작품으로는 '치우 선생'이라는 한 인물의 죽음을 둘러싸고 제자들의 말로 회상되는 한 월남민의 비참한 일대기를 그린 「아카시아 꽃」이 김용성 분단비극 소설군단 속에 끼인다. 오해와 소외 속에 쓸쓸하게 살다가 조용히 죽은 월남한 한 지식인의 생애가 우리에게 되새겨져야 하는 이유는 그런 인물이 바로 죄 없이 희생되는, 이상한 우리 민족 공동체의 숙명을 상징적으로 드러낸 비극적 전형이기 때문이다. 작가 김용성은 이 전형 만들기에 꾸준하게 골몰한다.

   3. 물신物神은 인간의 양식良識을 먹이로 삼는 사막의 신이다.

      인간이 처음에는 필요성을 느끼고, 그런 다음 효용성을 찾으며,
   다음에는 편안함에 유의하고, 훨씬 뒤에 그들 자신의 쾌락을 즐기
   며[217], 그때로부터 사치생활로 방종에 빠져, 마지막엔 드디어 광
   기로 치달아 저들의 재력Substance을 탕진한다.

17세기 이탈리아의 문명사가이며 역사의 순환론적 진행을 역설한 지암 바티스타 비코(Giambattista Vico, 1668~1744)의 유명한 저술 『새 학문』(The New Science) 공리公理 241장에서 윗글을 따왔다. 1950년대에 치른 한반도 전쟁

에 의해서 우리들 모두가 물질적 빈곤에 빠져 허덕이고 있던 '민생고民生苦를 시급히 해결하겠다'는 군부 지도자의 공약은 설득력이 있었고, 설득내용을 실천하기 위해 1960년대부터 1970년대에 이르는 기간 동안에 남한 지역 여러 곳에서 산업시설 건설을 위한 노동의 진군나팔이 끊일 사이 없었다는 사실은 익히 알려진 바이다. 앞에서 잠시 언급한 바 있듯이 산업 근대화가 서구의 선진 공업국들과 이웃 일본의 산업발전 모델을 답습함으로써, 그들이 겪은 시행착오를 또한 불가피하게 답습하게 되었다는 점은 다시 밝혀야 할 사항이다. 자연을 훼손하여 건설한 공장지역이 넓어지면 넓어질수록 수질오염, 대기오염 등의 기본적인 가치 변경으로부터 생산이 시장경제 원리에 맞게 이루어짐으로 해서 모든 물산의 사용가치가 교환가치로 바뀌었고, 드디어 인간의 정신영역인 형이상학적인 여러 가치들조차 교환가치화 하여 인간이 완전히 물신숭배자들로 전락하게 된다는 근대화 원리는 이미 서구에서 확증된 사실들이다. 과거에 대한 기억을 양심良心이라 볼 때 근대화 과정에서 가장 혹심하게 방기상태로 버린 것이 과거적 여러 유산임을 그 공식에 대입하면 근대화가 곧 양심 상실이라는 사실판단에 이르게 된다. 비코가 지적한 대로 민생고를 해결하고 난 다음 재화에 맛을 들인 사람들은 '편안함과 쾌락과 방종, 광기'로 치닫는 순서를 따라서 1970년대는 민생안정과 산업근대화의 완결(?)을 위해서 겨레의 모든 자유가 유보되는 형편에 놓이게 되었고 그래서 군사독재정권 당사자들과 대기업가들은 손에 손을 잡고 마음놓고 재화쌓기에 열중하였다. 그것은 무섭고도 기괴한 성곽처럼 우리들 눈 앞에서 솟아올랐는데 외형적인 상관물은 서울을 중심으로 한 대도시의 눈부신 고층빌딩 숲이었다. 손에 닿는 모든 것을 물화物化시켜 달라고 기원한 그리스의 마이다스Midas 왕이 겪었던 경이로움을 1970년대를 거치는 동안 우리들은 똑같이 겪게 되었다. 물화物化와 소외는 1970년대로부터 겪게 되는 우리들의 공통적인 감각 내용이었다. 1920년대로부터 서양 작품들 속에 형상화되곤 하던 이 소외 내용이 1970년대로부터 우리 작품 속에 서서히 등장하게 된 것은 서구화가 곧 근대화이자 진보라는, 개항기 초기부터 개화파들의 부채질로 고양된 미신이 그 본모습을 드러내기 시작했다는 징후로 풀이할 수 있게 되었다.

> 바다는 잿빛을 띠며 죽어 있었다. 그것은 마치 선사시대의 거대한 짐승의 사체처럼 소리없이 누워 있었다. 구릉은 태양을 가렸고 수면 위에는 바람 한 점 스치지 않았다. 길게 육지를 파고들어 물굽이를 이루는 곳에 강물이 흘러 들어오고 있었으나 유심히 눈여겨보지 않으면 그것도 움직이는 것 같지가 않았다. 다만 움직이는 것은 하구河口에 우뚝 솟은 공장 굴뚝들을 통해 솟아오르고 있는 여러 개의 불기둥뿐이었다. 불기둥은 밤낮을 가리지 않고 여기 바닷물 위에 붉은 그림자를 던지고 있었다. 그래서 때때로 용암이 솟아오르듯 바닷물이 이글이글 타오르는 것이 아닌가 하는 착각을 불러일으키고는 하는 것이었다. 그렇다고 바다가 살아있다는 생각은 들지 않았다. 그 붉은 그림자들은 바다를 서서히 죽이고, 드디어는 죽어버린 죽음의 사신이었다. 그 흔한 잿빛 바다 위에 너울거리는 붉은 그림자들을 두려워하고 날아오지 않았다.

김용성의 단편소설 「사해 위에서」는 민생고를 시급히 해결해야겠다고 다짐한 이후, 수단과 방법을 가리지 않고 건설하기 시작한 군부정권의 '초전박살' 전법의 공단건설이 가져온 불가피한 산업 후유증 재앙을 아주 인상적으로 그려 보인 작품이다. 거대하게 확장 건설된 산업시설을 지키는 콘크리트 초소에는 먼저 온 순경의 무기력하고 권태로운 잠자기뿐이고, 망원경을 통해 들어온 어촌 마을은 완전히 폐허가 된 채 황폐해 있었다. 그런 삭막하고 쓸쓸한 죽음의 근무지로 배속 받아 찾아온 한 젊은 순경의 눈에 띈 풍경은 너무 놀랍고 살풍경한 것이다. '여기 경비초소를 배치 받아 와서 처음으로 이 바다를 마주 대했을 때 나는 지지리도 운이 막힌 인간이라는 것을 알았다'고 작중 화자는 뇌까리고 있다. 사막 한복판에 선 듯한 외토리 느낌 속에서 그는 우연하게 몇 마리의 염소를 기르며 폐허가 된 마을에 머물러 살고 있는 한 노인과 손자 돌이를 알게 되었다. 그들은 죽음의 고장으로 변한 옛 어장의 역사를 아는 마지막 인간의 숨결이다. 독자의 시선을 이끌고 있는 신참순경은 돌이의 손이 어째서 터지고 벗겨졌는지를 물으면서 산업공해가 어떻게 자연을 훼손하고 사람을 훼손하는지를 어렴풋이 깨달아 가고 있다.

> "저 물 때문이에요. 할아버지 말은 독을 품고 있대요. 마을 사람
> 들이 떠나 버린 것도 저 물 때문이지요. 물이 고기들을 죽였고 가축
> 을 죽이고 사람을 죽일 꺼라면서 떠나 버렸어요."

이 작품의 기둥이 되는 한 인물인 할아버지는 김주영金周榮의 단편 「방문객」의 한 노파와 같은 굳세고 주견主見이 뚜렷한 인물이다. 그는 지금은 비록 공장가동으로 바닷물이 죽어가고 있지만 조만간 바다는 되살아나고 갈매기도 다시 찾아들 것을 믿는 보수적이고 완고한 인물이지만, 작가의 전망 역시 그런 노인의 믿음에 닻을 내리고 있음에 틀림없다. 그렇게 죽음의 그림자가 드리운 바닷가에 찾아온 수상한 사람이 눈에 띄고 그를 추적하면서 이 작품에서 탐색하는 모티브의 결말인 인간의 고향 회귀 내용이 밝혀지고 있다. 비록 죽어가는 고향 바다를 떠났지만 죽어서라도 꼭 고향 바다에 몸을 돌려보내겠다는 유언을 실현하러 온 사내로부터 우리는 어둡고 침울하며, 사막처럼 황폐해진 우리들 삶의 마당을 되돌아보게 된다. 작가의 감상적인 주관 개입이 극도로 억제되어 있어서 그림처럼 인상적인 효과를 극대화하고 있는 작품이다. 그린 바닷가 풍경이란 결국 우리들 마음의 사막풍경에 다름 아닐 터임으로 이 작품은 정부의 경제 제1

시책을 비판하는 그런 고발차원을 뛰어넘는 작품으로 읽힌다.

인간이 일단 물신숭배에 몰두하기 시작하면 인간의 마음이 사막으로 되어 서로가 소외될 수밖에 없다는 내용은 김용성의 문제 중편소설「슬픈 양복재단사의 나날」을 통해서도 확인할 수 있다. 이 작품은 삶의 세 가지 형태를 대변하는 세 인물을 축으로 하여 1950년대 후반부터 1970년대 중반기에 이르는 기간의 삶의 궤적을 그리고 있는 작품이다. 첫째 인물은 이 작품의 제1초점으로 집중되는 정채수라는 신문기자 출신의 슬픈 양복재단사이다. 둘째 인물은 이 세 인물들과 어려서부터 서대문 영천 지역에서 자랐으며, 홀어머니가 술과 국밥 장사를 했지만 성격이 낙천적이고 덜렁이인 이갑석으로, 5·16 쿠데타의 근대화의 품을 타고 벼락부자가 되어 여의도에 빌딩을 소유한 인물이며, 셋째는 이 두 친구들을 어려서부터 가깝게 사귀면서도 생각의 균형을 잃지 않으려고 조심하는 인텔리 교사 만중이로서 작품의 화자이다. 영천 시장에서 이갑석의 어머니가 술과 국밥 장사를 했듯이, 정채수의 아버지는 작은 양복점을 운영했고, 화자인 만중('나')의 아버지는 대처승이었다. 김용성 소설의 골격을 이루는 배경이자 그의 소설 인물들이 사물과 현상에 대한 의문을 품고 그 의문을 풀기 위해 길을 떠나는 최초의 장소가 서대문 영천 근방이며 시장 바닥이라는 점은 신기하면서도 독특한 느낌을 준다. 그의 소설들 속에 영혼을 불어넣어 생의 외경스런 의문에 휩싸인 곳도, 또 풀어 내린 곳도, 아마 작가의 고향인 그곳이라는 점에 생각이 미치면 서대문 지역의 한 곳(일테면 인왕산 봉우리)에 올라앉아 그가 맞닥뜨린 세상에 대해 셈하고 색칠하는 작가 김용성의 정신세계에 보다 바짝 다가설 수 있다는 느낌을 갖게 된다.

어느 한 지역에다 어린 시절에 우리가 어떤 추억의 보물들을 감추어 놓고 있었다 해도 각기 그 지역을 떠나서 자기 생애를 열어 나가다 보면, 모두가 그것을 서로 까맣게 잊고 사는 게 상례다. 그래서 어느 날 어떤 계기로 그들이 모이면 현재의 자기로부터 시간을 탈출하여 과거로 되돌리는 것이 또한 정상적인 관계이음이다. 그들이 출발했던 인생의 지점으로 되돌아와 자신들이 살아왔고 쌓아올린 생의 결과들을 맞대어 보는 만남이 귀향소설에서는 이루어진다. 「슬픈 양복재단사의 나날」 속의 제1인물 정채수는 어려서부터 심장을 앓아 몸이 허약했지만, 4·19 학생 혁명 대열에서도 문리대를 졸업하고 신문기자 생활을 하면서 꿋꿋하게 자기원칙을 지켰으며, 양심원리에 입각해서 행동하였지만 바로 그의 그런 삶의 태도 때문에 직장에서 쫓겨났으며, 아버지가 운영하던 양복재단 일로 연명하려 했으나 역시 시세를 탈 줄 몰라 계속 실패한 삶을 살다가 중년도 못되어 죽었다. 「슬픈 양복재단사의 나날」은 힘겹게 살다 간 옛 부터의 소꿉친구이자 애인이며 남편 정채수의 죽음을 애도하는 아내의 구슬픈 곡성이 들리는 초상집 광경으로부터 이야기가 시작된다.

마흔 다섯 살로 끝을 맺은 그의 생애는 너무나 평범했다. 그러나 나는 그가 꿈을 지니며 살아왔다는 것을 확신한다. 그는 인간의 삶이란 아름다운 것이며 보람 있는 것이라고 믿었고 완전한 삶을 성취하려고 꿈을 간직하고 있었다. 그러므로 요즘처럼 현재를 향락하는 것이 의미 있는 일로 생각하는 세상 풍조에 비추어 볼 때 어쩌면 그의 평범함은 비범함이었는지도 모른다.

그의 평범한 일상적 꿈에 비교할 때 박정희 장군의 서릿발 푸른 독재 정치는 너무나 동떨어지게 독단적인 것이어서 택시 안에서 우연히 그런 내용을 지껄인 신문기자 채수는 운전수가 모는 대로 경찰서로 직행하여 국가원수 모독죄에다가 빨갱이 누명까지 뒤집어쓰는 수난을 겪었다. 그 당시 불알친구였던 이갑석은 정보원 끄나풀로 위세를 떨치던 시절이었지만, 워낙 높은 사람을 욕했기 때문에 손을 쓸 수가 없노라고 발뺌을 한 바 있다. 중등 교원 신분인 화자 정도로는 당시의 그런 폭력 앞에 속수무책일 수밖에 없었다. 이갑석이 기회주의자로서 권력에 빌붙어 치부에 성공한 반면, 꼿꼿하게 자기 신념을 굽히지 않았던 채수는 정직하게 살아 보려고 발버둥치다가 죽었다. 장례를 치르기 위해 모인 초상집에서 화자는 이갑석을 둘러싼 시속파와 그들과 타협을 거부하다 죽은 채수의 인생을 채점하듯 하나하나 삶의 태도를 내세워 보이고 있다. 속물시대로 이끌던 군부독재 정치의 제1기를 배경으로 해서 이갑석은 비록 부를 쌓았고 떵떵거리며 사람들을 이끌고 허풍을 떨지만, 작가의 속뜻 채점표에 그는 추악한 알라존이며 골 빈 속물에 지나지 않는다.

4. 맺는 말 — 십자가처럼 짊어진 고뇌의 값, 그것이 인생의 빛이다.

정채수를 중심으로 기회주의자이며 속물인 이갑석을 내세워 근대화라고 하는 물결의 파도 속에서 어떻게 사는 것이 과연 잘 사는 것인가 하는 물음 위에 작가는 또 하나의 작품을 우리에게 내보인다. 단편소설 「침묵과 소리」가 그것이다. 그것은 어쩌면 위의 물음에 대한 작가의 한 해답이며, 확고한 전망이기도 할 터이다. 4·19 당시 학생들이 죽음을 무릅쓰고 부정 고발을 소리 높여 외칠 때, 인왕산 꼭대기에서 숨어 지켜보다가 4·19 혁명이 성공으로 끝나는 듯하자 나타나서는 온통 자기가 모든 일을 다 한 듯이 떠들며 설쳐대던 「슬픈…」의 안티고니스트 이갑석 같은 인물은 「침묵과 소리」 속엔 끼어들 틈이 없다. 여러 가닥의 고무줄을 늘어뜨린 십자가 형상의 고무줄 걸이를 메고 묵묵히 카세트테이프 노래 소리만으로 자신의 장사 종류를 내세우는 말없는 고무줄 장사에 관한 얘기는, 작가가 어려운 시대를 어렵게 사는 사람과 쉽게 사는 사람을 갈라놓고, 어렵게 사는 사람 쪽에 서기를 권하면서 그쪽 삶이 진정한 삶의 정답에 가깝다고 말하고자 하는 것으로 나는 읽는다. 월남 참전 용사들이 일군 산

자락 과수원 한 귀퉁이에 움막을 치고 사는, 처자식도 부양가족도 없이 살면서 남을 틈틈이 도와주고 사는 아주 평범해 보이는 고무줄 장수에 대해 작가는 깊이 생각게 하며, 가리키는 속뜻은 범상한 사람이 아니며, 어려운 이 한 시대를 어렵게 살면서도 조금도 티를 내지 않은 고뇌에 찬 지성인의 상징적인 인물이다. 그가 십자가 형상의 고무줄걸이를 끌고 말없이 동네를 떠도는 모습을 예수의 고난의 십자가상으로 연상하며 충격받은 것은 우리 시대가 너무 떠들썩한 속물 취미로 오염되어 있고, 진정한 값이 뒤바뀌어 있으며, 고뇌를 잃은 채 쾌락을 쫓아 허둥거리는 모습이 전반적인 시대적 감수성으로 되어 있기 때문일 터이다. 등록금을 낼 수 없어 고민하는 대학생 등록금을 주었다가 그 돈이 학생운동 자금으로 쓰여지면서 운동권 학생들과 연루된 것처럼 경찰에 잡혀 갔다 나온 후에도 묵묵히 고무줄 장사를 하는, 비굴하거나 타협의 눈길을 돌리지 않는, 눈빛 번쩍이는 이 인물 형상은 작가가 큰 소리로 내세우고 싶어 하는 정의로운 인물이고, 이웃을 위해 올바른 삶을 용기 있게 주장하는 이른바 인간적 미질美質을 지닌 영웅상에 다름 아니다. 우리는 늘 마음 한 구석에 때 묻지 않은, 힘세고도 정의로우며 바른 일을 위해 용감한 영웅을 꿈꾸고 있다. 추악한 일로 세상이 시끄러운 때일수록 그런 꿈이 확대되어 나타나는 것은 비겁증세라는 우리의 병일까? 김용성이 꿈꾸는 영웅은 침묵하는 인물이고 자기를 내세우지 않는 인물이며 나도 역시 그런 인물을 영웅으로 꿈꾼다. 우리는 남·북 모두를 통틀어 사기꾼 영웅들에게 속아 왔으므로 김용성 소설의 고무줄 장사는 더욱 고와 보이는 것이다. 그는 고뇌하는 인물이기 때문에, 고뇌 그 자체가 삶의 평형감각을 유지하는 힘이고, 작가는 이런 힘을 찾아 고뇌하는 인물들의 성격을 창조하는 짐을 진 또 한 사람의 고뇌하는 자로, 나는 김용성 소설 문맥 속에서 읽는다.

『슬픈 양복재단사의 나날』, 청림출판, 1989

남성다움의 과묵과 성실성

김 원 일

김용성을 만난 것은 대학 1학년 때 입학식을 막 끝낼 즈음이었으니 내 나이 18세 때였다. 고등학교 적부터 서로 편지질로 문학의 열기를 살렸던 김원두(현진 영화사 사장)와 양문길(작가)을 통하여 김용성을 소개받았다. 그의 이름은 고등학교 적부터 고교생 문단에 알려져 있었고, 양문길과는 서울 교통 고등학교 동기 동창이었으므로, 묵묵히 소설을 쓰는 과묵한 '남자'라는 귀띔을 듣고 있었다. 우리가 어디서 처음 만났는지 기억은 없다. 다만 평균 키에 강건한 체격과 사내다운 인상만은 지금도 남아 있다.

대학 1학년 때 김원두와 양문길과 나는 한남동에서 자취를 하고 있었다. 그때 더러 그가 우리를 만나기 위하여 한남동에 놀러 오곤 하였다. 모두들 열심히 소설 습작을 하고 있을 무렵이었다. 대학 1학년 때, 그는 국제대학 영문과 야간부에 적을 두고 있었으며 우리에게 말은 하지 않았지만 낮에는 도서관에 틀어박혀 무엇인가 열심히 쓰고 있는 눈치였다.

1학년 후학기 가을 무렵 그는 책보자기 하나를 들고 한남동으로 찾아왔다. 그 속에는 6백 장 남짓한 원고 뭉치가 들어 있었다. 장편을 하나 쓰고 있는데 읽어 보아 달라는 부탁이었다. 김원두와 나는 대충 읽었고, 양문길은 동창생이라 꽤 꼼꼼히 읽었다. 어쨌든 우리는 그가 쓰고 있는 소설의 스케일에 하나같이 깜짝 놀랐다. 어윈 쇼의『젊은 사자들』과 비슷한 구성으로, 육이오 전쟁 때 한국과 프랑스 파리를 배경으로 장면이 교차되는 웅장한 스케일이었다. 우리의 격려에 힘도 얻었겠지만 원래 뚝심이 센 그인지라 그는 그 해 가을과 겨울을 꼬박 그 작품에 매달려 완결을 보았으니, 그 작품이 그의 출세작이 된『잃은 자와 찾은 자』이다. 원고지 2천 매가 넘는 그 작품은 1961년 한국일보사가 모집한 6백만 환 장편소설 모집에 당당히 당선된 것이다. 일약 21세에 화려한 데뷔를 한 그는 엄청난 양의 팬레터를 받아 우리의 부러움을 샀고, 당시 유행하던 도라지 위스키를 그 상금으로 꽤나 얻어 마셨다. 그는 그 상금을 절반 남짓 떼어 지금 마포 경찰서 뒤에 있는 한옥 한 채를 살 수 있었으니 당시 파격적인 고료는 미루어 보아도 짐작할 만하다.

그때 심사를 맡았던 황순원 선생과 그는 사제 간의 돈독한 인연을 맺어 경희대학교로 옮겼고, 학생 문인으로서 선망을 받으며 그 학교를 졸업하였다.

초급 대학 졸업 후 나는 대구로 낙향하였고, 지방 대학 편입, 군 입대, 졸업, 다시 상경, 이렇게 나의 청춘이 흘러갈 사이, 그는 1964년 해병대 장교로 입대하였다. 1968년이던가 출판사에서 야근으로 시달릴 무렵, 몇 년 만인가 실로 오래간만에 나는 군복을 입은 그를 만날 수 있었다. 당시 그는 포항에 근무하고 있었는데 휴가차 상경하여, 우리는 청계천 2가의 어느 소주집에서 마주 보고 앉았다.

지금도 선명하게 기억하고 있지만 나는 그때 그의 늠름한 모습을 잊을 수 없다. 해병대 장교란 것이 그렇게 보이기도 하지만 푸른 군복의 넓은 어깨와 면도 자국이 선명한 파르스름한 턱선, 검은 눈썹, 화장실을 다녀올 때 힘찬 걸음과 바지 아랫단에서 잘그작거리며 나던 철사의 울림, 나는 초라한 졸병으로서의 우울한 내 군복무 시절을 되떠올리며 주눅이 들어 버렸다.

그늘 속 벤치에 앉아 나를 기다리던 그가 팔월의 햇빛 속으로 천천히 걸어 나왔다. 그는 플라타너스의 싱싱한 잎 아래 한 손을 짚고 서서 나를 바라보았다. 그 멋진 군복의 줄선 바지선과 넓은 어깨가 예전 학창 시절의 병약한 문학청년이 아니었다. 그의 푸른 제복이 이상하게도 나의 마음을 흔들었으니, 그가 그 집단의 무교양과 굴종과 기압을 이기고 나왔다는 선망과 푸른 제복이 주는 남자다운 당당함이 나를 눈부시게 하였다. 그때, 나는 저 남자와 결혼해서 나를 맡겨도 되리라, 그런 결심을 어렴풋이 세운 것 같다.

내가 어느 콩트에 썩 먹은 이런 구절이 바로 군 시절의 그의 모습이었다. 김용성은 1969년에 5년간 군복무를 끝내고 한국일보사에 입사했다. 2년간 직장 생활을 청산하고 그는 전업 작가로 나섰으니, 나는 그때 그의 결단과 용기에 충격을 받았다.

사당동 한 동네에 살기가 이제 햇수로 거의 십 년. 우리는 누구보다도 자주 어울려 다니며 삶과 문학을 이야기했고 많은 술을 마셨다. 그를 사귄 지가 그럭저럭 25년. 우리는 청년 시절을 넘어 이제 장년도 중턱을 넘어서고 있다.

김용성은 한마디로 남성다운 남성이다. 과묵, 너그러움, 정의감, 성실성, 이 점은 친구로서의 칭찬이 아니라 그를 아는 문우들의 한결같은 입방아이다. 청년기의 그 빛나던 아름다움이 세파에 찌들리다 보면 이리저리 휘이고 뒤틀려 '과거'만 남는 사람이 허다한 마당에, 그는 내가 그를 처음 보았을 때나 지금이나 한결같은 성격의 소유자이다.

착하다는 말은 잘못 받아들이면 바보스럽다로 둔갑을 하여 해석하기도 하지만, 어진 가운데 분명함이 있고 생활적이면서 꿈을 가졌고 현실에 비판적이면서도 선동적이 아니고 자기를 세우면서도 포용력이 넓은 사람, 나는 그런 사람이 김용성이 아닌가 한다. 이런 말을 좀 구체적으로 풀어나간다면, 문단이나 교우 관계에서도 그는 적敵이 없다. 그렇다고 그를 호락호락하게 대하는 사람도 없다. 그의 우렁한 목소리처럼 그는 잘지 않고 선이 크며 포용력이 있다. 그러나 그의 성격의 한 특징을 이루듯 과묵함으로써 꿋꿋한 남자다움이 장점이다. 오랫동안 직장이 없다 보면 햇볕 들 세월도 있고 그늘진 세월도 있지만, 그가 청승스러운 생활고 타령을 이야기하는 적을 나는 한 번도 본 적이 없다. 글쟁이란 독선, 이기심, 의타심, 자기 학대가 심한 법인데, 그는 자기의 고뇌를 잘 밖으로 드러내지 않고 안으로 묵묵히 삭이는 쪽이다. 이런 점에서 김문수, 유재용과 더불어 그도 당당히 한몫을 하는 작가이다.

남자란 술집에 들어갈 때부터 술집에서 나올 때까지를 관찰하면 대충 그 '본질'을 알 수가 있는데, 늘 마음이 편한 작가가 바로 김용성이다. 또한 그는 늦은 나이에 대학원 공부를 시작하여 어느 사이 박사 과정을 대충 끝낸 노력파이기도 하다. 학구적인 그의 정열은 6백 쪽이 넘는『한국현대문학사탐방』에서도 일찍이 잘 드러난 편이지만, 이는 오로지 그의 성실한 삶의 결실에서 얻어지는 당연한 결과라고 여겨진다. 현실을 바라보는 시각 또한 그는 지식인의 한 표본답게 냉철하면서도 포용력이 넓다.

이제 김용성의 소설을 이야기할 차례인데, 같은 글쟁이로서 그의 글을 평한다는 것은 무엇하고, 느낌을 나름대로 요약한다면 역시 성실성과 집념, 즉 은근과 끈기가 어느 작가보다 약연하게 드러난다.

화려한 데뷔 이후 그가 다시 주목을 받기 시작한 것은 전업 작가로서 본격적인 집필에 몰두할 무렵인 1973년부터가 아닌가 한다. 물론「리빠똥 장군將軍」(1971년)과 같은 군 속성을 날카롭게 비판한 소설도 있었지만,「촉각觸角」,「유적流謫」,「시인詩人의 얼굴」,「제비 이야기」,「홰나무 소리」이런 가작의 단편을 1973년부터 1975년 사이에 발표하였다.

그 뒤 한동안 신문 연재소설로 잠시 외도도 하였지만, 그의 문학에서 제3 도약기가 장편소설 『도둑일기』를 발표한 1983년부터이다. 이어 그는 중편 「슬픈 재단사의 나날」을 잇달아 발표하였다.

여기서 특별하게 드러나는 점은 여태까지 그의 소설에서 볼 수 없었던 자전적 요소와 그의 삶의 근간을 이루는 독립문 근처가 소설 무대로 제공된 점이 특이할 만하다. 그는 유년 시절과 소년 시절을 독립문 근처에서 살아 온 서울 토박이로, 6·25와 전후 혼란기의 한 세월을 그 바닥에서 직접 겪은 목격자이기도 하다. 그러므로 종전에 그가 썼던 상상력과 가공이 많이 배제된 한편, 삶의 현장성이 두드러짐으로써 '진실의 울림'이 한층 더 돋보인다는 장점을 지니고 있다.

김용성은 이제 학문의 길을 걷고 있다. 그러나 그의 본업은 어디까지나 소설이다. 어느 인터뷰에서 그가 말한 것처럼 구한말 의병 항쟁을 다룬 대하소설 『깃발』과 조선조 철종 때 일어났던 진주 민란을 다룬 역작 또한 계속 나오게 되리라 기대한다. 그는 그 일을 해낼 것이다. 그는 아직도 청년의 심성을 가지고 있는 과묵하며 노력형의 작가이기 **때문이다.**

『우리시대의 한국문학 10』, 계몽사, 1991

역사 속의 한 개체

임 헌 영

　역사적인 격변기 속에서 인간이 어떻게 대응해 나가느냐 하는 문제는 문학 작품의 한 중요한 주제가 되어 왔다. 특히 한국 전후 문학에서는 사회적인 혼란이 극심한 시대적 배경 때문에 역사와 개인의 운명은 서사성을 지닌 소설 문학에서의 단골 소재가 되어 왔다.

　김용성은 등단 작품부터 바로 이런 문제를 다루고 있는데, 『잃은 자와 찾은 자』에서 그는 6·25의 비극이 젊은 세대에게 어떤 운명을 가져다주었는가를 추적하고 있다. 당시 전후 소설들이 전장의 현장적 요소가 짙거나 반전적 경향으로 내몰리고 있을 때 그는 『잃은 자와 찾은 자』를 통하여 전쟁 그 자체가 인간의 삶의 양상을 어떻게 변모시켰으며, 그로 인하여 역사에서 얻은 것은 무엇이고 잃은 것은 무엇인가를 규명코자 시도한다. 물론 지금 시각에서 보면 미숙한 구성과 이념적인 한계성 등이 나타나기는 하지만 1961년 이 작품이 나올 때만 해도 6·25 분단을 이처럼 정면으로 다룬 소설이 그리 흔하지 않았을 뿐만 아니라 다분히 이념적 한계성에 의한 인간상 창조의 구분법을 넘어 순수한 인간상 자체의 부각이란 측면에서 평가받은 문제작의 하나였음을 상기할 필요가 있다.

　이후 김용성은 전쟁 소재 작품에서 전쟁의 비참함 그 자체보다는 한 인간상이 역사적 혼란의 와중에서 무엇을 소중히 지키며, 또 무엇을 버리느냐 하는 문제를 심도 있게 다루어 왔다. 예컨대「불상」의 경우는 그 한 예가 된다. 월남전에 참전했던 한 분대의 실전 체험을 소재로 한 이 작품은 생명의 위험까지 감수하면서도 조상 대대로 이어져 오던 불상 하나를 간직해 나가는 월남인들의 생과 평화에 대한 의지와 투지를 그려 주고 있다. 여기서 작가가 본 것은 무력에 의한 정복이 아닌 저항의 한 정신력으로, 이는 결코 핵무기로도 근절시킬 수 없는 민족적 전통과 연대성에 입각한 공감대를 형성하고 있음을 확인시킨다.

그래서 전쟁 그 자체가 무장이나 정복으로만 목적을 달성할 수 없음을 이 작가는 상징화해 준다. 물론 이런 민족적 전통에 입각한 정신력의 소중함은 일종의 반역사주의적 성향도 없지 않으나, 어느 사회에서나 볼 수 있는 인간 사회의 공통적인 자기 방어 본능으로서의 가치 의식의 발현이라는 점에서 재평가되어야 할 것이다. 어느 사회나 민족 단위에서 이런 집단적인 가치관의 보존 의식은 남아 있으며, 이것은 결코 논리적인 단순한 거부만으로는 극복할 수 없는 민족적 삶의 한 상징으로까지 확대 해석해도 좋은 범국민적 가치관의 한 변형이기도 하다. 만약 한 사회가 이런 상징물도 하나 없다면 대체 외래의 침략과 역사적 혼란기를 무슨 구심점으로 극복해 나갈 것인가는 심각한 문제가 된다. 그렇다고 그 사회에 존재하지 않는 민족적 상징물을 우상화하여 만드는 어리석음을 저질러선 안 될 것이다.

월남인들이 지키려는 불상의 상징은 김용성 문학에서 혼란기를 극복해 나가려는 민중들의 기복祈福 사상과 맥을 통하며, 이는 다시 역사적 격변기를 무력한 한 개인이 어떻게 대응해 가는가를 간접적으로 상징화하는 것도 된다.

「두 아들」의 경우 해방 직후 좌우익의 틈바구니에서 한 고무신 장수가 자신의 부귀영화를 위하여 동료 상인을 빨갱이로 몰아치우다가 6·25가

터지자 도리어 보복으로 죽음을 당하는 이야기를 다룬다. 그 아들들은 서먹서먹한 대로 한의 응어리를 간직한 채 살아가나 역사 속으로 묻혀버린 진실을 모르고 지낸다. 그러나 막상 자기 아버지가 이미 죽어 버렸음을 알게 된 아들은 상대를 용서하기엔 아직 이르다고 생각하나, 그렇다고 달리 어떤 보복을 생각할 처지는 못 된다. 여기서 작가는 한 세대 앞서의 원한은 어차피 그 세대에서 끝나야 하며, 아들 세대에 이르러선 불가피하게 화해가 모색되어야 한다는 것을 상대방이 사 준 비닐우산을 버리려다가 그냥 펼쳐 드는 것으로 상징화한다.

『잃은 자와 찾은 자』나 「두 아들」에 비친 이런 인간 위주의 작가적 접근은 어떤 이념이나 투쟁도 인간의 생명을 우선할 수는 없다는 기본 논리 위에서 전개된다. 즉 김용성에게 중요한 것은 역사의 흐름을 바꾸는 것이 아니라 당장의 현실을 살아 나가야 한다는 것으로 귀착한다. 「환멸」에서도 보듯 남과 북 어느 곳에서도 수용되지 못한 한 소녀 첩보원의 죽음을 통하여 강조하고자 하는 것은 이 작가의 인간성 위주의 주제 의식이다.

그렇다고 김용성의 주인공들은 무조건 맹목적으로 살아남기 위해서는 어떤 일을 해도 좋다는 현실 타협파는 아니다. 이미 『잃은 자와 찾은 자』에서 온갖 회유와 위협 속에서도 굴하지 않는 인간상을 제시하고 있듯이 「슬픈 양복재단사의 나날」에 이르면 인간이 인간성을 지키기 위한 최소공약수로서의 미덕을 무척 중요시하고 있음을 느낄 수 있다.

즉 「슬픈 양복재단사의 나날」에는 어릴 때부터의 여러 친구들이 등장하는데, 이는 역사적 격변 속에서 그 변모해 가는 양상에 따라 대충 세 가지로 나눌 수 있을 것 같다. 첫째는 화자인 나로서(만중) 지나친 편견 없이 상식선에서 적당히 세파를 헤쳐 나가는 인간상을 이 작가는 제시하고 있다. 만중은 친구들의 불행을 아파해줄 줄도 알고 기쁨을 나누어 가질 줄도 안다. 그러나 그는 친구를 위하여 과감히 앞장서서 자기를 버린 채 싸울 수 있는 위인은 못 된다. 다만 소시민적으로 우정을 공유하는 선에서 세상을 조심스럽게 살아가는 그런 부류의 인간상이다. 이와는 대조적으로 채수는 역사적 격변기를 맞아 앞장서기를 주저하지 않는다. 4·19 때 선두를 달리다가 다리를 다친 그는 신문 기자로서 비판적인 글을 써 오던 중 뜻하지 않은 유언비어로 구속, 이후는 아버지의 업을 이어받아 양복 재단으로 따분한 나날을 보내다 쓰고자 하는 세상의 비리를 끝내 고발하지도 못한 채 죽는다. 이들 두 사람과는 달리 갑석은 역사적 변모와 함께 그 자신도 변모할 줄 아는 인간상으로 부각된다. 4·19 직후엔 남북 회담까지 주장하던 그는 국회의원 비서를 거쳐 모 기관 계장, 이어 큼직한 사업에 투신하게 된다. 현실 순응이든 거부든 위의 두 인물은 역사적 급변과는 관계없이 자기 인생을 그대로 살아가는 데 비하여 갑석은 변신을 통하여 자신의 능력 이상의 것을 얻으며 현실을 요리해 나간다.

이런 세 가지 삶의 형태를 두고 작가는 갑석 어머니의 입을 통해 자기 아들의 허위의식을 정당화시키는 발언을 하게 함으로써 간접적인 비판을 가한다. 즉 4·19 데모 때 그녀는 아들(갑석)에게 위험한 곳에 가까이 가지 말고 멀리 인왕산 성벽 위에서 구경이나 하라고 일러 주며, 아들은 이 말을 충실히 따른다. 이를 비난하는 동료들에게 그는 태연스레 말한다. "지도자는 전체를 파악할 줄 알아야 돼. 나는 그 날 하루 종일 그 산 위에서 데모가 벌어지는 양상을 지켜보면서 최일선에 서서 싸웠던 그 어느 누구보다도 많은 것을 배웠어."라고.

이런 세 가지 인간상의 갈등이 빚은 현실 속에서 작가는 아무런 편견도 없이 이상주의적 성향의 채수를 희생시키며, 방관자인 만중은 옹졸하게 살도록 내버려 두고, 급전 변신하는 갑석을 출세 가도를 달리게 만든다. 사실 이런 냉철한 귀결이야말로 이 작품을 값지게 만든 요체가 되는데, 이는 또한 김용성 소설이 지닌 현실 진단의 한 원형이기도 하다.

「재판관 귀하」에서도 보듯이 김용성의 소설에서는 채수와 같은 인간상은 희생될 수밖에 없다는 오늘의 사회가 지닌 구조적인 모순을 일깨워 준다. 이런 계열의 그의 소설에서 특이한 것으로는 「촉각觸角」이 있다. 성실·정직·근면한 정달진이 교통사고로 입원, 이후 그의 의식 세계에 비친 인간이란 귓바퀴 뒤에 연골처럼 뻗어오른 물체가 모든 이에게 다 달려 있는 것으로 보였다. 그는 곧 사회에서 미치광이 취급을 받게 되고, 구직차 헤매다가 차에 치여 죽게 되는데 이 우의 소설 역시 채수의 한 원형을 이루는 것으로 볼 수 있다.

　한편 갑석이와 비슷한 인간상으로는 「리빠똥 장군」을 들 수 있는데 이기주의의 극한치를 달리는 이런 부류의 인간상에 대하여 작가는 풍자적인 수법으로 그 전락 과정을 그려 주고 있다.

『우리시대의 한국문학 10』, 계몽사, 1991

도둑의 숨소리

김 주 연

　많은 소설집들이 나오고 있다.『동의보감』이후 홍수를 이루고 있는 비슷한 종류의 책들이 연일 신문 광고 지면을 가득가득 채우고 있으며, 올바른 문학적 평가를 짐짓 외면하고 있는 소설책들이 오직 잘 팔리기 위하여 시장을 격렬하게 두드리고 있는 모습들이 눈에 들어온다. 이런 범주에 들지 않는 좋은 소설집들도 물론 꽤 많이 나오고 있어, 풍성하다 못해 따라가기 힘들 정도다. 최근에 내가 읽어본 것만 하더라도 조성기의 장편『에덴의 불칼』, 홍경호의 장편『독신 시대』, 정찬의 소설집『완전한 영혼』, 하재봉의 장편『블루스 하우스』, 복거일의 장편『파란달 아래』, 유순하의 소설집『다섯번째 화살』, 이창동의 소설집『녹천에는 똥이 많다』등등과 여기서 살펴보고자 하는 김용성의 장편『도둑일기』, 그리고 김용만의 소설집『닌 내 각시더』이다.

　김용성은 등단한 지 30년이 넘은 작가로서 그 동안 수많은 작품을 써왔으나, 나로서는 제대로 관심을 표명할 기회가 없었다. 이번에 그는『도둑일기 2』를 펴냈는데, 이것은 85년에 발표된『도둑일기』의 속편에 해당한다. 말하자면 그는 두 권으로 이 장편을 완성한 것인데, 이 작품은 이전의 다른 소설들보다 자전적 요소가 매우 강한 것이 인상적이다. 이제 50대에 이른 작가가 젊은 시절을 되돌아보면서 쓴 이 장편은, 문학적 성취 여부에 앞서 상당한 관심의 대상이 아닐 수 없다. 한 작가의 행로라는 점에서도 그 관심은 높을 수밖에 없지만, 이문열의 장편 『변경』이 그렇듯이 이 작품 역시 한 시대의 기록이라는 점에서도 관심이 간다. 과연 『도둑일기』 전편이 6·25 전쟁의 뒷모습과 고아 삼형제의 삶을 다루고 있는 한편, 이번의 속편은 청년기에 이른 그들의 성장을 통해 60년대의 현실 속을 지나고 있다. 이 시대의 현실의 재현과 그 반추를 통해 작가 김용성이 걷어 올리고 있는 것은 무엇일까. 비슷한 시대를 살아왔고, 또 살아가고 있는 나로서는 미상불 궁금하다.

소설의 주인공 중수에게는 형 한수와 아우 성수가 있으며, 소설은 결국 이 삼형제의 이야기다. 그러나 화자는 어디까지나 '나'인 중수이며, 그의 시각에서 세계는 관찰되고, 체험되며, 비판된다. 속편에서의 그 세계는 4·19로부터 5·16 군사 정부의 출현과 경제 드라이브, 데모, 월남전 등으로 대표되는 60년대 현실이다. 주인공 중수는 해병대 장교로 임관되어 서울에 나타난다. 그러나 군대에서는 소속감이 있었으나 잠시 얻은 휴가는 다시금 그의 방향을 애매하게 한다. 집이 없기 때문이다. 집이라면 결혼한 형의 집을 찾아가는 것이 당연한 도리였다. 소설을 그대로 인용하자면 "형의 편지 속의 '우린'이라는 표현이 형 집으로 가야 할 내 발길을 가로막았다." 왜냐하면 형수가 된 연주는 한때 중수의 애인이었고, 지금도 그가 사랑하고 있는 터였기 때문이다. 결국 중수는 여전히 고아일 수밖에 없었다. 성인이 된 고아─『도둑일기』 속편은 바로 그 일기다.

중수가 간 곳은 박달 청년이 기거하고 있는 미답상회의 종로5가 미곡 창고였다. 그곳은 그가 예전에 곡식 가마니를 나르며 일꾼으로 있던 곳이었다. 그는 이제 그곳밖에 달리 갈 곳이 없었다. 형은 결혼하여 가정을 차린 처지였으므로 자신의 집이 바로 갈 곳이었다. 아우 성수는 신부가 되었으므로 그는 갈 집을 찾을 필요가 없었다. 그렇게 본다면 여전히 고아로 남아 있는 사람은 중수 한 사람뿐이었다. 물론 그에게도 군대라는 커다란 보호처가 있었으나 그곳은 그가 자발적으로 가고 싶어하는 장소가 아니었으므로, 그는 방황의 거리에 남아 있는 것과 다를 바 없었다. 전사한 아버지와 병사한 어머니를 그리워하는 사람도, 그러므로 형제 중에는 다만 자기뿐인 것으로 그에게는 생각되었다. 어머니는 도둑질하지 말고 언제나 세 형제가 같이 다니라고 유언했지만, 그 일은 지켜지지 않았다. 요컨대 고아 의식에 여전히 머물러 있는 중수에게 갈 곳 없는 서울은 황량한 벌판이었다.

장편『도둑일기』에는, 그러나 이상하게도 슬픔이나 절망의 냄새가 배어 있지 않다. 아, 고아에게는 슬퍼할 시간이 없다고 했던가. 소설은 서정적인 분위기를 조금도 허락하지 않은 채 군대로, 사창가로 즉물적인 문제를 통해 독자를 끌고 다닌다. 고아가 터득한 것은 슬픔이나 절망 따위가 아니라 냉엄한 현실이었고, 이 현실에 패배할 수 없다는 가혹한 생존 의지였다. 주인공의 비망록에는 이런 내용이 나온다.

> 인간이란 동물 이상도 이하도 아닌 존재다. 그가 아무리 좋은 환경에서 태어났건, 그가 아무리 고상한 교양을 쌓았건, 그가 아무리 어떠한 종교를 믿고 있건, 그가 어떤 사상을 갖고 있건 그의 본질은 동물적인 것에서 벗어날 수 없다. 웅이 말한 대로 그는 먼 조상이 갖고 있던 꼬리의 그림자를 몸에 지니고 있기 때문이다. 따라서 그는 가족이나 이웃에게 헌신적일 가능성이 있는 것처럼 가족이나 이웃을 해치고 그들의 소유물을 도둑질하고 빼앗을 가능성도 항상 갖고 있다.

이 진술은 중요하다. 실제로 삼형제 가운데 형 한수는 목재상을 하면서도 정치 브로커와 내통, 사업을 늘려가는 한편, 아내 연주와의 관계를 불성실하게 이어간다. 그러면서도 그에게는 늘 명분이 있다. 때로는 정치 현실에 대한 합리적 해석이 있고, 부부 관계나 이성 관계에 대한 현실적 사랑이 있고, 형제간의 우애에 있어서도 정열이 있다. 그러나 명분과 방법 사이에는 늘 괴리가 있고, 그것은 또 현실적으로 항상 정당화된다. 요컨대 작가는 한번도 직접적인 표현을 내놓고 있지 않지만, 한수는 결국 도둑의 표상을 이 소설에서 담당하고 있는 것이 분명하다.

다른 한편 신부가 된 성수는 학생 데모 등 정치적 억압에 대한 저항과 소외 대중을 위한 운동을 은밀하게 돕고 있다. 그는 형 한수의 교묘한 말림, 그리고 사회적 시선 때문에 직접적인 방법을 취하고 있지는 않지만 그러한 비판적 실천 운동을 이웃에 대한 헌신이라고 생각하고 있다. 그의 사제직은 그 한 방편일 수 있는 것으로 부각된다. 그러나 중수에게 있어서 그것들은 사회의 일반적인 시각처럼 엄청난 변별성을 갖지 않는다. 그의 입장은 인간 동물론에도 나타나지만, 휴전선 부근에서 소대장으로 근무하면서 폭탄을 터뜨려 물고기를 잡아먹는 사건에서도 나타난다. 이 사건으로 인하여 필경 군수사 기관에도 불려가고, 월남으로 파병되기도 하지만, 그는 결코 후회하거나 원망하지 않는다. 먹고 사는 것 − 거기에는 훈장도 필요없고 징벌도 가당치 않다. 그의 이러한 인간주의·현실주의 때문에 문체 역시 즉물적일 수밖에 없는 것으로 여겨진다. 즉물적 문체를 통한 즉물적 세계관은 감동을 진하게 유발하지도 않고, 어떤 페이소스를 조성하지도 않는다. 그렇기는커녕 오히려 작가 자신을 무미건조한 존재로 자기 소외시킨다. 김용성의 경우는 그러나 그 정도에 이르는 것 같지는 않다.

『사랑과 권력』, 문학과지성사, 1995

사회의식의 깊이와 그 문학화에 이르는 도정

—『잃은 자와 찾은 자』에서 『이민』까지

김종회

1. 문학의 길과 그 성숙을 예비한 서장(1940~1963년)

김용성은 간결하고 평이한 문체로 정확하고 객관적인 서술의 행보를 유지하고 있는 작가이다. 그의 작품들은 당대의 공시적인 문제들에 대해서 강렬한 사회학적 관심을 함축하고 있으며, 타락해 가는 사회 속에서 타락해서는 안 될 정신적 순수성을 끈질기게 추구해 왔다. 그것을 표현하는 소설의 제재는 우리 사회의 여러 면모에 폭넓게 이르고 있으며, 그 다각적인 성과로 인하여 우리 문학이 끌어안고 있는 소중한 작가의 한 사람으로 기록되고 있다.

바로 그 김용성의 출생지는 일본이다. 1940년 11월 22일 고베[神戶]에서 아버지 김명수金明洙와 어머니 강신원姜信元 사이의 삼남매 중 장남으로 이 세상에 나왔다.

부친은 경기도 포천 사람으로 몰락한 집안에서 농업에 종사하였으나, 일제 말기의 어려움과 궁핍을 벗어나고자 서울 출신의 규수와 결혼한 후 일본으로 건너가서 기계 기술을 익혔다.

그래서 김용성이 일본에서 태어났던 것인데, 그는 고베의 어느 학교 교실에서 여섯 살의 어린 나이에 폭격으로 죽은, 수도 없이 많은 시신들을 목격하게 된다. 그 충격으로 그는 세상을 우울하게 바라보는 아이가 되었다고 술회한 바 있다. 세상을 '우울하게' 받아들이는 반성적 성찰의 시작, 어쩌면 거기에서부터 '작가 김용성'의 여린 움이 돋고 있었는지도 모른다. 2차 대전 말기 미군의 공습이 가일층 심해지던 1945년 6월, 그러니까 해방을 두 달 앞두고 김 씨 일가는 폭격을 견디기 어려워 귀국을 결행한다. 배를 타고 여수를 거쳐 열차 편으로 서울에 와서 맨 먼저 궁정동에서 살았다. 일본에서 김용성의 이름은 '마코도[誠]'였는데, 서울에 와서는 광산光山 김씨의 돌림인 용銘 자를 찾아 지금의 이름으로 불리게 되었다.

처음 서울에 온 그가 우리말을 잘 모르는 것은 당연했다. 동네의 아이들은 그를 '쪽발이'라고 놀렸다. 그렇게 우리말과 글에 서툰 채 삼청국민학교에 입학하여 학교를 다녔는데, 국어 점수는 대체로 30점 정도에 그쳤다. 그 언어 장애가 해소되기까지는 2년의 세월이 걸렸다.

김용성이 우리 나이로 아홉 살 되던 1948년, 체신부 직원이던 부친이 위암으로 청량리 밖 위생병원에서 두 차례 수술한 끝에 사망했다. 험악한 외풍의 바람막이로서 부친이 건재해 있어도 살기가 어려웠던 시절, 그의 가족은 하는 수 없이 모친의 친정이 가까운 서대문 밖 현저동으로 이사했다. 김용성은 학교를 옮겨 안산국민학교로 전학을 했다.

그의 대표적 장편 『도둑일기』를 포함한 몇몇 소설의 무대가 영천과 서대문 일대로 되어 있는 것은 그의 성장지인 이곳에서의 삶을 체험적으로 반영하고 있기 때문이다. 구 형무관 학교와 담 하나를 사이에 두고 연접해 있던 그의 옛집은, 그의 표현에 의하면 '6·25와 더불어 슬픔과 눈물로 점철'되어 있다.

1950년 6·25 동란이 발발하자 인민군 탱크가 서울까지 진입해 왔고,

김용성은 그 탱크가 서대문 형무소의 철문을 부수고 들어가는 엄청난 광경을 목도하게 된다. 그리고 죄수들이 쏟아져 나와 '인민군 만세! 김일성 만세!'를 부르며, 전날까지 '국군 만세! 이승만 대통령 만세!'를 부르던 연도의 구경꾼들까지 덩달아 전혀 다른 만세를 부르는 모습을 보았다. 학교에서는 그 인자하던 교감 선생이 이제는 자기가 교장이라며, 위대한 김일성과 스탈린에 충성해야 한다고 목청을 높이는 모습도 보았다. 김용성은 이때부터 '인간의 이중성'을 실감하게 되었고 이는 나중 그의 작품 처처에 각기 다른 차림으로 출현한다.

일본이 전쟁으로 위험했던 만큼 서울 또한 그렇게 위험했다. 1950년 7월 말 김용성은 공습을 피하고 또 식솔을 줄이고자 하는 모친의 뜻에 따라 막내 동생 용태容泰와 함께 포천의 큰댁으로 피신했다. 거기서 여름을 지내고 수복이 된 후 서울로 돌아오니, 집은 불타버렸고 그 자리에 판잣집이 세워져 있었다.

그의 『도둑일기』에 등장하는 판잣집, 서울은 물론 일선까지 다녀오는 구두닦이 행각, 서울역에서의 석탄 훔치기 등은 이 무렵에 실제로 그가 체험한 사실을 바탕으로 한다. 이 시절의 심정적 동향, 전쟁을 바라본 시각에 대해 작가는 이렇게 술회했다. "무엇을 선택할 능력이 없는 한 소년이 전쟁에 부대끼며 체험한 것은 오직 한 가지 – 전쟁은 파괴를 그림자처럼 거느리고 있는 괴물이라는 것이다."

이러한 수준의 사고, 이러한 부피의 인식이 가능했던 만큼, 국민학교 6학년인 그에게 '문학'이 있었다. 이때 그는 소설이란 것을 처음으로 대했으며, 그것은 외사촌으로부터 빌린 겉장 떨어진 이광수의 역사소설 『이차돈의 사死』였다. 이 소설과의 만남을 시발로, 그에게는 차츰 '될성부른 나무'의 흔적이 나타나기 시작한다.

전쟁으로 한 해를 쉬고 1년 늦게 국민학교를 졸업한 다음, 김용성은 1954년 배재중학교에 입학했다. 이때도 여전히 구두닦이를 했으며, 구두약에 노란 물이 든 손가락을 보고 친구가 담배 피우는 줄 오해하는 사단이 있었을 만큼 그는 가난했고 힘들었고 슬펐다.

고등학교는 학비를 내지 않고 공부할 수 있는 학교를 찾았다. 그는 무려 24대 1이라는 놀라운 경쟁률을 뚫고 교통고등학교 업무과에 합격을 했고, 이 학교 재학 시절에 오랜 문우인 작가 양문길을 만났다. 이 실업계 겸 공업계 고등학교에는 문예반을 중심으로 묘하게도 문학하는 전통이 살아 있었으며, 김용성은 무턱대고 40매 짜리 소설을 한 편 써서 교지에 실었는데 그것이 그의 40년 문학 성상星霜에 첫 작품이었다. 재학 중에는 대학에서 시행하는 학생 문예 작품 공모에 두어 번 입선하기도 했다.

이때 그가 살던 곳 부근 영천 시장 북쪽 끝머리에 책 대본집이 하나 있었는데, 그는 여기서 『전쟁과 평화』, 『바람과 함께 사라지다』 등의 대작들, 그리고 헤르만 헤세와 투르게네프와 도스토예프스키와 앙드레 지드의 소설들을 빌려서 탐독했다. 그는 자신이 초기 소설에 번역 투의 문장 냄새가 나는 것이 그 체험 때문이며, 이 외국 소설에 대한 다독이 자신의 문학에 토대와 자양이 되었다고 믿고 있다.

4 · 19 혁명이 일어나던 1960년, 고등학교를 졸업하고 취직을 전제로 하여 야간인 국제대학 영문과에 입학하였으나 정부가 혼란한 와중이라 취직을 할 수가 없었다. 이 향방 없던 때에 그의 눈앞에 새로운 목표가 나타났다. 한국일보에서 화폐개혁 전의 돈으로 육백만 환을 걸고 장편소설 공모를 발표했던 것이다. 고등학교 학우였던 양문길을 통해 김원일, 김원두, 신중신 등과 교유하면서 문학의 꿈을 키우던 때였다. 김용성은 도서관에 틀어박혀 소설 쓰기에 몰두했다.

그래서 김용성의 입신작 『잃은 자와 찾은 자』가 탄생했다. 그는 이 현상 공모를 통해 무엇인가를 성취하겠다는 욕구도 있었지만 솔직하게 한국일보에서 내건 대단한 현상금이 탐이 났다고 했다. 당시의 그 금액이 얼마만한 가치에 이르는지 판단이 잘 안 되지만, 나중에 그가 그 당선금의 절반으로 20평 남짓한 기와집을 사서 이사했다고 했으니 대략 규모를 짐작할 만하다.

　그러나 욕심이 재능과 노력보다 앞설 수는 없었다. 그는 어렸을 때부터 겪어온 대동아 전쟁과 6·25 동란을 바탕으로 북한군으로 자원해 갔던 주인공과 국군이었던 또 하나의 주인공을 내세웠다. 자신의 체험은 어린 시절의 목격밖에 없으므로, 국립·시립 도서관의 책들을 뒤지며 '철저한 거짓말' 곧 완벽한 허구를 준비했다. 그리고 두 주인공이 각기 같은 편인 중공군과 미군의 총격에 죽는 아이러니컬한 상황을 연출함으로써 전쟁이 어떤 방식으로 얼마나 무섭게 인도주의와 인간중심주의의 적대 세력인가를 밝혔다. 그의 나이 스물이 갓 넘었을 때의 일이었다.

　『잃은 자와 찾은 자』는 그를 작가의 길로 들어서게 했으며, 작품을 써서 이름을 얻고 또 생계를 유지할 수도 있다는 자신감을 갖게 했을 터이다. 그렇기에 그가 군에서 제대한 후 짧은 직장생활을 거쳐 일찍부터 전업 작가의 길로 들어서지 않았나 싶다.

　이 요란한 등단으로 문단에 얼굴을 내민 후, 이듬해인 1962년 중편 「도전하는 혼」을 썼다. 그리고 문학 공부를 제대로 하기 위해 등단할 때의 심사위원이었던 황순원 선생께 청원하여 학교를 경희대학교 영문과로 옮겼다. 그리하여 나중에, 지금 이 글을 쓰고 있는 필자와도 선후배의 인연이 닿았으며, 그가 늦깎이로 대학원에 진학함으로써 필자는 그와 한 교실에서 공부하는 행운(?)을 누리게 된다.

　경희대 영문과를 다니는 동안 김용성은 에드거 앨런 포, 토마스 하디, 윌리엄 포크너, 어네스트 헤밍웨이에 주로 관심을 갖고 있었다. 그리고 앞서의 상금 덕분에 형편이 나아져서 서대문 천연동, 충정로 3가 등지로 이사하며 살았다. 1963년에는 단편 「제6열 인간」과 중편 「버림받은 집」을 발표했으며 그 해에 경희대에서 4학년을 마쳤다.

대개의 한국 현대 문학 작가들이 단편에서 출발하여 중편과 장편으로 확대 발전해 가는 것이 상례인데, 김용성은 처음부터 장편으로 시작했고 초기에도 중편을 시도한 비교적 호흡이 긴 작품을 가지고 있었다.

어려운 가정환경과 생활 여건을 뚫고 여기에까지 이른 것은 가히 입지전적인 의지와 노력의 결과였다고 말할 수 있겠다. 이 어려운 시절이 말하자면 작가 김용성의 문학적 성숙과 성과를 예비하는 준엄한 수업 기간이었던 것이다.

2. 다각적인 현실 체험의 문학적 변용(1964~1987년)

대학을 졸업하자마자 김용성은 곧바로 군에 입대했다. 군대생활을 제대로 체험하겠다는 각오로, 해병대 간부 후보생에 지원했던 것이다. 필자 또한 해병대 출신이어서 익히 아는 터지만, 그 무렵의 해병대 훈련과 내무생활의 고됨이란 필설로 형용하기 어려운 바가 있었다.

1965년 1월, 훈련이 끝나 소위로 임관하고 포항 사단에 배치되어 보병 소대장으로서 군생활을 시작했다. 그로부터 1969년 4월까지 만 5년 간 그는 군대에서 "고도의 교육을 받은 지적이고 이상적 인간일지라도 본능적이고 충동적인 인간으로 전락할 수 있다는 것과 군대 조직을 움직이는 것은 인간이 아니라 메커니즘이라는 것"을 배웠다.

그 보병 소대장 생활 첫 해에 단편 「아플락싸스」를 썼으며, 나중에 이 시기의 체험을 바탕으로 자신의 평판작이 되었던 중편 「리빠똥 장군」을 쓰게 된다. 그러나 그것은 1971년의 일이다.

군문에 머무는 동안, 그는 시간을 쪼개어 계속 작품을 썼다. 1966년에 단편 「환멸」 등 4편을, 1967년 단편 「벽」 등 2편을, 그리고 1968년에 단편 「불상」 등 2편을 발표했다. 이는 기실 놀라운 일이다. 그 고된 군생활을 헤치고 지속적인 작품을 발표한 것도 그렇거니와, 아무리 한국일보 장편 공모로 이름을 얻었다 할지라도 신인 작가가 그처럼 지속적으로 발표 지면을 확보하는 일이 결코 용이하지 않았을 것이기 때문이다.

이러한 대목들은 결국 그가 가진 작가로서의 끈기와 성실성으로 밖에는 설명할 길이 없다. 이 무렵의 작품들은 주로 군생활의 체험과 연관된 것들이 많았으나 그다지 그의 마음에 드는 작품은 없었다.

군인의 신분으로 김용성은 1968년 1월 중앙대학교 영문과 출신의 규수 이근희李槿姬와 결혼하고 12월에 장남 홍중泓中을 얻음으로써, 한 가정의 주인이 되었다. 험준한 시대사의 파고 속에서 가족구성원의 의미를 유다르게 체험해 온 그로서는, 그 당시가 이를테면 인생의 한 전기轉機에 해당하는, 하나의 단계를 넘는 시기였다.

1969년 4월, 그는 월남전 때문에 연장되었던 복무 기간을 임시 대위 계급장을 끝으로 청산했다. 그리고 곧바로 5월, 한국일보 기자로 입사했다. 이래저래 한국일보는 그와 인연이 깊은 셈이다. 군생활 5년 간이 길고 지루하긴 했으나 그동안 '수직적 사고'에 익숙해 있던 그에게 세상은, 사회는 낯설게만 보였다. 그러나 그 '낯설다'라는 인식이 그로 하여금 작가로서, '제2의 생'을 다시 출발하게 하는 추동력이 되었다.

한국일보 기자로 일하던 그 첫 해에 단편 「덜미 잡힌 사내」 등 3편을 발표하고, 다음해인 1970년 김포 임진강변의 군생활에서 얻었던 체험을 토대로 하여 단편 「거짓말쟁이」를 발표했다. 이 해에 차남 욱중郁中이 출생했다. 기자와 작가는 같은 글 쓰는 직업을 가졌으되 그 시각과 사유의 방향이 상당히 다를 수밖에 없다. 그는 '작가'에 충실하고 전념하기 위하여 이태에 걸쳐 붙들고 있던 '기자'를 버리기로 결심하고 1971년 한국일보를 퇴사했다. 그리고 곧바로 앞서 언급한 「리빠똥 장군」을 『월간문학』에 분재하기 시작했으며, 이를 『문학과지성』에 재수록했다.

김용성의 저서 가운데 작고한 문인의 행적을 뒤쫓아 그 작품 서지와 작품 세계, 그리고 전기적 사실과 작품과의 관련성 등을 총괄적으로 수록한 것으로 『한국현대 문학사 탐방』이 있다. 한 작가를 단기간에 전체적으로 파악하는 데 있어서는 더없이 좋은 길잡이가 되는 책이다. 김용성은 이 책의 서두를 1972년 9월 주 1회 ≪한국일보≫에 르포 기사로 연재하면서 시작했다.

이 연재가 꼭 1년이 걸렸는데, 이는 기자로서 문화부 일을 할 때 구상했던 것으로, 생각보다 반응이 좋았다. 이 연재를 계속하는 동안 1973년까지 「조그만 영토」를 비롯하여 모두 6편의 단편을 발표했다. 이때의 문학사 탐방은 10년 후인 1982년 6월부터 12월까지 주 1회로 ≪한국일보≫에 제2차가 연재가 이어지게 된다.

1974년 김용성은 강력한 풍자 정신으로 동시대 독자들의 가슴, 그리고 동시대 삶의 중심을 두드린 장편 『리빠똥 사장』을 ≪일간스포츠≫에 연재한다. 그러면서 단편 「조상기眺翔記」 등 4편을 발표했다. 이듬해 1975년 첫 작품집인 『리빠똥 장군』과 장편 『리빠똥 사장』을 예문관에서 간행했으나, 그 제목의 어의語義에서부터 발산되는 비판의식과 풍자성으로 인하여 당시 박정희 정권에서 발동한 긴급 조치 제9호에 걸려 광고 한번 해보지 못하고 만다. 이 해에도 단편 「마魔의 자유」 등 3편을 발표했다.

두 번째 작품집 『홰나무 소리』는 1976년 현암사에서 나왔다. 첫 작품집 『리빠똥 장군』은 1970년대 발표된 것을 수록한 반면, 여기에서는 문단 데뷔 이후 이때까지의 전 기간에 걸쳐 발표된 작품 가운데 13편을 추렸다. '후기'에서 작가 자신의 진단에 의하면 데뷔 이래 15년간의 작품이 대체로 '비극적 관점'에 입각해 있다는 것인데, 그것은 아마도 그가 살아온 신산스러운 세월과 관련이 있을 터이다. 그는 추후 '도태되지 않고 창조하는 인간'을 그리고 싶다는 소망을 적어두었다.

1976년에 단편 「도주」 등 4편을 발표하는 한편, 장편 『정죄淨罪의 산』

을 여성지에, 그리고 또 다른 장편『내일 또 내일』을 ≪한국일보≫에 연재하기 시작했다. 이처럼 한국일보와 끊임없는 관련을 보여주는 것은, 그를 가까이서 겪어본 사람들이 그의 인품과 기량을 십분 인정한다는 증좌에 다름 아닐 것이다.

1977년에는 그동안 살던 충정로 3가에서 아현동으로, 개봉동 밖 철산리로 전전하다가 마침내 관악구 남현동 지금의 집으로 이사했다. 이 해에 단편「뻐꾸기에서 기러기까지」등 2편을 발표하고 작품집『화려한 외출』을 갑인출판사에서 묶어냈다.

1978년에는 장편『내일 또 내일』, 『야시』, 『오계의 나무들』등을 간행하고『떠도는 우상』을 ≪부산일보≫에 연재하기 시작했으며 중편 문제작「밀항」을 그 다음해까지 3부의 연작으로 발표하기 시작했다. 중편집『밀항』은 1981년에 단행본으로 간행되었는데 여기에는「밀항」외에「그날의 행방」, 「안개꽃」등 3편의 작품이 실려 있다.

『내일 또 내일』은 이규화, 강진우 등 당대 젊은이들의 전형성을 가진 탁월한 인물들을 창조하면서 장안에 화제를 뿌렸다. 비극적 세계관을 배경으로 세 남자와 세 여자의 위선, 욕망, 사랑, 희생을 펼쳐 보임으로써 당대 사회의 정체성과 그것의 핍진한 의미를 소설문법으로 걷어올린 작품이었다. 이 소설에는 외형적 사회 현상의 배면을 읽어내는 작가의 깊은 눈과 이를 비판적으로 바라보는 작가의 비판 정신이 잘 드러나 있다.

1979년에는 장편『그것은 우리도 모른다』를 ≪매일신문≫에 연재했으며, 1980년에 장편『나신裸身의 제단』을 ≪경향신문≫에 연재했다. 1981년에 단행본으로 나온『나신의 제단』은 베트남 전쟁을 참전하고 돌아온 세 명의 주인공들을 중심으로 그들이 각기 다른 사회 계층 속에서 어떻게 서로 다른 삶을 영위하고 있는가를 보여준다. 작가의 표현에 의하면 전쟁터에 '동류항同類項'이었던 그들이 어떻게 어떤 '이류항異類項'으로 변화해 가는지 추적하는 것인데, 이와 같은 접근법은 이 작가가 우리 사회의 본질적 성격을 끊임없이 탐색해 나가는 또 하나의 도정道程에 해당한다.

김용성은 1980년 동인지 『작단作壇』의 일원으로 가입하고 이를 통해 전상국, 김원일, 유재용, 김문수, 김국태, 현기영, 최창학, 한용환, 이진우 등의 동년배 작가들과 교유하며 그 문학과 삶의 폭을 넓혀나간다. 필자가 이 작가를 처음으로 가까이 만난 것은 이 무렵이었으며, 작단의 동인들이 그때 우리 제자들이 가까이 모시고 있던 스승 황순원 선생과 자주 자리를 함께 하면서였다.

여기까지 김용성은 '불혹'의 나이를 넘기고 있었고 문필에 임하여 소설을 써온 지 20년, 그러니까 지금 현재까지의 40년 문필생활에 비견해 보면 대략 절반의 기간을 지나고 있던 시점이다. 그는 그동안 강력한 사회의식과 비판적 안목으로 우리 사회의 정체성과 부정적 측면의 의미를 구명하고, 그것을 딛고서 발아할 수 있는 새로운 소망의 내일을 조망해 왔다. 그리고 이와 같은 태도를 소설 제작의 성실성을 통해 증명했던 것이다.

3. 원숙한 세계관과 사회의식의 형상(1982~2000년)

1982년 김용성은 그의 삶과 작가로서의 길에 있어서 시사점이 될 만한 몇 가닥의 행적을 보인다. 우선 그는 그동안 빈번히 연재해 오던 신문 소설에 회의를 품고 될 수 있으면 신문 연재를 하지 않으리라 자신에게 다짐한다. 전업 작가로서 상당한 수준의 금전 치환이 가능한 이 연재를 거부키로 한 것은, 사실 상당한 각오와 자기 독려가 없이는 어려운 일이다.

다음으로 오래전부터 품어온 뜻을 따라 비록 만학晚學이긴 하나, 경희대 대학원에 진학했다. 필자가 이때부터 이 작가와 석사과정 및 박사과정을 함께 다닌 연고로, 그 무렵의 그의 늦은 대학원 생활을 손바닥 안의 그림처럼 익히 알고 있는 편이다. 그런데 그때는 경희대 대학원의 새 르네상스 시절이었다. 어떻게 만학의 바람이 불었는지 신봉승, 전상국, 조세희, 조태희, 정호승, 박남철 등 우리 문단의 쟁쟁한 문인들이 한 강의실에 함께 앉은 진풍경, 한국 문단사에 전무후무한 상황이 전개되었던 것이다.

그런데 그때 김용성은 누구보다도 성실하고 부지런했다. 한 번도 결석이나 지각을 하는 법이 없었고 발표나 과제물도 우리들 같은 젊은 축들보다 항상 앞섰다. 지금에야 전업 작가들이 많이 있고 또 그것으로 생활이 유지되기도 하는 시대이지만, 필자로서는 그때까지 전업 작가로는 살기가 어려운 우리 문단 풍토에서 저 작가가 저만이나 하니까 버티고 나왔구나 하는 느낌이었다.

그의 눈매는 본인의 작위적인 의지와 관계없이 날카롭게 보이는 쪽이다. 그는 언젠가 어느 주점에서 전혀 상관도 없는 사람들로부터 이유 없이 왜 째려보느냐는 시비를 당한 적이 있다고 술회했다. 그는 그 정직하고 무거운 눈으로 세상을 바로 보려 애쓰는 작가이다.

그가 가진 강렬한 사회사적 관심, 사회의식은 일찍이 그가 대학의 사회학과를 가고 싶어 했다는 고백을 통해서도 그 밑동을 짐작해 볼 수 있다. 반면에 안으로 갈무리된 그의 심성은 매우 따뜻하며 또 공의롭다. 필자는 한 번도 그가 부당하게 남을 비방하는 언사를 내놓는 것을 보지 못했다. 이를테면 그의 비판 의식에는 항상 납득할 만한 이유와 설명이 있었다는 것이다.

그와 더불어 술자리에 있을 때, 혹 식대를 계산할 의향이 있을 양이면 매우 빨리 움직여야 한다. 그는 대체로 자신이 참석한 모든 자리의 식대를 모두 자신이 내려는 쪽이다. 이것이 해병대 장교 시절부터 몸에 밴 지휘관의 기질인지, 아니면 어린 시절의 어려웠던 기억에 대한 반사 작용인지 필자는 잘 알지 못하겠다. 그런데 중요한 점은 그가 전업 작가로 거의 무직에 가까웠을 때에도 그러하였으니, 이는 분명 그의 무엇이든지 먼저 감당하려는 공의로움의 자세에서 말미암은 것이라 여겨진다.

1982년에 앞서 일러둔바 『한국현대 문학사 탐방』을 다시 연재하기 시작한 김용성은 1983년 자신의 성장지인 서대문 일대를 배경으로 하여 장편 『도둑일기』를 『현대문학』에 연재하기 시작했다. 다음해 2월 이 작품으로 제29회 현대문학상을 수상했으며, 그 직후 경희대에서 「채만식의 <태평천하> 연구」로 석사학위를 받고 곧바로 박사과정에 진학하게 된다. 『한국현대문학사 탐방』은 개정 보완되어 현암사에서 다시 간행되었다.

『도둑일기』는 1980년 『현대문학』에서 한 권이 나왔고, 이후 1992년 2부를 『동서문학』에 연재한 다음 1, 2부 2권으로 동서문학사에서 다시 나오게 된다.

『도둑일기』의 제1부는 6·25 동란기부터 4·19 혁명 직전까지의 1950년대를, 제2부는 그 이후 10년간, 즉 1960년대의 시간을 무대로 펼쳐진다.

소설의 중심인물 한수·중수·성수 삼형제는 이 격동의 근대사와 더불어 삶의 첫 장을 연 전쟁고아로 출발한다. 이들의 성장과 성인화 과정을 통하여, 이제는 이들이 중추가 되어 있는 우리 사회의 난맥상과 그 원인을 추적하는 이 소설은 지나치게 엄숙한 표정을 짓지 않고서도 분단 모순과 계급 모순의 민족사적인 문제들을 폭넓게 조감한다. 지금까지 이 두 가지 민족 모순에 대응한 작품들이 허다하게 산출된 것은 사실이지만 그 통상적인 주제의 심화를 위해 이 작가가 새롭게 제기하고 있는 글쓰기의 방식, 이른바 성장소설 형식의 도입은 선택된 과제에 이르는 길을 매우 원활하고 설득력 있게 열어나간다.

『도둑일기』는 우리 문학사에 거의 그 전통이 없다시피한 부피 있고 체계적인 성장소설의 지평을 개척했다는 사실만으로도 주목할 만하다. 더 나아가서는 큰형 한수가 사업가로, 둘째 중수가 소설가로, 막내 성수가 성직자로 삶의 목표를 설정하고 자의적으로 그 단계를 밟아 나가는 사정을 통해, 동시대 현실의 밑그림을 효율적으로 부각시키고 있다. 아울러 이들 형제의 서로 다른 목표와 성격 유형은, 서로 대비되는 사회 세력들의 행로와 가치관 및 현실 반응의 양태를 총괄적으로 검증하기 위한 주밀한 배합이라 할 것이다.

이렇게 본다면 『도둑일기』가 단순한 성장소설이 아니라 강력한 사회적 관심으로 지나간 1950년대와 1960년대를 조명하고 있다는 사실을 쉽사리 수긍할 수 있게 되는 셈이다. 그중에서도 큰형 한수의 경우, 곧 이제는 도둑질에 대한 변명거리로서의 명분도 없고 따라서 인도주의적 차원에서 용서받을 만한 근거도 없는 시대에 반성 없이 도둑질을 계속하는 인간형에 대해, 작가는 날카로운 비판의 칼날을 세우고 있다 할 것이다. 전후의 혼란한 사회가 정비됨과 함께 산업 자본주의의 시대로 이행하고 물질 만능주의의 팽배가 진실된 가치의 타락을 가속화시키는 시대에 대한 경각심, 그것이 한수의 언행을 그려나가는 작가의 심중에 자리 잡고 있을 것임에 틀림없다.

이 글의 서두에서 이 작가의 성장사를 통해 살펴본 것처럼, 『도둑일기』는 작가의 직접적 체험의 반영과 사회학적 관심 또는 견식이 조합되어 산출된 수작이다. 그 제목을 두고 장 주네의 『도둑일기』를 운위하는 이들도 있으나, 전혀 다른 종류의 이야기이다.

1985년 김용성은 인하대학교 국문과 소설 담당 교수로 부임함으로써 만학의 열정이 객관적 성과에 이르게 된다. 1986년에는 「아카시아 꽃」으로 제1회 동서문학상을 수상하고, 작품집 『탐욕이 열리는 나무』를 문학사상사에서 간행한다. 그리고 경희대 대학원에서 드디어 「한국소설의 시간의식 연구」라는 논문으로 문학박사 학위를 취득하기에 이른다. 한국

나이로 마흔여덟, 지천명知天命을 눈앞에 둔 만학이었으되, 그의 열심과 성실성은 후학들의 귀감이 되기에 족했다.

1989년에는 작품집『슬픈 양복재단사의 나날』을 묶어내었고, 1990년 장편『큰 새는 나뭇가지에 앉지 않는다』를 펴낸 다음 이 작품으로 1991년 대한민국문학상을 수상했다. 이 수상작은 한 중진 작가의 시대와 사회를 보는 균형 잡힌 시각을 보여주면서, 당대의 첨예한 명제였던 학생 운동이나 노학 연계 투쟁에 대해 올바른 내포적 의미망을 제기하고 있다.

우선 등장인물들의 입체적 운동 범주와 사실성에 대한 공감이 매끄럽게 객관화되어 있다는 점이다. 단순한 운동권의 학적 박탈자인 조예수가 점진적으로 확고한 의식과 균형 감각을 획득해 나가는 과정에 무게와 설득력이 있다. '해전총'의 대표였던 '백'의 결별이나 분신에까지 이르는 방선구의 배신을 동료들이 선별적으로 받아들이는 대목도 현실적인 사태의 바닥과 든든하게 연결되어 있어 보인다.

다음으로 이와 같은 인물들을 하나의 연결고리로 묶어주는 상징적인 장치로서, 예수 그리스도의 사역에 의지한 중의법적 의미의 활용이 효율적으로 도입되었다는 점이다. 주 예수에 대응한 조예수란 이름, 운동의 지도자 가운데 한 사람인 남민철이 개척 교회를 이끄는 전도사이며 목회와 운동을 동일한 차원에 상정하고 있는 상황, 희생의 덕목에 대한 강조, 나무 십자가를 메고 나아감, 대단원에서 애순이의 "오오, 오빠, 오오, 예수!"라는 부르짖음 등이 모두 이를 함축적으로 드러내고 있다 하겠거니와, 참으로 척박한 시대적 배경에 견주어 종교적 수준의 결단과 희생이 전제되지 않고서는 역동적인 저항력을 확보하기 어렵다는 깨우침이 자연스럽게 걷어올려진다.

그리하여 김용성이 궁극적인 답변으로 제시하는 대안은 '누구나 K이다', 즉 누구나 은밀한 조정과 표면적 행동을 포괄하는 대표자로 올라설 수 있다는 민중 주체의 사고이다. 막심 고리키의 『어머니』에서 볼 수 있는 변모 양상과 마찬가지로, 도입부의 평범한 조예수는 결미에 이르러 마침내 시대적 전형성을 갖춘 문제적 인물로 떠오르게 된다.

이 시기의 젊은 작가 김인숙이 퇴락하고 병약한 분위기의 초기소설에서 의욕적인 변신을 보인 바 있지만, 이미 확정된 세계를 가진 한 중진 작가가 우리 사회를 향해 내놓은 엄중한 도전에 대해 우리는 경각심을 갖지 않을 수 없었던 것이다.

1992년에는 콩트집 『고장난 시계는 고쳐서 씁시다』를 간행했으며, 연말인 12월 문예진흥원의 기금을 지원받아 두 달간 남미 한국 이민들의 실상을 소설화하기 위해 취재 여행을 떠났다.

1994년 『도둑일기』 3부를 『동서문학』에 연재 완료하였고, 1998년 앞서 취재 여행의 결과로 전작 장편 『이민』 전3권을 밀알출판사에서 간행하였다. 늘 이 사회의 구석이나 배면에서 소외된 자, 두려움과 추위와 사랑의 결핍으로 떨고 있는 자를 형상화하던 그의 '작가의 눈'은, 이번에는 그 시선을 멀리 들어 이역만리 먼 곳의 힘겹고 슬픈 풍속도를 우리의 시계視界 안으로 끌어당겨 준 것이었다.

근자에 우리들의 스승 황순원 선생이 별세하시기 전에는, 두 달에 한 번꼴로 선생님을 모시고 그를 중심으로 동문수학한 문인들이 자리를 함께했었다. 선생님이 가신 다음에는 아마도 이 작가의 회갑 모임이 우리들의 첫 모임이 될 듯싶다. 필자가 처음 만났을 때 불혹不惑 전후의 활기차고 튼실하던 그에게서, 이제는 오랜 그리고 중후한 세월의 족적이 느껴지고 있다. 부디 바라기로는 더욱 역부강力富强하시어, 우리들에게 계속해서 좋은 작품을 만나는 행복을 누리게 해주었으면 한다.

『문학의 숲과 나무』, 민음사, 2002

김용성, 『기억의 가면』

손영미

    김용성의 『기억의 가면』(2004)은 이러한 서사와 포스트휴머니즘의 관점에서 볼 때 상당히 흥미로운 작품이다. 형식적으로는 엄연히 소설이지만, 한민족 모두가 체험했고, 그 후에 태어난 세대들에게도 여전히 심대한 영향을 미치고 있는 실제의 사건들을 다루고 있고, 그 형식이나 효과 또한 일반 소설의 그것과는 상당히 다르기 때문이다. 이 작품은 한국전쟁을 다룬 최근의 새로운 소설들, 즉 북한의 입장과 내부 사정까지를 포함한 비교적 균형 잡힌 시각에서 우리의 현대사를 다룬다는 점에서 손석춘의 『아름다운 집』(2001)이나 황석영의 『손님』(2001)과 궤를 같이 한다. 손석춘이 "해방 직후인 46년 미 군정청이 실시한 여론 조사에서 국체로서 자본주의(14%)보다는 사회주의나 공산주의(77%)를 압도적으로 지지했다"라든가, 47년 조선신문기자회의 조사로는 "'대한민국'(24%)보다는 '조선인민공화국'(70%)을 국호로 더 선호했다" 등 그 동안 쉽게 접할 수 없었던 친북적 자료들을 발굴, 삽입하고, 황석영이 우리 문화에 갑자기 역병처럼 찾아와 엄청난 피바람을 일으켰던 막시즘과 기독교를 둘 다 무서운 손님("마마", "역병")으로 규정하면서, 황해도 신천에 있는 '미제 학살 기념박물관'을 중심으로 기독교와 좌익간의 치명적인 갈등을 가능한 한 객관적인 시선으로 재구성하려고 한 점에서, 이 두 소설은 소설과 역사가 맺고 있는 관계를 다시금 생각게 하는 중요한 시도였다.

그런데 이 두 작품이 상당히 일관된 시각과 뚜렷한 주제 의식을 갖고 있고, 형식 또한 비교적 전통적인 데 비해, 김용성의 소설은 여러 면에서 기존의 한국사 소설과는 상당한 차이를 보이고 있다. 그리고 그 결과는 자못 주목할 만하다. 김용성은 한·중·일 세 나라의 사료史料, 수기, 역사 등을 광범위하게 인용하고 있을 뿐 아니라, 시점의 소유자인 이진성만을 이용해서는 제대로 그려내기 힘든 한국전 당시의 사정을 표현하기 위해 '소설 속의 소설'을 끼어 넣기도 하고(진성의 삼촌 이문수가 쓰는 「죽은 자의 말」(197~221쪽, 232~260쪽)), 소설 쓰기의 기법과 그 효과에 대한 강한 자의식을 표출하기도 한다. 예컨대, 그의 "작가의 말"에는 역사와 허구의 관계에 대한 포스트모던적인 시각이 명확히 드러나 있고, 그에 따르면 이 소설을 쓴 목적이 단순히 흥미로운 소설의 창작이 아니라 한국 현대사에 대한 역사적 재고再考임을 알 수 있다.[1]

이 소설이 같은 소재를 다룬 여타 소설들과 상당히 다르다는 것을 보여 주는 요소 중 하나가 바로 인물 묘사이다. 이 소설은 표면적으로는 일본에서 태어나 한국전쟁과 베트남전쟁을 체험한 화자 이진성을 주인공으로 하지만, 소설 속에서 그의 시각이나 해석은 『아름다운 집』의 이진선이나 『손님』의 류요셉의 그것에 비해 훨씬 더 미미하다. 이진성은 오히려 누보로망의 주인공들처럼 하나의 인물이라기보다는 갖가지 사료와 사건, 인물들을 이어 주기 위해 동원된 일종의 그물코라 할 수 있다. 손석춘이나 황석영의 소설을 읽고 난 후 우리는 이진선이나 류요셉의 눈으로 작품 안

---

[1] 거기서 김용성은 우리의 기억을 '의식적인 기억'과 '무의식적인 기억'으로 나누고, 후자를 베르그송이 말한 '순수 기억'과 동일시하면서, 역사에 있어 '순수 기억'은 "우리가 살아온 과거의 전체성을 의미할 뿐 아니라, 자아의 진정한 실재를 이룬다"고 말하고 있다. 그는 또 "무엇이 사실이고 무엇이 허구인가. 그들이 말하는 사실이란 합리화와 선입견이 개입된 역사를 뜻하지, 순수기억이 지닌 사실은 아니다"고 주장한다(366, 377쪽); 작가는 서사에서 가장 중요한 요소 중 하나인 시점의 운용에 대해서도 분명한 자의식을 보여준다. "그는 사흘 동안이나 그 결정을 미루던 끝에 1인칭 주인공 서술자로 정하기로 했다. 어쩌면 이 결정은 소설의 승패를 좌우할지도 몰랐다"(196쪽).

의 사건들을 해석하게 되지만, 이진성의 경우는 그 시각이 극히 불분명할 뿐 아니라, 그보다 더 중요하고 강력한 다른 시각들에 묻혀 있기 때문에, 독자가 그와 동일시하기란 거의 불가능한 형편이다. 다시 말하면, 이 소설은 끌로드 시몽의『전도체』나 로브그라예의『질투 La Jalousie』, 뷔토르의『변경 La Modification』같은 본격적인 포스트모던 소설보다 훨씬 더 분산된 시각focalization, 훨씬 덜 인간 중심적인 인물 묘사를 선보이고 있다. 다시 말하면, 이 소설들이 수십 개의 시점과 복잡다기한 시간 운용 등 갖가지 반사실주의 기법을 동원하면서도 결국은 주인공의 심리와 정신적 변화를 사실적으로 부각시키는 데 노력하는 반면,『기억의 가면』에서는 표면상의 주인공 겸 화자인 이진성의 느낌이나 변화는 거의 문제가 되지 않고, 오히려 그가 소개하는 수많은 인물들 및 집단의 입장과 생각이 중심이 되고 있다. 그렇다면 적어도 효과 면에서 볼 때 이 소설은 서구의 누보로망들보다 바흐친이 말하는 다성적, 다중심적 서사를 더 모범적으로 구현하고 있는 셈이다.

시점, 화자, 시간의 유연한 운용 또한 이 소설의 주제를 구현하는 데 크게 기여하고 있다.『기억의 가면』에 그려진 중공군의 한국전 개입을 살펴보면 이를 잘 알 수 있는데, 이 부분은 1) 한 사건을 보는 여러 시각과, 그 시각들을 보여주는 화자들focalizers/narrators, 2) 그 화자들과 같은 실재의 차원에 속하지만, 소설 전체로 볼 때 그들 모두의 시각을 연결하고 있는 일종의 초화자extra-diegetic narrator인 이진성, 3) 그리고 그들이 만들어내는 수많은 서사들이 모여, 서로 모순되거나 심지어 무관할 수도 있는 '진실'들을 제시하고 있다. 소설 속에서 "중화인민자원군"의 개입을 그리기 위해 동원된 인물들을 살펴보면 1) 삼촌 이문수(서대문 형무소에서 좌익 정치범들이 풀려나는 장면을 보고 감동 받은 후, 사회주의와 인민 해방을 위해 무엇이든지 하려고 한다. 그래서 자원 입대한 북한군에게 버림받은 후에도 월북하여 중공군에까지 합류하지만, 중공군의 한국전 개입이 중국과 미국의 대결 국면으로 이어져 조국 통일을 방해하고 제국주의의 지배를 연장시킨다는 걸 깨닫자 깊은 허무주의에 빠지고, 종전 후 김일성 체제하에서 반당 종파분자 및 간첩죄의 죄목을 쓰고 광부로 일하다가 1956년 자살), 2) **진성의 큰엄마**(가족을 보호하고, 가족의 일체성을 유지하고, 실종된 시동생 이문수에게 최소한의 음식과 옷을 남겨 두려고 함. 262쪽), 3) **"김인숙"**(사회주의 혁명의 논리나 소속 부대에서의 역할보다는 삼촌과의 관계 유지에 고심. 나중에 중국으로 들어가 아들을 낳아 기른 것으로 추정됨), 4) **"사촌동생" 이종만**(중국 거주. "김인숙"의 아들로, 자신에게 불리할 수도 있는 북한에서의 이력을 숨기는 데 급급함. 270쪽), 5) **쟝밍쭝**(이진성의 삼촌 비슷한 인물을 만난 적이 있지만, 확인을 해 주지는 못함. 192쪽) 6) **허정민**(브라질 상 파울로에 거주하는 "중립국 포로." 전쟁 때 입은 부상과 화상으로 상처투성이가 된 불구자. 40년 동안 한 번도 한국에 가지 않았음. 98쪽), 7) **중국 조선족으로 이루어진 중공군 제6사단**("남조선과 싸울 거라는 그 어떤 언질도 받지 못하고 압록강을 건너온 사람들. 199쪽), 8) **미군 포로 존 스미스 일병**(스탠포드 영문과 재학생으로 19세 10개월. 210쪽) 등이다.

이들의 이야기는 주로 '소설 속의 소설'인 이문수의 글을 통해 그려지지만, 우리는 이에 더해 개관적인 역사(하기와라 료, 『조선전쟁』, 조지마 노보루, 『한국전쟁』) 및 개인들의 회고록(홍 쉬에쯔, 『항미원조전쟁회고』, 주영복, 『내가 겪은 조선전쟁』 등)으로 이루어진 더 큰 맥락을 배경으로, 이들이 휘말려 들어간 이 엄청난 비극의 전말과 그 속에서 개인들이 겪는 이념적, 정서적 갈등을 입체적으로 살펴보게 된다. 그리고 그렇게 복합적인 관찰을 통해 드러나는 것은, 주인공 이문수를 포함해 이들 대부분이 자신의 행동이나 운명에 대해 거의 아무런 결정력을 가질 수 없다는 것, 이들의 행로는 많은 부분 그들 자신이 알 수도, 바꿀 수도 없는 더 큰 요인들, 예컨대, 김일성과 마오쩌뚱의 협상, 미국의 참전 결정, 남북의 분단 등에 의해 결정되고 변질된다는 것, 그리고 이들 중 그 누구도 순수하게 선하지도, 악하지도 않다는 것이다. 물론 그 중 어느 인물이나 집단이 다른 집단들보다 더 도덕적이거나 인간적이라고 할 수는 있겠지만, 진실되다든가 사건의 본질이나 핵심에 가까이 있다고 말하기는 어려울 것이다.

특히, 여러 가지 의미에서 아직까지도 현재 진행형인 한국전쟁이나 베트남전쟁 같은 사건의 경우, 헤이든 화이트가 말했듯이 각 공동체에서 가장 많은 힘과 도덕적 권위를 가진 집단의 시각에서 쓰일 수밖에 없는 역사는 오히려 더 심한 오류와 왜곡을 범할 수밖에 없을 것이다. 반면 시각이나 화자의 운용에서 역사보다 훨씬 더 자유로운 『기억의 가면』 같은 서사는 거기 연루되었던 수많은 인물과 집단의 입장과 해석을 제시할 수 있고, 그런 연유로 이 소설에서는 그 전쟁들을 체험했던 수많은 개인과 집단의 체험과 시각이 그 어떤 역사에서보다 더 객관적이고 입체적으로 되살아나고 있다. 그리고 거기 휩쓸린 인물들은 화자인 이진성의 예에서 보듯, 끊임없이 자신과 사회의 진실을 찾기 위해 이런저런 이야기를 지어내고, 다른 인물에게 자신의 이야기를 털어놓고, 상대의 이야기를 찾아 들으면서 가능한 의미들을 구축해 간다. 『기억의 가면』은 인간을 "천사보다 조금 낮은" 고귀한 존재로 보고, 그 합리성과 존엄성을 굳게 믿는 인본주의의 입장에서 보면 도저히 있을 수도, 믿을 수도 없고, 그래서 허구보다 훨씬 더 비현실적인 실제 사건들을 다루고 있다.[2]

그런데 이와 관련해 한 가지 흥미로운 사실은, 20세기의 극단적인 폭력성과 거기 따른 인간의 고통을 그린 많은 소설들이 역사적 '진실'에 대해 표면적으로 불가지론적이거나 회의적인 태도를 견지하면서, 한껏 비현실

---

[2] 예컨대, 1944년 12월에서 1945년 8월 14일 사이에 1백 회 넘게 있었던 미군의 고베 공습 중, 하루에 3,184명이 사망하고 5만 5,368호의 가옥이 전소 또는 전파된 1945년 6월 5일의 예를 보면, 미군이 투하한 300톤의 소이탄으로 시내 도로의 아스팔트가 끓어올라 시가지가 불바다가 되고, 수많은 사람들이 새까맣게 타서 마네킹처럼 절명해 있었다랄지(23쪽), 1968년 이른 봄 베트남 중부의 하미 마을에서 청룡부대가 135명의 주민을 처참하게 학살하고 무덤들을 탱크로 파헤친 사건이(364쪽) 대표적인 예가 될 것이다. 소설 속에 등장하는 허구의 사건들 중, 주인공인 이진성과 동료 부대원들이 땅굴에 숨어 있던 베트콩 가족을 발견했을 때, 과거에 입은 화상으로 얼굴과 눈이 망가지고, 두 다리가 잘려 하반신에 페타이어를 붙인 베트콩이 부인과 함께 할복자살을 하는 장면 역시 현대사에서 나타나는 언어도단의 폭력성을 보여주는 예라 할 수 있다(355쪽).

적이고 유희遊戲적인 기법들을 동원함으로써 오히려 그 아픔을 더 잘 드러내 왔다는 점이다. 러시아 혁명 때 전란을 피해 조국을 떠난 주인공이 같은 대학에 근무하는 다른 교수의 시에 주석을 붙이는 척하면서 실제로 있지도 않은 자신의 왕국에 대한 온갖 망상을 끼어 넣는 나보코프의 초소설metafiction 『창백한 불꽃 Pale Fire』이나, 역시 러시아 혁명 때문에 미국으로 탈출한 험버트라는 인물이 어린 소녀와의 관계 속에서 자신의 행복했던 어린 시절과 문학 작품들 속의 사랑을 재현해 보려다 끝내 처참하게 실패하고 마는 경위를 보여 주는 그의 전위적인 소설 『롤리타』처럼, 『기억의 가면』 역시 전란에 휩싸인 개인들의 운명과 영혼을 그려내기 위해 수기, 역사 기록, 소설 속의 소설, 수많은 1인칭 서사들을 통해 현대를 살아온 영혼들의 상처를 그려내려 하고 있다.

이 포스트모던적인 소설에서 "진실"이나 "진상"이 차지하는 위상은 삼촌과 그의 행적에 대한 일관성 있고 사실적인 서사를 구축하려는 이진성의 끈질긴 시도에 대해 그의 사촌 동생일 "수도 있는" 이종문이 던진 말, 즉 "제가 선생님의 사촌 동생이면 좋겠습니까? 선생님 마음대로 생각하십시오"(274쪽)에서 엿볼 수 있다. 적어도 이 현대의 격동적인 삶 속에서 진실이란 실재하거나, 이해할 수 있거나, 검증할 수 있는 것이 아니라, 극히 유동적이고, 산발적이고, 복잡다기한 것, 그러나 살아가기 위해서는 각자가 어떻게든 구축하고 받아들여야 하는 어떤 것이다. 이처럼 『기억의 가면』과 현대의 포스트모던 서사는 진실과 개인의 위축된 위상, 그 불안정성을 보여준다. 하지만 그것은 현대의 폭력성이 우리에게 남겨 준 거부할 수 없는 유산이고, 우리는 그 안에서 나름의 진실, 더 진솔한 작은 서사들을 창조하고, 그 안에서 가능한 한 일관성 있고 의미 있는 삶을 살기 위해 애쓰고 있는 것이다.

「서사학과 포스트휴머니즘」, 『한국서사학회』, 2004.10

2

작품론

조직의 메카니즘과 인간의 증상

— 「리빠똥 장군」을 중심으로

김 윤 식

1 나는 김용성의 「리빠똥 장군」이라는 작품이 탁월한 기법을 지녔다든가 압도적인 우수성을 띤 단편이라고는 생각하지 않는다. 그럼에도 불구하고 이 작품은 60년대 후반기 한국 소설사 속에 스스로의 '자리매김'을 조용하고도 확고하게 요구하고 있다고 생각된다.

한 작품에 대한 문학사적 '자리매김'은 여러 관점에서 고찰될 수 있을 것이다. 가장 두드러지는 경우는 새로운 장르의 출현과 방법으로서의 감수성 획득일 것이고, 그 위쪽을 총괄하는 의식의 변모일상 싶다. 여기서 구태여 내용의 문제를 언급하지 않음은, 새로운 내용의 출현 자체가 장르의 파멸 및 기법의 변모를 함께 몰고 있는 것이 예술의 한 원칙이기 때문이다. 60년대 한국 문학의 의식 변모 과정에서 앞에 지적한 문제점이 또렷이 부각된 것으로는 김승옥과 김지하를 들 수 있으리라. 이 두 사람의 전단계로 최인훈·김수영이 놓여 있다는 사실도 간과할 수는 없다. 그러나 유종호가 발견하고, 백낙청이 해설하고, 김주연이 다시 못을 박은 김승옥 소설의 감수성, 즉 사물을 드러내는 언어와 사물과의 대응관계의 확실함(일상어에 엉겨붙은 불순물의 제거 작업) 혹은 '物물'로서의 언어 의식화는 종래 한국 소설과의 뚜렷한 격차를 그었다고 볼 수 있을 것 같다. 백낙청이 애써 몇몇 작가들에게 김승옥에 오염되기를 권한 사실은, 이 점에서 볼 때 결코 우연이 아닌 것으로 파악된다. 한편 김지하의 작품 계열은 김현·염무웅의 지적대로 판소리의 새로운 양식화이며, 종래 한국 자유시 총체에 대한 양식적 도전의 의미를 띠는 것이며, 민중적 언어재보言語財寶의 탈환이라는 이중의 의미를 띤 것이라 할 수 있다. 이 점을 달리 말하면 이 작품은 장르의 새로운 출현임과 동시에 파괴의 의미를 띤 것이다.

이렇게 볼 때, 다소 분명해지는 것이 있다면, 이러한 변혁이 '문학이란 무엇인가'라는 고전적 질문 방식의 사정거리 속에서의 일이라는 점이다. 만일 70년대에 들어와서처럼 '글을 쓴다는 것이 무엇인가'라는 질문 방식의 기미가 보이고, 이러한 징후가 사회의 압도적 중압에 놓여 점점 심각해 질 땐, 문제가 썩 복잡해질 것이며, 르포 같은 새로운 장르(사르트르는 『현대』지 창간사에서 이미 이 점을 강조한 바 있다)의 가능성, 기타 종래의 '문학'이란 개념 자체의 수정에 수반되는, 각가지 '자리매김'이 강요될 것으로 판단된다.

그러나 이러한 예견, 혹은 가능성에도 불구하고 문학의 고유한 방법이라는 원론적 문제는 여전히 남는 것이고, 이 원론의 저류에 부동으로 놓인, E.윌슨의 표현을 빌면 '상상적 문학 imaginative literature'의 정통성을 움직일 수는 없을 것이다. 그것은 『구운몽』이 로만스냐 노벨이냐, 춘원소설이 로망일 수 있느냐의 양식에 대한 구별을 훨씬 상회하는, 상상적 문학 전반에 관계되는 것이기 때문이다. 몇몇 천재적 작가에 의한 사물을 파악하는 각도 내지 시점의 문제, 넓은 뜻의 기교를 포함한 탁월한 발견도 원론적 흐름에서 본다면 다분히 세류細流에 불과한 느낌이 짙은 것인지도 모른다. 소수의 천재들에 의해 의식의 역사가 형성 진전한다는 사실을 인정하는 것과, 그러한 천재들이 원론적 흐름에서 빼기도 하고 보태기도 한 모태 자체의 위대성을 인식하는 것이 동시에 가능하다고 보는 것은, 옳다기보다는 상식에 속하는 일이라고 나는 생각한다. 원론 내지 모태의 위대성 자체가, 천재에 의해, 혹은 어느 시대 어느 지역의 특수한 역사적 상황에 의해 세류로써 비롯되었다는 것, 그러한 세류의 모임에 의해 이룩되었다는 사실은 오늘날 한국문학에서 한두 번쯤 강조되어야 할 것으로 판단된다. 50년대 이래 한국 소설이 비록 일천하다 할지라도 그만큼 집요하게 성장했다는 것, 그것은 세류의 모임이 비록 양양하다고는 할 수 없으나 원론적 흐름으로 간주될 수 있다는 것, 그것은 그런대로 대견하다는 생각을 한국 문인들은 일단 품을 권리가 있을 것이다. 오독誤讀을 우려해서 말해 놓지만, 작가 및 비평가[독자]들이 새로운, 어쩔 수 없는 가능성[실험]을 끊임없이 탐구해야 한다는 사실은 한국 작가의 의무여야 하며, 그것은 응당 상황의 벽과 대결하는 위기의식의 동반이어야 한다. 이러한 의미 관련에서 살펴져야 할 작품들이 있다면, 그 중의 하나로 「리빠똥 장군」을 들 수 있을 것이다.

　　2 김용성의 작품 「리빠똥 장군」은 범백히 말해서 군이라는 가장 완벽한 조직으로 보이는 '조직 속의 인간'을 다룬 것이라 일단 말할 수 있다. 한국 문학이 이러한 조직 속의 인간을 다루게 된 필연성을 갖게 된 것은, 60만 대군을 가져야 되는, 그리고 국민 개병주의에 의거, 전국민의 국토 방위 의무에 의한 한국 사회의 상황에서 야기된 것이지만, 여태껏 한국 문학이 조직에 대한 대결을 체험한 바 없다는 사실을 상기한다면, 비로소 이 작품이 어른다운 문학의 가능성을 소재 면에서 던져오고 있음에 주목할 수 있을 것이다. 이렇게 말해 놓고 보면 보충 설명이 요청될 것 같다.

　한국 문학이 '전쟁'이라는 상황을 다룰 수 있는 것은 물을 것도 없이 6·25 때문이었다. 「무녀도」나 「목너미 마을의 개」를 그리던 언어 감도와 장치로는 도저히 감당할 수 없는 전쟁이라는 현실의 압도적 중압에 놓일 때,

비로소 한국 문학은 전후 세대를 준비했고, 그 담당자들은 새로운 작가들이었고, 작가가 글을 쓴다는 것의 압력 혹은 남성적 문학을 가능케 한 것으로 일단 볼 수도 있다. 그러나 이 극한 상황이 완전히 외부, 즉 역사 쪽에서 주어졌다는 것, 따라서 선택의 여지란 의식 쪽에서 거의 전무한 상태였던 셈이다. 아무도 시대를 선택할 수 없다는 것, 그러나 주어진 시대에서 자기를 선택할 수 있었던 것은 구라파의 사정이고, 우리에게 주어진 극한 상황은 문자 그대로 극한이었던 셈이다. 이런 속에서는 인간의 책임[모랄]을 따지는 산문 기능이 불가능하다. 따라서 심지어 이 무렵은 평론조차도 산문시적 문체를 띠었던 것 같다. 이것은 또한 이 시기가 시적으로 개괄할 수 있는 신화 속으로 잠복되는 이유일 수도 있으리라. 정작 이 6·25를 전쟁이라는 엄청난 메카니즘을 한국 문학은 감당하지 못했다는 것은 마땅히 지적되어야 하리라. 6·25문학이 전쟁고아, 포로 수용소, 피난민의 길, 미군 철조망, 그리고 상이군인, 귀환 장정, 피난살이 판잣집 등등 주변적 요소가 압도적으로 많은 분량을 차지함은 결코 우연일 수 없다. 내 기억에 남아 있는 전쟁의 메카니즘을 다룬 작품으로는 ≪한국일보≫ 장편 가작 『일식日蝕』, 전봉건의 몇 편의 시 등일 따름이다.

그럼에도 불구하고, 50년대 소위 전후 문학은 전후라는 이름답게 전쟁, 즉 군과의 관계를 떠날 수 없었다. 작품 구석구석을 지배하는 이 전쟁이라는 군복의 그림자가 혹은 공포로 혹은 영예로 혹은 죽음으로, 굶주림으로, 혹은 조국으로, 육친으로 스며들었던 것이고, 또 이처럼 당연한 일도 없었다.

그러나 휴전이 되고, 사회가 점차 정리되자 포성이 잠잠해짐과 비례하여 전쟁 후유증이 작품 소재로 등장하게 되었지만, 여전히 변하지 않는 것은 군이라는 존재이었으며, 그 군복의 의식 변이가 왔을 뿐이지 이 상태는 지금도 여전히 계속되고 있다.

이 조직체라는 것에의 소재적 의미는 여러 가지 의미에서 독특한 파악이 강요된다. 이미 전쟁이 없는 집단화로서의 이 조직체는, 우선 그 조직체 구성원의 이원화를 관찰의 대상으로 하게 된다. 군이라는 이 조직체를 움직이는 힘은 시민으로서의 책임감으로 표현되는 국가 개념이지만, 절대적인 지휘 계통이기 때문에 지휘관이라는 특수 계층이 엄존하고, 그 밑에 많은 병사들이 놓인다. 이 후자는 국가에 대한 책임감과 의무로서 복무하는 일군─群이다. 신분상 두 층으로 구분되는 이 조직체를 외부에서가 아니라 내부의 구성원 쪽에서 관찰할 때 드러나는 심리적 문제가 60년대 후반기 소설의 많은 부분을 차지하고 있음은 한 뚜렷한 특징으로 볼 수 있다. 이러한 경향의 작품으로 처음 등장한 것이 아마도 이호철의 「추운 저녁의 무더움」인 것 같다. 그것은 조직이 빚어낸 시간의 공포를 주제로 한 것이다. 역전의 용사로 이름난 장군이, 무료함에 지쳐 부관 김대위를 대동하고, 지이프로 되풀이해서 시내를 질주한다는 이 소설은 동화적 수법으로 소박하게 그려져 있다.

> "아무렴, 전쟁이라도 일어나야지. 군인이 이렇게 심심하다니 말이 되나? 전쟁이 일어나야 한단 말야… 안 그래? 김대위는 어떻게 생각하나?" "동감입니다." "왜?" "그렇게 따져 물으시면 곤란하지 않습니까?" …장군은 또 벌떡 일어섰다. "좋아, 한바퀴 도세."

이러한 단계는 외부에서 관찰한 상태라 할 수 있음에 대해, 이 후에 나타난 신인들의 작품 속에서는 조직체의 횡포와 내적 갈등, 조직 속의 인간성 문제, 심리적 증상 등으로 심화됨을 보게 된다. 다시 말하면 세류의 가닥들이 저마다 하나의 유형을 이루면서 서서히 한 줄기로 모여들게 되는 것이다. 그 몇 가지를 들어보면 다음과 같다.

조직자체의 비인간화라는 메카니즘을 선명히 부각시킨 작품으로 홍성원의 「어떤 제대」(현대문학 171호)를 들 수 있다. 이 작가의 장편 『D데이의 병촌兵村』중의 한 부분을 심화시킨 이 작품은, 군대라는 조직체에 얼마나 인간적 요소가 제거되어 있는가를 11년이라는 긴 세월을 군에서 살아온 박상사를 통해 제시하고 있다. "군대란 밖에서 보기에는 대단히 억세고 거북스런 존재다. 그곳에는 노래도 이유도 없고 동정이나 장식이나 여자도 없다. 그곳에서 우리가 가장 많이 보는 것은 군가와 명령과 몽둥이와 질서뿐이다. 그러나 이런 거북스러운 환경에 상사와 중사들은 대단히 친숙하다. 그들은 10여 년간의 체험을 통해 오히려 그들을 열렬히 사랑한다. 그것들에 대한 그들의 사랑은 그러나 어느 사이에 군대 조직으로 옮아갔다. 그들은 명령이 어떠한 것이건 그것을 이행할 충분한 준비를 갖추고 있다. 그들의 눈에는 군대 조직이 자기의 손금보다 더 선명하다. 10년 동안을 부대와 부대로 임무를 따라 편력해온 그들은, 이제 이 거북스런 군대가 오히려 가장 자유로운 생활처다. 그들은 군대의 방대한 조직이 어떤 것인가를 잘 알고 있다. 그곳에는 무수한 명령과 질서가 종과 횡으로 망사처럼 짜여 있다. 이 망사는 얼핏 보기에 대단히 복잡하고 무질서하게 느껴진다. 그러나 이 무질서한 망사는 기실 한 가닥의 끄나풀에 불과하다. 상사와 중사들은 이 끄나풀을 오랜 경험으로 신앙처럼 신뢰하는 것이다." 이토록 군대를 '손금'처럼 훤히 아는, 그리하여 그것을 '신앙'으로 받아들이는 박상사에 있어서조차, 오히려 그러한 박상사이기 때문에, 이 조직의 메카니즘이 철저히 작용해 오는 것이다. 가장 완벽한 체계를 지닌 군대 행정에서 실상은 6개월 전에 박상사의 제대 특명이 났던 것이고, 본인이나 부관도 어쩔 수 없는 상태에 놓인다. 엄연히 현역근무를 했는데도, 6개월 전에 서류상 제대된 박상사는 그 동안 받은 봉급을 상환해야 되는 문제가 발생하고, 이 조직 앞에 누구도 어쩌지 못하는 것이다. 조직 자체에서 오는 순수한 메카니즘을 순전히 사무적 차원에서 보여준 이 작품은 그대로 하나의 가닥을 이룰 수 있는 것이다.

한편 조직 속에서 한 인간이 신경 조직 내지는 심리적 장애를 일으키는 증상을 다룬 것으로 서정인의 「후송」(사상계 114호)을 들 수 있다. 「후송」은 포병 사령부 소속 성중위가 귀에서 소리가 나는 것을 깨닫는 것에서 시작된다. 문제는 귀에 들리는 소리가 전문가인 군의관에게도 이해되지 않는 환자 자신의 확실함이라는 것이며, 이 소설은 군의관이 등장하는 그 후의 여러 소설에 한 패턴을 놓은 것이라 할 수 있다.

여태껏 나는 「추운 저녁의 무더움」으로, 조직 속의 시간에 대한 공포로서의 '무료함'을, 「어떤 제대」를 들어 조직 자체의 비인간성의 기능을, 조직이 빚어낸 섬세함의 파괴 현상으로서의 심리적 증후를 각각 하나의 전형화의 잠재적 가능성으로 파악한 것이다. 다음으로는 군대라는 조직 속에서의 의식인의 갈등을 다룬 이청준의 「공범」(세대 1967. 1)을 살펴볼 수 있다. 「공범」은 일종의 모델소설이라 할 수 있다. 이것은 한때 신문을 떠들썩하게 했던 S대 김 모 학보병이, 자기 애인의 편지를 내무반에서 동료들이 공개해 읽은 것에 분격, 이성을 잃어 동료 사병 2명을 쏘아 죽였던 사건을 모델로 하여 쓴 것으로 보인다. 범인이 적을 둔 모 대학 학생들이 구명 운동을 벌인 일, 어머니회에서도 나섰던 일, "글 쓰는 사람, 학교 선생, 재판 때 변호하는 사람, 또 누구더라? 그래 학교 학생들…그 학생들하구 신문들이 다 그 젊은이를 살려주는 게 옳다고 한단 말이지?" 등등도 당시의 한 사실이었다. 보다 이 사실 및 작품 의도의 윤곽을 알기 위해서는 범인 김 효와 같은 부대에 있는 상병 준이, 김 효 구명 운동의 어머니회 회장인 그의 어머니에 보내는 편지 한 귀절을 보아둘 필요가 있다. "－오늘 김 효의 사형이 집행되었군요. 그의 구명 운동이 거리와 신문을 그렇게 휩쓸었는데도 말입니다. 저는 신문을 통해 어머니의 뜻도 알고 있습니다.

하지만 법은 그런 따위 영웅극은 다시 용납치 않으리라고 시범을 보였읍니다. 다 끝난 셈이지요. 하지만 정말 끝났을까요? 두 사병이 무참하게 죽어간 일이나, 김 효가 결국은 그렇게 되어버린 일, 두 가지 중 김 효 자신의 한 마디를 제외하고는 어느 것도 진실이 이야기된 일이 없었던 것 같은 저의 미진한 느낌은 무엇 때문일까요?" 이와 같이 작가는 김 효라는 한 학보병이 자기 편지를 훔쳐보았다는 데 분개하여 살인한 것이 아니라는 것, 그 속에 깊이 도사리고 있는 진실이 무엇인가를 파헤치려 했다는 것을 알아낼 수 있다. 그 진실이란 무엇인가. 이 점을 작가는 3단계로 보여준다. 첫 단계는 "육군 형무소를 체신없는 시아버지 부엌 드나들 듯했다는 사고병"을 통해 조직 속의 특수한 요령체득이며, 둘째 단계는 소위 '학보병'과 일반병과의 위화감이다. 이 대목을 지적해 두는 것은, 학보병이라는 것이 형평원칙에 저촉된다든가 비민주적이라는 점을 시비하려는 것이 아니라 한 단계적 사실임을 보이려는 것뿐이다. 작가는 김 효 사건이 이 두번째 단계와도 별로 관계없음을 또한 보여준다. 그렇다면 김 효 사건의 발생에 대한 근본적인 원인 즉 진실은 어디에 있는 것인가. 그 진실의 얼굴은 "거대하고도 요령 부득한 어떤 힘, ─ 개개의 인간이나 집단이 제각기 따로 의지하고 있는 개개의 진실과, 그 개개의 진실들이 불가피하게 서로 야합해서 저지른 무도한 횡포와 음모"이다. 이 작품 제목이 「공범」으로 된 소이연이다.

3 여태껏 나는 군대를 다룬 몇 가지 작품 유형을 살폈는데, 이러한 유형들이 여기서 언급하는 「리빠똥 장군」과 직접적으로 별로 관계없는 것임을 사람들은 눈치 챘을지도 모른다. 과연 직접적 관계가 없을까라고 누군가 유식하게 역습해온다 해도 나는 별로 놀라지 않을 것이다. 다만 이러한 여러 유형들이, 비록 세류이나 어느 시기 어느 작가에 의해 하나의

전체성으로 집결되고 응결되어 형상화로 승화되어야 한다는 당위성보다 가능성으로 내세운다면, 나는 그것에 동의할 수 있는 것이다. 그것은 로망의 가능성을 의미하는 것이며, 이 로망의 전절前節로서의 숱한 세류로서의 유형들이 요청될 수 있다는 문학사적 사실을 뜻하는 것이기 때문이다. 그런 의미라면,「리빠똥 장군」역시 다소 안정되어 있기는 하나, 여전히 한 유형으로서의 세류의 단계에 있다. 이 작품의 바로 앞 단계로 김동선의 「개를 기르는 장군」(중앙일보 1969년)을 놓을 수 있다. 여기서부터 비로소 우리는 두 작가의 작품들에 대해 구체적인 언급을 할 수 있게 된다.

「개를 기르는 장군」이라는 이 작품은 내래이터 '나'라는 한 사병이 '개'를 기르는 장군[국장]을 모시고, 그 장군의 예편 과정을 관찰하며, 자기도 제대해 나온다는 줄거리로 되어 있다. 한 장군이 예편되리라는 설이 나돌았다. 그런데 그 장군은 그를 장군으로 승진케 하는 데 능력을 발휘한 사교계의 여왕 같은 아내가 개를 싫어하기 때문에, 집에서 개를 키우지 못하고 부대에서 기른다. 그는 개를 버리지 않는다. 그가 개를 버리지 않는 이유라면 이런 것이다. 그가 대령 때 차를 타고 가다가 개 뒷다리를 치었다. 그는 그 개 주인을 찾아 사과하고 미안해 몸둘 바를 모른다. 주인은 개에 관심이 없는 자로 그런 개 따위는 보신탕집에 팔아버려도 좋은 상태였다. 대령은 그 개를 산다. 지금 장군이 기르는 그 개는 그러니까 먼젓번 개의 새끼인 것이다. 그리고 실상 알고 보면 그 먼젓번 개는 지금 장군 지이프차 운전병의 어린 시절 집에 기르던 개다. 장군은 퇴근 후 지이프차를 고속으로 모는 버릇이 있다. 어느 날 그 차가 전복되어 운전수는 죽고 장군은 부상한다. 담당병인 '내'가 제대될 때 병원으로 장군을 면회 간다. 장군은 예편을 신청한 후였고, 따라서 개를 더 이상 기를 수 없게 된다. 장군은 그 개를 '나'더러 기르라고 한다. 나는 그렇게 결심하고 그 개와 함께 제대되어 병영을 나온다. 이러한 줄거리 및 제목을 보고, '개'가 무엇을 상징하는가 라고 사람들은 그 상징을 해독하려 할지도 모른다. 그러나 '개'가 무엇을 상징하는가에 대해 작가는 좀처럼 그 의도를 드러내려 하지 않는다. 무슨 에피큐리안 같은 표정을 이 작가가 짓고 있다고도 생각되지 않는다. 그 이유는 이 작품이 '개'를 상징으로 사용하려 한 것이 아니라는 것, 이 작품이 상징과는 관계없고, 심층 심리에 관계되기 때문인 것이다. 이 작품의 참된 관심 혹은 의도는 한 인간이 마이너스적인 동인에 의해 마조히즘적 증상에 빠져 들어가는 상태, 보다 자세히는 이미 그런 증상에 빠져 들어버린 인간을 '일방적'으로 보여주는 데 있는 것으로 파악된다. (이 경우 <일방적으로 보여준다>는 말에 주의해주길 바란다.) "국장님은 영관 때는 자기 마음이 약하기 때문에 군종 장교가 적격이라는 평을 받았는데, 그리고 장군이 되는 것을 바라지도 않았더라. 국장님 말로는 장군 진급 소식을 듣고 자기는 당황했다는 거야. 그날 밤부터 가슴이 답답해지기 시작하였는데, 그리고 문제는 별을 달고 난 뒤에, 자기가 꼭 재주에 자꾸 실패하여 관중들로부터 야유를 받는 광대 같은 느낌이 들더라는 거야. 어쨌든 지금은 마음이 후련한 모양이야. 예편원도 써내라 해서 내가 써냈다." 이 말은 장군의 부관 서중위가 작품 결말 부분에서 해놓은 것이지만, 한 인간의 성격에 대해 여러 가지 문제를 던지는 것으로 볼 수 있다. 장군이 된 후, 그는 상식으로 생각키 어려운 여러 가지 기행을 하는 것으로 되어 있다. 첫째는, 혼자 거울 앞에서 모자를 쓰고 여러 가지 포우즈를 취한다는 것, 둘째는 '불품없는 잡종개'를 기른다는 것, 셋째 퇴근 후 지이프차로 빠른 속도로 달린다는 것, 넷째 교통 헌병 앞을 지날 때 운전수와 자기 모자를 바꾸어 쓴다는 것 등등의 몇 가지 기행은 하나의 뚜렷한 특징을 갖는데, 그것은 전혀 아무도 안보는 데서 행한다는 점이다. 병영과는 전혀 관계없는, 전혀 자기 개인적인 일에 속한다는 사실은 무엇을 뜻하는 것인가. 단적으로 이 사실을 지적한다면 "장군이 어떤 개나 좋아하는 애견가라면 부인이 집에서 못 기르게 하기 때문에 사무실에서 기른다는 이유가 서지만, 사실 장군이 사무실에서 개와 더불어 노는 일이란 거의 없는"데도 불구하고, 그는 개를 기른다는 것이다.

이 작품에서는 심리적 외상으로 다음 두 가지를, 즉 대령 때 개를 치게 하고, 그것을 샀다는 것과, 그의 아내 힘에 의해 장군이 되었는데, 그 아내가 개를 싫어한다는 두 가지 단서만을 찾아낼 수 있을 뿐이다. 개를 치게 한 것, 그것에 책임을 느낀다는 것이 생명에 대한 외경이나 범신적 문제라는 그것은 이 장군 자신의 섬세함이고, 자기 자신의 생의 의지일 수 있고, 따라서 개는 <볼품없는 잡종>으로 외견상 보이지만 얼마든지 숭엄한 것으로 된다. 이 생명 의지와 대립되는 것이 아내로 대표되는 반생명적 요인인 것이다. 그것은 흔히 화려하고 여왕 같은 외견을 띠지만, 천박하고 공포의 모티베이션이 된다. 따라서 「개를 기르는 장군」은 생명 혹은 생의 숭엄을 기른 것이며, 그것이 마조히즘의 가장 깊은 곳에서 정지된 상태에 놓여 있다는 것으로 하여, 심리적 퇴행이라 할 수도 있을 듯하다. 그러나 '나'가 그 '개'를 인계받는다는 것으로 하여 구원과 분노를 동반하는 것이 송대령이라는 사디즘적 실체 때문임은 물을 것도 없는 일이다.

그렇다면 이 작품은 군대 속의 일을 배경 내지 소재로 삼은 듯하지만 실상은 군대라는 조직체, 그 메카니즘과는 거의 무관한 곳에 주제가 놓여 있다는 사실이 확인되리라. 뿐만 아니라 송대령과의 성격적 대결이나 대조는 없는 것으로 하여 드라마의 의도를 배제한 것이다. 이와 대조할 때, 「리빠똥 장군」의 위치가 뚜렷해질 수 있을 것 같다. 첫째 「리빠똥 장군」은 군대라는 메카니즘을 작품의 상황으로 뚜렷이 내세웠다는 것, 둘째 「리빠똥 장군」과 정중위라는 2개의 성격(마조히즘적인 것과 사디즘적인 것)을 대결의 형식으로, '양면으로' 보여주었다는 점을 들 수 있는 것이다. 이 두 성격 및 상황의 곡간에 참된 주제가 놓여 있는 것이다.

이 작품 속엔 세 사람의 인물이 등장한다. 리빠똥 장군이라는 별명이 붙은 연대장과, 월남서 돌아온 고릴라라는 별명의 정중위와, 대대장 송중령이 그들이다. 리빠똥 장군이 대령이면서 '별'을 따기 위해 초조하다가 성격 파산에 이르고 끝내 죽음을 택하는 과정과, 정중위가 사디즘적 충격에서 끝내 형무소를 택하는 과정이 희극적이라는 상리공생相利共生 symbiosis에 놓인다는 것, 조직 자체에 도전함으로써 그 조직의 대행자로 변모하는 송중령의 모습 등에 대한 해설을 나는 구태여 하고 싶지 않다. 이 소설은 모든 것을 감추지 않고 스스로 드러내버리는 수법으로 씌여졌기 때문이다. 다만 이러한 성격적 파산이나 충돌이 심리적 차원에서는 어떻게 규명되는가를 살펴보고 싶을 뿐이다. 그것은 메카니즘으로부터의 도피가 무엇인가를 밝히는 일과 일치할지도 모른다.

대체 어떤 사람이 정상적이라는 것은 무슨 의미일까. 정상적이라든가 건강하다라는 말은 두 가지 모양으로 정의할 수 있으리라. 첫째로 하나의 활동하고 있는 사회의 입장에서 정의할 수 있는데, 그것은 어떤 사회에서 그가 이행해야 할 역할을 할 수 있다는 것으로 규정될 수 있다. 즉 어떤 특정한 사회에서 요구되어지는 방법에 따라 일할 수가 있다는 것과 사회의 재생산에 참여할 수 있다는 것을 의미한다. 둘째는 개인적인 입장에서부터인데, 이 경우에는 개인의 성장과 행복을 위한 가장 적합한 조건을 든다. 그런데 만일 어떤 사회의 구조가 개인의 행복을 최대한으로 누릴 수 있는 가능성을 부여할 수 있는 것이라면, 이상의 두 견해는 일치할 수 있겠으나 그러한 사회는 실제로 없다. 개인적 조건과 사회적 구조의 원활한 기능적 목표와 발달 사이에는 심한 분열이 있음이 원칙이다. 즉 한 쪽은 사회적 혹은 조직의 필요에 의해 지배되고 있으며, 다른 하나는 개인적 존재의 목표에 관한 가치와 규범에 의해 지배되고 있는 것이 실정이라면, 정상적 내지는 건강함이라는 것이 엄격한 의미로는 성립되기 어렵다는 사실을 확인할 수 있을 것이다.

이러한 사실을 앞에 놓고 E. 프롬은 자유 내지 공포로부터의 도피에 대한 메커니즘을 상세히 분석한 바 있다. 프롬에 의하면, 인간이 그 개인적 자아의 독립을 포기하여, 그 개인적 자아의 결여되고 있는 힘을 얻기 위해 '자기 이외의 어떤 사람 및 사물'에 그 자신을 융합시키려 한다는 것, 고쳐 말해서 이미 잃어버린 제1차적 제 속박 대신에 새로운 '제2차적 제 속박'을 추구하는 경향이 있다는 것, 그것이 명백한 형태로 드러나는 것은, 복종과 지배를 둘러싼 노력 속에, 또 정상적 인간 및 신경증적 인간 속에 종종의 모양으로 나타나는 마조히즘적 및 사디즘적이라는 노력 속에서라는 것이다. 이 마조히즘적 노력은, 그 근저에 열등감·무력감, 개인의 무의미성이 놓여 있다는 것, 자기를 어떤 지배나 통제 하에 놓으려는 것, 복종코자 하는 경향이 자기 자신을 해치며 괴롭히는 것으로, 분명히 병적이며 비합리적이지만 합리화되는 경우가 더 많다는 것이다. 즉 사랑·충성심 등의 형태로, 한편 이와 정반의 현상으로 사디즘적 경향이 있음도 주지되어 있다. 단순한 심리적 해설이 아니라 조직이라는 것을 염두에 둔 사회학적 관찰에 결부된 다음 구절을 인용해둘 필요가 있다.

사디즘적 성벽에는 얼마간은 밀접하게 결합되어 있기는 하지만, 세 종류가 있다. 그 첫째 것은 다른 사람들을 자기에게 의존시켜 그들에게 절대적이며 무제한한 힘을 가하여 마치 <도공의 손에 쥐어진 진흙>처럼 그들을 완전히 마음대로 할 수 있는 도구로 화한다. 그 다른 하나는 단지 다른 사람을 절대적으로 지배코자 할 뿐만 아니라 또한 그들을 착취하며, 이용하며, 그들의 물건을 훔치며, 내장을 꺼내 삼키며, 그리고 말하자면 빨아먹을 수 있는 것은 모두 이를 먹어버리자는 충동으로부터 되어 있다. 이러한 욕망은 물질적인 것에도, 비물질적인 것에도, 이를테면 사람이 보여주는 정서적 또는 지적 성질의 것에 대해서도 품을 수 있다. 세째 종류는 다른 사람들을 괴롭히며 또한 괴로와하는 꼴을 바라보고자 하는 욕망이다.…
사디즘적인 성벽은 여러 가지 이유로 말미암아 사회적으로는 훨씬
더 해가 적은 마조히즘적인 경향보다 훨씬 더 의식되지 않고 있으
며, 보다 더 합리적인 것이 보통이다(프롬, 『자유에서의 도피』, 이극찬
역, 5장).

이상의 장황한 설명은 결코 힘자랑을 하자는 것이 아니다. 매우 불친절
한 것 같으나 리빠똥 장군과 정중위에 대한 해석은 이상의 설명으로 충분
히 분석될 수 있기 때문이다. 리빠똥 장군의 성격이 얼핏 보아 사디즘적
노력으로 보이지만 실상은 가장 피해가 적은 마조히즘적인 것이며, 그것
도 자기 파멸로 몰고 간 '위장적 사디즘'으로 파악된다. 희극적 모습을 띤
것이 그 증거이다. 한편 고릴라 정중위의 인격분열증 역시 마조히즘적 노
력의 왜곡된 형태임은 물론이다. 정중위가 '별'을 달고 연대에 나타나 소동
을 벌인 것, "고참 상사가 별을 달고 장군 행세를 하다가 자살하는 시간의
공포를 다룬 어떤 외국 단편을 수년 전 읽은 기억이 있다." 이 기행은 열등
감, 고적감, 개인의 무의미성, 그것에의 공포에서 연유했던 것이다. 적어
도 이 희극적 미친 짓은, 정중위가 월남서 소대를 이끌고 전투에 참가할
때, 동기생 중의 하나가 늘 '별'을 달았다는 것, 그 '별'을 단 소대장이 죽어
가면서 '별'을 만지면서 씩 웃던 모습, 이 개인의 무의성 내지 무력감은, 그
것이 절정에 달할 때 돌연 사디즘적 위장으로 나타나기도 한다는 것, 그리
하여 자기 파멸과 주변의 파멸을 발휘할 수도 있는 것이다. '돌연 사디즘
적'으로 위장할 때, 그 경계선 부근에 희극적 표정이 드러나는 것이다.

이러한 리빠똥 장군이나 정중위라는 인물에 대해 이상 더 언급할 필요
를 나는 느끼지 않는다. 그것은 중요하지 않는 것으로 판단되기 때문이
다. 정작 작품에서 중요한 점으로 부각되어 있는 것은 송중령인 것이다.
그것은 희극이 아니기 때문이다. 이 경우 희극이 아니라는 표현은 '두려

움'이라는 뜻으로 바뀌어도 좋은 것이며, 또한 '확실한 것'으로 대치되어도 되는 것이다. 이것이 이 작품의 참 주제일 것이다. '연대장의 제 정신이 아닌' 횡포에 의해 대대 지휘권을 박탈당한 송중령은 산꼭대기에 있는 OP로 쫓겨난다. 송중령은 '합리와 조화를 갖기 위해' 신을 믿고, 눈물을 흘리고, 그리고는 '의지'를 내세워 연대장보다 현명해지기 위해, '연대장을 이기기 위해' 노력하고, '굴욕' 속에서도 꺾이지 않는 결과, 포사격을 피할 수 있었다.

> "대대장님은 오류를 범하고 있읍니다. 제가 대대장님의 행동을 염탐하기 위해 보내진 건 장군이 힘이 아니라 근본적으로는 조직의 힘인 것입니다. 대대장님의 의지나 저의 피에로에의 타락은 인간과 조직의 싸움에서 비롯되는 하나의 투쟁 방법이 아닙니꺼?"
> "그것이 누구의 힘이건 나를 꺾을 수는 없다. 자네는 조직의 힘이라고 하지만, **그렇다면 연대장이란 인간을 무시할 수 있나?**"

이러한 송중령이 장군이 죽은 후엔 그가 오히려 <확실해져> 있었고 이 확실함이, 달리 말해 인간 소외가 정중위를 울부짖게 미치게 하는 것이다. 이것이 이 작품의 의도이고 참 주제라고 나는 생각한다. "왜 무사히 넘어가는 사건에 대해 자승자박하는가? 아 하하하, 그리고 보니까 이제 와서 자네는 나에게 반항감을 품고 있구만 그래, 웅? 그러나 아무도 이 조직의 틀을 인간 쪽으로 돌리기는 어렵지. 장군이나 자네나 나나 모두 틀에 얽매어 떠밀려갈 뿐이야. 냉혹해질 수밖에 없어. 그 파도에서 헤어나려면 …" 이 송중령의 말을 비판해준 사람은 일찍이 저 도스토예프스키였는지도 모른다. "인간이라는 불쌍한 피조물은 그가 타고난 자유의 선물을 될수록 빨리 양도해 버릴 상대방을 찾아내고자 하는 간절한 욕구밖에 가지고 있지 않다."(카라마조프네 형제들) 위협을 당한 개인이 자기 자신을,

자아라는 무거운 짐을 제거해버림으로써 안정감을 찾으려는 욕구에는 이미 회의 과정이 삽입되지 않으며, 그래서 곧장 절대에의 신봉으로 치닫게 된다. 이 경우, 이러한 욕구가 문화적 형식을 사회적인 의미에서 찾아낼 때 소위 저 파시즘을 성립케 하는 기저를 제공하는 것이리라. 이 '확실함' 이 '두려움'이란 뜻은 이것이다.

4 이상으로, 60년대 후반기에 걸쳐, 군대 관계를 다룬 작품들을 대충 살폈거니와, 이 밖에도 ROTC출신들의 문제점을 다룬 김국태의 「떨리는 손」(현대문학), 오탁번의 「실종」(현대문학 197호) 등이 있으며, 김은국의 「심판자」 등의 유형들을 첨가할 수도 있다.

이렇게 보아온다면, 여태껏 세류로서 각각 유형을 이루어온 여러 작품이 「리빠똥 장군」에 와서 교차되고 모여져 로망의 한 중간 단계로 정착되었음을 볼 수가 있으리라. 구체적으로 말하면 앞에서 보인 여러 유형의 작품들의 주제가 「리빠똥 장군」 속에 부분적으로 혹은 전면적으로 오우버랩되어 있는 것이다. 이러한 진술은 동시에 「리빠똥 장군」이 독자적 발견이나 심화를 보였다는 사실과 모순되지 않음은 물론이다.

『문학과지성』, 1971년 겨울호

탐욕의 뿌리를 찾아서

전 영 태

「리빠똥 장군」과 『도둑일기』의 작가 김용성은 남과 북이 대치하고 있는 분단 문제와 권력과 금력이 나무하는 조직사회의 비리의 문제가 맞물려 있는 민족적 현실에서 개인의 존재가 어떻게 위축되고 있는가를 집중적으로 파헤쳐 왔다.

그의 데뷔작 『잃은 자와 찾은 자』에서 비롯된 작가의 이러한 의식은 때로는 분단의 문제에 때로는 비리의 문제에 기울지만 궁극적으로는 이 두 문제를 동일한 차원에서 살펴보는 통합된 의식으로 나타난다.

이 책에 수록된 「슬픈 양복재단사의 나날」과 「두 아들」의 경우 전자가 현대 사회의 구조적 병폐를 세 인물을 통해 전형화한 작품이라면, 후자는 제2세대들이 추체험하는 분단의 아픔을 형상화한 작품으로, 각각 다른 주제를 이야기하고 있으나 창작집 전체의 구성으로 보면 결국 동일한 사상事象을 나타내는 구상화의 두 양산일 따름이다.

단편 「탐욕이 열리는 나무」 역시 이러한 주제적 통일성에서 벗어난 작품이 아니다. 이 작품은 탐욕의 원천인 돈에 대한 갖가지 반응을 통하여 사람들의 마음과 삶이 얼마나 황폐해졌는가를 생생하게 보여준다.

김용성의 소설에는 탐욕적인 인물상이 자주 등장한다. 승진을 위해서 온갖 수단을 다 동원하고 부하들에게 별의별 심통을 부리는 괴팍한 연대장 「리빠똥 장군」이 권력에 대한 탐욕을 구체화하는 인물이라면, 4·19 혁명 당시 뒷짐 지고 구경만 하다가 혁명이 성공할 것 같자 뒤늦게 나타나서 기염을 토하고 5·16이후 토지 투기로 논을 벌어 벼락부자의 허세를 부리는 「슬픈 양복재단사의 나날」의 이갑석은 돈에 대한 탐욕을 대변하는 인물이다. 이갑석이라는 인간은 정현기의 지적처럼 맹목적인 부의 추구 때문에 부도덕에 함몰하는 『도둑일기』의 맏형 한수라는 인물과 짝지워질 수 있는 인간이다.

이렇게 본다면 탐욕이라는 소재는 김용성 소설에 등장하는 매우 낯익은 제재라는 것과 탐욕의 정체를 해부하려는 의도가 작가의 중요 관심사라는 점을 알 수 있다.

그런데 「탐욕이 열리는 나무」에서는 인물의 전형화를 통하여 탐욕을 표현하던 방법에서 벗어나 돈이라는 탐욕의 원천을 정면에 내세운다. 우화적인 스토리텔링의 기법을 사용하여 이야기를 색다르게 풀어간다.

작가는 이야기가 전개될 무대 한 모퉁이에 탐욕과는 거리가 먼 가로수한 그루를 배치시킨다. 나무라는 생명체는 인간처럼 탐욕스럽지도 않고 인간처럼 사악하지도 않다. 계절의 변화에 잘 버티고 인간보다 오래 살수 있는 것이 나무다. 이 나무에 500원짜리 지폐가 붙어있는 것이다. 독자의 호기심을 처음부터 자극시키는 무대 설정의 양상이다.

그 나무에 아이들이 기어 올라간다. 도시의 아이들은 농촌의 아이들과 달라서 나무에 기어오르고 거기에 숨고, 열매를 따먹고 그 그늘 밑에서 잠자는 습관을 가지고 있지 않다. 자연 속에서 자라는 아이들에게 나무는 유년의 보금자리이다. 그러나 도시의 아이들에게 나무는 멀리서 바라보는 살아있지만 죽은 것이나 다름없는 딱딱한 물체에 지나지 않는다. 자연 속의 아이들은 나무에 기어오르면서 관능적 흥분을 느끼지만 이 작품의 아이들은 나무에 올라가면서 물질 충족의 기쁨을 느낀다. 그러나 기쁨도

잠깐, 이 돈이 잘못된 돈은 아닌가라는 두려움에 휩싸인다. 아이들은 돈
이 주는 만족감을 느끼는 동시에 탐욕이 주는 두려움이 무엇인가를 어렴
풋이 깨닫는다.

> "저 돈으로 무얼 사먹으면 키가 크지 않는 건 아닐까."
> 키 작은 아이가 심각한 표정으로 의문을 제기했다.
> "그래, 그래, 키는 크지 않고 더 뚱뚱해지기만 하는 술법에 걸릴
> 지도 몰라."
> 뚱보가 말했다.
> "그리고 보니 넌 며칠 전보다 훨씬 뚱뚱해진 것 같다. 드럼통처
> 럼."
> 하고 다른 녀석이 뚱보를 향해 놀려댔으나 그 누구도 웃는 아이
> 는 없었다.

이 장면에서부터 아이들은 감정의 혼란을 느끼게 되고 탐욕스러운 아
이와 마지못해 따라가는 아이로 갈라진다. 몇 푼 안 되는 돈 때문에 동심
에 금이 가기 시작한 것이다.

이야기는 여기서부터 꼬리에 꼬리를 무는 연쇄 구성적 방법으로 전개
된다. 아이들의 행동을 복덕방 주인이 발견하여 그가 돈을 차지하고, 중
국집 주인이 그의 행동을 눈치 채서 서로 돈을 나누게 되고, 아리송한 직
업에 종사하는 여자에게 그들의 행동이 드러나고, 이 소문이 온 동네에
퍼진다.

이러한 과정에서 탐욕의 구체적인 양상이 드러나기 시작한다. 욕망을
달성하기 위해선 남보다 먼저 기회를 포착해야 하고 남을 배반해야 하며
획득된 물질은 혼자 독점해야 한다. 그러나 만약 혼자 차지할 수 없을 때
에는 단합해야 한다. 복덕방 주인과 중국집 주인, 직업여성이 보인 행동

은 탐욕의 가장 기본적인 모습이다. 그리고 이것은 어디까지나 개인적 탐욕의 양상이다.

그러나 나무에 돈이 열린다는 소문이 퍼지자 사람들은 집단적 광중의 중상을 나타낸다. 이렇게 되자 돈의 단위도 천 원에서 5천 원짜리로 껑충 뛴다. 탐욕이 집단화되면 공격 본능이 작용하여 무서운 파괴력을 가지게 된다는 점이 알레고리의 형태로 제시되고, 탐욕의 스케일도 기하급수적으로 팽창된다는 것이 암시된다.

이러한 집단적 탐욕을 통제하는 기관이 국가인데, 이 작품에서는 그것이 파출소로 표상된다. 법이나 형벌로 탐욕을 다스릴 수 없다는 것은 명백한 사실인데, 파출소장은 그것이 가능하다고 생각한다.

일찍이 공자는 이런 취지의 말을 한 적이 있다. "백성들을 법이나 형벌로만 다스리면, 법을 어기지 않거나 형벌을 당하지 않는 것을 크게 다행으로 여기고 부끄러움을 모르게 된다." 이 작품에 등장하는 군중들의 심리는 공자가 말하는 백성들의 심리와 조금도 다름이 없다. 법망에 걸리거나 형벌을 당할 염려가 없기 때문에 부끄러움도 모르고 나무 주변으로 몰려들어 서로 돈을 따려고 하고, 자기가 돈을 차지하지 못하게 되니까 거지에게 적선이나 하라고 아우성을 친다. 이러한 군중들이야말로 이 시대를 살아가고 있는 우리들 자신의 모습이다. 실로 섬뜩한 모습이 아닐 수 없다.

그러나 탐욕의 근원이 무엇인지 알 수 없는 파출소장은 나무를 베거나 범인을 잡아야 된다는 생각만 할 따름이다. 결국 범인을 잡았는데, 뜻밖에도 범인은 동생을 잃은 어린 소년이었다.

이 작품에서 소설적 설득력이 가장 약한 부분이 소년의 범행 동기이다. 동생을 치료하기 위해서 돈을 모으다 돈이 필요하지 않아서 장난삼아 나무에 돈을 달아놓았다는 것은 상식적으로 납득이 가지 않는다. 탐욕을 불러일으키기 위한 동기로는 미약한 감이 없지 않다. 동기부여의 치밀성이 얼마간 결여되었으나 이 작품에서 중요한 것은 동기부여가 아니라 동기로 인해 나타나는 현상인 만큼 다음 장면에 주목할 필요가 있다.

범인도 잡히고 소란도 멈춰서 파출소장이 한시름 놓을 즈음 나무에 다시 돈이 열린다. 탐욕의 과정은 끝이 없다는 것이 암시되고, 거지의 어처구니없는 죽음을 통하여 탐욕의 종말의 비참함이 제시된다.

그렇다면 탐욕의 소동은 이제 끝이 났을까? 파출소장은 마음을 놓고 다른 일을 할 수 있을까? 사람들의 비뚤어진 심리는 그전처럼 제자리에 돌아올 수 있을까? 이 작품의 결말은 우리들 마음속에 이러한 질문을 던진다.

「탐욕이 열리는 나무」는 알레고리의 방법으로 현실의 가장 음험한 모습을 형상화한 작품이다. 현실을 추상화해서 관념의 뼈대만 추스르려는 성급함 대신 이 사회의 모순의 근원을 그 잔뿌리까지 캐보려는 느긋한 정신으로 구체화한 소설이다. 할 말을 다 못하게 만드는 외부의 강압을 슬기롭게 피하여 관념적 추상성을 배제하는 작가의 노력은 성실하면서 탁월한 것이 아닐 수 없다. 또한 그의 소설은 재미를 느끼게 하면서도 방향성을 제시하는 복합적 기능을 내포하고 있다. 그의 소설을 신뢰할 수 있는 것은 이런 이유 때문이다.

『탐욕이 열리는 나무』, 문학사상사, 1986

성장소설『도둑일기』

김 선 학

1.

6·25의 문학적 응전은 80년대에 들어와서 보다 다양화된 듯하다. 특히 소설에서 그것은 이산가족 찾기라는 기폭제를 분수령으로 매우 진지하게 그리고 깊이 있게 천착되는 모습을 보여준다. 30년 이상이나 분단된 현실을 작가가 어떻게 대응하든 결국은 형상화의 여부에 평가의 최후 목적지가 있겠지만 소박하게 일별할 때 보다 객관적 자리에서 작가들이 6·25의 의미를 해부해 보려는 자세를 취하고 있음을 알게 된다. 그 같은 현상은 대부분의 작가가 동족상잔이란 미증유의 전화를 직접경험이 아닌 간접경험 혹은 유년기의 체험으로 갖고 있다는 것이 중요한 원인이랄 수 있는 부분이다. 그러나 대상 자체에 함몰되지 않고 의연하게 대상을 문학적 재량권 안으로 끌어오겠다는 작가정신에서 대부분 연유한다고 파악될 수 있는 성질의 것으로 보아진다.

김용성의『도둑일기』는 이상과 같은 전제를 염두에 둔다면 다양화되어지고 보다 객관적으로 민족적 아픔을 형상화하는 최근 6·25에 대한 소설적 응전의 경향을 잘 드러내 주고 있는 작품이다. 우선 전쟁 자체에 함몰되지 않는 객관적 자리에 작가는 서 있다. 이 같은 자세는『도둑일기』가 성장소설이나 교양소설의 패턴으로 분류될 수 있다는 판단을 가능하게 해주게 된다. 한수와 중수 그리고 성수 삼형제의 성장을 6·25 발발에서 4·19 직전까지 서술하고 있는 것이 이 소설이다. 수류탄 두 알만 가슴에 달고 전쟁터로 나간 아버지의 사망, 폐병을 앓는 어머니마저 잃어버린 고아 삼형제가 살아가며 성장하는 궤적을 작가는 집요하게 추적한다. 구두 닦기를 하기 위해 행한 성당에서의 우단 도둑질, 미군 야전부대에서 구두 닦기를 하면서 시계를 훔친 일 이외에 그들이 사실상 본격적으로 도둑이 되어 남의 것을 훔친 일은 없다. 그럼에도 작가는 그들의 이 같은 몇 번의 도둑질을 소설 전편의 주제로 드러내고 있음에 주목해야 할 것이다. 그것은 6·25란 비극적 전쟁이 자라나는 세대에 미친 걷잡을 수 없는 상흔을 '도둑'이란 언표言表 속에, 꿀꿀이죽으로 표현되는 미군의 음식 찌꺼기를 먹으면서 성장한 전쟁 세대의 한없는 원망을 '일기'란 말 속에 묶어 보려는 작가의 의도를 읽을 수 있는 열쇠가 되기 때문이다. 그러므로 성장소설의 경향을 작가가 선택한 것은 오히려 전쟁의 비극을 유년기와 성장기의 정신적 매듭 속에 묶어 보려는 의도와 무관하지 않음을 알게 된다.

한수가 사업가를, 중수가 소설가를, 성수가 성직자를 희망하고 있는데 일인칭소설인 『도둑일기』의 작가가 화자 '나'를 소설가 지망인 중수로 설정한 것도 결코 우연이 아니다. 냉철하며 때로는 강인한 의지를 가진 사업가 지망생인 한수나 속죄양 의식에 흠뻑 젖어 언제나 신 앞에 어린 양으로 서 있는 성수의 눈을 통해서는 동족상잔의 비극적 현실과 그 매듭을 상상으로 묶을 수가 없었기 때문이다. 그것은 오직 소설이란 영원히 지속되는 상상과 꿈의 형체를 머금고 있는 대상을 선택한 중수의 눈을 통해서만 가능하다고 작가는 판단했기 때문일 것이다. 『도둑일기』를 전반부와 후반부로 나누었을 때 후반부를 거의 오연주에 대한 중수의 연정과 한수에 대한 중수의 심리적 갈등으로 할당하고 있는 것은 그러므로 소설가를 지망하는 중수에게 작가가 보다 많은 액센트를 두고자 함의 표출로 볼 수 있을 것이다.

사실상 『도둑일기』는 6 · 25의 상혼이 당시 한국의 10대에게 어떻게 각인되어 어떻게 응어리로 남아 있는가를 포착하려는 소설로 보여 진다. 성장소설의 패턴을 취하게 된 것은 이 같은 연유에서 비롯되어진 것으로 파악할 수 있을 것이다. 그러나 전쟁을 그 속에 함몰되지 않고 객관적 대상으로 바라보려 했다면 그것이 유년기의 소년에게 어떻게 판단되고 해석되었는가의 물음에도 답할 수 있는 구성상의 장치가 있어야만 했을 것이다. 전쟁이란 극한상황 속에서도 소년들은 살아남아 성장할 수 있었다는 편년체적 혹은 단순한 시간적인 추보식 서술에서 그 해답을 얻기는 불가능하다. 요컨대 성장 소설의 패턴을 지속하면서 인물들이 격동기에 보다 생동하면서 현실과 부딪쳐가는 파란만장함을 성격화할 수는 없었던가 하는 아쉬움을 『도둑일기』는 남겨준다. 그래서 결과적으로 다음과 같은 '작가의 말'은 그것이 설사 겸양에서 나온 것이라 할지라도 『도둑일기』가 갖고 있는 한계성과 작가가 넘어야 할 또 하나의 장애물에 대한 그리고 6 · 25에 문학적으로 응전하는 한국소설이 갖고 있는 문제를 생각게 하는 구절로 보아진다.

> ……전쟁을 이야기하고 있는 것은 아니고 그렇다고 인간 내면의
> 심리를 그린 것도 아니며 사회 비리를 적나라하게 묘사해 보인 것
> 도 아니다.

2.

김용성의 『도둑일기』에서 장 주네 유형의 도둑사회의 기록을 생각한다면 실망한다. 유익서 「아벨의 시간」에서도 도스토예프스키 유형의 끈

적이는 삶과 실존의 심리적 영역을 기대하는 것도 무리다. 『도둑일기』 그리고 「아벨의 시간」에서 우리는 담담하게 6·25에 대한 소설적 응전이 고착되어가는 듯한 분단현실의 오늘을 일깨워주고 있음을 알게 된다. 그리고 이제 전쟁과 분단은 앞의 것이 과거형으로 뒤의 것이 현재형이란 의미를 깨닫게 되며 과거를 추적하며 현재를 확인하고 미래를 조망한다는 진부한 말씀의 일리를 인정하게 한다.

성장소설 내지는 교양소설의 한국적 영역 획득에 『도둑일기』가 성공했다고 말하기는 『홍길동전』이나 『춘향전』이 세계적 수준의 소설이라고 말하는 일만큼 괴로운 일이다. 노만 메일러나 어윈 쇼의 『벗은 자와 죽은 자』나 『젊은 사자들』만큼 혹은 톨스토이의 『전쟁과 평화』처럼 전쟁의 문학적 응전에서의 성공이라고 평가할 수 없는 지점에서 『도둑일기』의 한계와 그 의미 그리고 한국소설의 6·25에 대한 응전을 돌이켜보게 된다. 그러나 『도둑일기』가 기왕의 한국소설에서 6·25의 전쟁 문학을 성장소설의 패턴으로 추적하려 했던 점을 6·25에 대한 소설적 응전의 또 다른 지평 확장으로 이해하는 것을 간과해서는 안 될 것이다.

「성장소설과 관념소설」, 『비평정신과 삶의 인식』, 문학세계사, 1987

성장소설의 사회사적 의미

김용구

1. 가문과 운명

　한국의 유능한 사업가와 위대한 소설가와 거룩한 신부, 이 세 아
들의 장한 어머니, 여기에 잠드시도다.

　하나의 비명碑銘을 위해 사는 일. 비석이 지배하는 사회, 그 의미는 우
리 민족의 삶과 어떤 관계를 지니고 있는가. 위의 인용은 『도둑일기』의
중심 모티브이다. 사실 그때까지 그들 형제는 아무도 유능한 사업가도 위
대한 소설가도 거룩한 신부도 되지 않았다. 그럼에도 형 한수는 이 비명
을 그의 어머니 묘에 새겨 놓았다. 그것은 그의 염원이기 때문이었다.
　운명이란 모든 이야기 문학의 궁극적 실체라고 볼 수 있다. 태어나고
성장하고, 어른이 되고 이윽고 죽는 이 구체적 과정을 그린 소설을 통해
우리는 자신의 삶을 반추하고 인생을 배우는 것인지도 모르겠다.

2. '도둑'의 사회사적 의미

　김용성의 『도둑일기』는 전쟁고아가 된 삼형제 한수 · 중수 · 성수의

운명을 다룬 작품이다. 6·25에 따른 아버지의 전사 그리고 피난시절에 닥친 어머니의 죽음은 이제 갓 16, 14, 12살이 된 삼형제에게 슬픔을 느낄 겨를도 없이 생존의 문제를 안겨 준다. 따라서 그들이 택한 유일한 길은 도둑질하는 방법이었다. 도둑질을 해서 만든 구두닦이통은 억세 자들에 의해 빼앗기지만, 생존 본능은 더욱 강해진다. 그들이 살기 위해 서울을 떠나 파주 근처의 미군 부대를 찾아가는 동안 먹장구름은 빗방울로 바뀌고 컴컴한 밤이 온다. 이미 이 소설은 그들이 고아가 되면서부터 순탄치 않은 길을 마련한다. 도둑질과 도둑맞는 일이 반복되면서 그들 삼형제는 각자 나름의 인생 좌표를 얻게 된다. 그리고 그들의 좌표는 그들 운명을 지배하게 된다.

해방과 6·25로 대표되는 1950년대와 4·19와 5·16으로 대표되는 1960년대의 역사는 격변과 혼돈 자체였다고 볼 수 있다. 『도둑일기』는 이러한 사회사적인 변혁을 삼형제의 삶과 병치시키며 각자의 삶이 지닌 선을 비교적 선명하게 부각시키고 있다.

이들 삼형제 중 가장 성격 제시가 선명히 이루어진 인물은 형 한수이다. 한수는 고아 생활을 겪으며 두 동생에게는 아버지와 어머니의 역할을 한다. 그래서 그를 짓누르는 것은 생존 본능이다. 그는 생존을 위해 도둑질을 선택한다.

> "잡히면 감방에 가게 될 거야."
> 고모님 댁에서는 서대문 형무소가 환히 내려다보였다. 나는 형이 그 붉은 벽돌담 안에 갇히는 모습을 상상하고는 몸을 떨었다.
> "너는 아직 몰라서 그러는데 도둑질이라는 것을 그렇게 어렵게 생각할 필요는 없어. 요즘은 누구든지 다 도둑질을 하거든. 하늘처럼 높으신 어르신네나 땅처럼 낮은 거렁뱅이나 모두가."
> "그렇다고 우리마저 계속 도둑질을 한다는 건 마음에 걸려. 어머니나 아버지도 좋아하시지 않을 거구 말이야."(139쪽)

여기에서 도둑질이란 누구나 하는 짓이다. 즉 전쟁의 참혹함 속에서 살아남기 위해서는 무엇인가를 해야만 했다. 고아가 된 그들이 선택할 수 있는 유일한 길이 도둑질이었는지도 모른다.

그런데 한수의 도둑질은 보다 정당화된다. 그것은 그 자신을 위해서 하는 것이 아니다. 가장으로서 가족을 부양하기 위한 도둑질인 셈이다. 그의 우유부단한 생각으로는 그 시절의 수많은 역경을 헤쳐 나갈 수 없었을 것이다. 가장이었기에 남이 쓰러지지 않으면 자신이 쓰러진다는 경쟁사회의 원리를 체득하고 있었다. 따라서 그에게 도둑질이란 정당한 하나의 경제 행위로 비쳐진다. 그리고 이러한 자기 합리화는 그의 축재 과정을 통해서도 변하지 않는다.

> 형은 그때 소박하나마 처음으로 반미적인 견해를 보여 주었다. 그러나 그것이 과연 형의 진정한 생각이었을까. 2개월 전에 보내왔던 편지 속에서 형은 베트남 파병이야말로 박정희의 '위대한 결단'이며 빈사 직전의 우리나라의 경제를 부흥시킬 수 있는 절호의 기회라고 쓰지 않았던가. 그러던 형이 내 앞에서 전혀 엉뚱한 논리를 펴보이는 저의는 간단했다. 형은 다른 젊은이가 베트남에서 피를 흘리는 것은 우리나라의 경쟁력을 향상시키는 밑거름이 되는 것으로 환영할 만하지만 자기 피붙이가 베트남에 가서 희생양이 되는 것은 받아들일 수 없다는 태도를 나타내는 것에 불과했다.

형의 이러한 태도는 이중성을 보여 주고 있다. 그것은 사회와 개인의 분리이다. 남은 사회를 위해 희생해야 하지만 우리만은 사회를 위해 희생해서는 안 된다. 이는 산업사회가 되면서 이루어진 급격한 공동체의 붕괴 현상과 대응된다. 이러한 극단적인 이기주의는 부정적 인물을 형상화한 풍자소설의 계열을 형성하고 있다. 예를 들어 1930년대에 창작된 채만식의 『태평천하』는 그 전형을 이루고 있다. 『태평천하』에서 윤직원 영감의 이데올로기는 '우리만 빼고 모두 망해라'로 귀결된다. 그리고 여기에서 최고의 가치란 나와 내 가족의 번영으로 나타난다.

가문을 위해서는 어떤 행위라도 용인될 수 있다는 사고. 이는 우리가 근대화를 거치면서 일어난 모든 부정적인 현상들을 합리화시켜 준다. 물론 고전소설에서도 가문을 소재로 한 소설은 중요한 소설 갈래의 하나였다. 그러나 고전소설에서 가문의 유지와 번영은 전혀 다른 의미를 지니고 있었다. 거기에서 가문의 번영은 그 사회의 덕목을 지키고 유지함으로써 이루어진다. 즉, 악한 세력을 이김으로써 이루어지는 선한 가치의 지속이다. 이때 가문의 번영은 공동체 사회의 번영과 등가를 이룬다. 한편 가문의 번영이 공동체의 번영과 어긋나기 시작한 것은 일제의 강점기에서부터이다. 일제치하의 반봉건적 사회에서 진정한 가치의 탐구란 사실상 불가능했다. 따라서 인물들은 자기와 가족의 번영을 위해 친일을 택하는 방법을 취한다. 이런 전형적인 예가 바로 『태평천하』이다.

해방 이후 이루어진 급격한 근대화 과정에서 이루어진 공동체 붕괴 현상은 형을 통하여 극명하게 나타나고 있다. 그리고 이는 가문이라는 허위의식에 의해 합리화된다. 가문을 위해서라면 어떠한 악한 행위도 용인되는 사회, 나와 우리 가족은 특별하다는 의식, 이러한 허위의식이 우리 자신의 감춰진 모습인지도 모른다. 따라서 '나'는 형의 이러한 이기주의적이고 카멜레온적인 태도에 대해 비판하지 못하는 엉거주춤한 태도를 보인다. 형의 도둑질도 마찬가지다.

> "양심? 웃기지 마. 양심이 밥 먹여 준다더냐? 너도 학교에 빨리 다니고 싶거든 나와 같이 일을 해. 곧 나는 한밑천 잡게 될 것이고, 그러면 넌 손을 떼고 학교에나 열심히 다니는 거야."
> 형은 내가 형이 하는 일에 가담할 것을 은근히 비쳤다. 나는 다시

금 고민에 **빠졌다**. 그는 그 자신을 위해서만 도둑질을 하는 것은 아
니었다. 나는 감히 그렇게 말할 수가 없다. 그는 우리를, 아니 나를
(성수는 성당에 가 있으니까) 위해서도 도둑질을 하는 것이었다.(139쪽)

이와 같은 형의 극단적인 이기주의적인 모습은 우리의 숨겨진 자화상
인지도 모른다. 남에게는 도덕적인 행위를 요구하면서도 자신만은 예외
적인 인물이라는 특권층의 지배 논리가 용인되는 까닭도 바로 이 잘못된
가문주의에서 비롯된다고 할 수 있다.

가문에 대한 지나친 집착은 공동체 사회를 극단적으로 파괴한다. 형 한
수는 이제 가족의 생존 문제에서 벗어나자마자 현실주의자와 야심가가 되
어 버린다. 한수는 가끔 도둑질한 자신의 행위를 고해한다. 그러나 그 순
화된 마음은 오래 갈 수 없었다. 그의 야심이 영혼을 갉아먹기 때문이다.
성인이 된 한수가 돈을 벌기 위하여 기생관광업과 마약사업에 뛰어든 것
은 폐쇄된 가문주의의 부정적인 모습을 보여 주고 있다. 그가 본 세상은
악이 판치는 세상이다. 따라서 선한 행동을 하는 사람은 단지 별종일 뿐이
다. 결국 반사회적 행위까지도 가문이라는 허위에 의해 감싸여진 사회가
바로 우리의 숨겨진 모습은 아닐까. 모두가 도둑이라는 인식, 이를 극복하
지 않고서는 공동체의 건설이 요원하리라.

『도둑일기』는 작가 지망생인 '나'라는 동생의 시점을 통해 형의 행위를
서술하고 있다. 따라서 '나'는 형의 극단적인 이기주의적인 모습과 반사회
적인 행위를 목격하고도 이를 객관적으로 드러내지 못하고 있다. 왜냐하
면 형이 고아인 자신의 가장이고 또 형제를 위해 노력하고 있다는 연민
때문에 '나'는 객관적인 거리를 확보하지 못하고 있다.

한편, 형 한수와 대극에 선 인물은 동생 성수이다. 『도둑일기』는 삼형
제의 삶을 비교적 선명하게 구분짓고 있다. 이는 인물 제시에 있어 도식
화의 방법을 원용하고 있다. 도둑질을 주어진 운명으로 받아들이는 형에

비해 동생 성수는 도둑질을 하는 과정에서 새로운 세계를 발견한다. 그것은 신부와의 만남을 통한 영적 체험이다. 아우 성수는 형들을 돕기 위해 성당에서 우산을 훔치다가 신부에게 발각된다. 그곳에서 참회를 배운 성수는 그의 인생을 바꾼다. 성직자가 되겠다는 성수의 바람은 형제의 배고픔과 추위라는 고난이 강화될수록 더욱 굳어진다. 이러한 그의 바람은 그들이 전방으로 구두닦이를 하러 가던 중 비가 쏟아지던 고난 속에서 만난 기적 같은 신부의 도움 속에서 신념으로 굳어진다. 그는 그의 주변에서 일어나는 모든 신비스러운 일을 하느님의 뜻으로 해석한다. 그러나 개인의 구원자로 머물던 하느님은 성수의 성장에 따라 다른 모습으로 나타난다. 그것은 이 지상에 신의 뜻을 펼치는 것이다. 성인이 된 성수는 군사 독재에 대해 저항하고 노동자 농민의 생존권을 위해 투쟁하는 투사의 모습으로 남는다.

도둑과 성직자, 현실주의자와 이상주의자, 이기주의자와 박애주의자, 형 한수와 아우 성수, 이 틈바구니에서 중수는 시계추와 같이 오가며 두 형제의 행위를 서술한다. 그러면서 '나'는 그들과는 다른 제3의 길을 걷고 있다. 그리고 그것은 문학이란 무엇인가, 소설이란 무엇인가에 대한 궁극적 질문을 하며 성장하는 중수의 삶이기도 하다.

3. 교양소설에서의 서술자의 문제

『도둑일기』에서 작가는 '나' 중수를 통해 독자에게 끊임없이 문학 즉, 소설의 궁극적 문제를 질문하고 있다. 소설이란 무엇인가? 소설가라는 존재는 어떤 사람인가? 도둑질을 하는 중에도 중수의 궁극적인 꿈은 소설가가 되는 것이다. 그리고 작품의 말미에서 그는 마침내 소설가로서 입문을 하게 된다.

직업인으로서의 소설가, 현실비판자로서의 소설가, 현실수용자로서의 소설가, 허무주의자로서의 소설가 등등 소설가의 유형은 소설만큼이나 다양할 수 있다. 『도둑일기』에 나온 예비 소설가 중수는 어떤 인물인가. 이 부분은 이 작품이 성격을 창조하는 데 가장 감당하기 힘들었던 부분 같다. 일반적으로 사업가나 성직자는 그 직업 자체가 그 인물의 성격을 규정할 수 있다. 우리는 이를 직업에 따른 전형으로 구분할 수 있다. 그러나 소설가는 이러한 규정을 뛰어넘는다. 소설가는 착해야 하는가 혹은 악해야 하는가. 소설가는 진보적이어야 하는가 혹은 보수적이어야 하는가. 소설가는 상품 생산자인가 혹은 창조적 지식인인가. 우리는 이 궁극적인 문제를 중수의 행위와 사고를 통해 살펴볼 수 있을 것이다.

『도둑일기』에서 소설가 지망생인 '나' 중수는 기질적으로 어정쩡한 친구이다. '나'는 병약하고 독립심이 약하며 매사에 있어 적극성을 보여 주지 못하고 있다. 도둑질에 있어서도 나의 행위는 이중적인 태도를 보여 주고 있다. 성수의 반대에도 불구하고 '나'는 미군의 손목시계를 훔친다.

> 게다가 나는 내가 한 도둑질에 대해서 정당성을 부여하려고 노력하고 있었다. 정녕코 시계를 훔친 것은 나의 욕심만을 채우기 위해서는 아니라고 생각했다. 우리는 돈이 될 만한 물건을 아직 모으지 못했다. 오늘은 유별나게 벌이가 좋았지만 엠피에게 물건들을 압수당하고 구두닦이통까지 그 못된 아이들에게 빼앗기고 말았다. 당장 벌이를 하려면 구두닦이통을 구해야 했다. 그러나 무엇으로 구두닦이통과 도구들을 마련할 것인가. 그때 손목시계가 나타난 것이다. 그것은 그 비 오는 날에 우리를 도와주게 된 신부님의 출현만큼이나 신비스러운 일이 아닐 수 없었다. 하느님이 우리를 도우려는 것이 아니고 그 무엇이랴.(120쪽)

여기에서 '나'는 모든 것을 자기중심적으로 해석하고 자기의 도둑질을 합리화하고 있다. 도둑질을 하느님이 돕고 있다는 생각은 어처구니없는 망상이다. 동생 성수는 그 시계를 돌려줄 것을 간곡히 청한다. '나'는 동생에게 그렇게 하겠다고 마지못해 약속한다. 그러나 그 약속을 이행하진 않는다.

형과 같이 석탄을 훔쳐 내는 일에 있어서도 '나'는 수동적인 태도를 보여 주고 있다. '나'는 형제의 생존을 책임지는 위치에 있지 않기에 형만큼 절실하지는 않다. 도둑질에 대한 나의 어정쩡한 태도는 죄의식에 있어서도 미약하게 나타난다.

『도둑일기』가 삼형제의 성장을 다룬 교양소설이라 할 때, 그 성장의 구체적 모습은 '나'를 통해 드러난다. 작가의 말대로 『도둑일기』는 교양소설이다. 일반적으로 교양소설이란 주인공이 세계에 대해 눈떠가는 과정을 그린 소설을 말한다. 그리고 이는 닫힌 세계에서 열린 세계로, 좁은 세계에서 넓은 세계로 나아감을 의미한다. 『도둑일기』에서 '나' 역시 나이가 들면서 새로운 세계에 눈을 뜨게 된다. 그리고 그 눈뜸이란 예비 소설가로서의 세계에 대한 탐구로 나타나고 있다.

6·25에 의한 삼형제의 고아 생활은 세상 살기의 어려움에 대한 눈뜸이다. 이를 통하여 삼형제는 도둑질을 알게 되고, 나아가 구두닦이와 같은 노동을 통해 변두리 인물들의 삶을 엿보게 된다. 그리고 삼형제는 각자의 기질적인 차이에 의해 각각의 길을 선택하게 된다.

『도둑일기』에서 '나'가 성장하는 두 번째 단계는 사랑과 그에 따른 그리움이란 감정을 통해서 이루어진다. '나'는 오창명 사장의 집에 가정교사로 들어가게 되고 그곳에서 연주와 은주를 만난다. '나'는 연주를 사랑하고, 은주는 '나'를 사모한다. 두 자매와 '나'와의 삼각관계는 형에 의해 더욱 얽힌다. 연주는 내가 아닌 형을 사랑하게 되고, 결국은 부모의 반대에도 불구하고 형과 혼인한다. 여기에서 연주-나-형의 애정의 삼각관계가 생긴다. 이후 은주의 친구인 영화가 등장함으로써 다시 나-은주-영화의 삼각관계를 만든다.

사랑은 분명 젊은이에게 새로운 세계에 대한 눈뜸을 의미한다. 그런데 젊은이의 사랑이란 열병과 같다. 나의 연주에 대한 사랑 역시 몽환적이고 이성적으로 설명할 수 없는 열병이다. 그러나 그 사랑이 형과의 관계로 얽힐 때에는 근친상간 모티브로 바뀌게 되고, 순수가 아닌 추한 것이 될 수도 있다. 이러한 감정은 은주에 이르러서는 악마적이기까지 하다.

> 안에서 형과 연주가 두런두런 이야기를 나누는 소리가 들려 왔다. 나는 유리창 가에 바짝 붙어 섰다.
> "우린 좀더 자주 만나야 해."
> 그것은 형의 음성이었다. 그 소리를 듣는 순간 나의 심장의 고동이 딱 멎는 것 같았다. 나는 막 돋기 시작한 하늘의 별빛을 바라보았다. 내 눈에는 눈물이 괴려고 했다. 그러니까 형은 그 동안에 연주를 여러 번 만났던 모양이었다. 나는 오래 전에 느꼈던 그 치사스런 질투심을 다시금 느꼈다. 뭔가에 속은 것 같기도 했고 속은 내가 바보 같기도 했고 그래서 나를 속인 자에게 표현할 수 없는 분노가 치솟아올랐다.(221~222쪽)

자신이 사랑하는 여자가 형의 애인이 된 점. 이는 하나의 절망으로 다가온다. 그런데도 나는 연주를 포기하지 않는다. 오히려 형과의 경쟁의식 속에서 연주를 위해 자신의 용돈을 다 털어 레코드판 '비창'을 마련한다. 인생에 대한 불안, 공포, 패배를 표현하고 있는 이 '비창'은 결국 연주의 삶으로 밝혀지고, 형에 대한 나의 질투와 연주에게서 당한 나의 모욕감은 평생 나에게 상처로 남게 된다.

성장 과정에서 겪는 두 번째의 사랑은 연주의 동생인 은주의 사랑으로 나타난다. 은주는 나를 사랑한다. 두 형제와 두 자매 사이에서 이루어지고 있는 얽히고 설킨 감정의 실타래는 이 소설을 자칫 통속소설로 이끌게 된다.

성장이란 한편으로는 성숙을 의미하면서 또 다른 한편에서는 사회화

즉 세속화를 동반한다. 이 세속화로는 도둑질과 더불어 군대 생활이 있다. 이 작품에서 군대란 획일사회에서 이루어지는 개성의 말살을 의미한다. 가혹한 훈련에 따른 정신적 피폐는 결국 인간을 하나의 동물적 차원으로 전락시킨다. '나'는 외박을 통해 본능적이고 동물적인 성을 배운다. 또한 나는 월남전에 참전함으로써 냉혹한 생존의 법칙을 배우기도 한다.

> 세계 민주주의와 자유를 수호한다느니, 조국 경제 발전의 초석이 된다느니 하는 명분이 옳으냐 그르냐 하는 따위는 논쟁을 좋아하는 호사가들에게나 맡겨 둘 일이었다. 서로 살아남기 위해서 죽이고 죽는 냉혹한 현실 앞에서 가치 있는 관념이란 아무것도 없었다. 오직 적을 죽이고 살아남는 것만이 선이었다. 그 선을 쟁취하기 위해서는 잔인해질 수밖에 없었다. 나는 잔인한 행위를 묵인할 수 있었을 뿐만 아니라 나 자신도 잔인해져 가고 있었다.

공인된 집단적인 폭력과 처절한 살상을 자행하는 전쟁에서는 고상한 가치란 존재하지 않는다. 오직 거기에는 인간의 잔인성이 지어낸 죄와 벌 뿐이다. 결국 군대 생활과 전쟁을 통해 '나'는 인간들의 잔인한 사악함과 극한상황에서 이루어지는 동기 없는 살인을 체험한다. 어른이 된다는 것이 순수에서 멀어진다는 것, 즉 성장이란 세속화라는 점을 보여 주고 있다는 점에서 이 소설은 일면에 있어 진실을 담고 있다. 그런데 교양소설에서 인물들의 가치 있는 삶이란 이러한 세속화 과정을 뛰어넘는 면을 드러내야 한다. 타락한 세계에서 타락한 방법으로 살기는 쉽다. 가치란, 오히려 이런 타락한 세계에서 진실한 것을 위해 탐구하고 저항하는 것 속에서 이루어져야 할 것이다.

『도둑일기』에서 성장의 세 번째 단계는 직장 생활을 통해 이루어지는 성인되기이다. '나'는 인쇄소에 취직하기도 하고 이어 신문사 기자 생활을 한다. 그런데 '나'의 직장 생활은 적극적 참여가 아닌 소극적 관찰로 이루어진다. 까닭은 '나'의 목표가 소설쓰기이기 때문이다. 인쇄소 자운당에서 나는 노동자의 적으로 오해를 받는다. 왜냐하면 '나'는 이 회사에 대해 애착을 가지지도 않았고 또한 노사분규의 소용돌이 속으로 휩쓸려 들어가는 것도 원치 않았기 때문이다. 60년대 후반 근대화와 더불어 시작된 노동문제는 작가 지망생인 '나'에게는 단지 지나가는 풍경에 불과하다. '나'는 불명예스럽게도 그들에게는 경멸의 대상인 기회주의자일 뿐이다.

신문사에서의 기자 생활 역시 직업의 의미가 약화되어 있다. 작품에 따르면 병든 사회의 더러운 기사 덩어리가 바로 신문기자의 몫이다. 신문은 이미 사회의 목탁이 아니다. 그리고 형에 의하면, 기자란 남을 등쳐먹고 사는 기생 인간이다. '나'의 기자 생활 역시 의미가 없기는 마찬가지다. 형과 상민과의 더러운 거래를 '나'는 그 어떤 악인보다도 훌륭하게 수행한다. 가장 세속화된 '나'가 도달한 곳은 협박이다. 마약에 손을 댄 형을 감싸기 위해 '나'는 형사 상민과 담판을 벌인다. 그리고 이를 이기기 위한 야비한 방법으로 녹음기를 이용한다. 결국 불의에 대해 불의로 이기려 하는 형이나, 신념에 찬 불의에 대해 정의로 싸우는 아우와 같은 용기 있는 사람이 되지 못한다. 단지 '나'는 현대의 광기와 횡포를 무기력하게 수용하고 있다.

지식인으로 산다는 것이 힘든 사회에서 '나'는 신념을 상실하고 있다. 단지 '나'는 나의 주변에서 이루어지는 각양의 삶을 관찰한다. 따라서 '나'에게 있어 직장이란 스쳐가는 풍경에 불과하다.

"그냥 되는대로 사는 거야. 그 애들이 저임금에 시달리며 굶주리건 병을 앓건 상관할 게 없지. 양심 따위는 마비되어야 해. 그저 물결치는 대로 흘러가면 그만이야. 안 그런가?"
그는 게슴츠레 눈을 뜨고 혀 꼬부라진 소리로 지껄였다.
"궁극적으로 그건 자네 인생이 아니니까. 보아도 못 본 척 들어도 못 들은 척해 버리라구."

　나는 한 시간 전에 그들의 실상을 취재하고 싶다고 그에게 한 말을 까마득히 잊어버린 사람처럼 말했다.

　이처럼 '나'는 근대화 과정에서 나타난 노동 문제에 대해 무력하고 또한 타락한 언론의 실상 앞에서도 저항할 의지를 갖지 못하고 있다. 그래서 '나'는 무기력한 지식인으로 현실을 수용할 수밖에 없다.

　마지막으로 중요한 것은 이 작품의 서술자로 등장하는 '나'의 소설쓰기에 대한 문제이다. 여기에서 우리는 소설가의 삶의 궁극적 목표를 묻지 않을 수 없다. 직업인으로서의 소설가인가. 상품 판매인으로서의 소설가인가. 혹은 창조자로서의 소설가인가. 왜 '나'는 법관보다 소설가가 되고자 했는가. 어렸을 때, 막연히 울분을 털어놓거나 자신의 굴욕을 그리고자 했던 소설쓰기에 대한 동경은 작품이 전개됨에 따라 조금씩 구체화된다. 그리고 이는 소설이란 '인간 영혼을 추구하는 것' 혹은 '인간의 본성을 적나라하게 보여 주는 것'이라고 정의하고 있다. 이에 대한 신부의 관점은 소설가에 대해 시사하는 바가 함축적이다.

　　　"법관이나, 소설가나, 또 사업가나 다 인간사회에 필요한 존재들
　　이네. 그러니까 사람이 무엇이 되느냐가 중요한 것이 아니라 그 무엇
　　이 되었을 때 얼마나 가치 있게 행동하느냐가 중요한 거지."(265쪽)

　무엇이 되어야겠다기 이전에 어떻게 살아야 하느냐의 문제, 결국 소설가란 이 가치 문제를 다루는 것이 아닐까. 직업이 아닌 삶으로서의 소설가가 더 중요하다는 이야기다. 『도둑일기』 마지막은 예비 소설가인 '나'가 마침내 신춘문예에 당선됨으로써 소설가의 단초를 마련한다. 그리고 여기에서 '나'의 궁극적인 도달점은 결국 의문 부호로 남을 수밖에 없다.

4. 시·공간의 폭과 풍속의 문제

『도둑일기』를 읽다 보면 간결한 문체, 짤막한 대화에 의해 이루어진 구성의 긴밀성을 볼 수 있다. 이는 시시각각으로 인간의 운명이 바뀌는 소설 구조와 대응된다. 또한『도둑일기』는 대화의 함축적인 표현을 통해 주제를 부각시키고 있다. 이 밖에도 선명한 인간 유형의 제시를 통해 우리는 여러 인간형을 만나게 된다. 이는『도둑일기』뿐 아니라 김용성의 모든 소설에 공통된 것이다. 작가는 1961년 한국일보에 당선된『잃은 자와 찾은 자』를 시작으로 하여「리빠똥 장군」,「홰나무 소리」등 많은 문제작을 창작했다. 이『도둑일기』는 이러한 그의 문학 작업의 연장에서 이해되어야 하리라 생각된다. 마지막으로『도둑일기』는 20여 년의 시간적인 폭과 서울, 전방, 베트남에 이르는 공간적인 넓이를 역사적인 사건과 대응시키고 있다. 그러면서도 이 작품이 역사소설로 읽히지 않는 까닭은 서술의 초점이 삼형제의 운명으로 귀결되기 때문이다. 인물들의 운명을 보여 줌과 동시에 사회의 풍속을 담는 일, 이는 앞으로 우리가 작가에게 기대해야 할 몫인 것 같다.

『한국소설문학대계 62』, 동아출판사, 1995

로망이 없는 시대의 로망

— 김용성의 『이민』에 대하여

김 명 인

1.

　동구와 러시아의 현실 사회주의의 몰락과 자본주의의 급속한 세계화라는 역사지형의 극적인 변화와 더불어 시작된 1990년대도 이제 막을 내리고 있다. 어쩌면 하나의 세기, 하나의 천년대의 종막이라는 더 거대한 이슈에 가려 한갓 10년대의 막내림이 지닌 의미 정도는 짚어볼 기회조차 없을지도 모른다. 그러나 백년, 혹은 천년이라는 시간은 대문자로 시작하는 신이나 절대이성의 몫일 수는 있어도 소문자로 존재하는 우리 작은 인간들의 몫은 아니다. 아마도 한 세대의 시간폭이라고 할 수 있는 30년 정도가 우리 보통 인간들이 온전히 집중적으로 살아낼 수 있는 최대치일 것이다. 그렇다면 10년은 긴 시간이다. 물론 1980년대, 1990년대 등으로 역사시간을 임의로 분절하여 그것을 하나의 의미단위화 하는 것은 좀 우스운 일이다. 하지만 그처럼 시간을 임의로 분절하고 거기에 어떻게든 의미를 부여하려는 것은 무한히 영속하는 시간을 어떻게든 의미 있게 전유하고자 하는 안간힘의 표현으로 이해되어야 하지 않을까.

아마도 2천년대 초반쯤이면 쓰여질 20세기 한국문학사에서 1990년대
는 포스트모더니즘의 시대로 지칭될 것이다. 자본주의는 그 프론티어를
동유럽을 넘어 시베리아로까지 밀고나가 마침내 지구를 일주하는 데 성
공했다. 그것은 가히 자본주의의 공간적 완성이라고 할 만하다. 그리고
그 뒤를 역사 종언론이 잇는 것은 자본주의가 시간적인 완성마저도 선언
하고 있는 것으로 읽힌다. 자본주의의 전지구적 지배와 역사의 정지, 이
제 남은 것은 이 울타리 안에서 반복되는 일상을 살아가는 일뿐. 90년대
의 한국문학이 이러한 세계사적 조건 위에서 형성되었음은 부인하기 힘
들다. 특히 90년대 작가들로 불리는 일군의 젊은 작가들의 작품세계는 그
들이 각각 어떤 개성을 지니고 있든, 다른 대안을 허락하지 않는 삶의 절
대적 조건으로서의 후기 자본주의의 극대화된 물신화와 소외를 '살아내
는' 것으로부터 벗어나지 못하고 있다. 소설을 중심으로 보자면 그것은
무엇보다 근대적 서사성의 해체, 거부 혹은 포기로 나타난다. 누보로망에
서의 서사성의 해체와 재구성이 하나의 또 다른 서사전략의 소산인 반면
이들의 경우는 전략의 문제가 아니라 차라리 생리적 필연과 연루된 문제
로 보인다.

예컨대 80년대 세대들만 해도 그들의 삶에는 전자본주의의 기억이 남
아 있었고 거기에 탈자본주의적 의지도 적지 않게 덧붙여졌던 데 비해,
90년대에 20대를 살았거나 살고 있는 90년대 세대들의 경우 거친 일반화
를 허락한다면 삶의 체험적 기억으로서도 의식적 훈련으로서도 이 후기
자본주의 이외의 삶에 대해선 근원적으로 낯선 세대인 것이다. 이들이 쓰
는 소설 역시 어쨌건 하나의 이야기라는 점에서는 전세대의 소설과 다를
바가 없겠으나 그 이야기에는 세계에 대한 객관적 성찰에 기여한다는 의
식은 들어 있지 않다. 근대소설의 서사성은 설사 그것이 일정하게 왜곡·
변형되거나 주관화된다고 해도 기본적으로 자본주의적 근대세계에 대한

반성과 성찰의 진행을 담고 있으며 그것은 기본적으로 시간의 축, 역사의 축을 전제로 한다. 시간과 역사의 축을 전제한다는 것은 곧 변화를 상정하는 것이며 변화를 상정한다는 것은 곧 객관현실의 전개과정에 대한 관심과 이해를 요구하는 것이다. 그런데 시간과 역사를 괄호에 넣어버린다면, 서사성은 더 이상 중요한 기준이 되지 못한다. 이야기는 시간의식을 요구하지 않고 따라서 어떠한 필연의 인과에도 얽매이지 않는다. 대신 고정된 시점을 중심으로 무한 확대된 공간(물질적인 것일 수도 있고 관념적이거나 환상적인 것일 수도 있다) 속에서 마치 스퀴시볼처럼 어지럽게 튀어 다니는 에피소드들의 현란한 움직임이 있을 뿐이다. 물론 이것이 90년대 문학의 유일한 변별점은 아닐 것이다. 하지만 '서사성'이라는 기준의 붕괴가 하나의 추세로 모습을 드러내는 일은 90년대 문학에서 비로소 시작된 새롭고 특수한 경험이며 그것은 우리 소설사, 문학사 앞에 직면한 피할 수 없는 도전으로 받아들여져야 할 것이다.

이 도전은 피할 수 없는 것일 뿐만 아니라 정면으로 받아내야 하는 것이기는 하지만 거기에 어떤 기대와 희망을 싣는다는 것은 불가능하다. 소설에서의 서사성의 해체 혹은 붕괴는 사실은 문학의 세계에 대한 인식론적 패배를 의미하는 일이며 그것은 비참한 일이기 때문이다. 그렇다고 90년대 이후 정통의 사실주의적 서사법을 구사하는, 즉 시간과 역사의 축을 바탕에 깔고 쓰여지는 소설들이 우리의 문학사적 기대를 충족시켜 준 바가 있는가. 그렇지 못하다는 데에 우리 소설의 딜레마가 가로놓여 있다. 처음부터 서사성을 거부하거나 해체하고 출발하는 일군의 90년대 작가들이나 서사성을 여전히 지향하는 작가들이나 궁극적으로 이 시대의 핵심을 뚫고 동시대인들의 삶 한가운데로 육박해 들어오는 힘을 보여주는 데에는 도무지 역불급인 것이다.

이런 문학사적 난국에 그나마 위안을 주는 것은 흔히 70년대 작가들로 불리는, 연령상으로는 50대에 속하는 작가들의 묵직한 작업들이다. 이미 70년대와 80년대를 통해 『장길산』(황석영), 『객주』(김주영), 『태백산맥』(조정래), 『남과 북』(홍성원) 등의 풍성한 대하장편소설의 성과를 일구어온 이들 세대의 역량은 최근까지도 『아리랑』(조정래), 『불의 제전』(김원일), 『변경』(이문열) 등으로 그 역량이 쇠진하지 않고 있음을 보여주고 있다. 비록 기본적으로 '역사소설'들이라는 한계가 있지만 그 강렬한 현재적 문제의식들로 인해 이 작품들은 당대를 그려내는 것에 필적하는 총체적 장편소설의 역할을 톡톡히 수행하고 있는 것이다. 이들 세대는 아마도 한국문학사에서 가장 장편 생산력이 탁월한 세대로 기억될 것인데 이는 해방을 전후해서 태어나 5~60년대에 성장기를 보내고 7~80년대에 본격적인 작가생활을 한 이들 세대의 생체험이 지닌 특수성에 주로 기인하는 것으로 보인다. 5~60년대가 어린이들에게 채 감당하기 힘든 체험을 강요했다면 7~80년대는 그 체험의 의미에 대한 객관적 정리가 이루어졌던 시기로서 한국현대사의 정신사적 궤적과 개인들의 생체험적 궤적이 절묘하게 맞아 떨어진 측면이 있는 것이다.

김용성의 근작 장편 『이민』(전3권, 1997)의 경우도 기본적으로 이러한 맥락에서 조명될 수 있으면서도 그 남미 이민문제라는 제재의 독특함 때문에 그 이상의 의미를 시사하고 있는 작품이다. 등단만을 기준으로 한다면 김용성은 60년대 작가이지만 작품 활동이 집중되었던 시기는 70년대와 80년대로서 세대론적으로 앞서 언급한 작가들과 한 동아리를 이루고 있는 작가이다. 그리고 그것은 곧 그 역시 이들 세대의 특성을 공유하고 있음을 뜻한다. 이미 그의 장편 『도둑일기』가 보여준 바와 같이 그 역시 자기 세대의 삶에 대한 역사적 의미부여에 작가적 역량을 집중했으며 이는 곧 우리 현대사에 대한 객관적 인식의 문제와 직결되고 있다. 그 역시 개인의 문제와 사회와 역사의 문제가 두 개의 문제가 아님을 체험적으로 인식하고 있는 작가인 것이다. 그런 그가 60년대 중반 경부터 시작된 남미 이민사를 다룬 장편을 썼다는 것은 흥미로운 일이다. 이제까지 재외 한인들의 삶을 다룬 작품들은 종종 있어 왔지만 작가의 말처럼 "이민 – 고난 – 정착 – 개척 – 성취"의 전과정을 포괄한 본격적 이민사소설은 거의 유래를 찾아볼 수 없기 때문이다. 그리고 역시 작가 자신도 말하고 있듯이 "구 소련이나 만주 지역으로의 이주는 한말 격동기와 일제 식민통치를 체험하면서 형성된 것이므로 이주민의 고난상과 그 극복을 추적한다는 과제가 자연스럽게 마련되는 것이지만, 남미 대륙으로의 이주는 민족적 핍박에 의해서거나 정치적 또는 사상적 투쟁을 위하여 전개된 것이 아니"기 때문에 창작상 동기부여의 어려움 역시 적지 않았을 것이다. 재외 한인들의 이민사와 생활사가 문학적으로 형상화된다는 것은 세계체제의 시대에 한민족의 삶의 확대된 외연을 지구적 관심에서 아우른다는 점에서 의미 있는 일이다. 하지만 그것이 한반도 자체의 문제와 어떤 관련을 가지며 또 가져야 마땅한지를 모색하는 일은 그리 손쉽게 이루어지기 힘든 일이기도 하다. 김용성이 50대의 70년대 작가의 일원으로서의 아이덴티티와 관련하여, 이런 창작의 어려움을 넘어 이 문제에 어떻게 접근하고 있는지를 살피는 것은 자못 흥미로운 일이 아닐 수 없다. 또한 나아가 이 작품이 이러한 제재 자체의 제약을 넘어 어떻게 보편적인 공감을 일으키고 문학적 성취를 이룰 것인가 하는 것도 역시 관심거리가 아닐 수 없다.

2.

이 작품에는 두 가족의 이민사가 담겨 있다. 1965년 봄 파라과이에 도착한 이종민 일가와 그 해 겨울 아르헨티나에 도착한 박영식 일가가 그들이다. 이종민은 한국에서 야당 지구당 위원장을 하던 인물로 5·16 쿠테타 이후 군부정권의 박해로 국회의원이 되고자 했던 꿈이 꺾인 후 환멸과

회의의 나날을 보내다 부인과 두 딸, 한 아들과 함께 이민을 결행한 사람이며, 박영식은 한국에서 자동차 부품상을 경영하다가 실패하여 역시 부인과 두 아들, 딸 하나를 데리고 이민을 오게 된 사람이다. 남미 이민은 이두 가족의 예가 말해주듯 구한말이나 일제하의 경우와는 달리 특별한 역사적·사회적, 그리고 집단적 강제의 소산이 아니라 국가적 정책의 일환이기는 했지만 강제성 없는 개인적 선택의 소산이라고 할 수 있다. 이종민의 경우처럼 정치적 환멸이나 기타 이유로 국민적 정체성에 회의를 느낀 사람들에게는 일종의 주관적 망명으로, 박영식의 경우처럼 새로운 사회경제적 관계 속에서 경제적 재기를 도모하고자 하는 사람들에게는 하나의 엘도라도 선망으로 선택된 것이 바로 남미 이민이었던 것이다. 그렇기 때문에 이 남미 이민의 사회적 역사적 의미를 캐는 일은 그리 만족할만한 결과로 이어지기 힘들 것이다.

　남미 이민이 갖는 이러한 개인적 성격은 이 소설의 성격에도 그대로 영향을 미친다. 이 신세계에 던져진 인간군상들에게는 단지 한국인이라는 사실밖에는 서로를 묶어주는 끈이 없다. 동기의 동질성도 경험의 동질성도 없이 그저 잘 살아남아야 한다는 목적 아래 각개약진하여 자신에게 닥친 새로운 운명과 대결해야 하는 것이다. 개성과 환경의 충돌을 그리는 것이 근대 소설novel이라고 할 때, 그 개성은 이미 그 환경에 의해 규정된 개성이며 그 환경은 이미 그 개성에 의해 일정하게 주관화된 환경이다. 즉 환경과 개성은 서로 삼투되어 있으며 그 사이의 갈등과 충돌은 각각의 내부에 작용하고 이를 변화시킨다. 하지만 이 소설에서 개성과 환경은 서로 너무나 소원하고 적대적이다. 그것은 서로 내적인 관련을 맺지 못한다. 남미라는 신세계는 이 이민자들, 이방인들에게는 낯설고 적대적인 세계이며 그 경우 이민자들은 이 세계에 외적으로 대립함으로써만이 자신을 지키고 세울 수 있다. 개성과 환경이 이처럼 내적 관련으로 상호 침투

되지 못하고 적대적이고 외적인 관련에 놓이며, 성격보다는 행위나 사건이 더 중요한 역할을 하는 경우, 그러한 기조 위에 전개되는 이야기는 노벨이라기보다는 로망에 가깝다. 『이민』은 후반부의 일부를 제외하고는 로망으로 읽힌다. 낯설고 적대적인, 그리하여 어떻게 변화시킬 수도 없는 운명과도 같은 세계에 던져진 인간들이 온갖 시련과 모험 끝에 운명으로서의 외부세계를 이기고 마침내 그 세계를 비적대적인 것으로 만드는 이야기가 로망이라면 『이민』은 한편의 로망인데 그것은 '이민'이라는 행동, 혹은 사건 자체가 현대사회에서는 좀체로 경험하기 힘든 로망적 행동이자 사건이라는 점에서 필연적인 결과라고 할 수 있다. 『이민』은 남미 이민이라는 특수한 사건을 제재로 선택함으로써 우리를 '리얼리스틱한 로망'의 세계로 이끌어 간다. 만일 한반도 내의 이야기였다면 허황하고 시대착오적이었을 서사와 인물들이 남미라는 낯선 환경 속에서는 더할 수 없이 흥미로운 실감으로 다가오면서 이 소설로 하여금 '로망이 없는 시대의 로망'이라는 독특한 자리를 차지하게 하는 것이다.

　로망으로서의 『이민』을 끌고 나가는 주인공은 이종민의 큰딸 이경애이다. 소설은 이경애와 그의 애인 박승구가 엮어내는 사랑과 고난의 역정을 중심으로 짜여져 있다. 이 둘은 이민을 오기 전 한국에서 우연히 만나 사랑을 주고받던 사이였는데 한 6개월 간격으로 이경애의 가족은 파라과이로 박영식의 가족은 아르헨티나로 이민을 오게 되면서 말 그대로 파란만장한 사랑의 험로를 시작한다. 이경애는 대학 영문과를 중퇴하고 이민을 와서 농장경영을 포기한 가족과 함께 파라과이의 수도 아순시온에서 노점상 일을 시작하고 박승구는 뒤늦게 아르헨티나에 도착하여 가족을 남겨두고 혼자 이경애를 찾아 파라과이로 건너와 새로운 삶을 시작하려는데, 우연히 파라과이의 반체제운동가들과 연루된 박승구가 갑자기 브라질로 도피를 하게 되어 둘은 두 번째 이별을 하게 된다. 혼자 남은 이경애는 얼마 뒤 박승구의 아이를 잉태한 상태로 박승구가 있는 브라질로 월경을 시도하다가 한국인 도강꾼들에게 강간을 당한 뒤 박승구에게 가지 못하고 홀로 오랜 방황의 역정을 겪는다. 상파울루에서 다행히 선한 한국인들에게 구원되어 그들이 경영하는 술집에서 일하면서 상처를 치유하려고 했지만 유산을 하게 되면서 다시 그곳을 떠나게 된다. 그녀는 브라질의 동부해안을 무작정 북상하면서 죽음에의 유혹과 싸우고 아마존 하구 벨렝을 거쳐 아마존의 중심도시 마나우스에 이르러 한 친절한 일본인 부부를 만나 1년 간을 그들의 일을 거들며 지내다가, 다시 그들과 헤어져 마우에스란 오지에 다다라 3년 동안 오지학교의 영어교사로 일하게 된다. 이때 오랜 수소문 끝에 마우에스를 찾은 박승구와 해후하지만 상파울루에서 재회를 기약하고 박승구를 먼저 보낸 그녀는 결국 박승구를 만나지 않고 가족이 있는 아순시온으로 돌아간다. 아순시온에 돌아온 이경애는 이민 초기부터 그녀를 짝사랑했던, 뱀에게 물려 한 다리를 잃고도 주쿠로에서 대규모 개간에 성공한 정출남이라는 인물로부터 청혼을 받는다. 마침 아버지 이종민이 채무와 후두암 때문에 곤경에 빠지자 그녀는 그의 청혼을 받아들이고 만다. 하지만 그 결혼은 지난 상처로부터 빠져나오지 못하는 경애의 냉담과 그녀의 영혼을 소유할 수 없음을 알게 된 출남의 실망과 타락 때문에 첫 1년이 지나면서 사실상의 파탄에 이른다. 이러한 불행한 결혼은 10년의 세월이 더 지난 뒤 브라질에서 의류업으로 성공한 박승구가 파라과이를 찾아 정출남의 농장을 사들이면서 끝이 나고 얼마간의 시간이 더 지난 뒤, 이경애는 박승구와 다시 결합함으로써 20여 년에 걸친 기나긴 고난에 종지부를 찍게 된다.

이처럼 이경애의 고난에 찬 이민사는 하나의 운명으로서의 적대적 세계와 자아의 대결이라는 로망의 서사구조를 그대로 지니고 있다. 우리 고전소설의 전통에서 보자면 그것은 귀족적 영웅소설에 해당하는 것인데『홍길동전』으로 대표되는 귀족적 영웅소설은 기본적으로 고귀한 태생을 지닌 영웅이 불행과 고난의 일생을 겪고 마침내 세계와의 화해, 즉 행복한 결말에 이르는 과정을 그린 것으로 처음엔『홍길동전』처럼 영웅일생의 유형을 지니다가 점차로 '남녀이합형' 혹은 '악인모해형' 등으로 분화하지만 그 기본구조는 행복에서 시작하여 행복과 불행의 반복을 거쳐 마침내 행복에 이른다는 점에서는 변함이 없다. 그리고 거기엔 대체로 선인과 악인의 대치, 겁탈자의 등장과 그로 인한 고난, 구출자의 등장, 겁탈자의 패퇴와 선인의 승리 등의 모티브가 거의 빠짐없이 등장한다.『이민』은 이경애의 수난사라는 측면에서 보면 확실히『백학선전白鶴扇傳』[1]의 뒤를 잇는 '남녀이합형'의 귀족적 영웅소설의 맥락에 놓이는데 신소설인 이해조의『화세계花世界』역시 이러한 유형을 보이고 있다.『화세계』는 이방 김홍일의 무남독녀 외딸로 재색을 겸비한 수정이 혼약을 맺는 구참령이 행방을 감추자 다른 혼처를 권하는 부모의 명을 거역하고 가출했다가 악한을 만나 욕을 보고 이승지 등에 의해 구출되었으나 다시 이승지에게 납치당해 그의 첩이 되기를 강요받고 다시 그의 손아귀를 벗어나 위기에 빠진 구참령을 구한 뒤 그와 혼인하고 부모를 만나 행복하게 살았다는 구조로 되어 있다.[2]『이민』의 경우, 수정은 이경애에, 구참령은 박승구에, 악한은 한국인 도강꾼 김형철에, 구원자이자 악한인 이승지는 정출남에 거의 정확하게 대응하고 있다.

이처럼『이민』이 로망의 구조, 또는 신소설『화세계』와 같이 '남녀이합형 귀족 영웅소설'의 구조를 지니게 되는 것은 우연의 소산이지만 사실은 앞서 언급한 것과 같이 이민사 소설로서의『이민』이 갖는 환경과 성

---

1) 조선 후기작으로 추정되는 작자, 연대 미상의 소설. 천상계의 남녀가 득죄하여 지상에 내려와 장래를 약속한 후 파란만장한 행장 끝에 특히 여성인 은하의 힘과 의지로 사랑의 결실을 맺는 줄거리를 가지고 있다.
2) 이상『백학선전』과『화세계』의 유형적 동질성, 나아가 신소설의 귀족적 영웅소설의 계승문제에 관해서는 조동일,『신소설의 문학사적 성격』, 서울대학교 출판부, 1973, 제3장 참조..

격, 또는 세계와 자아 간의 관계의 특수성에서 오는 필연의 결과이기도 하다. 낯설고 적대적인 환경 속에서 어떻게든 자아의 정체성을 찾아야 하는『이민』의 인물들이 겪을 수밖에 없는 내·외면적 고난의 행장이 이경애라는 한 인물을 통해 구현된 것이기 때문이다. 그리고 이러한 로망적 성격은 작품 속의 서사 및 인물들과 독자들 사이에 형성되어야 할 같은 시대 같은 사회를 살고 있는 공동운명체로서의 공감과 현실의 밀도를 어느 정도 희생한 대신 운명과의 대결이라는 보편적이고 고전적인 문학의 주체의식을 강렬하게 부각시킬 수 있다는 점에서 오히려 강점으로 작용하는 측면도 있다. 다음과 같은 작가의 말도 바로 그 점과 관련되어 있다.

> 이 소설에서 나는 이민－고난－정착－개척－성취의 과정을 골격으로 하면서 휴머니즘에 입각하여 삶과 죽음, 선과 악, 죄와 벌, 정의와 불의, 아집과 희생, 투쟁과 화평, 복수와 용서, 동화와 고립 등 인간조건의 문제들을 다룰 수 있었다.

'이민－고난－정착－개척－성취'의 과정을 그려야 한다는 생각이 로망을 낳았다면 삶과 죽음, 선과 악, 죄와 벌 등의 인간조건의 문제에 대한 천착은 로망이 어느 정도 희생할 수밖에 없는 근대적 사회 조건과 인간의 성격 간의 갈등 대신 선택된 하나의 서사전략으로 보아야 할 것이다.

3.

이 작품이 이경애의 고난에 찬 개인적 이민사이자 인간적 성장사를 중심으로 전개되고 있는 것은 사실이지만 5천매에 가까운 장편소설로서 부차적 인물들의 행장 역시 적절한 관심과 무게를 나누어 받으면서 흥미롭게 그려지고 있다. 그리고 이들의 행장이야말로 남미 이민의 다양한 양상을 파노라마처럼 보여준다. 두 가족의 가장인 박영석가 이종민의 성공과 전락의 대조적인 행장이나 박승구와 이경태가 남미 사회의 비공식적·비합법적 영역에서 공식적·합법적 영역으로 진출하며 점차 성공해가는 과정, 정출남의 입지전적 성공과정, 사실상 이민 2세대라고 할 수 있는 영남이가 겪는 정체성 위기와 방황, 그리고 경애의 동생 이경태가 한국어 신문을 발행하고 그것을 통해 남미 교민사회의 정체성을 모색하는 과정에서 발생하는 교민 간의 세력다툼과 갈등의 문제 등을 담고 있다. 이로써 이 소설은 바로 소설 이전에 한 편의 남미 이민사로서, 실록 아닌 실록으로서의 가치를 충분히 지니고 있다고 할 수 있다.

마지막으로 이 소설에 관해 더 언급해야 할 사족들이 있다.

하나는 박승구의 누나 박승희라는 인물의 성격에 관한 것이다. 이 인물은 이경애와 달리 근대 소설적 주인공으로서의 자질을 갖추고 있다. 이경애가 적대적인 환경에 의해 지배당하는 소극적 인물이라면 박승희는 적대적인 환경을 자신의 성격의 힘으로 변형시켜 나가는 적극적인 인물이다. 이민 초기 농장에서의 열악한 삶을 그대로 받아들이지 않고 압둘 카림이라는 아랍계 현지인 경찰과 관계하여 일종의 첩살이를 감수하면서도 일찌감치 현지의 상류사회에 편입하여 마침내 온전한 신분적 안정까지도 쟁취하는 그녀는 자칫 약간 구식의 고난극, 운명극으로 흐를 수도 있었던 소설에 산뜻한 현대적 활력을 불어넣는 인상적인 인물이다. 이 인물에 좀 더 많은 비중을 두었더라면 하는 아쉬움이 남는다.

또 하나는 호세 로페스라는 인물에 관한 것이다. 박승구가 이경애를 만나기 위해 파라과이로 가는 배 위에서 처음 만난 그는 과라니족 출신으로 남미 사회주의혁명을 목적으로 활동하는 혁명가이다. 그런데 그런 그가 박승구의 삶에 틈틈이 개입해 들어옴으로써 이 소설의 서사구조 속에서 적지 않은 역할을 하고 있다. 박승구를 처음 만났을 때 검문을 피해 달아나면서도 다시 만날 것을 기약한 후 파라과이에서 박승구를 무기 밀반입에 이용하고 다시 그가 이경태와 함께 브라질로 탈출하는 것을 도와주는 것도 그이고, 상파울루에서 박승구와 이경태의 밀수품 거래를 도와주고 이경애의 아버지 이종민이 스트로에스네르에서 후두암으로 사경을 헤맬 때 그를 구해 아순시온의 이경애에게 데려다 준 것도 그였다. 그리고 마지막엔 박승구에게 과라니족의 땅문서를 내놓고 5만불을 빌려달라고 한 것도 그였다. 물론 박승구가 과라니족의 땅문서와 무관하게 그에게 5만 달러를 무상으로 공여하는 대신 인연을 끊자고 함으로써 그와의 관계는 끝났지만 작가는 왜 이 인물을 이처럼 여러 번 소설 속에 등장시켰는지 아직도 그 이유를 잘 알 수 없다. 그저 앞서 말한 영웅소설에 등장하게 되어 있는 신비로운 '구원자'의 역할이 필요해서인지, 아니면 남미 이민이라는 것이 남미의 정치적·사회적 현실과 무관할 수 없다는 사실을 상기시키기 위해 그의 존재가 필요했던 것인지 아니면 그 둘 다인지 알기 힘들다. 하지만 그의 존재 역시 이 소설을 끌고 가는 중요한 서사적 동력 중의 하나임은 분명하며 그 점에서 이는 작가의 이야기를 끌고 나가는 솜씨가 돋보이는 부분이기도 하다.

작가의 솜씨 이야기가 나온 김에 사족을 하나만 더 달기로 하자. 이 소설이 '남녀이합형'의 귀족적 영웅소설의 전통 위에 놓여있다고 했지만 이 소설에서 남녀가 만나는 장면에 관한 묘사는 참으로 아름답다. 박승구가 마우에스에 있는 이경애에게 저녁 무렵 먼 길을 걸어 찾아왔을 때, 아순시온에서 정출남이 이경애가 영어교사로 있는 학교 운동장에서 이경애를 기다리거나 기다리다가 떠나갈 때, 그리고 박승구가 이제는 주쿠로에서 정출남의 아내가 되어 있던 이경애를 다시 만나러 갔을 때의 장면 묘사들은 인물들의 심리와 주변풍경의 절묘한 조화가 가히 소설문장의 한 경지를 보여주고 있다. 특히 마우에스에서의 박승구와 이경애 재회이 장면은 아마도 우리 소설사에서 가장 아름다운 장면 중의 하나로 손꼽힐 수 있을 것이다.

이 작품은 소설은 많지만 제대로 된 본격적 서사성을 지닌 소설은 좀처럼 만나기 힘든 90년대 말의 이 빈곤하고 척박한 문학계에 벌써 50대 후반에 접어든 70년대 작가 중의 한 사람인 김용성이 내놓은 하나의 대안이라고 할 수 있다. 김용성을 비롯하여 김원일, 김주영, 조정래 등 70년대 작가들이 최근에 속속 내놓고 있는 중후한 업적들은 서사성의 붕괴, 혹은 왜소화로 조만간 문학적 궁경에 이르게 될 90년대의 젊은 작가들과 그들의 옹호자들에게 삶의 어려움에 대한, 소설쓰기의 엄숙함과 치열함에 대한 말없는 충고이자 가르침으로 자리하고 있는 것이다.

『文鶴藝術』 4호, 1998년 하반기

작가의 연륜과 소설의 원숙성

김 종 회

1. '지속적 시간'과 함께 한 작가를 보는 눈

2004년 예순 중반의 나이에 장편소설 『기억의 가면』을 출간한 작가 김용성은, 1961년 ≪한국일보≫ 장편소설 공모에 당선한 『잃은 자와 찾은 자』로부터 장장 40여 년에 이르는 창작의 길을 걸어왔다. 그간의 다양다기한 시대사적 굴곡에 대한 현실 체험과, 지속적인 작품제작의 도정에서 발현된 작가로서의 역량이, 지금 그에게서 자랑스러운 훈장처럼 빛을 발하고 있다.

우리가 우리 언어 공동체의 현장에서 이러한 작가를 보유하고 있다는 사실은 큰 자부심이요 기쁨이 아닐 수 없다. 미상불 그러한 성과에 대한 일치된 견해들이 있었기에 『기억의 가면』에 요산문학상, 경희문학상, 김동리문학상이 한꺼번에 주어졌던 것이다. 이 글은 40여 년 창작 과정의 연륜에 주어진 김동리문학상의 수상자 소설집에 실린 작품들을 중심으로, 김용성의 작품세계를 다시 점검해 보는 데 목표를 둔다.

김용성은 1940년 일본 고베에서 출생했으며, 해방 직전인 1945년 6월에 한국으로 들어와 서울에서 성장했다. 앞서 언급한 바와 같이 1961년대학 영문과 재학 중에 한국일보 장편소설 공모에 『잃은 자와 찾은 자』가 당선됨으로써 작가의 길을 걷기 시작했다.

대학 졸업 후에는 해병대 장교로 입대하여 1969년 중위로 제대했으며, 곧바로 한국일보사에 입사하여 2년간 문화부 기자로 재직했다. 짧은 경력 기간을 거쳐 신문사를 퇴사한 후에는 전업작가로 창작활동에만 전념하여 많은 문제작들을 발표해 왔으며, 경희대 대학원에서 학위 과정을 마치고 현재까지 인하대 국문과 교수로 재직했다. 강단에서 후진을 가르치는 일과 더불어, 그는 여전히 소설을 쓰고 있는 현역 작가로서의 일을 병행하고 있다.

지금껏 그가 내놓은 중요한 작품으로는 창작집 『리빠똥 장군』, 『홰나무 소리』, 『탐욕이 열리는 나무』, 『슬픈 양복재단사의 나날』 등이 있고, 장편소설 『내일 또 내일』, 『도둑일기』, 『큰 새는 나뭇가지에 앉지 않는다』, 『이민』 등이 있다. 그간의 작품들로 1980년 현대문학상, 1986년 동서문학상, 1991년 대한민국문학상 등을 수상했다.

김용성의 소설은 대체로 간결하고 평이한 문체로 객관적인 서술의 행보를 유지한다. 그의 작품들은 멀리로는 역사성을 가진 통시적인 문제, 가까이로는 당대의 공시적인 문제들에 대해서 강렬한 사회사적 관심을 함축하고 있으며, 타락해가는 사회 속에서 타락해서는 안될 인간의 정신적 순수성을 끈질기게 추구해 왔다. 그것을 표현하는 소설의 제재는 세속적인 저자거리에서 폐쇄적인 군문에 이르기까지 우리 사회의 여러 면모에 폭넓게 이르고 있으며, 그 동안의 그 다각적인 성과만으로도 우리 문학이 끌어안고 있는 소중한 작가의 한 사람으로 기록되고 있다.

한 작가가 지속적인 작품 활동과 함께 연륜을 더해갈 때, 우리는 거기서 역사 과정의 한 시기에 중점을 둔 작가가 담보할 수 있는 바 중후하고 원숙한 분위기의 문학을 만나게 된다. 서구의 괴테나 우리 문학의 황순원

이 이미 그와 같은 사실을 작품을 통해 웅변으로 증명했다. 더욱이 그가 우리 현대사의 온갖 파고와 질곡을 모두 밟아본 경험의 소유자라면, 우리는 그의 문학을 통하여 그 공동체적 경험의 본질적 의미를 반사하고 또 반성적으로 성찰하게 하는, 유익한 "거울"을 얻게 될 터이다. 이는 자신의 문학이 그 자신의 삶을 인도하는 "램프"가 되는 자격 못지않게 중요하고 뜻깊은 역할일 것이다.

올해 김용성이 새로이 상재한 장편소설『기억의 가면』은, 바로 그러한 존재양식으로 우리에게 나타났다. 이 책의 뒷표지에, 그의 오랜 문우이자 지기인 작가 김원일이 "작가 김용성이 중후한 장편소설로 돌아왔다"고 언표한 것은, 그처럼 복합적인 의미를 선언적 어투로 요약한 셈이다.

이 소설에서 김용성은 작가 자신의 생애 기간에 발발한 태평양 전쟁, 6·25 동란, 베트남전쟁 등 세 전쟁을 중심축으로 하여 그 배경을 한국, 일본, 브라질, 중국, 베트남 등 동아시아 여러 나라의 불우한 역사 위에 펼쳐놓았다. 이 장대한 시간적 공간적 환경을 가로 지르거나 배회하면서, 그는 소설이 사실과 상상 양자를 거멀못처럼 붙들고 있는 문학장르이며, 궁극에 있어서는 그 서사적 구성이라는 것이 실체적 삶의 고통을 이해하고 위무하는 형식이어야 함을 반증하고 있다.

첫 작품『잃은 자와 찾은 자』이래 40여 년의 작품 활동을 통하여, 그가 로브그리예의 표현처럼 "문학사가 포용하고 있는 초상화 전시장"에 내놓은 그 숱한 인물과 이야기들이, 이 소설에 이르러서는 상기와 같은 통합적 의미 아래 질서 있게 통어되고 있는 느낌이다. 그런 점에서 그는, 김동리가『사반의 십자가』를 자신의 대표작으로 명명했듯이, 이 작품을 그렇게 불러도 무방할 듯싶다.

40여 년 자신의 세계를 가꾸어 온 작가가 지난 시대의 역사적 굴곡을 다시금 뒤돌아보며 거기에 스스로의 문학세계 전반의 중량을 부하한 것을, 우리는 결코 가볍게 보아 넘기지 못한다. 모든 것이 속도의 **빠르기**와 변화의 수준을 자랑하는 시대에, 과거의 거울을 통해 동시대의 삶을 정확한 무게로 비추어내는 중진 작가가 건재하다는 사실이 우리의 소중한 행복이 아닐 수 없다.

2. 동시대의 위기와 소외의식을 반영하는 세가지 유형
－「촉각」, 「유적지」, 「탐욕이 열리는 나무」

「촉각」은 출판사 편집부 말단사원인 정달진이란 인물을 내세워, 그의 눈으로 세상의 기괴한 면모를 서술해 나간다. 그가 사람들의 양쪽 귀 옆에 각각 솟아 오른 이상한 물체, 곧 '촉각'을 처음 발견하는 장면은 교통사고로 누워있는 병원의 간호원을 보면서이다.

> 그 간호원은 참으로 괴상한 몰골을 하고 있었다. 귓바퀴 뒤에서 연골처럼 위로 쭉 뻗어오른, 흡사 달팽이의 촉각을 확대한 것 같은 두 개의 물체가 그녀가 움직일 때마다 머리 위에서 흔들리고 있던 것이다. 그는 대학 2년 중퇴의 지식 짜내어 그 물체의 정체를 점쳐 보려고 했지만, 아마도 그것은 환자를 위한 청진기와 비슷한 의료기구려니 하고 어림하는 것이 고작이었다.

그의 눈에 세상을 요령 있고 자신감 있게 사는 사람들은 모두 촉각을 가졌다. 그런데 자신에게는 그것이 없다. 그런데 어느 누구도 그 촉각에 대해 말하지 않으며, 그들의 촉각은 필요에 따라 자연스럽게 감추어지기도 한다. 촉각의 존재 유무가 소설적 사실성을 무너뜨릴 수도 있다는 반론에 대한 방비는 충분히 확보되어 있다. 정달진의 의식 체계가 비정상적이면 해결되는 문제이다. 그러나 정달진 자신으로서는 도저히 납득할 수 없는 일이다. 그 원인 행위가 어린 시절 도깨비의 환영에서 말미암든, 아니면 사람들이 세상만사를 향해 민감하게 세우고 있는 안테나가 자신에게는 없다는 사실에서 말미암은, 이 사건은 정달진을 극한적 소외의 상황으로 몰고 간다. 마침내 그는 인조 촉각을 만들어 달아보지만, 사태는 더 극단적으로 악화된다. 그는 마침내 교통사고로 죽는다.

이 소설은 한 인간이 당대 사회의 보폭에 미치지 못해 낙오하고 소외되었을 때 그 동통의 강도가 어떠한가를 독특한 우화적 수법으로 발화하고 있다. 말미의 "또 다른 사나이"는 이러한 사태가 한 개인에게 일회성에 그치는 것이 아님을 예시한다. 이는 정달진과 같은 국외자의 시각이 아니면 그처럼 절절할 수 없는 형편에 있으며, 그러할 때 김용성은 소설 속에 합리적 사실성의 고정관념을 과감히 허물 수 있는 힘을 실었다.

「유적지」는 현대 사회의 평온한 일상 가운데 얼마나 험하고 깊은 함정이 도사리고 있는가를, 그리고 그 함정에 빠졌을 때 인간이 얼마나 쉽사리 무능력하고 무가치한 존재로 전락하는가를, 역시 격렬한 우화적 수법으로 보여준다. 이 주제를 더욱 강화하기 위해, 작가는 그 대상자를 재벌회사 회장이며 온갖 부귀의 조건을 다 갖춘 '공도희 여사'로 했다.

공도희는 어느 순간 지하 차고에서 납치되어 여자들이 운행하는 배에 실린 채 감금과 학대를 당하고, 일정 기간 무인도에 버려지기도 한다. 이 소설의 절대적인 부분은, 공도희가 당하는 그 극한 상황을 구체적으로 서술하는 데 사용되고 있다. 천신만고 끝에 다시 과거의 세계로 돌아왔으나, 그를 기다리는 것은 '미친 여자'라는 냉혹한 결과뿐이었다.

만일 우리가 이 소설의 사실적 근거와 가능성에 무게를 둔다면, 시비거리가 없지 않다. 그러나 그 전형적 독서방식을 내버리고 중심 주제를 부각시키는 획기적 사건 전개를 납득하기로 한다면, 이는 우리 사회의 허위의식과 구조적 모순성을 탁발하게 발현한 소설로 읽힐 수 있을 것이다.

「탐욕이 열리는 나무」 또한 기발한 소설적 아이디어를 서사적 구조 속에 무리 없이 장착한 작품이다. 어느 도회 한 복판의 나무에 5백 원짜리

지전으로 시작하여 돈이 열리는 사태가 발생한다. 나중에 밝혀지지만 이는 한 소년에 의한 의도적인 행위로, 충분이 실현 가능한 바탕을 가진 이야기이다. 그런데 그렇게 열린 돈에 반응하는 사람들의 행위 유형은, 만만찮은 사회사적 조건들을 암시하고 있다. 그는 우리 사회가 가진 탐욕의 정체를 들추어 보이기 위해 그 도심에 그 나무를 세운 것이다.

이러한 작가의 대사회적 인식 가운데에는 상식적인 삶의 방식을 억압하는 기제와 억압 당하는 기제가 날카롭게 대립되어 있으며, 그것을 소설의 표면으로 밀어올리기 위해 사실성의 방호벽을 허무는 것 또한 마다하지 않는 과단성이 잠복해 있다. 마치 조세희가 「난장이가 쏘아올린 작은 공」에서 사실성의 방벽을 허물면서 그 작품의 값을 끌어올렸던 것처럼 말이다.

김용성의 소설 속에 등장하는 세계, 동시대 사회는 이처럼 언제나 불균형하고 불안정한 위기의식으로 편만해 있다. 이 작가는 그러한 상황을 예민한 관찰력으로 감지하고 그것을 이야기의 패턴으로 풀어 보여주는 것이 소설의 소임이라고 믿는 듯하다. 또 그 소임을 감당하느라 애쓰고 그로 인하여 우리로 하여금 강력한 사회성의 소설미학을 만나게 한 것이 그의 40여 년 문필이었을 터이다.

3. 역사적 삶의 굴곡을 감당하는 두 가지 방식
   ―「홰나무 소리」, 「슬픈 양복재단사의 나날」

「홰나무 소리」에는 항일 의병장이었던 할아버지로부터 6·25동란을 죽음으로 감당해야 했던 아버지를 거쳐 지금은 산업화 시대의 목전에 서 있는 '나'에 이르기까지, 3대에 걸친 역사적 삶의 굴곡이 펼쳐져 있다. 이 광활한 시간적 공간적 소설 무대는, 지내놓고 보면 앞서 살펴본 『기억의 가면』의 그것을 예표할만한 것으로써 작가 김용성이 가진 이야기꾼으로서의 기량을 짐작하게 하는 대목이다.

'나'의 시각에 의해 서술되는 '나'의 가계에 견주어 '덕보'의 조손 3대를 병치한 것은 이야기의 전개에 긴장감과 탄력성을 더하고 사태의 진행을 입체화하는 장치에 해당한다. 이들 두 가계의 상호 관계는 세대를 거치면서 충직한 주종에서 계급갈등의 대립자로, 그리고 역사적 사실에 대한 이해의 진폭을 함께하는 상대역으로 그 역할을 변경해 간다. 이 전근대적 사회제도에서 근·현대적 사회제도로 이행되는 과정은, 고향 마을 동구에 서 있는 홰나무의 기억에 연계되어 있다.

의병장의 죽음이라는 역사적 사건을 목격한 홰나무는 이제 무분별한 개발우선주의의 사회사적 현실 앞에서 수명을 중단 당한다. 덕보의 자살이 명확하게 납득할만한 사유 없이 감행되는 데 비하면, 홰나무의 종말이 장식하는 역사과정의 한 종막은 일견 장엄하기까지 하다. 홰나무는 단순히 한 그루의 나무가 아니라 굴곡 많은 비극적 역사의 상징이며 그 증인이었던 것이다.

「슬픈 양복재단사의 나날」의 중심인물 '채수'는, 이 또한 단순한 양복재단사가 아니다. 화자인 '나'와 이상주의자적 성격을 가진 '채수', 그리고 현실주의자의 표본과 같은 '갑석'은 어린 시절부터 친구이며 4·19의거를 함께 겪은 역사적 체험의 공유자들이다. 이상주의자, 현실주의자, 그리고 관찰자의 3분법, 곧 삼각구도의 인물 설정은 기실 이 작가에게 매우 익숙한 편이다. 그 대표적 사례가 『도둑일기』의 한수, 중수, 성수의 3형제이다.

그런 만큼 불우한 시대를 겪고 그 이후의 시대를 견딘, 신문기자를 거쳐 가업인 양복재단사를 이어 받고 불행한 삶을 살다 간 이 소설의 이상주의자는, 역사적 인물이면서 동시에 평범한 일상적 인물, 곧 동시대 우리들 스스로의 자화상이었던 것이다.

그가 살아 있던 동안, 그가 일정한 장소에 그토록 많은 사람을 모아 본 적이 없었음을 나는 잘 알고 있다. 그는 생전에 많은 사람들을 모아 보려고 시도하지 않았다. 마흔다섯 살로 끝을 막은 그의 생애는 너무나 평범했다. 그러나 나는 그가 꿈을 지니며 왔다는 것을 확신한다. 그는 인간의 삶이란 아름다운 것이며 보람 있는 것이라고 믿었고 완전한 삶을 성취하려는 꿈을 간직하고 있었다. 그러므로 요즘처럼 현재를 향락하는 것이 의미 있는 일로 생각하는 세상 풍조에 비추어 볼 때 어쩌면 그의 평범함은 비범함이었는지도 모른다.

바로 이 지점이다. 김용성의 소설적 인물이 분명한 역사성을 함축하면서도 오히려 동시대의 평범한 일상 속에 숨을 수 있는 장치를 가진 지점, 거기에서 이 작가의 역사의식과 사회의식은 화해롭게 악수하며 그것의 열매는 곧 소설의 미학적 성취를 거둬들이는 것으로 된다. 우리 모두가 역사 과정의 주역이요 그 피해자인데, 이러한 방식의 발화법은 『큰 새는 나뭇가지에 앉지 않는다』의 중심 주제이기도 했다. 거기서 김용성이 궁극적으로 제시한 답변, '누구나 K이다', 즉 누구나 사회운동의 은밀한 조정과 표면적 행동을 포괄하는 대표자로 올라설 수 있다는 민중 주체의 사고가, 여기까지 잇대어져 있는 것으로 보인다.

4. 상징과 풍자의 시각으로 보는 사회상의 세가지 국면
　―「리빠똥 장군」,「사해 위에서」,「밀항」

「리빠똥 장군」은 한 때 경향의 화제를 집중하게 했던 작품이며, 거침없이 호쾌한 풍자성으로 인하여 지금도 그 당대의 독자들이 이 작가를 기억하게 하는 효력을 발생시킨다. 이 작품은 작가가 1971년 한국일보를 퇴사한 후 곧바로 ≪월간문학≫에 분재하기 시작했으며 이를 ≪문학과지성≫에 재수록했다. 당시는 제3공화국 군부독재의 서슬이 푸르렀던 시기이며, 그러한 때에 군문의 고급지휘관인 연대장을 풍자와 비판의 칼날 위에 올려놓는 일은 매우 무모한 도전정신이 없이는 어려웠을 것이다.

그의 '리빠똥 장군'은 그 사고의 유형이나 행위의 방식이 모두 문제 있는 인물이지만, 그가 획일적인 조직 사회 내에서 파격적 일탈을 수행하는 인물인 만큼, 비판과 동정을 함께 유발하는 양가적 특성을 가졌다. 그는 유별난 캐릭터로 인한 가해자이면서 동시에 그 조직사회가 제거한 희생양이기도 하다. 마지막 대목 그의 자살은 이를 명료하게 증명한다. 다음은 '리빠똥 장군'이 자살하도록 권총을 제공한 정중위에 대한 대대장 송중령의 힐난이다.

> "왜 무사히 넘어가는 사건에 대해 자승자박하는가? 흐음, 그리고 보니까 이제 와서 자네는 나에게 적대감을 품고 있구먼 그래. 그러나 그 누구도 이 조직의 틀을 인간 쪽으로 돌릴 수는 없어. 장군이나 자네나 나나 모두 틀에 얽매여 떠밀려갈 뿐이야. 냉혹해 질 수밖에 없어. 그 파도에서 헤어나려면…."

'인간'이 '조직의 틀'을 거스를 수 없는 환경 속에서, 그것에 저항하는 방식이 산출한 그로테스크한 인물 '리빠똥 장군'의 형상을 우리는 우리 사회 도처에서 목도할 수 있다. 이 소설의 예지적 기능은, 그리기에 시대가 진척될수록 더 빛날 수 있는 측면이 있다.

「사해 위에서」는, 필자의 판단에 의하면, 우리 문학에 있어서 생태환경 소설의 '문열이'에 해당하는 작품이다. 이 작품은 고향을 떠난 자의 유골을 뿌릴 수도 없을 만큼 오염된 바다의 모습을 우울하게 드러낸다. 한 때 번성했던 어촌 마을은 폐촌이 되고, 그 아버지의 유골을 안고 온 사나이는 어렵게 배를 빌려 바다 한 가운데로 노 저어 나가야 한다. 노 젓는 영감 아버지를 기억하는 사람으로 처리됨으로써, 소설은 쓸쓸한 감회의 깊이를 더했다.

바다는 짙은 잿빛을 띠며 죽어 있었다. 그것은 마치 선사시대의
거대한 짐승의 시체처럼 소리 없이 누워 있었다.

　이 소설은 들머리에서부터 단도직입적으로 해양오염의 문제를 작품의
문면 위로 밀어 올린다. 강의 하구와 바다가 만나는 곳에 거대한 산업 시
설이 들어서고 바다는 죽어버렸으며 마을 사람들도 모두 객지로 떠나버
렸다. 유일하게 남아 있는 염소를 기르는 노인과 그의 손자가 있고, 산업
시설 보호 임무를 맡고 있는 이 순경이 있다. 화자는 이 순경이다. 이 황폐
한 마을에 한 사나이가 찾아든다. 그는 노인의 손자에 의해 거동 수상자
로 신고 된다.

　우여곡절 끝에 노인과 이 순경과 사나이는 사나이의 요구에 따라 배를
저어 바다로, 오염되지 않은 청정한 바다로 나간다. 그 사나이는 망부의
유언을 받들고 고향 바다의 청정한 물 위에 화장한 유골을 뿌리러 왔던
것이다.

　김용성다운 간결하고 속도감 있는 문체와 해양오염 문제에 초점을 맞
추면서 그것을 하나의 명료한 사건에 견주어 부각시키는 솜씨로 단편소
설의 산뜻한 묘미를 살렸다. 1970년대 중반, 산업화의 진전과 산업공해의
확산에 맞서는 소설의 저항력은 아직 순후한 감동의 공간을 동반하고 있
었다.

　1970년대 초반의 죽은 바다는 먼 바닷가에만 있었지만, 지금에 이르러
서는 우리의 삶 복판에까지 진입해왔다. 산업화 시대가 시발되는 시기에
이 작가가 하나의 상징처럼 내세운 '사해'의 의미는, 유별난 이야기성의
협력이 없이도 그것대로 가치 있는 읽을거리가 되었다.

　「밀항」은 인간이 한계상황 앞에서 견디는 모습을, 한 밀항자의 처절한
승선기를 통해 보여준다. 이 작품에서 화자인 '나'가 누구인지, 왜 배를 타
고 밀항을 시도하는지, 그 밀항의 목적지가 어디인지 아무 것도 분명한

것이 없다. 한 인간이 삶의 공간 환경을 옮기는 문제의 그 주변 이야기가 소설의 관심 영역이 아닌 까닭에서이다.

대신에 닻줄을 감는 쇠바퀴가 있는 밀폐된 공간, 온 몸을 벌레처럼 축약해야 겨우 들어갈 수 있는 그 공간에 숨어서 '백 시간쯤' 가야하는 처절한 상황만이 문제가 되고 있다. 극단적인 공포와 고통의 시간을 소설화하는 이 음울한 작업을 통하여, 아마도 작가는 우리 사회의 척박한 구석에 던져진 개인들의 삶과 그 어두움에 대해 말하고 싶었을 것이다.

이제껏 살펴 본 모든 소설들에 있어서, 이 작가가 보는 동시대 우리 사회는 언제나 위기의 국면에 있었다. 그의 소설은 그 질곡의 상황에 대한 경고를 발하는 예언자요, 그 과정을 면밀히 지켜보는 기록자이며, 동시에 그 가운데서 인간적 희망을 포기하지 않는 조력자였다.

그가 이번에 상재한 장편『기억의 가면』과 더불어 지금까지의 문학 세계를 한 차례 정리했다는 평가가 가능한 만큼, 이제 앞으로 그가 작성해 나갈 새로운 단계의 소설쓰기가 어떤 형용으로 펼쳐질 지 기대해 보기로 한다. 바라건대 지속적 시간과 함께하는 그의 소설 제작이, 그 원숙한 시각과 함께 우리에게 동시대와 사회를 새롭게 반사해 볼 수 있는 유용한 '거울'을 선사해주었으면 한다.

이역의 삶, 상실과 일굼의 서사

― 김용성의 『이민』

한 원 균

김용성의 장편 『이민』은 1960년대에 시작된 남미 이민사에 대한 소설적 보고서이다. 한국인이 해외에 이주하기 시작한 역사는 1900년대 초기로 거슬러 올라간다. 당시에는 주로 만주와 러시아 등 북방으로의 이주가 대부분을 차지했고 이 같은 이주는 왜곡된 현실 구조, 파행적인 역사에서 비롯되었다. 그러나 해방 이후 브라질, 멕시코, 아르헨티나, 파라과이 등 남미로의 이주는 박정희 정권의 정책에 기인된 것으로 이주 동기의 역사성은 약화되고 개인의 선택과 욕망이 전면에 내세워진다는 특징을 지니게 된다. 이 점은 등장인물 주노 킴의 말을 통해 작가가 간접적으로 확인한 것으로(3-215) 극적 긴장감을 유발시킬 보편적 상실 체험의 결여라는 말로 요약할 수 있다. 하지만 지나가 버린 과거, 특히 해외에 거주하는 한민족의 불행한 역사나 힘겨운 삶의 과정에 대한 관심은 민족적 자기 동일성과 동시에 세계화 문제에 대한 관심을 유발시켜, 세계인과 더불어 살아간다는 것의 의미에 대하여 깊은 성찰의 계기를 마련해 준다. 『이민』에서 다루어지는 두 가족의 이야기가 개별 체험의 한계를 벗어나 문학적 울림을 주는 것은, 사랑과 이별, 도전과 개척, 반역과 배반, 기다림과 재회 등 보편적 주제와 낯선 땅에서 어떻게 민족적 정체성을 유지하면서 이민족의 삶과 조화를 이루는가 하는 민족적 특수성이 결합되어 소설의 축을 이루고 있기 때문이다. 따라서『이민』의 사회사적 배경에는 1960년대 한국의 가족사와 민족사, 정확하게는 가족의 붕괴 과정과 민족의 이산 과정이 동시에 자리 잡고 있다. 과학적이면서 합리적인 예측이 결여된 상태에서 이루어진 해외 이주 정책과 생존을 위한 욕망이 낳은 곤고한 삶의 단면을 입체적으로 조명한 점에『이민』의 문학적 성과가 높인다고 할 수 있다.

이 소설은 전3권 41장의 상당히 긴 분량의 작품이다. 소설은 이종민 일가와 박영식 일가가 1965년경 각각 파라과이와 아르헨티나로 이주해 들어오는 시점으로부터 시작하여 1990년까지 약 25년간의 삶의 역정을 그리고 있다. 작품은 박승구와 이경애의 사랑 이야기를 정점으로 전개된다. 박승구가 파라과이에서 브라질로 밀입국하자 승구를 기다릴 수 없다고 판단한 경애도 한국인 밀도강업자의 주선으로 파라이 강을 건너다가 그들로부터 성폭행을 당하면서 작품의 긴장감은 상승된다. 이후 경애는 브라질의 원주민 아이들을 가르치면서 칩거하게 되지만 아버지 이종민의 병이 깊어지면서 가세가 급격히 기울자 그녀를 마음속에서 사랑했던 정출남의 도움을 받지 않을 수 없게 된다. 10여 년 전 파라과이 밀림에 도착했을 때 독사로부터 경태를 구하고 자신이 상처를 입어 한쪽 다리를 잃은 출남의 밀림 개척과 성공은 남미 이주 한인들의 귀감이 될 만한 사건이었다. 경애와 출남의 결혼과 파경, 그리고 다시 시간이 흐른 뒤 이루어진 경애와 승구의 재회가 이 작품의 표면 구조를 이루고 있다. 아르헨티나인이면서 유부남이었던 압둘을 사랑하여 결혼한 승희, 돈벌이를 위해 집을 나간 남편을 기다리면서 박영식의 집에서 일을 하던 진이와 결혼한 승호, 한인 사회에서 좀더 영향력을 갖고자 했던 아버지 이종민의 권유로 결혼을 했으나 인격적인 대접을 받지 못하고 살아가는 다애 등 이 작품에 등 장하는 인물들의 결혼 생활은 모두 고통스러운 과정으로 점철되고 있다. 이같이 가족의 정체성이 훼손되고 있음은 이민 사회에 적응하려는 이들 의 몸부림과 관련 있다. 가족적 유대감은 돈을 벌어야 한다는 절박한 생 존 욕구에 의해 약화될 수밖에 없었던 것. 특히 등장인물들 가운데 여성 들이 겪는 수난에 주목할 필요가 있다. 아내의 마음을 사로잡지 못해 결 국 신경증적 증세를 보이는 출남에게서 달아날 수 없었던 경애의 비참한 생활, 먹을 채소를 구해야 한다는 절박함과 사랑의 감정 사이에서 위험한 모험을 감행하게 되는 승희, 어린아이를 키우며 하루하루를 중노동에 시 달리며 살아가야 했던 진이, 이민 사회에서도 왜곡된 가부장적 인습에서 헤어날 수 없었던 다애 등을 통해서 여성들이 겪는 고통은 잘 표현되고 있다. 이 같은 수난이 발생하게 되는 원인은 물론 인륜적 가치관을 제대 로 보지保持하며 살아갈 수 없었던 이민 사회의 삶의 조건과 함께 당시 이 주민의 가족적 정체성은 더 이상 한국적 가부장의 논리에 의해 유지될 수 없었다는 사실이 작용하고 있다. 돈의 논리가 지배하는 사회에서 전통적 가치관이란 한낱 사치에 불과하다는 점에 대한 뼈아픈 확인이야말로 남 미에 이주했던 한인들의 딜레마였던 것이다. 더 나아가 "브라질에 사는 한국 사람으로서 브라질적 국민의식을 가져야 한다"(3-203) 것의 타당성과 수용 문제 앞에 고민해야 되는 현실이 놓여 있었던 것이다. 이민 1세대들 에게는 전통적 가치관의 붕괴와 민족적 정체성의 유지 문제가 동시에 제 기되어 있는 형국이었다. 1980년대에 들어 이들 이주민들이 어느 정도 부 를 축적하게 되자 불거지는 문제 가운데 하나가 한인 사회의 갈등과 분열 양상이었다. 경태가 맡아 운영하는 '주간 상파울루 뉴스'라는 신문의 사설 을 통해 작가는 이 문제의 역사적 배경에 관하여 분석하고자 한다. 일본 이주민들은 철저한 농업 중심 사회를 이루었던 데 대해 한국인들은 힘든 농사일보다는 도시로 진출하여 상업 중심의 구조에 편입되길 원했다는 것이다. 당연히 상업 중심의 구조는 경쟁의 원리에 지배되고 있으며 이 과정에서 배반과 모략, 복수와 음모가 나타나게 되었다는 것이다. 당연히 작품의 서사 구조는 이주민들의 삶의 애환을 드러내는 방향으로 짜여진다. 문제는 역사적인 배경을 제외시키고 볼 경우 이 같은 구성은 단순한 흥미 거리에 그칠 가능성이 있겠지만, 사건이 유발된 시·공간적 배경에 주목할 경우 소설적 의미는 큰 것이라 할 수 있다. 물론 외국 이민을 수용하게 되는 남미 여러 나라의 특수한 사정과 한국 정부의 이주 정책에 관한 역사적 정황에 관한 소설적 탐구가 미흡하다는 점은 지적될 사항이라고 할 수 있다.

작가의 관심이 주로 인간의 내면, 욕망과 좌절 등 존재 조건의 최소 단위에 맞추어져 있음은 남미 인권 해방 운동을 펼치는 좌파 호세 로페즈와 박승구의 관계를 그리는 부분에서 잘 드러난다. 이민 초기에 호세에게 속아서 좌익 무장 투쟁을 벌이는 이들에게 전해 줄 무기를 트럭으로 운반해 준 이유로 쫓기는 몸이 되기도 했던 승구는 그를 찾아온 남루한 호세에게 조건 없이 5만 달러를 내어 주면서 "(……)하지만 나는 그가 신념을 가진 남자라는 점에서 추키고 있는 것이지 그가 혁명가여서 추키고 있는 것은 아니오. 나는 혁명가라는 위인을 별로 좋아하지 않아요. 나는 어디까지나 장사꾼이니까"(3-275)라고 말한다. 신념이란 그 내용의 중요성보다는 무엇인가 자신이 원하는 목표에 도달하기 위한 열망이라고 정의한다면, 박승구의 이 같은 신념이야말로 낯선 이국땅에서 자신을 지켜 왔던 삶의 방법론이었음을 확인할 수 있다. 여기에 도덕적 관념, 윤리적 죄의식 등이 들어설 여지는 없어 보인다. 밀수입에 손을 댔던 승구와 경태, 그리고 한인들의 암투와 갈등 문제, 이로 인한 경태의 피해, 경애를 강간하고도 체포되지 않고 있다가 술집에서 난동을 벌이다 칼에 맞아 죽는 김형철 등의 인물들을 통해 올바른 삶에 대한 가치 판단이 잠시 유보되는 듯한 인상을 받는 것은 이 때문이다. 어떠한 이데올로기보다 앞서는 생존의 문제가 가장 사실적으로 그려진 이유 역시 이와 동궤에 놓인다. 가령, 박승구가 파라과이의 아순시온으로 향하는 기차를 탔을 때 열차 안의 모습을 묘사한 대목의,

> (……) 객차 안은 떠들썩하고 지저분했다. 서로 마주 보고 앉도록 되어 있는 나무 좌석은 엉덩이가 배기도록 딱딱하고 다리를 제대로 뻗을 수 없을 만큼 비좁았다. 커다란 광주리에 살아서 꼬꼬댁거리는 닭들을 여러 마리 담아 이고 서 있는 억세게 생긴 아낙네들도 있었고, 푸른색 바지에 붉은 색의 소매 긴 셔츠를 단정히 입고 흰 밀짚모자를 제껴 쓴 나들이 농부도 있었다. […중략…] 그의 옆자리에 앉아 있는 어금니가 다 빠진 할머니는 기다란 치즈 조각을 아이스케키처럼 열심히 빨아대고 있었기 때문에 쿠키한 냄새가 그의 코에 겨우 견뎌낼 수 있을 만큼 소로록소로록 스며들고 있었다(1-95).

와 같은 탁월한 리얼리티는 이미 사회의 실상을 비교적 적확하게 그리고자 했던 창작 기법에서 비롯되고 있다. 바로 작가의 관심은 이와 같은 리얼리티의 재생에 존재하고 있었던 것이다. 그들이 생존을 위해 목숨을 건 투쟁을 벌였다는 사실에 이데올로기 문제가 틈입될 여지는 없었던 것이다. 이국땅에서 살 수밖에 없는 운명 앞에 놓인 삶의 실상을 보여주고자 한 것. 때로는 무모할 수밖에 없었던 생존을 위한 '신념'의 모습을 그려내는 것에 이 소설의 의도가 존재하고 있기 때문이다. 그들의 신념이란 뿌리 뽑힌 자들의 '뿌리 내리기의 고통'의 다른 말이기도 하다. 조국을 떠나서 기존의 자기 정체성을 근본적으로 부정한 채 살아가야 하는 이들이야말로 어떤 상실보다도 큰 함몰 체험을 한 사람들이다. 따라서 그들에게 필요한 것은 과거를 철저하게 잊는 것, 즉 망각이었다. 자신의 정체성의 근원에 대해 스스로 부정하지 않으면 이 치욕스런 현실의 삶을 수용할 수

없기 때문이다. 그들에게 망각이란 현존의 방법론이었다. 그러므로 그들의 상실감은 선험적 성격을 갖는 것이다. 따라서 이같은 상실 체험에 대한 보상 욕망이 현실주의적 세계관을 산출하게 직접적인 원인으로 작용한 것이다.

『이민』은 서사적 무게감의 결핍감에 시달려 온 오늘의 소설 문학에 대해서 비판적인 척도로 작용할 것이 분명하다. 치열한 작가적 관심으로 잊혀지기 쉬운 문제에 대해서 복원하고자 했던 노력이 이 작품의 의미를 더해 주고 있는 것이 사실이다. 국내적으로 여전히 분단으로 인한 갈등과 대립을 해소하지 못하고 있는 현실을 감안할 때 해외 이주 한인들의 역사적 경험, 자신의 모국을 떠날 수밖에 없었던 정황에 대한 올바른 인식은 분단 극복의 또 다른 유형으로 자리매김될 것이다. 민족주의의 신화는 과거의 기억 속으로 묻힐 낡은 이념인가, 아니면 세계화의 허구성을 지적하는 중요한 논리적 근거로 작용할 것인가의 논란은 별도의 문제에 속한다. 문제는 '관심'이다. 한민족의 저변이 물리적으로 확대되었던 과거에 대한 관심이야말로 민족의식의 통합에 기여하는 기초가 될 것이기 때문이다.

인물들의 대화 처리에 있어서 모두가 같은 화법과 억양을 사용하고 있어 개성을 입체적으로 드러내지 못했다는 아쉬움이 남기도 하지만, 승구와 경애의 오랜 헤어짐 끝에 이루어진 재회는 깊은 소설적 감동을 주었으며, 동시에 경애의 임신과, 페루의 유서 깊은 유적지를 배경으로 인디오 소년을 번쩍 들어 올리는 경태의 모습을 소설의 마지막 장면으로 처리한 대목은 압권이 아닐 수 없다. 그들은 이제 유이민의 오랜 방황을 끝내고 진정으로 세계의 시민으로 살아갈 수 있게 된 것이다. 여전히 환멸적인 자기중심의 담론에서 헤어나지 못하는 90년대 소설의 흐름을 역류하는 중요한 징표로 『이민』이 존재하게 될 가능성이 엿보이는 대목이다.

『일굼의 문학』, 청동거울, 1998

『도둑일기』론

남 기 홍

1. 서론

　김용성의『도둑일기』는 중수를 나레이터로 하여 고아 3형제 한수·중수·성수의 유년시절부터 청·장년에 이르는 인생역정을 그리고 있는 장편소설로 현재 제 3부까지 집필 완료되어 있는 상태다.[1]

　『도둑일기』 1부는 1950년 6·25 발발 직후부터 1960년 봄까지, 2부는 1964년 12월부터 1972년 1월까지, 3부는 1973년 늦가을부터 1980년 7월까지를 그 시대적 배경으로 하고 있다. 대략 1부는 1950년대, 2부는 1960년대, 3부는 1970년대를 그 시간적 공간으로 삼고 있는 셈이다. 물론 1부와 2부 사이, 2부와 3부 사이의 표면적 시간의 공백은 소설의 진행과정 속에서 작중인물의 회상형식을 통해 보충되어 있다. 대체로 1950년대는 3형제의 유년기와 소년기에 해당하는 시기이며, 1960년대는 청년기, 1970

---

[1] 『도둑일기』의 연재 및 출판 상황은 아래와 같다.
　　제1부는 『現代文學』에 3회 집중 분재(1983.9~11). 現代文學社에서 단행본 출간(1984.10). 전집류 중 『우리시대 우리작가』 ②(동아출판사, 1987)와 『한국소설문학대계』 62(동아출판사, 1995)에 수록.
　　제2부는 『동서문학』에 6회 연재(1991. 여름호~1992. 가을호). 동서문학사에서 『도둑일기』 1·2 단행본 출간(1992.11).
　　제3부는 『동서문학』에 7회 연재(1992. 겨울호~1994. 여름호). 미출간.

년대는 장년기에 해당된다.

본고에서는 먼저 『도둑일기』에서 자전적 요소를 살펴 『도둑일기』가 자전소설인가 아니면 자전적 소설로 보아야 하는가에 대한 문제를 해명하는 것에서부터 출발하고자 한다. 그리고 『도둑일기』의 인물유형을 살펴 작가가 창조·제시한 전형적 인물은 과연 어떤 유형의 인물들이며 그들을 통해 작가가 우리에게 전달하고자 하는 것은 무엇인지에 관해서도 생각해 보겠다. 마지막으로 대략적인 작품론으로 작가 스스로 구분한 자신의 작품세계 총 3기 중 제2기와 제3기에 해당하는 작품들을 검토하면서 2기에서 3기로의 주된 변모과정을 고찰해 보겠다. 검토 대상은 제2기 작품 중 「리빠똥 장군」·「밀항」·「유적지」·「무거운 손」·「그해 일기」·「안개꽃」이며 3기 작품은 「슬픈 양복재단사의 나날」·「아카시아 꽃」이다.

2. 자전적 소설의 요소

현실과 밀착된 소설을 읽을 때도 마찬가지지만, 특히 주인공의 유년시절부터 청년기를 지나 성년기에 이르는 삶의 경로를 연대기적 흐름에 따라 제시하고 있는 소설을 읽을 때 대부분의 독자들은 그 작품이 '자전적 소설인가, 아닌가'하는 의문을 품게 된다. 『도둑일기』를 읽을 때도 그와 같은 의문은 똑같이 제기될 것이다. 그러나 검증되지 않은 몇 가지 심증만으로 자전적 소설이라고 성급히 단정지을 수 없으며, 또 같은 이유로 자전적 소설이 아니라고 결론 내릴 때도 신중을 기해야 한다. 그렇다면 하나의 작품이 자전적 소설인지, 아닌지를 판단하기 위해서는 작가의 전기적 사실에 대한 검토가 1차적으로 요구되며 작가가 생존해 있다면 작가의 진술도 크게 도움이 될 것이다. 그밖에 그 작가의 작품 이외의 글들에 대한 검토와 작가 주변 사람들의 증언도 참고가 될 것이다.

'자전적 소설the autobiographical novel'은 한 개인의 삶을 탐색하는 전기가 허구적 소설 개념과 결합하며 발생한 소설 유형을 지칭한다. '자전적 소설'은 허구적 서사물이라는 점에서 '전기'나 '자서전'과는 근본적으로 다르지만 '허구'의 실제 성격은 작가 개인의 구체적 경험과 관련을 맺고 있는 경우가 흔하다. 작가는 작품의 예술적 목적을 강조하기 위해 자신의 개인적 경험의 어느 부분을 생략하거나 집중적으로 강조하며, 혹은 필요하다면 어떤 부분들을 조작해내기도 한다.

　한 인물의 생애를 다루는 형식을 취하기 때문에(대체적으로 유년기에서 청년기에 이르는 기간을 다룬다) 자전적 소설은 방대한 양의 내용을 수록한다. 단편 소설은 자신의 경험을 보고하는 형식을 작가가 취하고 있다 하더라도 '자전적 소설'로 분류하지 않는 것이 보통이다.[2]

위의 인용은 자전적 소설에 대한 정의와 개념 및 그 성격을 밝히고 있다. 그렇다면 『도둑일기』는 자전적 소설인가, 아닌가? 자전적 소설이라면 어느 부분이 자전적 체험이며 어느 부분이 소설적 허구인가? 허구는 작가 개인의 구체적 경험과 어떠한 관련을 맺고 있는가?

　이러한 의문들은 한 편의 소설을 분석함에 있어 초보적이고도 기본적으로 제기될 수 있는 문제이지만 작가와 작품을 이해하는데 중요하다. 왜냐하면 독자들은 흔히 한 작품을 읽고 거기에 등장하는 주인공을 작가와 동일시하여 주인공의 사고와 행동을 작가의 그것으로 오해하는 경향이 있기 때문이다. 그리하여 '주인공과 작가의 동일시' 혹은 '나레이터와 작가의 동일시'는 작품의 올바른 이해에 일정 부분 방해 요인으로 작용할 수도 있으므로 독자들의 사려 깊은 판단을 요하는 부분이다. 여기서는 위에서 제기한 의문들에 답하는 형식으로 논의를 진행하겠다.

---

2) 한용환, 『소설학사전』, 고려원, 1992, 358쪽.

우선 『도둑일기』가 자전적 소설일 가능성이 농후한 증거로 주인공 3형제의 연령대가 실제 작가의 나이와 비슷하다는 점이다.

우리 삼형제의 방랑과 모험을 통한 인생살이는 인민군이 남침을 개시한 지 이태째로 접어 들어가던 52년의 음력 설날부터 시작되었다. 그해 나의 형 한수漢秀는 열여섯 살이었고 아우 성수聖秀는 열두 살이었으며 나 중수重秀는 열네 살이었다.[3]

위의 내용으로 보아 한수는 1937년생, 중수는 1939년생, 성수는 1941년생이 되는 셈이다. 작가는 1940년생이다. 이렇게 본다면 작품 속에서 주인공 3형제가 성장하며 보고 듣고 겪은 시대상황은 작가가 경험한 50년대, 60년대, 70년대에 이르는 격변하던 우리의 시대상황과 일치하는 것이다. 주인공들의 연령대를 작가의 나이와 비슷하게 설정한 것은 작품 속에 나타나는 시대적 배경의 흐름과 사건전개에 현실감을 부여하기 위하여 작가가 미리 계획한 집필의도로 볼 수 있다. 그러나 염두에 두어야 할 것은 작가가 작품 속에서처럼 전쟁고아도 아니고, 작가의 형제가 3형제도 아니라는 사실이다.[4]

『도둑일기』 1부에서 3형제의 활동무대가 되고 있는 서대문 일대는 작가가 실제로 오랫동안 거주했던 곳이다. 작가는 "9세 때였던 1948년부터 서대문 현저동에서 살기 시작하여 천연동, 충정로로 이사하며 38세였던 1977년까지"[5] 30년 가까이 서대문 일대에서 거주하였다. 작품 속에서 한수·중수·성수가 1952년 음력 설날, 기거하고 있던 고모네 집을 나와

---

3) 金容誠, 『도둑일기』, 現代文學社, 1984, 23쪽.
4) 작가의 부친은 작가가 9세 때였던 1948년 위암으로 세상을 떠났지만 작가의 모친은 작품 속 3형제의 어머니와는 달리 일찍 사망한 것이 아니라 1995년 1월 작고했다. 작가는 장남이며 아래로 누이동생과 아우가 있다. 따라서 작품 속에서 3형제를 주인공으로 내세운 것이나 그들이 전쟁고아로 설정되어 있는 것은 작가의 상상력의 소산이며 허구이다.
5) 金容誠 외, 「작가연보」, 『나』 ②, 도서출판 청람, 1987, 7~10쪽 참조.

구두닦이를 해서 돈을 벌자는 형 한수의 제의에 따라 고물상에서 판자를 훔쳐 구두닦이통 세 개를 만들고, 사흘 후 구두 닦을 때 광을 내기 위한 우단을 훔치는데 그것은 인근의 성당에 있는 의자에서 뜯어낸 것이었다. 3형제가 우단을 훔친 성당은 "서소문과 서울역 사이에 있는 철로 구름다리를 건너 만리동 산기슭 조그만 언덕 위에 자리잡고"[6]있다고 묘사되어 있는데, 그곳은 작가가 살던 곳에서 멀지 않은 곳에 위치하고 있어 작가가 어린 시절 자주 보아 왔던 中林洞 성당이 모델이 된 것이었다.

> 1892년 5월 프랑스 신부 J. 코스트의 설계와 감리에 의해 한국 최초의 고딕식 건물로 지어진 이 성당은 사적 제 2백52호이며 원래의 이름은 藥峴天主敎會였다.
> 작가가 고교시절에 다니던 교회는 서울역 맞은편의 남대문 장로교회였다. 당시는 근처의 건물들이 별로 없어서 그쪽에서도 이쪽 성당이 잘 보였는데 "그 친숙함 때문에 소설 속에 성당의 모델로 등장시키게 되었다"고 작가는 말했다.[7]

몸집이 제일 작은 막내 성수가 창문을 통해 성당 안으로 들어가서 우단을 훔치다가 신부에게 발각되지만 신부에게 용서를 받고 결국 우단을 얻어 가지고 나온다. 그러나 성수는 여기서 신부로부터 깊은 종교적 감화를 받는다. 그리하여 이것은 나중에 성수가 신부의 길로 들어서는 계기가 되며 작품 속에서 시종 중요한 도덕적 원리로 작용한다.

바야흐로 우단까지 손에 넣은 3형제는 고모에게 돈을 빌려 구두약까지 갖춰서 본격적인 구두닦이 생활을 시작한다. 그러나 서울에서는 벌이가 시원치 않고 그들보다 미리 구두닦이를 시작한 아이들의 텃세도 심해 벌

---

6) 金容誠, 『도둑일기』, 39쪽.
7) 「명작의 무대, 문학기행 <65> - 金容誠의 "도둑일기"…서울 中林洞·汶山」, ≪한국일보≫, 1988.12.16.

이가 좋다는 전방의 미군부대로 구두를 닦으러 떠난다. 물론 여기서의 생활도 용이한 것은 아니었다. 이러한 3형제의 구두닦이 생활에 관한 에피소드도 9세 때 아버지를 잃고 가난한 유년시절을 보냈던 작가의 체험이 밑바탕이 된 것이었다.

나는 텅텅 빈 서울 거리를 쏘다니며 외사촌 형과 함께 구두닦이를 시작했다.(1951년 여름, 작가가 12세 되던 해 - 필자주) 미군 부대를 주로 찾아다녔지만 텃세가 세어 구두닦이도 함부로 할 수 없었다. 결국 동네 친구 형의 말에 따라 일선으로 가서 구두닦이 생활을 했으나 그도 여의치 않아 한달 만에 그만두었다. (중략)

나는 중학교에 입학하던 해(1954년, 작가가 15세 되던 해 - 필자주), 학비를 벌어 볼 양으로 새벽에 일어나 구두닦이통(이 통은 일선 원정 이후 계속 집에 있었다)을 메고 서울역으로 나갔다. 하지만 벌이는 신통치 않았다. 텃세를 부리는 아이들 때문에 눈치를 보며 변두리로 돌기 일쑤였고, 운이 좋아 역 안으로 들어갈 때도 있었으나 고작해야 한 켤레 정도 얻어걸리면 다행이었다. 더욱이 학교 시간에 늦지 않도록 돌아와 아침밥을 먹어야 했으므로 시간적으로도 충분치가 않았다.

어느날 학교에 갔더니 내 짝이 물었다.

"네 손가락이 왜 그렇게 노랗니?"

나는 무심코 내 오른손을 펴보았다. 손가락에 노란 물이 들어 있었다. 내가 얼굴을 붉히자 그는 비밀이라도 캐낸 듯 짓궂게 굴었다.

"너 얌전인 줄 알았더니 보통내기가 아냐. 담배를 피우다니
⋯⋯."

나는 그 말에 눈물이 핑 돌았다. 목이 칵 막혀 아무 말도 하지 못했다. 설령 말을 할 수 있었다고 하더라도 아침마다 구두닦이를 나간다고 말할 배짱이 없어서 침묵을 지켰을 것이다. 나는 머리를 숙인 채 고개를 가로젓기만 했다.

당시에 구두에 광채를 내는 것으로 '키위'라는 외제 구두약이 있
었다. 그 구두약은 국산 구두약에 비해 세 배나 비쌌으므로 함부로
구두솔에 푹푹 찍어 바를 수가 없었다. 자연히 손가락 끝에다 조금
씩 묻혀서 구두 콧등에 살짝살짝 바르던 것인데 그 약 기운이 손에
밴 것이었다. 그 약물은 지독하여 비누로 닦고 돌에 문지르고 하여
도 잘 지워지지가 않았다.[8]

가난했던 어린 시절에 대한 작가의 눈물겨운 고백이 아닐 수 없다. 이러
한 작가의 어린 시절 잊지 못할 가난 체험은 30년이 지난 후 『도둑일기』
속에서 전쟁고아 3형제의 고단한 삶으로 형상화되고 있는 것이다. 3형제
는 구두닦이로 별 신통한 재미를 못보고, 전방의 미군부대에 남아 구두닦
이를 계속하던 한수는 모아 두었던 양키물건까지 도둑맞고 빈털터리로
서울로 돌아왔다. 한수가 다시 시작한 것은 서울역 구내에서 석탄을 훔쳐
내는 일이었다. 이듬해에 한수는 아예 서대문 근처에 터를 잡고 도둑질한
석탄이나 코크스를 수집하는 장사꾼으로 변신한다. 이것 역시 작가의 소
년 시절 체험이 투영된 것이다.

나는 중학교에 입학하기 전에 『도둑일기』에서처럼 서울역에 가
서 석탄 얌생이짓을 한 적이 있었다. 얌생이는 은어이기는 하지만,
한편으로 실은 도둑질을 합리화한 단어이다. 서울역 철로가에는 기
관차가 흘린 석탄이나 코크스들이 널려 있었다. 그것은 국가 재산
이므로 아무도 가져갈 권리가 없었다. 그러나 역원들의 눈을 피해
얌생이꾼들은 자루를 들고 숨어 들어가 석탄이나 코크스를 주워 담
아 짊어지고 나왔다. 그것을 역 근처 수집상에 몇 번 가져다 팔면
괜찮은 벌이가 되었다. 그러나 어쩌다 잡히면 발길로 얻어맞거나
하루 종일 갇혀 있기가 일쑤였다.[9]

8) 金容誠 외, 앞의 책, 20~22쪽.

생존이 지상 최대의 목표이던 시절에 두 동생을 책임져야 했던 맏형 한수가 선택한 길은 도둑질이었다. 한수는 그 후로 고철수집소를 운영하며 사업수완을 발휘하여 사업을 차츰 확장하였다.『도둑일기』2부에서 한수는 목재상, 토건회사, 기계회사 등을 운영하며 종합무역업까지 포함한 '서울종합물산'의 실질적인 경영주가 된다. 3부에서 한수는 재벌서열 30위 안에 들만큼 사업적으로 큰 성공을 거둔다.

『도둑일기』2부에서 중수는 해병대 간부후보생을 지원, 해병대 장교로 군복무를 시작한다. 작가 역시 1964년 3월 해병대 간부후보생(33기)을 지원 입대하여 1969년 4월까지 해병대 장교로 군복무를 하였다. 작가와 작품 속의 중수가 해병대 간부후보생에 지원 입대하는 것은 같지만, 2부에서 중수가 월남전에 참전하여 겪은 전쟁 상황은 작가의 체험과는 다른 것이다.[10] 작가는 해병대 장교로 포항, 김포 등지에서 군복무를 하였다. 2부 3장에서 전개되고 있는 이중수 소위의 군대생활 에피소드는 임진강변의 애기봉 근처가 주무대로 설정되어 있는데 이것은 작가의 군대생활 체험과 어느 정도 관련이 있을 것으로 보인다. 그 증거로 작가는 이미 김포 임진강변의 군대 생활에서 얻었던 체험을 토대로 하여 단편「거짓말장이」[11]와「강건너 북촌」[12]을 발표하였던 적이 있다. 2부 5장은 중수가 소대장으로 참전하여 부상을 당해 한국으로 후송될 때까지 겪은 월남전의 상황이 지역적으로 제한되어 있기는 하지만 생생하게 그려지고 있다. 작가는 월남전에 참전하지 못했기 때문에 이 부분은 작가의 직접 체험을 형상화한 것은 아닐 것이다. 그러나 작가의 해병대 간부후보생 동기들 중에는

---

9) 위의 책, 21쪽.
10) 필자가 작가로부터 들은 바에 의하면 작가는 실감나는 소설을 쓰기 위해 월남전 참전을 희망했지만 작가가 사단 화생방 교육대 교관요원이었기 때문에 파병 명령이 떨어지지 않았고, 그후 보병연대로 돌아갔으나 월남전 상황이 점차 불리하게 기울어져 가던 중 임시 대위의 계급을 끝으로 군생활을 마감했다고 한다.
11)『現代文學』, 1970.2.
12)『文學思想』, 1978.3.

월남전에 참전하여 전사한 사람도 있고 임무를 마치고 무사히 돌아온 사람도 있다. 작가는 아마도 월남전에 참전했던 동기생들로부터의 증언과 다소는 과장되었을지도 모를 그들의 무용담, 월남전에 관련된 각종 자료를 참고하여 중수가 겪은 월남전을 그려냈을 것이다. 작가는 직접 체험이 아닌 간접 체험을 통해 중수를 월남전에 참전시키고 있으며 따라서 이 부분은 소설적 허구의 세계인 것이다.

2부에서 중수는 월남전에서 입은 부상이 완쾌된 후 일정한 직장을 갖지 않고 지내다가 신문기자로 취직을 한다. 그리고 신춘문예에 당선되어 어릴 적 희망하던 소설가의 꿈을 이룬다. 작가 역시 "1969년 5월부터 1971년 5월까지 한국일보 기자"[13]로 근무한 적이 있었다. 작품 속에서 중수의 기자생활에 대한 몇 가지 삽화는 작가의 직접 체험이 밑받침되었던 듯하다. 그리고 작가는 잘 알려진 바와 같이 신춘문예로 등단한 것이 아니라 1961년 당시로서는 파격적인 상금인 6백만 환 고료 한국일보 장편 공모에『잃은 자와 찾은 자』가 당선되어 문단에 데뷔하였다. 3부에서 중수는 신문사를 사직하고 전업 작가의 길을 걷는데 이것은 작가의 이력과 일치하는 부분이다. 소설 속에서 전업 작가로 활동하던 중수는 그의 첫 작품집『장군의 놀이』가 군대를 모독했다는 이유로 보안사에 불려가 조사를 받게 된다. 그런데 작품 속에 나오는『장군의 놀이』에 대한 내용은 작가의 평판작「리빠똥 장군」(『월간문학』, 1971.6~9)을 연상하게 하지만 작가는 실제로 이 작품으로 인해 보안사에 불려갔던 것이 아니고 1977년 경 ≪한국일보≫에『내일 또 내일』을 연재하던 중 '장교패거리'란 어휘를 사용하여 보안사에 불려 간 적이 있었다. 따라서 이 부분은 작가가 당시에 막강한 권력을 휘두르며 초법적 기관으로 행세하던 보안사의 철권통치를 비판해보고자 한 것으로 작가의 체험과 허구의 세계가 공존하고 있다고 하겠다.

---

13) 金容誠 외, 앞의 책, 9쪽.

이렇게 본다면 작가의 자전적 체험이 바탕이 된 부분은 주로 1부의 공간적 배경과 3형제가 겪은 유년시절의 가난 체험, 중수의 군생활과 직업 등이다. 그밖의 부분은 작가가 꾸민 허구의 세계로 보아도 좋을 것이다. 특히 2부와 3부에서 형 한수가 수단과 방법을 가리지 않고 돈을 모아 사업가로 성공하는 것이라든가, 성수가 신부가 되어 사회정의를 위해 투쟁하는 인물로 그려진 것 등은 작가의 자전적 체험과는 거리가 멀다. 한수와 성수는 어떤 특정 인물이 모델이 된 것도 아니며 작가의 상상력으로 창조한 인물들로 그들이 만들어낸 세계 또한 작가가 창조한 허구의 세계이다. 그러나 현실과 동떨어진 세계가 아니라 그당시 있었을법한 현실적 허구의 세계인 것이다. "나는 소설을 쓰는데 있어 상상력을 중요시한다. 체험이 작품 속에 용해될 수는 있지만 체험 그대로가 소설은 아니며 소설은 또한 현실이 아닌 현실과는 떨어진 세계이다. 그 세계가 현실다우려면 상상력이 발동되어야 한다"[14]는 작가의 말이 그것을 반증한다. 그렇기 때문에 독자들은 작품을 읽을 때 주인공 혹은 작중 화자와 작가를 동일시해서는 안 되며 작가의 자전적 체험과 소설적 허구의 세계를 신중하게 구별하며 작품을 읽어야 할 것이다. 『도둑일기』는 작가의 이전 작품들과는 달리 자신의 이야기와 경험을 상당부분 소설 속에 포함시키고 있는 것도 하나의 특징이다. 지금까지 논의한 바를 토대로 본다면 이 작품은 성장소설인 동시에 작가의 자전적 소설로 보아도 무방할 것이다.

이제 『도둑일기』에 관한 정현기의 적실한 평을 상기하며 소결론에 대신하고자 한다.

자전소설이기나 한 것처럼 사건 진행이 자연스럽고 당대 역사 현실에 밀착된 인물들로 작중 주인공들이 살고 있어서 인물들의 꾸밈없는 행위 내용들은 당대 역사가 지닌 심각하고도 어려운 형편을

---

14) SBS <작가와의 대화> ─ 애정과 신뢰의 작가 김용성, 1992.5.27 방영.

보게 하는 현장 보고서와도 같은 특징을 이 작품은 담고 있다.[15]

3. 전형적 인물의 창조

여기서 생각해 볼 것은 '전형성典型性'의 문제이다. 전형성이란 작품 속의 사건, 배경, 주인공의 행동 등에도 연관되지만 주로 인물에 관련하여 사용되는 용어이다. 『도둑일기』의 주인공 한수·중수·성수는 같은 핏줄의 형제이면서도 각각 상이한 성격의 소유자들이다. 이들이 보여주고 있는 세가지 인물형은 현재 우리 사회를 이루고 있는 구성원들의 인물유형에 대한 축도인 것이다. 단적으로 말한다면 『도둑일기』의 특장은 '전형적 인물의 창조와 제시'에 있다고 하겠다. 여기서 전형성에 대해 좀더 자세히 알아보기로 한다.

전형성type, typicality은 특정한 역사적 단계에 처해 있는 어떤 특정한 사회의 성격과 내부적 모순을 가장 잘 드러내 보여주는 대표적인 성질들, 혹은 그런 성질을 가지고 있는 요소들이 소설 속에 잘 반영된 경우를 지칭하는 용어이다. 주로 인물이라는 요소에 관련된 개념이지만 엄밀한 의미에서는 인물뿐만 아니라 사건 배경, 행위 배경 등등의 넓은 의미를 포함한다. 곧, 전형화란 것은 객관적 진리를 목표로 하는 예술적 일반화의 독특한 방식으로서, '개인적인 것 속에 있는 사회적인 것을, 특수한 것 속에 있는 보편적인 것을, 우연적인 것 속에 있는 합법칙적인 것을, 여러 현상들 속에 있는 본질적인 것을 발견해 내고 끄집어 내어 예술적으로 설득력 있게 표현하는 방식'이라고 설명될 수 있다. (중략)

루카치는 이 전형성의 원리가 작가의 객관적인 현실과의 접촉을 통해서만, 그리고 현실의 충실하고 진정한 반영을 추구함으로써만 구현될 수 있다고 믿는다. (중략)

---

15) 정현기, 『韓國文學의 社會史的 意味』, 文藝出版社, 1986, 185쪽.

만약 이 전형성의 원리가 충족되지 않는다면, 작가는 자신이 속한 시대와 당대의 큰 문제들을 심층적으로 관찰하고 이해한 것이 아니며, 일상적이고 평범하게 묘사하고 만 것이라고 루카치는 본다. 전형적인 사건과 상황, 인물의 창조에 있어서의 실패는 '지리멸렬한 사건의 나열' 그 이상의 의미를 지니는 것이 아니다. (중략)

따라서 전형성의 테두리 내에서는 보편적인 진리가 개별성을 파괴하지 않으면서 개별성 속으로 용해되는 것이다. 그러므로 작가는 전형성의 원리를 통해 세계와 그 현상들에 관한 본질적인 특징들을 파악하여 이들 요소를 조직하면서 삶의 모순과 투쟁 그리고 힘을 명쾌하게 드러내 보일 수 있는 상황과 인물들을 창조하는 것이다. 루카치는 이것을 화가인 막스 리베르만의 "당신의 현재의 모습보다 당신을 그린 내 그림이 당신을 더 닮았다"고 하는 경구를 인용하여 설명한 바 있다.[16]

먼저 두 동생을 부양할 책임을 지고 있는 형 한수는 맏이로서의 역할 뿐 아니라 동생들의 아버지 역할까지 하고 있다.

성수나 내게 있어서 형은 아버지와 같은 존재였다. 형 한수는 우리를 거느릴 책임을 느꼈던 것이고, 그는 무엇이든지 결단을 내릴 입장에 있었다.[17]

3형제가 형편이 넉넉지 못한 고모집에서 더부살이를 하다가, 독립하여 살아가기 위해 구두닦이를 하자고 제안한 것도 한수였으며 그에 대한 구체적 실천 방안으로 판자와 우단을 훔치기로 결심한 것도 바로 그였다. 한수는 이미 동생들보다 앞서 독립할 계획을 세우고 있었던 것이다. 어머니는 죽기 전 세 아들에게 도둑질하지 말고 정직하게 살라는 유언을 남겼

---

16) 한용환, 앞의 책, 381~383쪽 참조.
17) 金容誠, 『도둑일기』, 30쪽.

으나 3형제가 세상과 처음 맞부딪치면서 시작한 것은 다름 아닌 바로 도둑질이었으니 상황의 아이러니가 아닐 수 없다.

> "우린 이제까지 고모님에게 의지만 하면서 살아 왔어. 하지만 항상 의지만 하고 살 수는 없어. 우린 이걸 알아야 해. 우린 공부를 더 해야 한다구. 그러자면 돈이 필요하지. 우리 힘으로 돈을 벌어야 해. 우린 이걸 알아야 한다구. 목적이 좋으면 도둑질을 해도 괜찮다는 것을."[18]

위의 인용은 3형제가 구두닦이를 하기 위해 판자를 훔치기 전 한수가 동생들을 설득하는 장면이다. 우리는 이 대목을 유념해 둘 필요가 있다. 왜냐하면 앞으로 2부, 3부에서 보여지는 한수의 성격 형성의 근원을 볼 수 있는 일면이기 때문이다. 한수는 판자를 훔쳐 동생들에게 철조망 위로 그것을 넘겨준 뒤 털벙거지 사내에게 붙잡히고 만다. 그러나 한수는 그 사내에게 뺨을 맞고 나서 무릎 꿇고 싹싹 빌기도 하고 눈물을 짜며 사정 얘기를 간곡히 한 끝에 빨래를 해주는 조건으로 풀려 나왔다. 물론 이것은 한수가 풀려 나온 뒤 두 동생들에게 과장 섞인 이야기를 늘어놓은 것이지만 이로 미루어 볼 때 한수는 강자에게 비굴하고 때론 타협하며 위기를 약삭빠르게 모면하는 성격의 소유자임을 알 수 있다.

판자와 우단 도둑질로 시작한 구두닦이로 신통한 재미를 보지 못하자 한수는 차츰 더 큰 도둑질을 시작한다.

> "그렇지만 나를 위로하려고 들지는 마. 나는 성수처럼 다시는 도둑질 따위는 하지 않겠다고 그 누구에게도 맹세지는 않을 거니까."
> 형은 형이 선언한 대로 다시 도둑질을 하기 시작했다. 사람들이

---

18) 위의 책, 29쪽.

빤히 눈을 뜨고 보는 대낮이거나 깜깜한 밤중이거나 시간을 가리지 않고 날마다 도둑질을 했다. 말하자면 직업이 구두닦이에서 도둑으로 바뀐 것이었다. 그것은 서울역 구내에서 석탄을 훔쳐내는 일이었다. (중략)

나는 처음에 형이 얌생이군 노릇을 하겠다는 것으로 알았다. 그러나 보통 얌생이군이 아니었다. 형은 삽을 들고 달리는 기관차의 석탄적재칸으로 뛰어올라가 삽으로 마구 퍼내렸다. 그러면 형의 동료들이 그것을 긁어모아 밖으로 빼냈다. 형과 그의 동료들의 행동 범위는 남으로는 용산역까지 북으로는 신촌역까지였다.[19]

석탄 도둑질로 괜찮은 수입을 올리고 있던 한수는 함께 일하던 아이들의 보스 노릇을 하며 냉혹하게 무리를 이끈다.

형이 아이들을 부리는 방법은 매우 냉혹했다. 그 무렵부터 형에게 우두머리적인 기질이 엿보였다. 일선으로 구두닦이를 떠날 때만 하더라도 물론 사정에 어두워서 그랬겠지만 길남의 추종자 노릇을 했었다. 언제나 길남의 의견을 존중했었다. 그러나 석탄 도둑질에 관한 한 길남이 형의 추종자가 되었다. 형은 나에 관해서도 냉혹했는데, 내게 하고 싶은 말이 있을 때면 꼭 길남을 통해서 했다. 나는 거의 형과 같은 나이 또래인 아이들이 어떻게 형의 말이라면 기를 펴지 못하고 고분고분 따르는지 이상하다 못해 신기할 정도였다.

나는 훨씬 훗날에 형에 대해서 생각해 보았다. 훗날의 형이 되게 한 그 무렵의 기질을. 아마도 형은 형 스스로를 다스리기 위해서도 자신이 냉혹해질 필요를 느꼈는지 모른다. 그는 우선 무엇보다도 두 아우를 거느린 한 집의 가장이었다. 우유부단한 성격으로는 그 시절의 수많은 역경을 헤쳐 나갈 수 없다고 생각했으리라 나는 여겨진다. 또 그에게는 돈을 벌어야겠다는 야심이 있었다. 그는 남을

---

19) 위의 책, 125~126쪽.

쓰러뜨리지 않으면 자신이 쓰러진다는 경쟁사회의 원리를 벌써부터 터득하고 있었는지도 모른다. 그에게 공존공생이란 이해할 수 없는 이론이었다. 그는 자신에 대해 엄격했으므로 아이들을 다스리는 방법도 냉혹했다.[20]

　위의 인용문은 한수의 성격을 극명하게 보여주는 대목이다. 한수는 일찍이 생존의 위협을 받던 각박한 현실에 대응하기 위한 삶의 방식을 스스로 터득하고 있었던 셈이다. 곧 척박했던 현실이 한수의 성격과 기질을 형성하는 데 일조했음을 감안하지 않을 수 없다. 그러나 현실이 고달프다고 인간의 성격이 모두 한수처럼 냉혹해지고 도덕적·윤리적으로 빗나간 성격의 소유자가 되는 것이 아니라는 것을 상기한다면,[21] 한수의 성격 형성에는 어느 정도 선천적인 면이 작용했을 가능성을 배제할 수 없다. 어쨌든 현실 대응에 있어 두 동생보다 조숙했던 한수는 주인이 피난을 떠났던 남의 땅에 <서울종합물산>이라는 간판을 걸고 석탄, 코크스, 유리 조각, 파쇠 따위를 수집하여 되파는 장사를 시작하였고 차츰 사업은 번창하여 목재상, 제재소까지 차리게 된다. 2부와 3부에서 한수는 사업이 더욱 번창하여 토건회사, 기계회사, 무역업 등을 포함하여 몇 개의 회사를 소유하게 된다. 그러나 이 모두는 비합법적인 방법과 편법을 통한 사업 확장이었음이 작품 속에 암시되어 있다.

　　"이건 비밀인데, 나, 이번에 <서울종합물산>에 무기 무역업을 포함시키기로 결정했어."(중략)
　　"시큰둥하게 나올 줄 알았다. 하지만 건전하다는 건 무어냐? 상식적인 게 아니냐? 사업은 상식으로는 안 돼. 비상식적이어야지. 그

---

20) 위의 책, 136쪽.
21) 작품 속의 실례로 한수와 일선에서의 구두닦이, 석탄 도둑질을 같이 했던 길남은 후에 열심히 공부하여 검사가 된다.

게 사업의 지혜야."(중략)

"너는 신문기자이면서 그것도 모르니? 역사를 봐. 전쟁이 없었던 날이 있는가. 어차피 전쟁은 끊이지 않고 존재하는 것이고 누군가 무기장사를 하는 것이라면 나도 하겠다는 것 뿐이야. 돈만 벌린다 면 말이야."[22]

위의 인용은 신문기자가 된 중수와 이야기를 하던 중 형 한수의 대화만을 추출하여 본 것이다. 한수는 자신의 사업상 이득을 노려 국회의원 후보자에게 선거자금의 명목으로 정치자금을 제공하기도 하고, 원목상으로부터 표면적으로는 원목을 수입하면서 은밀하게 대마초, 마리화나 등 마약밀수를 하고 있었으며 게다가 무기무역업에까지 손을 대고 있었던 것이다. 한수는 이미 냉혹한 현실주의자였으며 돈을 벌기 위해서는 수단과 방법을 가리지 않는 사람으로 변모해 있었다. 그는 자신의 신변 안전을 위해 경호원까지 고용하였다. 그리고 법대 학생들에게 장학금을 주며 은혜를 베풀기도 하는데 그것은 만일의 경우 자신의 사업이 법망에 걸려들게 되면 법관이 되었을 그 학생들로 하여금 도움을 받기 위해 미리 계획한 위장된 선행이었다.

"그 학생들, 누굽니까?"

"아, 그 학생들이요? 혹시 정길남 검사님 기억나시죠? 그분이 뽑아보낸 법대 학생들입니다. 가정 형편이 어려운 학생들 중에서 의리를 지킬 줄 아는 학생 셋을 뽑으신 거죠. 회장님 명의의 장학생으로 말입니다. 저 학생들은 장차 쓸모가 생길 겁니다. 제가 권총으로 방호벽을 쳐 드리고 저들이 법으로 방호벽을 쳐 드리면 완벽하지 않습니까?[23]

22) 김용성, 『도둑일기』 2, 동서문학사, 1992, 332~333쪽.
23) 김용성, 「도둑일기」 제3부, 『동서문학』, 1993, 여름호, 197쪽.

한수는 이처럼 사업과 처세에서 뿐만이 아니라 아우 중수가 연모하던 여자 연주를 가로채 자신의 아내로 만든다. 물론 중수가 홀로 연주를 짝사랑했고, 연주 또한 중수보다는 형 한수의 매력에 끌려 결혼까지 하지만 그들의 결혼생활은 행복하지 못했으며 연주의 병사로 비극적 종말을 맞는다. 연주가 중수보다는 한수에게 끌렸던 것은 아마도 맨주먹으로 시작해서 성공을 거둔 사업능력과 수완 그리고 매사에 적극적이며 저돌적인 한수의 남성다운 매력 때문이었을 것이다. 그러나 독자들은 그러한 표면적 매력 뒤에 감추어져 있는 한수의 부정적인 면을 간과해서는 안 된다. 작품 속에서 철저하게 악한 인물의 표상이 한수로 설정되어 있기 때문이다. 『도둑일기』는 부당한 방법으로 부를 축적한 우리 사회의 기업가, 재벌 등과 같은 여러 인물의 유형을 한수라는 인물에 집약하여 그 전형을 보여주고 있는 것이다.

부정적 인물의 표상인 한수와 대조되는 인물로 막내 동생 성수를 들 수 있다. 성수는 어려서부터 형들을 따라다니며 의사결정권 없이 수동적인 면을 보였지만 마음 속 깊은 곳에는 순수함과 정직하게 살려는 의지를 가지고 있었다. 구두닦이통을 만들기 위해 판자를 훔치자고 큰형이 말했을 때 제일 먼저 반대한 것은 성수였으며 도둑질하지 말고 정직하게 살라는 어머니의 유언을 지켜야 한다고 말한 것도 성수였다. 결국 성수는 형 한수의 뜻에 따라 판자를 훔치는데 가담하고, 두 번째 도둑질인 우단을 훔치는 일에서 몸집이 제일 작다는 이유로 성당 안으로 침입한다. 그러나 성수는 거기서 신부에게 발각되어 깊이 참회하고, 신부로부터 커다란 종교적 감화를 받는다. 이 사건은 장차 성수가 인생의 방향을 결정짓는 데 크나큰 영향을 미치는 계기가 되었던 것이다.

나는 조그만 방 한가운데에 새파랗게 질려서 한 손에는 날이 선 칼을 들고 한 손에는 방금 뜯어낸 듯이 보이는 우단 조각을 움켜쥐고 덜덜 떨고 섰는 우리들의 아우를 볼 수 있었다. 그리고 검은 옷을 입은 사람의 앞가슴에 금빛으로 빛나고 있는 것이 십자가라는 것도 알아볼 수 있었다. 신부의 얼굴은 불빛의 음영 때문인지 몹시 여위어 보였으나 그는 입가에 부드러운 웃음을 띠며 성수에게 도망가지 말라는 듯이 손짓을 하고 있었다. 나는 너무나 놀라서 입을 딱 벌린 채 형의 어깨 위에서 못박힌 듯 꼼짝을 할 수가 없었다. (중략)

정말 성수가 도망치지 않는 이유를 알 수가 없었다. 성수는 칼을 떨어뜨리고 우단을 두 손에 움켜쥐고는 신부 앞으로 가서 무릎을 꿇고 신부의 얼굴을 올려다보았다. 나는 성수가 뭐라고 애원하는 모습을 볼 수 있었다. 공포에 질린 두 눈에 눈물이 흘렀다. 성수가 뭐라고 말하는지 알아들을 수는 없었으나, 나는 그 모습에서 고통스런 참회의 표정을 읽을 수 있었다.[24]

이 일을 계기로 성수는 신부가 되기로 결심한다.

"형, 나는 신부가 될 테야. 그래서 나쁜 마음씨를 가진 사람들에게 좋은 얘기를 들려 줄 거야."
(중략)
성수는 눈물로 얼룩진 눈을 들어 먼 북악산 쪽을 바라보았다. 나는 성수의 눈에서 이 더럽고 황폐한 세상을 깨끗하게 순화시키고 싶어 하는 그 어떤 이상이 불타고 있는 것을 보았다.[25]

그리하여 성수는 복사가 되어 성당에서 기거하면서 신부의 일을 도우며 지낸다. 성수는 신부의 배려로 야간학교에 나가면서 성신학교에 진학할 준비를 하고 있었다. 그 후 성수는 무사히 성신학교를 졸업하고 1960년에 바라던 신학대학에 입학하였고 신학교 기숙사에 들어가게 되었다.

---

24) 金容誠, 『도둑일기』, 43쪽.
25) 위의 책, 64쪽.

성수가 신학교 기숙사에 들어가던 날, 형 중수를 만나 나누는 대화는 주목을 요하는 부분이다. 왜냐하면 그것은 2부, 3부에서 보게 될 성수의 신념에 찬 행동 그리고 그의 성격 형성과 무관하지 않기 때문이다.

> "내가 안타까와 하는 것은 현실을 도피하여 성역 안으로 들어가 은둔하여 살지 않으면 안 된다는 것이지요."
> 나는 그 말이 무엇을 뜻하고 있는지 알고 있었다. 그는 성당에서 젊은 사람들과 어울린 자리에서 정부를 비판하는 발언을 했다가 누구의 고자질로 말미암아 5일 동안 경찰서 유치장에 감금되었다가 풀려난 적이 있었다. 그는 겉으로는 온순한 듯하지만 속에는 격정적인 성격을 지닌 젊은이였다. 그 무렵 아직 마산사건은 발생하지 않았지만 곧 실시될 정부통령 선거와 관련하여 테러가 이곳 저곳에서 발생했고 대구에서는 학생들이 부정부패에 항거하는 데모를 벌이던 어수선한 시기였다. 하필이면 그때 신학교 기숙사로 들어가게 된 것을 그는 안타까와하고 있었던 것이다. (중략)
> "독재자는 그 권좌에서 물러나야 해요. 나는 신학교 울타리 안에 있겠지만 뜻을 같이 하는 친구들과 정보를 교환할 생각이에요."26)

위의 인용은 1부의 말미에 해당하는 부분으로 성수가 어떤 과정을 거쳐 현실참여적 생각을 갖게 되어있는지 자세한 언급은 없지만 소년기 때 성수의 나약했던 성격이 차츰 변모하고 있음을 감지할 수 있는 대목이다.

2부에서 성수는 모순으로 가득 찬 현실과 사회에 적극적으로 투쟁하는 인물로 그려져 있다. 성수는 어느 날 형 중수를 찾아와서 가방 하나를 맡겨 놓고 떠났다. 가방 속에서 발견된 성수의 수첩에는 다음과 같은 글이 씌어 있었다.

---

26) 위의 책, 253쪽.

수많은 열혈 청년들이 흘린 피의 대가로 쟁취한 4·19혁명을 군사 쿠데타로 갈아엎은 박정희 군사도당은 권력에 맛을 들이고 정권욕에 혈안이 되어 군정을 4년간 연장한다고 제의하다. 말이 제의지 그렇게 하겠다는 금수와 같은 야욕을 드러낸 것이 아니고 무엇이겠는가. 이제 무지개처럼 찬란히 빛나던 4·19혁명 정신은 사느냐 죽느냐의 기로에 서 있다. 앞서 간 영령들을 위해서, 자유와 민주주의를 위해서, 매판 독점 자본가의 민중 착취를 분쇄하기 위해서, 분단된 민족의 자주 통일을 이룩하기 위해서! 우리는 이대로 무기력하게 죽을 수 없다. 우리는 우리를 죽임으로써 살아야 한다. 무엇보다도 먼저 군사정권의 프락치, 학생 YTP를 색출, 박멸하자! 천주여, 우리의 기도를 들어주소서.[27]

성수는 이미 사회정의와 민주화 실현을 위한 투쟁의 대열에 깊숙이 가담하고 있었다. 아래에 인용은 성수의 결연한 의지를 볼 수 있는 대목이다.

"형, 진실을 말하겠어. 나는 이 사회에서 살아 숨 쉬는 인간들과 더불어 살 수 있는 참다운 신부가 되려고 할 뿐이야. 사 년 전에 제2차 바티칸 공의회가 열렸을 때 교황께서는 현대 사회를 향해 교회의 창문을 활짝 열자고 말씀하셨지. 그 말씀은 이 세상에서 숨 쉬고 있는 것들이 누구이고 무엇인지 밝혀 보여야 할 교회의 역할을 일깨워주신 것이라고 봐. 이 세상은 주님의 뜻에 따라 창조되었으나 가라지와 밀이 공존하게 됨으로써 불의와 비리와 불평등과 불화가 판을 치며 이 세상을 어둠으로 몰아가고 있지. 그러니까 이 밀밭에서 독소를 뿜는 해악의 가라지를 뽑아내는 것이 교회가 할 역할이야. 이것은 악을 향한 교회의 도전이지. 나는 이 성스러운 도전에 내 몸을 맡기기로 했어. 자유, 정의, 진리, 평화, 이것이 하나님 나라의 가치이니 나는 그에 따라 행동을 할 수밖에 없어요."[28]

---

27) 김용성, 『도둑일기』 2, 55쪽.

3부에서 성수는 학두, 서유미 등의 보조 인물들과 함께 더욱 가열찬 민주화 운동을 벌인다. 당국의 감시를 피해 지하에서 비밀리에 다각적으로 운동을 전개하지만 결국 한상민 형사에게 체포되고 만다. 우여곡절 끝에 석방된 성수는 더욱 투쟁의지를 불태우며 자신의 이상을 실현하기 위해 노력한다. 결국 성수는 불의와 타협한 한수와는 달리 불의에 항거하며 싸우고 정의를 실현하고자 노력했던 우리 사회 소수의 정의로운 인물들의 한 전형이라 할 수 있다.

한수와 성수의 중간자적 인물의 유형으로 중수가 존재한다. 중수는 형의 입장도 이해하고 성수의 생각에도 동조하지만 확연하게 그 어느 쪽도 선택하지 못한다. 어린 시절 구두닦이통을 만들기 위해 판자를 훔칠 때부터 그와 같은 중수의 성향이 엿보이기 시작한다. 판자를 훔치다 형이 잡혔을 때, 물론 형이 동생들에게 판자를 가지고 도망을 가라고 했지만 판자를 도로 갖다 주고 용서를 빌자는 성수의 말을 묵살하고 도망가는 쪽으로 결정을 한 것은 중수였다.

> 나는 꿀꺽 두려움을 삼키며 어서 멀리 도망치자고 말했다.
> "만약에 그 사람이 형을 감옥에 보낼 만큼 인정이 없는 사람이라면 우리가 이걸 들고 가도 마찬가지로 감옥에 보내고 말거야."
> "형이 감옥에 가게 된다면 우리 셋이 모두 가는 것이 좋아. 형 혼자만 보낼 수는 없어. 엄마는 언제나 우리더러 함께 다니라고 하셨어."
> "그렇지만 형은 우리까지 감옥에 가는 것을 원하지 않는단 말이야."
> 나는 성수의 어깨를 내 어깨로 툭 밀고 다시 빠른 걸음으로 고모댁을 향해 걸었다.[29]

---

28) 위의 책, 69쪽.
29) 金容誠, 『도둑일기』, 33쪽.

중수의 입장은 '형을 잡은 사람이 인정 없는 사람이라면 우리가 가서 용서를 빌어도 형을 감옥에 보낼 것이다. 감옥에 가게 된다면 형 하나로 족하고 훔친 판자는 일단 가지고 도망을 치자'는 쪽이었다. 곤경에 처한 형을 방치한 채 도망을 가는 것은, 물론 그것은 형의 뜻이기는 했지만 형제간의 의리를 생각한다면 올바른 행동이라고 볼 수는 없다. 형은 무사히 풀려났고 원하던 판자도 손에 넣어 결과적으로는 도망을 쳤던 것이 잘된 일이기는 했지만 중수의 기회주의적이고 약간은 비열한 면이 엿보이는 대목이다.

또한 중수는 전방에서 구두닦이를 하며 고생을 하다가 우연히 발견한 미군의 시계를 충동적으로 훔친다. 앞서서 판자와 우단을 훔치는데 중수가 동조했던 것은 형의 지시였고 자의가 아니었다 치더라도 시계를 훔친 것은 충동적이긴 했지만 중수의 자의에 따른 것이었다. 옆에 있던 성수의 만류에도 불구하고 중수는 시계를 훔쳤고 자신의 도둑질을 합리화시키기까지 한다.

게다가 나는 내가 한 도둑질에 대해서 정당성을 부여하려고 노력하고 있었다. 정녕코 시계를 훔친 것은 나의 욕심만을 채우기 위해서는 아니라고 생각했다. 우리는 돈이 될만한 물건을 아직 모으지 못했다. 오늘은 유별나게 벌이가 좋았지만 엠피에게 물건들을 압수당하고 구두닦이통까지 그 못된 아이들에게 빼앗기고 말았다. 당장 벌이를 하려면 구두닦이통을 구해야 했다. 그러나 무엇으로 구두닦이통과 도구들을 마련할 것인가. 그때 손목시계가 나타난 것이다. 그것은 그 비오는 날에 우리를 도와주신 신부님의 출현만큼이나 신비스러운 일이 아닐 수 없었다. 하나님이 우리를 도우려는 것이 아니고 그 무엇이랴. 모르긴 몰라도 시계의 임자는 돈에 대해서 그다지 쪼들리고 있는 사람은 아닐 것이다. 그 임자가 전투에 참가하여 전사라도 해보아라. 시계는 시체와 함께 어느 산야에서 녹슬어 버리고 말 것이다. 그렇게 없어지고 말 시계라면 차라리 우리가 차지하여 요긴하게 쓰는 것이 더 가치가 있다. 그는 죽어서도 좋은 일을하는 셈이 되는 것이다. 나를 합리화시키려는 생각은 아주 고약하게 발전했다. 그리고 무슨 이유에서인지 나는 시계의 임자는 반드시 전투에서 죽지 않으면 안 될 운명임에 틀림없다고까지 단정을 지었다.30)

시계를 훔치게 된 정황이야 충분히 납득할 수 있지만 어린아이치고는 놀랍도록 영악한 자기 합리화가 아닐 수 없다. 한수는 애초부터 생존을 위해 목적이 좋으면 도둑질을 해도 괜찮다는 사고방식의 소유자였지만, 중수의 경우는 분명 도둑질이 나쁜 것이라는 것을 알고 있으면서도 자신이 행한 도둑질에 정당성을 부여하고 시계임자의 운명까지도 마음대로 추측하며 자신의 행동을 합리화시키고 있는 것이다.

게다가 중수는 형 한수가 벌이고 있는 석탄도둑질에도 가담을 한다. 할까 말까 망설였지만 어쩔 수 없이 형의 뜻에 따른다.

형이 내게로 다가왔다. 그가 내 손을 잡았다.
"잘 될 거야. 언제나 잘 되어 왔으니까"
형이 말했다. 나는 이제 와서 형을 원망할 생각은 없었다. 그것이 우리에게 주어진 운명이었으니까. 붙들려서 감방에 가는 것은 전적으로 운에 달려 있었다. 나는 이미 산전수전을 다 겪은 운명론자처럼 되어 있던 그 무렵의 나에 대해서 아무것도 깨닫고 있지를 못했다.31)

그러나 중수는 형과 함께 석탄도둑질에 가담하지만 마음속 한구석에는 항상 죄를 짓고 있다는 번민이 가시지 않았다. 형을 원망할 수도 없었

30) 위의 책, 110쪽.
31) 위의 책, 128쪽.

지만 성당에 있는 동생 성수를 떠올리며 자신의 행동을 뉘우치기도 한다. 게다가 중수는 몸이 허약하였고 형에게 의지하려는 성향이 강했고 독립심도 결여되어 있었다. 그러나 공부는 잘하는 편이었다.

> 우리 세 형제 중에 가장 병을 자주 앓았던 것은 나였고, 가장 독립심이 결여되었던 것도 나였다. 나는 몸과 마음이 모두 허약했다. 나는 내 잠자리 곁에 성수가 없는 것을 못내 아쉬워하면서 형에게 의지하면서 살았다. 내가 할 수 있는 일이라고는, 형이 원하는 대로, 고작 공부나 열심히 하는 것밖에 없었다. 중학교에 입학하던 해 1학기 성적은 반에서 둘째였다.[32]

또한 중수는 오연주라는 여학생을 마음속으로 사모하면서도 내색을 하지 못하고 지내다가 형 한수가 연주와 만나고 있다는 사실을 알고 적잖은 충격을 받고 애를 태운다. 그러나 어렵게 구한 레코드판을 모처럼 용기를 내서 연주의 생일선물로 주려다가 연주로부터 심한 모욕을 당하며 거절당하자 중수는 크게 좌절하고 연주의 동생인 은주의 가정교사로 있던 연주네 집에서도 나와 버린다. 형이 자신의 연적戀敵이 되었다는 사실과 연주의 마음이 형에게로 가 있다는 사실이 중수를 괴롭혔겠지만 하여간 연주에 대한 중수의 태도는 소극적이었으며 그것이 바로 연주를 형에게 빼앗긴 한 요인으로 작용하였을 것이다.

2부에서 중수는 대학을 졸업한 후 해병대 장교로 군복무를 한다. 그동안 연주는 중수의 형수가 되어 있었다. 월남전 참전을 앞두고 휴가를 나왔던 중수는 오래전부터 중수에게 연정을 품고 있던 연주의 동생 은주를 단념시키기 위해 은주의 친구 영화와 충동적인 동침을 한다.

---

32) 위의 책, 147쪽.

나는 낮부터 술을 마셨던 탓인지 석 잔째 마셨을 때 이미 취해 버
렸고 그 취기 속에서 통행금지 예비 사이렌을 듣는 순간 섬광처럼
은주가 내게 접근하는 것을 포기하게 하는 한 가지 방법이 떠올랐
던 것이다.

"우리 함께 잘까?"

영화가 그때 나의 제의를 완강하게 거부했다 하더라도 나는 강제
로라도 그녀를 겁탈했을 것이다. 나는 섬광처럼이라고 말했으나 기
실은 은주가 중국집에서 언젠가는 나를 자기 것으로 만들겠다고 말
했을 때 이미 나는 영화를 겁탈하겠다는 생각을 무의식중에 품었던
것인지도 몰랐다. 그러나 그녀는 뜻밖에도 내 제의에 거부감 없이
응했다. 마치 그녀는 머리가 텅 빈 백치처럼 내가 이끄는 대로 나를
따라왔다.

그리하여 곰팡이 냄새가 코를 매캐하게 쏘는 납작한 여관방에서
악마는 천사로 하여금 깨끗한 피를 흘리게 했던 것이다. 다음날 아
침 헤어질 때 그녀는 그녀가 그날 밤 이후 간직하게 된 오직 하나의
염원만을 내게 남기고 갔다.

"제발, 절, 버리지 말아요."

그러나 나는 그녀가 염원하는 것만큼이나 그녀를 버려야 한다는
일념에 사로잡혀 있었다. 그리고 나는 영화가 은주에게 나와 영화
가 잠자리를 함께 했다고 말해 주기를 간절히 바랐다. 은주는 놀랄
테지만 다시는 나를 번민에 사로잡히게 하지는 않을 것이었다.[33)]

중수는 은주를 따돌리기 위해 영화와 동침했던 것이고 그는 영화마저
도 버리고 싶어 했다. 결국 영화와의 동침은 중수에게 은주에 대한 성가심
과 번민을 없애기 위한 하나의 수단에 불과했던 것이다. 중수의 이기적인
양면성이 드러나는 대목이다. 작가는 아마도 한수와 성수의 중간자적 인
물 유형으로 설정한 중수를 선과 악이 공존하는 인물로 형상화하려고 했

는지도 모른다. 그러나 나중에 중수는 결국 영화와 결혼한다. 그렇지만 그들의 결혼생활은 행복하지 못했으며 급기야는 이혼으로 파국을 맞는다.

신문기자가 된 중수는 형과도 적당히 타협하며 형을 돕기도 하고 당시의 현실문제에 있어서도 문제의식은 가지고 있지만 어쩔 수 없이 수용하고 마는 회색적 태도를 보인다.

> 정직하지 못하고 부도덕하게 불의에 대해 불의로 이겨 나가려고
> 했던 형처럼 범죄적인 사람이거나 신념에 차서 불의에 대해 정의로
> 맞서 싸워 나가려고 했던 성수처럼 용기 있는 사람이 되지 못했던
> 병기나 나와 같은 대학물 먹은 많은 젊은이들은 1970년의 횡포와
> 광기를 무기력하게 수용하고 있었던 셈이었다. 폭력밖에 모르는 돌
> 대가리들이 어떻게 한국의 미래를 보장할 수 있는가 비난을 퍼부으
> 면서도 한편으로는 3선을 기정사실로 인정하고 있었다.[34]

이것은 어쩌면 중수와 같은 당시 대다수 지식인들의 현실 수용 태도였는지도 모른다. 이와 같이 고뇌하지만 행동하지 못하는 중수의 성향은 특히 3부에서 아래의 참담한 고백을 통해 극명하게 나타나고 있다.

> 나는 투쟁과 탄압 사이에서 그 어느 쪽도 택하지 못하는 중간자
> 적 존재였던가? 투쟁 쪽에 가담하기에는 용기가 모자랐고 탄압쪽
> 을 편들기에는 너무나 양심에 충실했던 것일까? 그것이 나의 실
> 체라고 한다면, 내게는 승리도 패배도 없었다. (중략)
> 나는 나 자신에 대한 참담한 자괴감에 빠져서 나도 모르게 눈물
> 을 주르륵 흘리고 있었다.[35]

---

34) 위의 책, 306쪽.
35) 김용성, 「도둑일기」 3부, 『동서문학』, 1994, 여름호, 223~224쪽.

여자문제에 있어서도 중수는 분명치 못한 태도를 보인다. 중수는 영화를 사랑하지 않으면서도 결혼하고 아이를 낳는다. 그러면서 자신이 기피하던 은주에게 스스로 다가가고 그녀에게 이끌리는 감정을 주체하지 못한다. 영화와 사이가 어긋난 중수는 결국 이혼을 하고 이미 사돈 관계가되어 있는 은주와 본격적으로 사귀며 그녀를 사랑하게 된다.

> 그날 은주를 만나던 그 순간부터 내 자신을 악마에게 팔아넘기고싶은 강한 충동에 사로잡혀 있었다고 하는 것이 나의 솔직한 고백이며 그것은 나를 구속하고 있는 모든 것으로부터의 해방을 의미했다. 나는 중간자적 존재였다. 내 형제 사이에서도, 문단 풍토 속에서도, 도덕적 윤리적 태도에서도, 또 여자와의 사랑의 문제에 있어서도 나를 중간에 놓고, 거기서 앞뒤, 좌우 어느 곳으로도 치우쳐벗어나기를 겁내고 있었다. 나는 나 자신을 파괴하지 않으면 내 자신이 살 수 없었다. 철저하게 나를 파괴하는 것만이 나를 살리는 길이었다. 이 귀여운 여인을 왜 내가 사랑해서는 안 된단 말인가. 왜내가 좋아하는 이 여자로 하여금 이 남자 저 남자 사이를 방황하게만든단 말인가. 나만큼 확실하지도 않은 남자들에게 왜 이 여자를떠넘기고 있단 말인가. 그것은 비열한 행동이다. 이제부터는 이 여자를 내가 차지할 것이다![36]

> 내가 가장 두려워한 것은 형과 성수였다. 아니, 형과 성수 자체가아니라 형과 성수가 가까운 사람들로부터 지탄을 받게 되는 일이 두려웠다.[37]

위의 인용에서 보듯이 중수는 형과 동생의 사이에서도, 소설가가 되어자신이 속한 문단에서도, 삶에 대한 도덕적 · 윤리적 태도에 있어서도, 여

---

36) 위의 책, 1994, 봄호, 205쪽.
37) 위의 책, 208쪽.

자와의 사랑에 있어서도 철저하게 중간자적 입장이었으며 끊임없이 고뇌하는 존재였던 것이다. 때로는 이러한 성향이 우유부단하게 보일 수도 있지만 선善을 동경하면서도 적당히 일상의 악惡과 타협하며 살아가는 대다수 지식인들의 공통된 속성일 수도 있다. 결국 중수라는 인물은 그러한 고뇌하는 지식인들의 한 전형이라고 볼 수 있겠다.

결국 『도둑일기』는 주인공 한수·중수·성수 3형제의 제각기 다른 성격을 독자에게 제시함으로써 우리 사회 저변을 이루고 있는 다양한 인물들 중에서 대표적인 세 가지 인물유형의 전형화에 성공한 작품이라고 할 수 있다. 또 이 작품의 커다란 미덕은 그러한 전형적 인물들이 그들을 둘러싼 여러 환경에 의해 함몰되지 않은 채, 환경에 대립하고 싸우며 사건을 이끌어 나가는 역동적 인물로 형상화되었다는 데에 있다는 것을 지적해 두고 싶다.

4. '상황'에서 '과정'으로의 탐색

지금까지 『도둑일기』에 나타나는 자전적 소설의 요소와 전형적 인물의 창조에 관해 고찰해 보았다. 이제 김용성의 작품세계를 거칠게나마 조망해 보고자 한다. 현재까지 활발한 문학 활동을 전개하고 있는 작가의 작품세계를 고찰한다는 것이 시기상조일 수도 있고 작가에게 누가 될 수도 있으나 지금까지 축적된 그의 문학적 성과에 대한 중간검토라는 측면에서 본다면 무의미한 일도 아닐 듯싶다. 이것은 김용성의 일련의 작품들 속에서 『도둑일기』의 위상을 분명히 해주는 동시에 간략한 작품론도 겸하는 작업이 될 것이다.

김용성의 작품세계는 한두 가지의 일관된 주제 혹은 경향을 보여주고 있는 작가와는 달리 "김용성만큼 다양한 작품세계를 보여 주는 작가도 그리 흔치 않"[38]다는 정규웅의 지적처럼 폭넓고 다양한 것이 사실이다. 이는 작가적 관심과 호기심의 대상이 다양한 분야와 세계에 걸쳐 있다는 말과도 다르지 않을 것이다.

1991년에 김용성은 정규웅과의 대담에서 자신의 작품세계를 3기로 구분한 적이 있다. "제1기는 61년『잃은 자와 찾은 자』가 당선된 후 직장(한국일보사 - 필자주)을 그만둔 71년까지, 제2기는 「리빠똥 장군」을 발표한 71년부터『도둑일기』를 발표하기 이전의 80년대 초까지, 그리고 제3기는『도둑일기』부터 그 이후"[39]라고 밝히면서 "제1기는 사실상 습작기의 연장이라고 말할 수밖에 없"[40]다고 고백하였다. 작가의 말대로 제1기는 습작기의 연장임을 감안하고, 제3기는 현재도 진행 중이니까 특징적 경향을 단정하는 것은 아직 이르다고 할 수 있다. 그렇다면 작가가 말한 제2기부터 본격적인 작품 활동을 시작한 시기이며 논의가 가능한 시기로 볼 수 있을 것이다. 여기서는 김용성의 작품 활동 제2기에 해당하는 작품들과『도둑일기』로 시작되는 제3기의 작품을 살펴봄으로써 그의 작품세계가 어떻게 변모하고 있는지를 점검하고자 한다. 덧붙여 말하거니와 이것은 아직도 진행 중인 제3기의 작품세계를 단정·제시코자 하는 것이 아니라 2기와 3기 작품들 사이의 주된 변화가 무엇인가를 검토해 보는 작업으로 국한한다.

김용성의 작품세계에서 제2기를 대표하는 작품은 역시 「리빠똥 장군」(1971)으로 이 작품은 그의 데뷔작『잃은 자와 찾은 자』(1961) 이후 최초의 평판작이며, 조직의 메카니즘에 의해 파멸하는 한 인간의 비극을 그린 수작이다.

소설은 리빠똥 장군이란 별명을 가진 연대장의 부임에서부터 시작한다. 장군 진급을 열망하는 리빠똥 장군은 카리스마적으로 연대를 지휘하

---

38) 정규웅, 「내용과 형식은 두 개의 톱니바퀴 - 金容誠」, 『글동네 사람들』, 작가정신, 1991, 195쪽.
39) 위의 글, 199쪽.
40) 위의 글, 200쪽.

고 연대 장·사병 모두에게 두려움의 대상이었다. 그러나 월남전에서 돌아온 고릴라라는 별명을 가진 정 중위만이 그에게 희극적으로 저항할 뿐이다. 리빠똥 장군은 대대단위 훈련이 장군 진급의 마지막 기회라고 믿고 대대장 송 중령의 지휘권을 박탈, 그를 OP로 올려 보내고 연대장인 자신이 직접 대대를 지휘하지만 훈련은 실패로 돌아가고 상급부대로부터 훈련 성과에 대한 좋은 평가를 받지 못해 장군 진급에도 실패하고 만다. 하물며 리빠똥 장군은 훈련 중 OP에 있는 대대장 송 중령에게 포사격을 가했던 일로 정신이상자로 몰려 상급부대로부터 불명예제대를 강요당한다. 군대를 떠나서는 아무 것도 할 수 없는 자신을 알고 있는 리빠똥 장군은 정 중위의 방조로 병동에서 권총자살을 감행하고 정 중위 역시 그 충격으로 형무소행을 결심한다.

이 작품은 표면적으로 보면 리빠똥 장군과 정 중위의 성격대립에 초점이 맞춰져 있는 것 같지만 간과해서는 안 될 또 하나의 문제적 인물이 송 중령이다. 송 중령은 리빠똥 장군이 월권을 행사하며 과도하게 대대를 지휘하는 것에 불만을 품고 군대라는 조직 자체에 용감하게 도전함으로써 그의 정당성이 후에 입증되지만 종국에는 그 자신도 군대 조직의 대행자로 변모하고 마는 것이다. 결국 이것은 제2, 제3의 리빠똥 장군 혹은 그보다 더욱 악의적인 인물이 출현할 수도 있다는 것을 암시·예고하는 것으로 이 작품의 또 다른 주제를 내포하고 있어 주목을 요하는 부분이다. 정 중위가 교도소행을 결심하게 된 것은 리빠똥 장군의 자살을 방조한 것에 대한 양심의 가책 때문이기도 하지만 조직에 도전하던 송 중령이 군대조직의 충실한 시녀로 급변한 데 대한 두려움 때문이기도 한 것이다. 그 두려움이란 조직이 갖고 있는 거대한 힘에 대한 두려움과 다르지 않다.

김윤식 교수는 군대를 다룬 여타 작가의 작품들과 일정하게 구별되는 「리빠똥 장군」의 미덕을 아래와 같이 평하고 있다.

여태껏 細流로서 각각 유형을 이루어온 李浩哲의 「추운 저녁의 무더움」· 洪盛原의 「어떤 除隊」· 徐廷仁의 「後送」· 李淸俊의 「共犯」· 金東鉉의 「개를 기르는 將軍」 등 군대 관계를 다룬 여러 작품이 「리빠똥 장군」에 와서 교차되고 모여져 로망의 한 중간 단계로 정착되었음을 볼 수가 있으리라. 구체적으로 말하면 앞에서 보인 여러 유형의 작품들의 주제가 「리빠똥 장군」 속에 부분적으로 혹은 전면적으로 오우버랩되어 있는 것이다. 이러한 진술은 동시에 「리빠똥 장군」이 독자적 발견이나 심화를 보였다는 사실과 모순되지 않음은 물론이다.[41]

그렇다면 「리빠똥 장군」에서 볼 수 있는 소설의 성공적인 효과는 어디에서 기인하는 것일까? 작가는 「리빠똥 장군」에서 작가의 개입을 철저히 배제한 채 리빠똥 장군· 정 중위· 송 중령 등으로 이어지는 등장인물의 대화와 행동에서 그들의 성격대립을 표출하며 팽팽한 긴장감을 잃지 않고 있다. 등장인물의 날카로운 성격대립이 이 소설의 갈등구조를 이루는 축인 셈인데 이러한 성격대립이 이루어내는 갈등의 효과는 작가의 예리하고도 적절한 '상황' 포착 및 제시에 있다. 「리빠똥 장군」은 짧은 시간 동안 급박하게 돌아가던 군대 내의 상황을 인물들의 성격대립을 통해 독자들에게 제시함으로써 소설적 효과를 증폭시키고 있다 하겠다.

이러한 '상황' 제시에 충실한 또 하나의 작품은 「밀항」(1978)이다. 「밀항」은 평판작은 아니었으나 작가 자신이 개인적으로 "무척 애착이 가는 소설"[42]이라고 밝힌 바 있듯이 고심하고 심혈을 기울여 쓴 흔적이 여러 곳에서 보인다. 밀항선 내부에 위치한 협소한 공간의 세밀한 묘사와 밀폐되고 고립된 공간에서의 고통과 공포, 그것을 인내하는 주인공 혹은 등장

---

41) 金允植, 「組織의 메카니즘과 人間의 症狀」, 『文學과知性』, 일조각, 1971, 겨울, 841~848쪽 참조.
42) 김용성, 「나에게 있어서 문학이란」, 『우리시대 우리작가』 ②, 동아출판사, 1987, 411쪽.

인물들이 처한 극한 상황에 대한 생생한 묘사 등이 그것을 반증한다.

「밀항」에서 익명의 주인공 '나'의 밀항 전 이력에 대한 정보는 아무것도 독자들에게 제공되지 않는다. 주인공은 거듭해서 밀항을 시도할 뿐이다. 첫 번째 밀항에서 주인공은 사기를 당해 허망하게도 자신이 최초에 출발했던 지점에 도착하고 말았다. 그런데 오랫동안 좁은 공간에서 다리를 구부리고 있었던 탓으로 절름발이가 되어 버렸다. 두 번째 밀항에서 이유를 알 수 없는 선상화재로 인해 주인공은 온몸에 심한 화상을 입고 얼굴은 본래의 모습을 잃어버리고 흉측한 몰골로 변하여 버렸다. 수용소 생활을 마치고 본국으로 송환된 주인공은 1년의 실형을 선고 받고 복역한다. 그러나 그는 밀항에 대한 꿈을 포기하지 않고 출감 후 세 번째 밀항을 시도하였으나 밀항선이 암초에 걸려 난파되는 바람에 표류하다가 바위뿐인 작은 섬에 도착하여 서서히 죽어가는 것으로 소설은 끝이 난다.

이 작품에서 독자들을 끊임없이 궁금하게 만드는 것은 상징적으로 사용된 '밀항'의 목적이다. 어째서 주인공은 자신을 철저히 파괴시켜 가며 계속해서 밀항을 시도하고 있는가에 대한 궁금증은 소설 속으로 독자들을 끌어들이는 강한 흡인력으로 작용하고 있는 것도 사실이다. 작품 속에서 언급된 주인공의 밀항에 대한 이유 혹은 목적은 '자유'이다. 그리고 주인공은 자신을 "오직 밀항 자체를 목적으로 삼고 있는, 이른바 밀항병 환자"43)라고 말하고 있다. 자유를 열망하다가 주인공에게는 밀항 그 자체가 목적이 되어 버린 셈이다. 작품 속에서 '자유'나 '밀항'은 단어 그 자체 이상의 의미를 담고 있는 상징적인 용어로 사용되고 있는데 이것을 이해하는 것이 작품의 올바른 의미 혹은 주제를 파악하는 일일 것이다. 여기에 대해서는 작가가 이 작품에 대해 언급한 것이 가장 온당한 해설일 듯 싶다.

---

43) 김용성, 「밀항」, 『깃발』 한마당문고 118, 마당문고사, 1987, 262쪽.

「밀항」은 중편 길이의 소설로 밀항을 통해 한 하잘 것 없는 인물의 무모한 도전성을 주제로 삼은 것이다. (중략) 나는 이 소설을 하나의 비유로서 썼다. 바다에 떠 있는 배는 70년대의 체제이고 선원은 체제의 종사자들이며 하잘 것 없어 보이는 주인공은 저항하는 정신으로 표상하려고 하였다.[44]

그리고 나서 작가는 "내가 보기에도 이 작품에는 여러 가지 모호한 점이 있어서 썩 잘 되었다고 생각하지는 않"[45]는다며 겸사를 보태고 있다. 그러나 위에 인용한 작가의 자작해설에 우리가 동의한다면 작품 「밀항」은 상징소설로 이해하는 것이 가능해진다. 밀항선은 유신으로 대표되는 70년대의 암울했던 갇힌 상황으로, 밀항선의 선원들은 상황을 조종하는 체제의 대리자들로, 밀항자인 주인공은 갇힌 상황의 체제와 그 종사자들로 인해 갖은 고통과 시련을 겪지만 끝까지 저항정신을 잃지 않고 신념대로 밀고 나갔던 임의의 인물로 대치하면 이 작품의 의미가 더욱 명료해진다. 요컨대 「밀항」은 밀항선과 선원 그리고 밀항자인 주인공에 대한 암유를 통해 하나의 '상황'을 부여한 일종의 상황소설인 동시에 상징소설이라고 말할 수 있겠다.

이밖에도 상술한 김용성의 작품활동 제2기에 해당하는 작품 중 필자의 관심을 끄는 것은 「유적지」(1973) · 「무거운 손」(1981) · 「그해 일기」(1981) · 「안개꽃」(1979) 등이다.

「유적지」는 재벌회사의 회장이자 여성계 · 재계 실력자인 공도희孔桃姬 여사의 갑작스런 실종에 대한 이야기이다. 이 작품은 알 수 없는 세력 혹은 조직으로부터 납치 · 감금 후 그로 인한 한 개인의 회복 불가능한 철저한 파멸을 그리고 있다. '선상감금'이라는 모티브 측면에서 본다면 앞서

---

44) 김용성, 「나에게 있어서 문학이란」, 앞의 책, 411쪽.
45) 위의 글, 411쪽.

논의한 「밀항」과 비슷한 점이 있으나 「밀항」에서의 감금은 주인공이 밀항을 위해 자의로 선택한 감금이었던 것에 반해 「유적지」에서의 감금은 주인공 공도희 여사가 전혀 원치 않았던 타의에 의해 강요된 감금이라는 차이가 있다. 「유적지」는 단순한 선상감금만을 문제 삼은 것이 아니라 실체를 드러내지 않는 거대한 세력이나 조직이 공도희 여사로 이름 붙여진 하나의 개인을 결코 죽이지 않고도 얼마나 철저하고 무참하게 파멸로 몰고 갈 수 있는지를 보여주고 있다. 이 작품은 앞에서 언급한 「밀항」과 마찬가지로 작품 발표 당시가 유신체제하였다는 시대상황을 염두에 두고 본다면 '공도희 여사의 실종'이라는 상징성은 더욱 부각될 수 있으며, 「밀항」과도 흥미로운 비교가 될 수 있어 주목된다.

납치·감금·실종 등의 모티브와 관련 있는 또 하나의 작품은 「무거운 손」이다. 이 작품은 김서홍金瑞弘이라는 인물의 실종을 다루고 있다. 강남에서 슈퍼마켓을 경영하던 건실하고 평범한 생활인 김서홍은 섬으로 평소에 즐기던 낚시를 갔었는데 낯선 사나이들로부터 납치를 당하고 그들이 그를 내려놓은 곳은 어느 척박한 섬이었다. 거기서 그는 자갈 치우는 강제노역에 시달리며 전혀 원치 않았던 삶을 강요당한다. 탈출도 불가능했고 서울에 두고 온 가족들과의 연락도 불가능한 상황이었다. 큰할머니를 중심으로 체제와 질서가 유지되며 순응과 복종만이 유일한 살 길인 이상한 섬에서 서홍은 탈출의 꿈은 버리지 않았지만 차츰 그 섬의 비정상적 지배논리에 동화하게 된다. 서울에서 그의 실종은 사람들에게 아무런 관심도 끌지 못할 것이며 설령 잠시 동안 화제가 되었다 할지라도 서서히 잊혀져갈 것이다.

「무거운 손」은 「유적지」의 소재와 흡사한 작품으로 거대한 체제 속에서 한 개인의 존엄성이나 인권 따위는 얼마나 무참하게 말살 당할 수 있는지를 상징적으로 보여준 작품이라고 할 수 있다. 「유적지」는 유신체제

하에서 쓰여졌지만 「무거운 손」의 발표연대는 제5공화국 초기였던 1981
년이었다. 그러한 시간차에도 불구하고 우리 사회에 엄연히 존재해 있던
거대한 조직·체제와 개인과의 갈등에 대한 문제는 결코 달라지지 않았
음을 우리는 두 작품을 통해서 확인할 수 있다.

　지금까지 살펴 본 김용성의 작품 활동 제2기에 해당하는 「리빠똥 장군」
·「밀항」·「유적지」·「무거운 손」 네 작품의 공통된 요소는 조직과 개
인의 상관관계에 관한 문제라고 정리해 볼 수 있다. 이들 작품에서 사용한
작가의 돋보이는 소설적 수법은 '상황의 포착 및 제시'이다. 김용성은 이
들 작품에서 상황성에 대한 날카로운 인식을 견지하고 있다. 이들 작품에
서 문제가 되는 것은 한 개인의 몰락이나 납치 또는 실종 등이 아니다. 그
러한 "결과가 초래되도록 만든 상황 설정과 그 상황적 메카니즘"46)에 문
제가 있는 것이며 우리는 바로 그 점을 주목해야 하는 것이다.

　소재나 모티브 측면에서 본다면 상술한 네 작품과 다르지만 독특한 상
황설정으로 눈길을 끄는 작품은 「그해 일기」다. 이 작품 역시 김용성의
작품세계 2기에 해당하는 작품인데 작가의 데뷔작 『잃은 자와 찾은 자』
그리고 작가의 대표작 『도둑일기』를 떠올리게 하고 있어 흥미롭다. 「그
해 일기」의 주인공은 고아 3형제다. 『도둑일기』의 주인공 역시 고아 3형
제이며 이들은 친형제이지만 「그해 일기」의 고아 3형제는 피를 나눈 형
제가 아니라 고아원에서 만난 사이다. 그러나 『도둑일기』의 3형제나 「그
해 일기」의 3형제는 어린 나이에 전쟁을 겪고 그 폐허 위에 남겨져 굶주
림과 추위를 견디며 생존을 위해 주어진 상황과 맞서 싸워 나가던 인물들
이라는 점은 동일하다. 『도둑일기』에서 본 고아 3형제를 통한 전형적 인
물의 세 유형에 대한 근간을 「그해 일기」의 인물 설정에서 찾아 볼 수 있
어 눈여겨볼 필요가 있다. 「그해 일기」는 고아 3형제가 임시로 거처하고

---

46) 권영민, 「상황성과 역사성의 차이」, 『우리시대 우리작가』 ②, 동아출판사, 1987, 397쪽 참조.

있던 집에 부상당한 중공군과 미군이 찾아들면서 새로운 국면을 맞이한다. 중공군과 미군은 상대방에 대한 적의를 품고 한시도 긴장을 늦추지 않는다. 그러다가 부상당한 중공군과 미군이 통하지 않는 언어 대신 <클레멘타인>의 곡조를 휘파람으로 같이 불며 서로의 이유없는 적대감을 씻어버리고 따뜻한 화해를 나눈다. 작가의 데뷔작 『잃은 자와 찾은 자』에서 인민군에 입대한 강철이 중공군에게 사살 당하고 국군에 입대한 허준이 미군에게 사살 당함으로써 영원히 이루어질 수 없었던 것처럼 보이던 이데올로기의 화해가 20년이 지난 「그해 일기」를 통해 비로소 이루어지고 있다는 것은 자못 흥미로운 일이 아닐 수 없다. 또「그해 일기」는 6 · 25의 문제와 이데올로기 대립이라는 문제를 희미하게 내포하고 있으나, 적절한 상황설정과 작가의 상황성에 대한 인식이 그것을 압도하고 있다.

전술한 김용성의 작품세계 2기에 해당하는 다섯 작품은 인생의 한 단계나 국면을 포착하여 그대로 보여주면서 '상황성' 혹은 '상황인식'에 충실한 작품들임은 이미 말한 바와 같다. 그러나 2기의 작품 중 중편「안개꽃」은 앞으로 논의할 김용성의 작품세계 2기에서 3기로의 변모를 예고하는 작품이다. 「안개꽃」은 6 · 25전쟁 때 남과 북으로 헤어진 이산가족 2대의 수난사를 그리고 있다. 북에서 동독에 유학했다가 전향하여 남한으로 오게 된 주인공 이승호李承鎬가 아버지의 행방을 찾아 나선다. 그러나 브라질로 이민 갔지만 적응하지 못하고 북에 두고 온 처자식에 대한 그리움만을 안고 귀국한 이승호의 아버지는 정신병원에 수용되어 있어 아들을 만나도 알아보지 못하는 상태가 되어 있었던 것이다. 이 작품은 '상황성'이나 '상황인식' 보다는 이산가족 2대의 수난사를 통한 가족 간의 헤어짐과 슬픈 상봉의 '과정'과 삶의 '흐름'에 무게를 두고 거기에 초점을 맞춘 작품이다. 그리하여 이 작품은 작가의 소설적 시야가 '상황'에서 '과정' 또는 '역사'쪽으로 변모하면서 심화 · 발전하는 단초를 제공하고 있다고 볼 수 있다.

이제 3기의 작품을 검토하면서 그러한 작품의 변모과정을 확인해 보고자 한다. 여기서 논의할 김용성의 작품세계 3기에 해당하는 작품은「슬픈 양복재단사의 나날」(1984)과 「아카시아 꽃」(1986)이다.

먼저「슬픈 양복재단사의 나날」은 45세를 일기로 세상을 등진 정채수라는 인물의 삶을 조명한 중편 소설이다. 작품에 등장하는 주요인물인 나레이터 만중 그리고 정채수·이갑석은 서대문 영천 일대에서 어린 시절을 같이 보냈던 국민학교 동창이며 배꼽친구들이다. 정채수의 죽음을 애도하기 위해 옛 친구들이 모인 자리에서 만중은 정채수가 살아온 인생의 행로를 반추하면서 자신과 이갑석의 삶도 거기에 교차시키며 회상한다. 정채수는 어려서부터 심장병이 있어 몸이 허약했지만 대학생이었던 4·19 때 시위대의 선두에 서서 전진하다가 경찰의 총에 맞아 다리를 절게 된다. 그는 대학졸업 후 신문기자 생활을 하면서 신념을 지키며 살아가려 했으나 '국가원수 모독죄'로 직장에서 쫓겨나 아버지가 하던 양복점을 운영하며 근근이 살아간다. 그러나 양복을 만드는 일도 의류공장에서 대량 생산되는 기성복에 밀려 시세에 뒤처질 수밖에 없었다. 자신의 신념이 결실을 보지도 못했고 가업을 번창시키지도 못한 채 스스로 선택한 소멸의 길을 걸어간 정채수의 삶은 과연 실패한 삶이었을까? 반면 이갑석은 어린 시절에는 채수의 병약함을 동정도 했지만 대학생이 되어 4·19 학생의거가 한창일 때 친구 채수가 경찰의 총에 맞아 쓰러져 있던 순간에 비겁하게 인왕산 성벽 위에 숨어서 시위현장을 엿보고 있었다. 그리고 나서 갑석은 자신이 혁명의 주동세력임을 자처하며 요령 있게 데모를 조종해 나갔다. 대학 졸업 후 갑석은 여당 국회의원 비서를 거쳐 모기관의 계장을 지내기도 했다. 그리고 그는 사업수완을 발휘하여 여의도에 빌딩을 소유한 부호로 변신하였다. 철저한 기회주의자이며 출세지향적 인물의 전형이라 아니할 수 없다. 중학교 교사인 작중 화자 '만중'은 스스로의 고백처럼 "생활의 안정이나 꾀하는 소시민으로 전락한"[47]인물로 채수를 이해하고 동정하면서도, 갑석에게는 분노를 느끼지만 정작 채수를 위해서는 양복을 맞춰 입는 것 말고는 아무것도 해줄 수 없다는 무력감에 빠져 그저 관망하며 채수의 죽음에 깊은 애도를 표할 뿐이었다.

> 그가 살아 있던 동안, 그가 일정한 장소에 그토록 많은 사람을 모아 본 적이 없음을 나는 잘 알고 있다. 그는 생전에 많은 사람들을 모아 보려고 시도하지 않았다. 마흔 다섯 살로 끝을 막은 그의 생애는 너무나 평범했다. 그러나 나는 그가 꿈을 지니며 살아 왔다는 것을 확신한다. 그는 인간의 삶이란 아름다운 것이며 보람 있는 것이라고 믿었고 완전한 삶을 성취하려는 꿈을 간직하고 있었다. 그러므로 요즘처럼 현재를 향락하는 것이 의미 있는 일로 생각하는 세상 풍조에 비추어 볼 때 어쩌면 그의 평범함은 비범함이었는지도 모른다.[48]

이 작품에서 채수를『도둑일기』의 막내 성수와, 갑석을 형 한수와, 만중을 중수와 비교해 본다면 그 인물 설정과 중립적 인물의 입을 통해 이야기를 풀어 나가는 방식이『도둑일기』와 유사하다는 것을 알 수 있다. 「슬픈 양복재단사의 나날」은 중립적 화자 만중을 통해서 신념을 잃지 않고 살았지만 스스로 소멸의 길을 택한 친구 정채수를 중심으로 기회주의자 이갑석을 내세워 1950년대 후반부터 1970년대 중반에 이르는 기간 동안 격동의 세월을 살아냈던 다양한 인물들의 삶의 '과정'을 그리고 있는 작품이다. 이 작품을 통해서 작가는 4·19와 군사독재, 근대화라는 물결 속에서 어떻게 살았던 삶이 과연 의미 있는 삶인가라는 진지한 물음을 독자들에게 던지고 있는 것이다.

---

47) 金容誠,『슬픈 양복재단사의 나날』, 청림출판사, 1989, 278쪽.
48) 위의 책, 243~244쪽.

「아카시아 꽃」은 제1회 동서문학상(1986) 수상작으로, 치우 선생이라는 인물의 죽음을 통해 월남한 지식인의 비참한 일대기를 그린 소설이다. 학창시절, 세계사를 담당했던 치우 선생의 강의는 해박한 지식과 열정으로 가득 차 있었으며 화자인 나와 친구들에게 용기와 꿈을 불어 넣어주기에 충분했었다. 그러나 조문객으로 모인 제자들의 입을 통해 알려진 선생의 일생은 불행하다 못해 비참하기까지 한 것이었다. 선생은 자유당 말기에 공산주의자이거나 정신병자로 낙인 찍혀 학교에서 파면 당한 뒤 월부책 장사·학원강사 등을 하며 쓸쓸히 지내다가 죽기 직전까지는 영천시장에서 지게를 졌는데 연명조차 어려웠다는 것이다. 그래도 선생에게 쌀말이라도 보내 드렸던 것은 출세욕에 가득 찬 갑부 친구 박월진이 아니라 시장에서 장사를 하던 친구들이었다.

> 오해와 소외 속에 쓸쓸하게 살다가 조용히 죽은 월남한 한 지식인의 생애가 우리에게 되새겨져야 하는 이유는 그런 인물이 바로 죄 없이 희생되는, 이상한 우리 민족 공동체의 숙명을 상징적으로 드러낸 비극적 전형이기 때문이다.49)

「아카시아 꽃」은 위에 인용한 정현기의 지적처럼, 치우 선생의 쓸쓸한 죽음 그 자체보다도 자유를 찾아 사선을 넘은 한 지식인이 월남한 곳에서 고단한 삶을 살다가 세상과 사람들로부터 소외된 채 죽음을 맞이할 수밖에 없었던 우리 민족이 안고 있는 비극적 모순에 더 큰 의미를 두고 있다.

「슬픈 양복재단사의 나날」과 「아카시아 꽃」은 앞서 논의한 2기 작품들에서 볼 수 있었던 적실한 '상황' 제시나 '상황인식'의 형상화와는 달리 한 개인의 혹은 몇몇 인물들의 삶의 '과정'을 담담하게 보여줌으로써 작가의 보다 심화·확대된 작품세계를 보여주는 작품들이다. 권영민은『도둑

---

49) 정현기, 「평형원리와 작가적 전망 – 金容誠 論」, 위의 책, 361쪽.

일기』를 논하는 글에서 "작가 김용성의 지적인 태도가 상황성에서 역사성으로 그 인식의 방향을 전환하고 있음"[50]을 지적하면서 "그는 이제 상황성에 집착하는 것이 아니라 역사성에 접근하고 있으며, 새로운 역사적 인식에 의해 작가의 시야를 조정하고 있다"[51]고 말해 김용성의 2기 작품세계와 3기 작품세계의 변모과정을 일찍이 예견하였다. 인생의 한 단계나 국면을 포착하는 작가의 상황인식이 축적된 뒤에 삶의 과정이나 비교적 긴 시간의 흐름 속에서 전체를 조망하고 파악하는 역사성 내지는 역사적 인식으로 발전하는 것은 자연스러운 일일 것이다. 그런 의미에서 본다면 김용성의 작품세계 2기에서 3기로의 변모, 간단히 말하면 '상황'에서 '과정'으로의 변화는 갑작스런 전환이 아니라 자연발생적인 것이며 2기 작품 「안개꽃」에서 그 변모의 단초가 이미 보이고 있다. 요컨대 김용성의 작품세계 2기에서 3기로의 주된 변모는 '상황'에서 '과정'으로의 변화이며 작가의 시야와 창작 방향이 '상황적 인식'에서 '역사적 인식'으로 변모하면서 심화·발전하고 있다고 말할 수 있겠다.

5. 결론

지금까지 김용성의 『도둑일기』를 중심으로 논의를 진행하면서 아울러 거칠고 간략하게나마 작품론을 서술하여 보았다. 이것을 정리하면 다음과 같다.

첫째, 『도둑일기』를 자전소설로 볼 수 있는가에 관한 문제이다. 『도둑일기』에서 볼 수 있는 작가의 자전적 체험 요소는 1부에서 공간적 배경과 3형제가 겪은 유년시절의 가난 체험, 중수의 군생활과 직업 등이며 작품 속에서 그 이외의 부분은 작가의 자전적 체험과는 거리가 있으며 작가의 상상력과 허구의 소산이다. 따라서 『도둑일기』는 완전한 자전소설이라기

---

50) 권영민, 「상황성과 역사성의 사이」, 『우리시대의 우리작가』 ②, 동아출판사, 1987, 400쪽.
51) 위의 글, 395쪽.

보다는 성장소설인 동시에 자전적 소설로 규정하는 것이 타당하다.

둘째, 『도둑일기』의 커다란 특장이자 미덕은 전형적 인물의 창조와 제시에 성공했다는 점이다. 부당한 방법으로 부를 축적한 우리 사회의 기업가·재벌 등과 같은 여러 인물의 유형을 한수를 통해 보여주고 있고, 불의와 타협하지 않고 항거하며 정의를 실현하고자 노력했던 우리 사회 소수의 용기 있고 정의로운 인물을 막내 성수를 통해 제시하였으며, 모든 일에 늘 중간자적 입장을 취하며 끊임없이 고뇌하는 존재인 동시에 선을 동경하면서도 세상의 악과 적당히 타협하며 살아가는 대다수 지식인들의 전형을 중수라는 인물로 표상하였다. 결국 『도둑일기』에서 작가가 창조·제시한 세 가지의 전형적인 인물유형은 현재 우리 사회를 이루고 있는 기성세대들의 인물유형에 대한 축도로 볼 수 있다.

셋째, 김용성의 작품론을 간략하게 시도하여 보았다. 포괄적인 작품론이라기보다는 작가 스스로 구분한 작품세계 중 제2기에서 제3기로의 변모 과정에 논의의 초점을 맞추었다. 2기 작품 중 「리빠똥 장군」·「밀항」·「유적지」·「무거운 손」은 적절한 '상황' 포착과 제시로 작가의 '상황적 인식'이 돋보이는 작품이며, 「그해 일기」는 '상황성'에 충실하면서도 작가의 데뷔작 『잃은 자와 찾은 자』 작가의 대표작 『도둑일기』와 관련지어 생각해 볼 수 있는 작품으로 주목을 요한다. 「안개꽃」은 작가의 2기 작품이면서도 '상황적 인식' 보다는 삶의 과정과 흐름에 무게를 둔 작품으로 3기의 작품세계에서 볼 수 있는 작가의 '역사적 인식'으로의 변모에 대한 단초를 제공한 작품이다. 『도둑일기』를 비롯한 3기 작품인 「슬픈 양복재단사의 나날」과 「아카시아 꽃」은 2기에서 보인 '상황적 인식'을 토대로 발전한 작가의 '역사적 인식'에 대한 결과의 산물이다. 그러므로 김용성의 작품 세계 제2기에서 제3기로의 변모는 '상황'에서 '과정'이나 '흐름'으로의 변화이며 이는 작가적 시야와 창작 방향이 '상황적 인식'에서 '역사적 인식'으로 변모하면서 심화·발전하고 있는 것이라고 말할 수 있겠다.

| 참고문헌 |

1. 자료

김용성, 『도둑일기』, 현대문학사, 1984.

_____, 『탐욕이 열리는 나무』, 文學思想社, 1986.

김용성 외, 『나』②, 도서출판 청람, 1987.

김용성, 『깃발』, 한마당문고118, 마당문고사, 1987.

_____, 『슬픈 양복재단사의 나날』, 청림출산사, 1989.

_____, 『리빠똥장군』, 고려원, 1990.

_____, 『도둑일기』2, 동서문학사, 1992.

『동서문학』, 동서문학사, 1992, 겨울호~1994, 여름호.

2. 논저

권영민, 「상황성과 역사성의 차이」, 『우리시대 우리작가』 ②, 동아출판사, 1987.

_____, 『한국현대문인사전』, 아세아문화사, 1991.

김선학, 『비평정신과 삶의 인식』, 문학세계사, 1987.

김용구, 「성장소설의 사회사적 의미」, 『한국소설문학대계』62, 동아출판사, 1995.

김윤식, 「조직의 메카니즘과 인간의 증상」, 『문학과지성』, 일조각, 1971, 겨울.

윤재근, 「작가의 품성과 조형술」, 『소설문학』, 1984.5.

정규웅, 『글동네 사람들』, 작가정신, 1991.

정현기, 『한국문학의 사회사적 의미』, 문예출판사, 1986.

_____, 「평형원리와 작가적 전망 — 김용성론」, 김용성, 『슬픈 양복재단사의 나날』, 청림출판사, 1989.

한용환, 『소설학사전』, 고려원, 1992.

3. 기타

권택영, 「고아 3형제의 눈물겨운 성장사」, 『동아일보』, 1992.12.16.

「명작의 무대 ─ 김용성의 "도둑일기"…서울 중림동·문산」, 『한국일보』, 1988.12.16.

「문학의 산실 ─ 장편 "도둑일기"2 구상 김용성씨」, 『국민일보』, 1990.5.22.

「문학이야기 ─ 김용성소설 "도둑일기"」, 『국민일보』, 1992.11.30.

「6·25폐허 위에서 살아온 50대의 자화상」, 『세계일보』, 1992.12.19.

「작가와 함께 ─ 중견작가 김용성씨」, 『인천라이프신문』, 1992.12.3.

「전쟁고아 3형제를 통해 본 현대사」, 『한국일보』, 1992.12.2.

「춥고 恨많은 50代들의 자화상」, 『중앙일보』, 1992.12.14.

「힘들었던 과거 소설로 그렸다」, 『동아일보』, 1992.12.9.

SBS <작가와의 대화> ─ 애정과 신뢰의 작가 김용성, 1992.5.27 방영.

『인하어문연구 5』, 인하어문연구회, 2001

역사적 기억의 내면화

― 김용성의 『기억의 가면』을 중심으로

백 지 연

김용성의 『기억의 가면』(문학과지성사, 2004)은 작가의 전작인 『이민』(밀알, 1998) 이후 6년 만에 씌어진 장편소설이다. 첫 장편소설인 『잃은 자와 찾은 자』(1961년)로 한국일보 공모에 당선되어 본격적인 작품활동을 시작한 이후 김용성의 소설은 사실적이고 속도감 있는 문체를 통해 사회 속에서 개인이 존재하는 다양한 방식을 탐구해왔다. 사회와 개인의 환부를 엄정한 관찰자의 시선으로 포착하여 형상화하기를 즐기는 작가의 서술 방식은 산문정신의 본령이 무엇인지를 뚜렷하게 표명해 왔다.

장편소설들로만 한정해서 살펴본다면 『내일 또 내일』(현암사, 1978), 『도둑일기』(현대문학사, 1984), 『큰 새는 나뭇가지에 앉지 않는다』(문학세계사, 1990), 『이민』(밀알, 1998) 등이 모두 당시의 사회적 흐름 속에 중요하게 부각되는 사건들을 담아내고 있음을 알 수 있다. 작가는 사회적 이슈를 면밀히 관찰하고 분석하여 작품에 반영하면서 자신의 소설 주인공들을 통해 현재의 반성과 성찰을 드러낸다. 특히 김용성의 소설에 등장하는 중심인물들은 작가 자신의 사회 인식을 그대로 노출하는 직접적인 발화의 주인공이 된다는 점에서 지식인의 반성적 성찰을 부각시킨다. 이번에 출간된 『기억의 가면』의 화자가 소설가라는 점은 그런 의미에서 예사롭지 않다.

작가 자신이 직접 고백한 바와 같이『기억의 가면』은 등단작인『잃은 자와 찾은 자』를 의식하면서 창작한 작품이다. 동서문학에 분재되었다가 장편으로 출간된『기억의 가면』은 한반도를 휩쓸었던 전쟁의 사회적 기억을 총망라한다는 점에서 근래 보기 드문 서사적 스케일과 산문정신의 견고함을 자랑한다. 김용성을 비롯하여 최근 작가들이 관심을 보이고 있는 역사 탐구의 방식은 5 · 18 광주의 사회적 체험을 현장보고의 형식으로 드러낸 정찬의『광야』라든지 유년기의 전쟁기억을 되살리는 윤흥길의 연작소설『소라단 가는 길』, 그리고 최근 인혁당 사건을 재조명하고 있는 김원일의「진혼곡」,「처형전후」등의 연작 소설에서 치밀한 산문의 형식으로 드러나고 있다. 흥미로운 것은 이들 작가의 작품에서 드러내는 역사적 기억의 형상화 방식이라고 할 수 있다. 이는 사건의 연대기적 배열이나 역사적 인식의 개관적 판단을 강조하는 주제의식의 직접적 노출이 아닌 개인의 욕망과 기억을 중심부에 둔 기록방식이라고 할 수 있다. 역사적 기억의 내면화라고 할 만한 이러한 서술 방식은 사실보고 위주의 글쓰기를 다른 방식으로 변형, 확장시키고 있다. 동시에 이러한 글쓰기는 집단이 공유하는 역사적 체험 역시 개인적 체험과 마찬가지로 불투명하고 불확실한 것으로 재해석될 수 있음을 암시한다.

여러 사회사적 체험 중에서도 전쟁의 기억은 집단의 대의명분을 보편적 정의로 착각하게 만든다는 점에서 복잡하고 다양한 의미로 윤색되어 있다. 가령 일본인의 전쟁에 대한 역사인식이 국가의 개입을 통해 어떻게 형성된 것인가를 집중적으로 탐구한 후지와라 기이치의『전쟁을 기억한다』(이숙종 역, 일조각, 2003)라는 연구서에도 이러한 사례가 흥미롭게 나타난다. 이 책은 일본인들이 히로시마의 원폭체험을 대량살육의 정점이며 핵 공포 시대의 시작으로 기억하는 반면, 미국인들은 전쟁 종결의 기쁨이자 전쟁 승리의 영광으로 기억한다고 말한다. 히로시마 체험은 일본인들이 무고한 민간인들의 살상이라는 관점에서 자신들이 피해자라는 명분을 합리화하게 하였다. 이 과정에 국가가 개입되어 있는 것은 물론이다. 저자는 한 걸음 더 나아가 현재의 일본인에게 새겨져 있는 전쟁에 대한 책임감 역시 이러한 왜곡된 이데올로기의 일환이므로 막연한 죄책감 또한 가질 필요가 없다고 과격하게 주장한다. 기이치의 연구는 흥미로운 시사점을 던져주면서도 한편으로 일본에서 불고 있는 역사왜곡을 정당화시키는 결과를 낳기도 한다.

특정 집단과 그에 속한 각 개인이 전쟁체험을 받아들이고 해석하는 방식은 여러 가지 방식으로 변형되어 나타날 수 있다. 전쟁을 향한 모든 집단성의 기억이 그 자체로 특정한 목적의식에 의해 왜곡되어 있다는 것을 상기한다면, 개인의 내면에 아로새겨져 있는 사회적 사건의 양태는 새로운 측면에서 바라볼 필요가 있다. 많은 사람에게 고통과 상처를 남긴 전쟁이라는 사회적 사건은 여러 개인의 이해관계와 욕망에 따라 각기 다른 방식으로 부조될 수 있을 것이다. 김용성의『기억의 가면』이 보여주는 것 역시 전쟁이라는 폭력적 극한 상황 속에서 개인이 어떻게 반응할 수 있는가에 대한 성찰이라고 할 수 있을 것이다.

『기억의 가면』의 화자이자 주인공인 이진성은 소설의 중심 사건을 이끌어가는 인물이다. 이진성의 뿌리 찾기로부터 시작되는『기억의 가면』은 이진성의 집안을 가로지르는 전쟁의 상처를 차례로 들춰나간다. 이진성이 생모와 여동생의 존재를 추적하는 일은 대동아 전쟁의 비극을, 삼촌의 행방을 묻는 일은 남북으로 분단된 상처의 기원인 6·25 전쟁의 비극을 탐사하는 일과 맞물린다. 소설의 마지막에 이르러 이진성은 젊은 날의 모험심으로 참전했던 베트남전이 얼마나 끔찍한 기억인가를 되짚게 된다. 이진성 자신을 비롯한 이들의 가족이 겪은 삶의 굴곡은 한반도에서 전쟁이라는 사회적 상처를 받아들여야 했던 각 세대의 아픔을 상징한다고 할 수 있다.

주인공인 이진성에게 전쟁의 기억은 시시때때로 덮쳐오는 악몽과 강박관념으로 남아 있다. 그가 자신의 상처를 치유하기 위해 떠나는 긴 여정은 결국 전쟁에 대한 사회적 기억을 재생하는 여정으로 연결된다. 그를 괴롭혔던 까마귀 울음소리의 환청은 전쟁의 참상에 얽힌 자신의 가족사를 추적하게 되는 직접적인 발단이 된다. 일본 고베로 가서 자신이 태어난 생가를 확인하고 조선이 해방되던 해 일본에 잔류한 생모와 누이동생을 찾겠다는 그의 결심은 전사한 것으로 알려진 삼촌의 행방을 찾는 것으로 옮겨간다. 가족사에 대한 추적은 결국 '나는 누구인가?'라는 자신의 기원을 증명하는 문제로 돌아온다.

다양한 서사 형식과 시점 변용을 통해 진행되는 이 소설은 크게 세 가지의 전쟁서사를 다룬다. 고베로 간 지성이 자신의 뿌리를 추적하는 이야기는 전쟁으로 인해 억울하게 희생되는 민간인의 실상을 리얼하게 드러내고 있으며, 생부의 삶과 관련되어 삼촌인 이문수의 기록을 찾기 위해 브라질과 연변으로 가는 이야기는 6·25 전쟁이 야기한 비극적 가족사의 문제를 탐사하고 있다. 마지막으로 이 모든 전쟁체험을 기록하는 과정이 결국은 자신의 내면에 드리워진 베트남전 참전의 강박관념을 해부하기 위한 도정임을 깨닫게 되는 이야기가 소설의 결말로 등장한다. 이 긴 여정은 사실과 허구의 교차를 동반하면서 그려지는데, 일본 고베와 브라질, 중국 연변, 베트남이 사실적인 공간 배경으로 등장한다면, 삼촌의 넋이 진술하는 6·25 전쟁의 상황은 허구적인 상상력이 창조한 배경으로 등장한다. 현재에서 과거로 거슬러 올라가는, 그리고 다시 현재로 향하는 이 역동적인 시간의 흐름은 『기억의 가면』이 포착하는 사회적 기억을 더욱 실감나게 만든다.

여러 세대의 전쟁 체험이 시대적 배경을 가로질러 등장하는 복합적인 서사의 양식에 따라 소설은 다중시점의 화자를 등장시킨다. 물론 소설을 이끌어가는 중요인물은 소설가인 '나'이지만, '나'가 검토하는 각종 기록과 자료에서는 객관적 관찰자가 등장하고 죽은 자의 목소리도 등장한다.

소설에서 진성이 만나는 여러 인물들과 이들의 목소리를 빌려온 다중시점의 등장은 이 소설이 기존의 역사소재소설과는 차별화된 형식을 의도하고 있음을 알려준다. 실제로 액자 소설의 구성, 저자가 자신의 소설에 대해 논평하는 메타픽션적 글쓰기, 일기와 편지, 그 외에 대동아전쟁과 6·25 전쟁, 베트남 전쟁에 대한 각종 사료와 기록이 작품 속에서 다채롭게 등장한다. 특히 이진성의 목소리를 빌려온 '소설 속의 소설'은 이 작품의 백미라고 할 수 있다. 건조하고 사실적인 기록들이 점층적으로 쌓여 또 하나의 새로운 허구를 탄생시키는 이 장면은 소설적 감동의 폭을 넓히는 효과를 거두고 있다. 여러 평자들이 논했듯이 이 소설에서 삼촌 이문수의 행적을 알려주는 3장이 다루는 6·25 전쟁과 중공군의 개입 이야기는 상당히 현실적인 사실보고의 기능을 성취한다.

> 우리가 도강한 것을 발견한 적의 포탄이 강물 위로 떨어져 높은 물기둥을 일으켰고 기관총은 우리를 향해 불을 뿜었다. 나는 모래톱의 바위 뒤에 몸을 숨겼다. 그때 나는 희한한 광경을 목격했다. 먼저 와 있던 한 무리의 전사들이 덜덜 떨면서 저마다 바지춤을 벌려 물건을 꺼내 흔들며 지니고 있던 보총 방아쇠와 총구에 오줌을 싸대기도 하고, 수류탄을 가슴 속에 품어 녹이느라고 수선을 떨기도 했다. 나도 어쩔 수 없이 이 어처구니없는 행위를 본받아 내 소총에다 오줌을 갈겼다.
> —『기억의 가면』, 214쪽.

추운 겨울에 오줌으로 총을 녹여가며 전투를 치루는 이들의 모습에서는 생존의 전장에 서 있는 병사들의 모습이 리얼하게 포착된다. 이 대목은 김용성 소설 특유의 드라이하면서도 생동감 있는 묘사들이 갖는 힘을 드러낸다. 결국 이 소설이 증언하려고 하는 이문수의 기록은 청년다운 혈기에 참여한 전쟁이 결국은 총을 들고 아무런 죄의식 없이 다른 사람을 죽이는 비인간적인 행위 그 이상도 이하도 아니라는 발견이다. 전쟁에서 세운 공로를 북에서 인정받았지만 이문수 또한 김일성의 박헌영 남로당께 숙청사업에 휩쓸려 체포되고 광부로 일하다가 권총으로 자살함으로써 비극적 생을 마감했다. 이문수의 목소리를 통해 창조된 허구적 서사는 전쟁이 남긴 상처에 대한 준엄한 자기 성찰을 표출한다. 결국 전쟁은 인간이 인간으로서 살아갈 수 없게 만드는 상황 그 외에 아무 것도 아니다. 그러한 의미에서 이문수의 픽션은 베트남전쟁에 지원해서 참전했던 이진성 자신에 대한 반성적 성찰의 토대가 된다.

소설 속에서 이진성이 가족사의 추적을 토대로 소설을 쓰게 되는 과정은 자기반성과 자기 위무의 두 가지 기능을 동시에 성취하게 한다. 이진성으로 하여금 소설을 쓰게 만드는 계기는 일본인 친구인 나카지마의 이야기를 통해 직접적으로 드러난다.

> "선생님이 쓰신 '나'라는 글을 읽어보니, 전쟁에서 겪은 체험 때문에 강박관념에 시달리고 계시다는 것을 알겠더군요. 유년기에는 이른바 대동아전쟁 때 미군의 폭격으로 어린 가슴이 멍들었고, 소년기에는 6·25 전쟁으로 삼촌이 행방불명이 되는 아픔을 겪었고, 청년기에는 베트남전에서 전쟁의 잔인성을 깨달았다는 그 고백 말이에요. 좀 어쭙지 않은 말 같지만 그런 걸 내용으로 해서 소설을 쓰시면 어떨까 생각한 적이 있습니다."
>
> —『기억의 가면』, 26쪽.

가족사를 토대로 소설을 써보라는 나카지마의 조언은 이진성의 내면적 욕망이 무엇인지 잘 드러내고 있다. 이진성이 자신을 억누르는 악몽과 환청─까마귀 울음소리와 붉은 피로 이루어진 강에 휩쓸려가는 꿈, 총구를 든 사내에게 살해당하는 꿈 등─에서 벗어나려고 몸부림치는 과정은 전쟁의 상흔이 남긴 강박관념으로부터 벗어나는 일을 의미한다. 그의 자기 참회와 위무 과정은 '기억의 가면'을 겹겹이 벗겨나가는 과정에 다름 아니다. 그는 삼촌의 행방을 찾는 과정 속에서 그 강박적 질병이 치열한 자기 참회로서만 치유될 수 있음을 깨닫는다. '온전한 인간으로 되돌아가려는 열망이 빚어낸 처절한 몸부림' 없이는 전쟁에 참전했던 어떤 명분도 합리화될 수 없는 것이다. 소설에서 이진성이 '개인적인 감상에 젖어 모험심을 내세우며 베트남 전쟁에 자원했던' 자신에 대한 참회를 이끌어낸다는 점에서 이 소설은 전쟁체험의 사실적 복원이 처절한 자기고투와 자기성찰에 이르는 과정을 보여준다.

허구적 이야기와 사실적 기록을 교차시켜 서술한 『기억의 가면』은 전쟁의 사회적 의미를 개인의 존재 이유와 결부시켜 투영시켰다는 점에서 의미를 지닌다. 이 작품은 지난 세대가 실제로 경험한 전쟁의 참상을 '기억의 형상화'라는 측면에서 부각시켰다는 점에서 현재성을 지닌다. 이는 소설의 본령이 사회사적 진실을 복원하는 것과 더불어 궁극적으로는 개인의 삶에 드리워진 상처라는 근원적인 문제를 탐구하는 데 있음을 보여준다. 소설 속의 이진성은 전쟁이 피해자뿐만 아니라 가해자에게도 넘어서야 할 상처로 남아 있음을 보여주는 인물이다. 그가 자신의 가족적 상처를 더듬는 것은 참전의 죄의식으로 고통받는 현재의 자신을 성찰하기 위한 도정이다. 전쟁이라는 극한 상황 속에서 인간이 인간다움을 지킨다는 것은 얼마나 힘들고 고통스러운 일인가. 『기억의 가면』이 보여주는 기나긴 여정은 이와 같은 보편적 진실에 이르는 험난한 도정이기도 한 것이다.

『경희문학』, 2004

『잃은 자와 찾은 자』에 나타난 실존의 의미

김 명 임

1. 들어가는 말

1953년 전쟁이 끝나자 문인들은 전쟁의 참상과 피폐된 인간 군상들의 모습을 절망과 허무, 불안과 공포로 작품 안에서 형상화하였다. 전쟁의 피폐함을 경험한 당대의 사람들에게 실존의 위기와 고민에 휩싸인 작중인물들의 고통은 바로 그들의 자신의 모습이며 잊어버리고 싶지만 잊을 수 없는 폭압적 체험이었다. 뿌리 뽑힌 삶에 대한 진술하고 감각적인 표현이 당대 문단을 주도했다면 이런 삶의 진정성에 대한 물음 역시 같은 맥락에서 문인들에게 빠른 속도로 파급되었다. 모든 것이 파괴된 현실에서 본질의 '무엇이' 문제가 아니라 존재를 '어떻게' 찾는 것이 잃어버린 인간성 회복을 위한 중요한 과제였다. 참혹한 경험에서 벗어나 무엇인가 인간적인 실존에 대한 당위적인 바람은 '전쟁 직후'라는 혼돈된 사회의 모습에서 지식인들에게 실존주의에 대한 강한 친밀감을 드러내게 하였다. 1950년대에서 1960년대에 이르기까지 실존주의는 당대 지식인들에게 인간실존의 근원적 문제를 해결해 줄 수 있는 매력적인 키워드였던 것이다.

우리나라에 실존주의에 대한 관심과 수용이 시작된 것은 1930년대 초였다고 할 수 있다. 그러나 이 시기에 한국의 현실은 실존주의 사상의 핵심적 사유 틀이라 할 수 있는 개인의 주체성 강조와는 일정한 거리가 있는 것으로 서구의 새로운 사상을 소개하는 것에 초점이 놓여있었다. 실존주의가 우리 정신사에게 주조로 정착한 것은 전후현실에서였다.[1]

2차 세계대전 후 서구사회에 팽배한 실존주의는 1950년 '전후'의 우리의 현실과 맞물려 지식인 전반에 그 영향력을 파급시켰다. 1950년대 실존주의의 도입과 수용이 확장되면서 우리문단에서는 철학적 인식보다는 구체적인 문학작품을 통해서 빠르게 흡수된다. 사르트르와 까뮈를 대표로 하는 실존주의 문학의 수용은 당대 현실에 절망과 허무를 극복하는 행동주의 문학으로, 또 인간존재의 근원적 고독과 허무를 표방하는 부조리로 인식된다. 즉 실존주의가 50년대의 중심적 사상이 된 것은 일체의 이념적 논의가 존재하지 않았던 전후시대의 특성상 전후의 불안과 허무감으로부터 탈출할 수 있는 사상적 계기가 필요했기 때문이다.[2]

실존주의를 문학적 체험으로 먼저 수용한 우리 문단은 전쟁의 비참한 경험과 관련지어 그것의 문학적 형상화 그리고 그 영향력에 대하여 논의하였다. 비록 문학적 사유로 주된 논의가 이루어졌지만 이러한 과정을 통해서 철학적 개념과 그것의 사상적 영향관계 등 그에 따른 파급효과는 확장되었다. 전쟁의 참혹한 체험에서 벗어날 수 있는 사상적 돌파구를 실존주의에서 찾고자 한 것이다. 이렇게 인간실존에 대한 근원적인 물음과 해답을 찾고자 한 실존주의는 1960년대까지 우리 문학에 직접적인 영향을 끼쳤다.

이 시기의 문학은, 절망과 허무의식을 드러내며 실존의 물음을 던진 작품에서 불행한 삶의 부조리한 현실을 극복하고자 하는 행동주의적 실존까지, 문학비평의 풍성함과 함께 문학작품의 창작도 활발하게 진행되었다.

---

1) 배경열, "50년대 실존주의론", 『한국문학의 이론과 비평』, 제20집(7권 3호), 국문학이론과비평학회, 2003.9, 231~232쪽.
2) 임헌영, 「실존주의와 1950년대 문학사상」, 『한국현대문학사상사』, 한길사, 1988, 70쪽.

실존주의는 이데올로기의 투쟁에 환멸을 느낀 당대의 지식인들에게 새로운 사상적 지표를 보여주는 것이었다. 또 그들은 싸르트르나 까뮈 같은 유명한 작가의 작품을 읽으면서 실존주의에 대한 이상적 신념을 가졌다. 본격적인 실존주의 문학이 대두된 시기는 1955년 전후로 봐야 할 것이다. 장용학, 손창섭, 이범선, 김성한 등이 등장한 시기가 이때이며 상황과 실존, 부조리문학의 문제가 본격적으로 문단의 중심이슈가 된 것도 이때이다.[3] 이 실존주의의 영향은 계속 이어져 우리 현대 문학의 중요한 토대를 형성하게 된다.

본고에서 논의하고자 하는 김용성의 『잃은 자와 찾은 자』 역시 실존주의의 영향을 받은 작품이라고 할 수 있다. 1961년 ≪한국일보≫에 장편 『잃은 자와 찾은 자』가 당선되면서 문단활동을 한 김용성은 지금까지 「리빠똥 장군」(1971), 『도둑일기』(1984) 등 많은 작품을 발표하였다. 그러나 그의 문학에 대한 연구는 몇몇의 평론 이외에는 거의 전무하다고 할 수 있다.

1970년대 대표적 작가 중에 하나인 김용성 문학에 대한 연구가 전쟁과 개인이라는 커다란 주제로 반복된다고 본다면, 『잃은 자와 찾은 자』는 6·25라는 민족분단의 전쟁과 그 비극적 소용돌이에 함몰되는 개인의 존재의미를 파헤친 작품이라는 것에 그의 문학의 시발점으로 볼 수 있다. 특히 김용성의 작품에 등장하는 주체적 개인의 모습을 통해 표현되는 존재론적 갈등과 의문은 신의 존재와 연계되어 있다. 『도둑일기』에서도 전쟁이라는 폭압적 현실이나 절망적 인간의 모습을 극복하는, 또는 해결점의 실마리를 제공하는 것이 신적인 존재에 대한 의문과 갈등으로 이어지고 있다. 이것은 실존주의 철학가인 키에르케고르의 사유의 방법과 연결된다고 볼 수 있다. 본고에서는 이러한 관점으로 『잃은 자와 찾은 자』를 구명해보고자 한다.

---

3) 전기철, 「해방 후 실존주의 문학의 수용양상과 한국문학비평의 모색」, 『한국현대문학연구』 1집, 현대문학연구회, 1991, 149~150쪽.

2. 본문

1) 존재의 의문 — 원죄와 소외

"애비는 종이었다"라는 글귀가 서정주 「자화상」의 중요한 모티브로 작가의 원죄의식을 드러낸 것처럼 김용성의 작품에서 작중인물의 존재론적 고민의 원인은 출생에 관한 것이다. 자신의 존재에 대한 의문으로 시작되는 이 출생의 비밀은 한국 사람과 일본인 사이에서 태어난 혼혈이라는 것이다. 그리고 이 남다른 출생의 흔적은 전체 작품을 이끌어가는 인물의 성격형성에 큰 영향을 미친다. 김용성의 최근의 작품『기억의 가면』(2004) 역시 주인공 출생의 아픔이 이산가족을 만들고 그리고 6 · 25와 베트남전까지의 굴곡된 가족사를 형성하게 되는 근원이 된다. 그 아픔은 우리민족이 일제의 식민지였다는 민족적 불행과 맞물려서 언제나 작중인물에게 고통과 분노를 형성하게 한다.『잃은 자와 찾은 자』[4]에서 작중화자인 허준은 일본인 어머니를 가졌다는 비극적 출생으로 고통과 좌절을 느끼고 방황하게 된다.

> 내가 살았던 고향, 서울에서 나는 한 소녀를 사랑했었지요. — 중략 — 우리들은 서로 믿고 의지하고 사랑하면 모든 인생문제는 제대로 순순히 해결되는 줄만 알았습니다. 그런데 우리 어머니가 이민족異民族이었다는 그 사실이 오늘의 나를 만들어 버렸습니다. 내가 언젠가도 말했듯이 어머니는 일본 여인이었습니다.(137쪽)
> 나는 희미한 의식의 세계에서 그녀의 오빠로부터 이런 이야기를 한마디 들었습니다. 왜倭의 종자種子라고요. '왜'는 일본을 멸시하여 한국 사람들이 지칭하는 말입니다. 그후 나는 모든 것을 포기해 버렸습니다. 나는 이 세상에서 어디론가 사라지고 싶었습니다.(139쪽)

---

4) 김용성,『잃은 자와 찾은 자』, 중앙일보사, 1985, 이하 페이지 수만 기입.

작중화자인 허준이 프랑스로 떠나온 이유가 일본인과의 사이에서 태어났다는 출생의 비밀 때문이었다. 한국과 일본이 가지고 있는 민족적인 감정의 골이 깊은 시대에 일본인 여자의 자식이라는 것은 허준의 일생에 족쇄처럼 따라다니고 그것 때문에 사랑하는 여자에게 버림받고 프랑스로 떠나온 것이다. 본인이 의도하지 않았지만 어쩔 수 없이 짊어지고 가야하는 허준의 출생은 사랑을 갈구하는 그에게 언제나 좌절을 가져다주는 마치 평생을 짊어지고 가야할 원죄의식처럼 끊임없이 그를 괴롭힌다. 인간은 자기 행동을 통해서 비로소 죄인이 되거나 다른 사람들의 나쁜 표양을 본받음으로써 죄인이 되는 것이 아니라, 자신의 어떤 행동들보다 앞서서 이미 죄인5)인 상태로 태어났다는 것이다.

이 원죄의식은 언제나 허준에게 내면화되어 무의식적으로 그의 행동에 영향을 미친다. 허준은 다른 사람과의 관계나 사회에서 적응력과 친화력이 떨어지며 소외되는 모습으로 나타난다. 일본인 자식이라고 죄인 취급당하며 고통 받았던 한국을 떠나 그는 프랑스로 오지만 그곳에서도 적응하지 못한다. 허준은 그의 두 번째 사랑인 프랑스와즈 파블로를 만나지만 그녀는 이미 사랑하는 사람이 있고 결국 두 번째 사랑도 실패한다. 자유와 풍요의 도시 파리에서도 허준은 소외되었다. 어느 곳에서도 소속감이나 동질감을 느낄 수 없어 그는 계속 세느강을 방황하는 것이다. 허준이 유일하게 동질감을 느끼는 것은 유럽에서 소외된 민족인 유태인 출신의 창녀를 통해서이다. 출신성분으로 인한 사회적 소외감은 두 사람에게 동질감을 느끼게 한 중요한 요소였다.

허준만이 아니라 이 작품의 주인공인 강철도 당대의 사회에서 소외된 인물이다. 그러나 출생의 비밀이나 아픔이 아니라 가난이라는 경제적 이유로 인한 계층적 소외인 것이다. 그리고 그는 물질적인 자본의 힘에서

---

5) 볼파르트 파넨베르크 지음, 박일영옮김, 『인간학 I 』, 분도출판사, 1996, 137쪽.

스스로를 소외시키며 그것의 극복방안을 위해 노력하고 있는 모습으로 나타난다. 그는 사회의 변혁을 위해 공산주의 운동에 뛰어든다. 자본주의 사회에서 자신의 욕망을 구현할 수 없는 현실을 인식하고 그것을 혁신하기 위한 혁명운동에 투신하게 된 것이다. 허준과 강철 두 인물은 결국 사회와 원만한 관계를 맺지 못하고 소외된다. 그것이 원죄의식이든 경제적 빈곤이든 사회는 이들에게 그들의 욕구를 충족시켜줄 조건과 기회를 주지 않으며 그들은 이런 사회 환경 안에서 존재의 위협을 느낀다.

에릭 프롬은 인간의 실존적 상황과 거기에서 유래하는 기본적인 욕구들을 제시하였다. 인간의 기본적 제 욕구는 인간이 가진 생리적 욕구와 엄격히 구별되어 나타난다고 한다. 여기에는 관련성에 대한 욕구, 초월에 대한 욕구, 귀속에의 욕구, 정체감에 대한 욕구, 정향定向과 헌신에의 욕구가 있다. 물론 프롬이 제시하는 이들 기본적 욕구의 개념은 논리상 또 용어상으로 많은 문제를 내포하며 비판의 대상이 되기도 한다. 그러나 에릭 프롬이 고찰하는 인간의 제 욕구는 환경 즉 사회와의 상관관계에서 파악될 수 있다.6) 즉 프롬이 제시하는 인간의 기본적인 욕구들은 사회적 환경에서, 개인의 갈등과 융합이라는 측면에서, 사회학적 소외의 고찰이라고 볼 수 있다. 『잃은 자와 찾은 자』에 나오는 허준과 강철은 이런 점에서 전형적인 사회와 개인의 갈등과 소외를 드러낸다고 할 수 있다.

허준이 출생의 업보로 인하여 사회와 자신을 소외시켰다면 강철은 가난한 고학생으로 살면서 자본주의 사회에서 스스로를 소외시킨다. 가난한 도시 빈민층 출생이지만 스스로의 힘으로 대학을 다니는 지적인 청년이다. 그는 개인교습을 하면서 자신의 학업을 이어가지만 함께 공부하는 친구들과는 원만한 인간관계를 형성하지 못한다. 가장 친한 친구인 현수와의 대화에서 "현수는 부르조아 계급으로 혜택을 받은 사람"이기에 자

---

6) 정문길, 『소외론 연구』, 문학과 지성사, 1984, 132~138쪽.

기와 다르다는 인식을 선명하게 드러낸다. 그는 모든 인간관계를 나와 계급이 같은 사람과 다른 사람, 이렇게 이분법으로 나누어서 파악하고 있으며, 그들을 경제적 이해관계로 대하는 것이다. 강철은 자신의 아픔과 고통을 함께 나누는 친구가 없는 외로운 존재이다. 인간관계에서 스스로를 소외시키는 것이다.

강철은 자본으로 소외된 사회가 아닌 세상을 꿈꾼다. 그가 주장하는 사회는 프롤레타리아 사회이다. 가난한 사람이 잘 사는 세상, 자신의 가족들이 더 이상 고생을 하지 않고 경제적 안정을 누릴 수 있는 세상을 위해 전쟁을 한다고 생각하였다. 그러나 그가 이룩하고자하는 가족들이 평안한 세상은 너무나도 요원하였고 오히려 강철은 가족들에게서조차 소외감을 느낀다.

> 동생들의 세계로부터 미지의 격리된 세계로 한없이 떨어져 나가는 듯한 기분을 어쩔 수 없었다. ─중략─ 환멸의 시선으로 열 일곱 난 동생은 그의 눈을 뚫어져라고 보는 것이었다. 한 피를 나누어 받은 사람에게 더구나 그것도 나이어린 동생으로부터 증오의 감정을 받아야 한다는 것은 확실히 슬픈 일이었다……시간이 흐를수록 그는 동생들이 살고 있는 이 집에 오기가 두려워질는지도 모른다는 생각이 들었다.(166쪽)

강철은 자신의 가족을 비롯한 빈곤층에게 안정된 삶을 제공하기 위해 공산주의 운동을 하지만 가족에게까지 외면당하는 것이 현실이다. 그러나 그는 이러한 외면은 운동하는 사람으로서 거쳐야 하는 통과의례로 생각하고 오히려 더욱 공산주의 운동에 매진한다. 그리고 공산주의 혁명을 통해 새로운 사회, 무산자가 잘사는 세상을 이룩하고자 자본주의 사회에서 소외된 자신을 독려한다. 이점은 마르크스가 주장하는 소외의 개념과도 연결되지만 이 작품에서 강철이 공산주의에 투신하는 것은 이데올로 기적인 확고한 신념보다 계급탈출의 의지로 드러난다.

> 그런 사람들은 사회의 시궁창에서 살고 있는거야. 그래도 정원사 라는 직업은 괜찮은 편에 속하거야. 직업에 귀천이 없다고 하지만 그 시궁창 인간들은 그곳에서 자식을 낳고 또 자식을 낳는거야. 그 곳에서 운이 좋아 벗어나는 사람들도 있지. 허나 그것은 자본가가 시궁창 인간으로 전락하는 예와 같이 극히 드문 사건인거야. 대부 분은 시궁창에서 시작하여 시궁창에서 끝난다구.(21쪽)

자본의 혜택을 누리지 못한 삶을 시궁창이라고 표현하는 것은 강철 의 의식이 계급적 한계를 벗어나지 못한다는 것을 알 수 있게 한다. 이 것은 당대 프롤레타리아 운동을 하는 지식인의 한계이기도 한다. 강경 애의 『인간시장』에 나오는 지식인 신철 역시 진정한 프롤레타리아가 되 지 못하고 결국 자본가 계급으로 편입한다. 『인간시장』의 신철과 『잃은 자와 찾은 자』의 강철은 자본가 계급으로의 진출에 대한 욕망이 내재된 지식인으로서의 한계를 드러내며, 계급투쟁운동 진정성에 대한 의문과 갈등을 느낀다. 시궁창에서 사는 사람들이 제대로 인정받는 세상을 꿈꾸 면서 강철은 프롤레타리아 운동에 헌신하지만 인텔리 지식인으로서의 한 계를 가지고 공산주의 이념에서 또 다른 소외감을 느끼는 것이다.

허준이 일본인 어머니를 가지고 있다는 것과 강철이 가난한 도시 빈민 출신의 지식인이라는 정체성은, 그들이 존재에 대한 의문을 제기함으로 써 주체적 자아로서의 탐구심을 표현했다고 할 수 있다. 그러나 반면에 이 정체성이 사회적 환경과 부딪칠 때에는 소외된 자아로서 불안감을 드 러냈다고 볼 수 있다.

2) 존재의 방황 - 불안

『잃은 자와 찾은 자』에서 허준은 자신의 태생에 대한 원죄의식을 가지고 끊임없이 방황한다. 그 원죄의식은 한국민족의 역사에서 배태된 것이며 그는 결국 한국을 떠남으로서 자신을 옭아매는 반쪽 한국인이라는 굴레를 벗어나고자 한다. 그러나 그는 프랑스에서도 여전히 그 굴레를 벗어버리지 못하고 방황을 한다.

> 왜 나는 방안에서 책을 읽는 대신에 밤마다 거리를 쏘다닐까. 무엇을 찾으려고…… 피곤한 영혼과 육신을 끌로 이국의 거리를 배회하다니, 변화가 있어야 한다. 나를 의지의 세계로 이끌어 가야할 만하 변화가 말이다.(67쪽)

자신을 변화시킬 그 무엇을 찾기 위해 그는 거리를 방황한다. 그러나 여전히 찾을 수 없다. 파리 역시 2차 세계대전의 후유증으로 "절망 앞에서 몸부림으로 밖에 보이지 않는" 불안한 곳이기 때문이다.

> 맞았어요. 전쟁을 겪고 난 파리는 불안에 사로잡혀 있습니다. 그들은 파리가 환멸의 대상이 아니면 사랑의 대상이 되어야 한다는 것을 알고 있지요. 그러나 그들은 그것을 사랑할 수도 없고 더구나 환멸할 수도 없습니다. 어쩐지 도시가 자폭하고 있는 것 같아요.(119쪽)

사랑할 수도 없고 그렇다고 환멸하지도 않는 모호한 도시 파리의 모습은 허준의 불안한 심리를 대변한다고 할 수 있다. 자기 자신뿐만이 아니라 자신이 태어난 나라에 대해서도 그는 사랑할 수도 또는 환멸 할 수도 없는 입장에서 고민하고 그런 고민을 하는 자신의 모습에 불안해한다.

불행한 운명의 짐을 지고 태어났다는 자괴감은 허준을 항상 불안하게 만든다. 무엇인가 변화를 기대하지만 그것을 스스로 찾고자 하는 의욕은 없다. 그의 불안은 인간 존재에 대한 불안감이며 미래에 대한 불행의 예감이기도 한다. 키에르케고르는 원죄의 본성 중 중요한 범주 하나가 바로 불안Angest, anxiety, dread라고 하였다. 불안은 사람이 두려워하는 것에 대한 어떤 갈망이며 일종의 공감적 반감이다. 불안은 개인을 사로잡는 어떤 낯선 힘이다. 그렇지만 개인은 불안을 떨쳐버리고 자유롭게 될 수 없으며 또 그렇게 하기를 원하지도 않는다. 왜냐하면 개인은 두려워하면서도 자신이 두려워하는 것을 또한 갈망하기 때문이다.[7]

불행한 운명을 타고났다고 생각하는 허준은 자신의 삶 자체를 불안하게 인식하고 있다. 한국 사람으로 태어났으나 한국인이라는 소속감과 정체성을 확신하지 못하는 불안감도 여전하다. 자신의 존재와 사회적 소속에 대한 불안감은 양면으로 그를 괴롭히고 우울하게 만든다. 허준은 이것에서 벗어나 자유를 추구하지만 현실은 스스로를 그 불안에 갇히게 한다. 그러나 그에게 불안과 우울에서 벗어나 존재의 확신을 인식할 기회가 왔다. 그것이 바로 6·25전쟁이다.

허준은 무료한 나날을 보내며 길을 걷다가 프랑스 국방성 건물로 들어가 통역관으로 한국전쟁에 참가하겠다고 이야기한다. 그러나 프랑스 관리는 그가 전쟁에 참여하고자 하는 것은 애국심이고 민주주의에 대한 확신이 아니라 단지 죽을 곳을 찾기 위한 것이라며 단호하게 거절한다. 이에 허준은 화를 내고 나오며 어떠한 수단을 써서라도 한국으로 돌아가리라 결심한다. 허준은 밀항을 거듭하며 한국으로 돌아가고자 노력한다. 그 와중에 그는 여러 번의 위험 상황을 겪고 자신의 불행을 예감 한다.

전쟁 중인 한국의 해안선이 얼마나 삼엄한 경계로 둘러싸여 있다

---

7) 쇠렌 키에르케고르 지음, 임규정 옮김, 『불안의 개념』, 한길사, 1999, 161쪽.

는 것쯤은 짐작이 갑니다. 그러나 나는 두려워하지 않습니다. 인간
의 행복이란 무엇입니까? 최대의 불행 가운데서 자기를 인식하는
것이 행복이 아닐까요.(186쪽)

허준은 인류최대의 불행한 사건인 전쟁터에 직접 뛰어듦으로써 불행
의 극대화를 시험하며 그곳에서 자기를 인식하고자 한다. 그것이 행복이
라고 하지만 존재의 인식은 결국 죽음으로 결말을 맞는다. 이미 허준은
죽음을 예감하고 전쟁에 참가했다. 파리에서의 삶은 희망도 없고 절망도
없는 무미건조한 삶이었고 그 삶에서 벗어나는 길을 찾고 있던 허준에게
전쟁은 좋은 핑계거리인 것이다. 상처와 고통을 준 한국의 치열한 전쟁터
에서 나를 잃어버리는 것, 자신의 출생의 비밀이나 그것으로 인한 사랑의
흔적들을 모두 지워버리는 것이 허준에게는 역설적으로 자신의 실존을
증명하는 방법이었을 것이다. 더 이상 아무것도 잃을 것이 없다는 허무감
으로 전쟁에 참가하지만 그는 절망을 잃어버리고 새로운 희망을 찾은 자
신을 깨닫는다. 죽음을 앞에 두고 그가 흘리는 눈물은 자신의 불행한 삶
에 대한 허무함과 죽음의 미래에 대한 불안한 울음이며 세상과 자신에 대
한 분노의 울분이기도 하다.

눈물이 흘렀다. 그것은 누구를 위한 눈물인지 그 자신도 몰랐다.
그것은 국가에 대한 것도, 사회에 대한 것도, 부모에 대한 것도, 친
구에 대한 것도, 심지어 프랑소와즈 파블로를 위한 것도 아니었다.
그런데 눈물은 그칠 줄 모르고 흘렀다. 이제 그는 죽는다는 것을 느
꼈다. 젊은 놈이 한 놈 죽어가는 것이다.(363쪽)

이 울음은 자신의 삶의 굴곡에 대한 감정의 격정적 표출이다. 태어날
때부터 불행한 삶이 결정된 인생에 대한 울분의 토로이기도 하다. 그러나

그것은 단순한 감정의 분노만이 아니다. 허준의 편지에서 알 수 있듯이 그는 죽음을 미리 예견했으며, 그 죽음 앞에서 격렬하게 울분을 쏟아내는 것이 감추어진 감정의 극렬한 카타르시스였으며, 극도의 불안 앞에선 존재의 깨달음이기도 하였다. 전쟁을 통해 그는 존재를 잃은 자와 찾은 자의 모습을 경험하고 그 속에서 자신의 실존의 의미를 지각한 것이다.

> 1950년은 기묘한 해였다. 젊은이들의 마음에는 신도 없었고 물질도 없었다. 어디를 둘러보아도 감방의 벽처럼 높은 울타리가 그들을 둘러싸고 있었다. 그들은 이 무한한 듯한 벽을 기어오르려고 있는 모든 정력을 쏟았다. 더욱이 그들에게는 벽을 기어오를 만한 아무런 도구도 쥐어져 있지 않았다. 그들은 서로의 어깨를 짓밟으며 먼저 기어오르려고 안간힘을 썼다. 그들의 두 손과 발은 찢어져 피가 줄줄 흘러내리고 있었다. 그러나 그들은 고통의 감각을 느끼고 있는 것도 아니었다. —중략— 초조와 불안이, 그리고 급기야 분열이 그들의 정신을 산산조각으로 찢어 버리는 것을 의식했다. 그리고 저 벽을 기어올랐다 해도 그 너머엔 끝이 보이지 않는 절벽이 있으리라고 상상했다.(322~323쪽)

절망과 허무만이 존재하는 1950년대의 젊은이들의 마음은 강철을 통하여 나타난다. 가난한 고학생 강철은 모범생 친구인 현수의 애인인 미라를 남몰래 짝사랑한다. 전쟁이 나고 강철은 인민군으로서 미라를 도와주고 보호해준다. 그러나 미라와 현수가 몰래 만나는 장면을 목격하고 현수를 체포하여 총살한다. 그 후 그는 미라와 욕정을 나누면서도 항상 양심의 가책과 불안을 느낀다. 친구를 죽였다는 자책감과 미라에 대한 사랑 사이에서 갈등한다. 이러한 갈등과 함께 그는 전쟁을 통해 자신이 믿고 있었던 이념조차 확신이 없어지고 희미해짐을 느낀다. 이 모든 현실은 그에게 극복할 수 없는 무거운 고통의 짐이었다. 그는 부상을 입고 계속 환청과 환각에 시달린다. 친구를 죽였다는 자책감으로 악몽에 시달리며 서서히 미쳐가는 것이다. 그에게 현실은 극복할 수 없는 고통의 무게로 느낄 뿐이다 이 고통은 "현실에 존재하는 연옥"에서 느끼는 절망감이다. 이 절망의 끝에서 그는 죽음으로 탈출한다.

강철이 느끼는 불안은 이상적 이념이 아니라 인간으로서의 양심과 죄에 대한 불안이다. 친구를 죽였다는 양심의 가책은 점점 인간으로서의 존재의 불안감을 느끼고 더구나 그 죽음이 친구의 애인을 차지하기 위한 것이었다는 이유도 그를 윤리적으로 괴롭히는 것이었다. 이러한 인간적 양심의 가책으로 인한 불안증상은 결국 인간존재에 대한 실존의 문제와 연결된다. 인간답게 살지 못했다는 자책감, 인간으로서 어떻게 살아야 한다는 기준을 흔들만한 사건의 소용돌이 속에서 자신을 제어하지 못한 한계성은 그의 이념적 신념과 삶의 의미조차 위태롭게 한다.

키에르케고르는 불안이란 단순한 공포의 의미로 사용하는 그런 불안이 아니라 대상을 갖지 않으며 인간이 단순히 자연적인 피조물로 존재하는 것보다 더 높은 어떤 것으로 정해져 있다는 증거라고 하였다. 불안 그 자체는 다양한 방식으로 나타날 수 있다. 불안은 파스칼이 11월 어느 날 밤에 파멸의 가능성을 느꼈을 때처럼 갑작스런 경악으로 등장할 수도 있다. 또한 그것은 지속적이고 만성적인 우울로 나타날 수도 있다. 그러므로 불안을 인간의 내면에 있는 정신과 자연. 신과 야수라는 두 세계 사이의 교차점인 것이다. 따라서 불안은 매력적인 동시에 위협적으로 작용할 수밖에 없으며 구원과 파멸의 가능성을 동시에 내포하고 있다.[8]

『잃은 자와 찾은 자』에서 허준과 강철이 느끼는 불안은 대상이 드러난다. 허준의 불안은 자신의 출생과 관련된 민족적 원죄의식에 의한 불안이고 강철은 친구를 죽게 했다는 죄책감에 의한 양심적 불안이다. 그러나

---

8) 페터 로데 지음, 임규정 옮김, 『키에르케고르, 코펜하겐의 고독한 영혼』, 한길사, 2003, 108~109쪽.

이것은 허준과 강철의 실존에 대한 외연적 범주의 불안이다. 그들이 가지고 있는 내면적 불안은 인간으로서의 소속감과 도덕감을 넘어선 또 다른 존재에 대한 인식적 불안이다. 인간으로서의 한계를 가지고 고민하고 방황하는 모습에서, 그리고 인간의 힘으로 어찌할 수 없는 운명의 전쟁에 휩싸이면서 그들은 스스로 운명을 개척하는 역동적인 개인으로서의 존재감을 인식하는 것이 아니라 오히려 인간으로서의 한계와 절망을 느끼고 그것을 다른 존재에게서 찾으려 하는 것이다. 그러므로 허준과 강철이 느끼는 불안은 인간으로서 가지는 근원적인 존재론적 불안인 것이다.

3) 존재의 가능성 – 제3의 힘(신)

소설 『잃은 자와 찾은 자』에서 작중인물들이 자신의 실존에 의문을 느끼고 존재의 이유를 찾는 중에 자주 등장하는 것이 신이다. 독실한 신자인 앙드레의 말을 통해서 또 신에 대해서 회의적인 허준의 경험을 통해서 신이라는 존재의 의미는 간헐적으로 나타난다.

> 다만, 내 스스로에 대해서 절망을 느끼고 있습니다. 나는 지금까지 무엇 때문에 세상에 태어나서 이곳에 와 있으며 어떻게 해서 이렇게 친절한 분들에게서 은혜를 입고 있는가를 도저히 알 수가 없어요, 표면적인 행위로는 에드왈군도 설명할 수 있겠지요. 그렇지만 설명할 수 없는 것이 있습니다. 그런 내면적인 것이죠. 내가 댁을 왜 찾았는지 알 수 없어요, 찾지 않을 수도 있었을 텐데 말입니다. 친절에 보답하기 위해서가 아닙니다. 그것은 정말 설명할 수가 없군요, 그것은 우리들의 힘이 아닌 제삼자의 힘이 작용하고 있기 때문입니다.(122쪽)

허준의 이 말에 앙드레는 그것이 신이라고 하고 신을 부정하는 앙드레의 아버지는 그것을 운명이라고 말한다. 허준은 신이라고 언급하지 않고 제3의 힘이라고 하였다. 자신의 의지와는 다르게 일어나는 일에 대하여 설명하기 힘든 또 다른 힘의 개입은 신에 대한 믿음의 가능성을 열어두고 있다는 것을 알 수 있다. 그러나 허준은 신의 존재를 강하게 거부한다. 허준은 술의 힘을 빌어 프랑스와즈에게 자신의 독선적인 사랑을 용서해 달라고 한다. 처음에 프랑스와즈에게 사랑을 고백하고 그 사랑이 받아들여지든 아니든 자신에게 당당하고자 하였으나 사랑의 실패를 너무나도 두려워하고 고통스러워하였다. 실패를 거듭하는 인간이라는 자괴감은 프랑소와즈에게 술의 힘을 빌어 자책하는 것이다.

> "인간이 인간을 용서할 만한 권능은 우리 누구에게도 부여되어 있지 못해요. 그것은 성스럽고 엄숙한 일이니까요."
> "그럼 나는 누구에게 용서를 받을 수 있단 말이오? 신은 없어요. 나는 믿을 수가 없습니다. 나는 영원히 내버려진 인간이 되고 말았지요."

이들의 대화에서 용서는 잘못을 용서한다는 단순한 의미만이 아니다. 허준이라는 인물의 정신적 안정과 평안을 구하는 종교적 차원의 용서이다. 프랑스와즈와 허준은 서로의 동감을 불러일으키기 위해서 편지를 교환하기로 약속한다. 허준은 전쟁의 참혹한 세계를 경험하면서 프랑스와즈에게 편지를 쓴다. 일기처럼 쓰여지는 편지에는 허준이 인간의 극단적 체험인 전쟁이라는 곳에서 인간 존재의 근원적 의미를 찾았다는 것을 드러낸다. 찾은 자와 잃은 자에 대한 이야기는 작품의 말미에 등장한다. 그런데 잃은 자가 강철과 미라의 죽음을 통해 표현되었다면 찾은 자는 허준이 만난 목사를 통해서 나타난다.

> 영원한 프랑소와즈, 나는 신 앞에 굴복합니다. 현 세대의 인간은

그의 거룩하고 위대함을 망각하고 있습니다. 인간들은 명석한 두뇌와 위험한 무기로 누구와 대항하려는 것인지 알 수가 없습니다. 인간은 인간을 학살합니다. 극도로 타락한 윤리가 오늘의 개개인의 정신을 지배하고 있습니다. ―중략― 나는 약 한달 전에 방금 점령한 부락의 조그만 교회에 들어갔던 일이 있습니다. 현관에 포탄의 세례를 받은 교회였습니다. 벽은 다 헐었고 총알 구멍이 숭숭 뚫려 있어 아주 보기가 흉했습니다. 마침 그날은 일요일이어서 자유스러운 예배를 보게 되었습니다. ―중략― 예배가 끝나서 나왔을 때 나는 목사의 한족 눈이 없는 것을 알았습니다. 그는 그 눈을 공산주의자들에게 빼앗겼던 것입니다. 그리고 그의 아들은 공산군으로 끌려가 전사했습니다. 그에게는 희망이 없는 것처럼 느껴졌습니다. 그러나 그에게 절망은 없었습니다.…그 검은 옷을 입은 목사처럼 폐허화한 초토 위에 생을 긍정하고 살아나가는 인간에게 희망을 겁니다.…적어도 살아남은 자들은 찾은 자들입니다. 세계는 그들에게 허무를 주지 않을 것입니다.(366~367쪽)

전쟁의 극악함속에서 살아남은 사람들 그리고 그 사람들의 희망을 허준은 교회의 목사를 통해서 본 것이다. 삶의 빛이 없는데도 절망하지 않는 것은 믿음이 있기 때문이다. 그것을 허준은 희망이라고 생각한다. 삶에 대한 희망과 믿음이 있는 자가 바로 찾은 자인 것이다. 인간실존의 문제는 인간존재의 근원적 불안을 넘어서 새로운 곳으로 나아가는 희망이다. 그러나 그 희망은 바로 믿음이다. 인간이든 신이든 믿음이 확실한 삶의 존재는 실존의 가치가 있는 찾은 자이다. 그러나 믿음에 대한 원천적 발아는 신으로 귀결된다. 인간은 스스로를 파멸로 이끄는 전쟁을 만들어내고 그 속에서 자멸하는 존재이지만 이런 존재에게 희망과 믿음을 실어주는 것은 바로 신인 것이다. 신을 통해 어떻게 실존하는가에 대한 대답을 찾았다고 할 수 있다.

강철은 전쟁이 지속되면서 이념성과 실현성에 대한 의문과 비판적인 시각을 드러낸다. 특히 공산주의에 회의적인 고허성이라는 소좌를 만나면서 그것의 한계성을 인식하고, 전쟁에 패해 후퇴를 거듭하면서 그는 결국 자신의 이념에 회의를 품는다.

> 그는 자신이 무사히 전쟁이 끝날 때까지 살아남을까 하는 것을 생각했었다. 그는 공산주의가 승리하는 것에 기대를 갖고 있지만 실상 이번 퇴각으로 미루어 승리하기는 어렵다는 느낌이 들었다. 그들이 패망할 때는 거기에 종사했던 정치가나 군인들은 모두 전멸할 것이라는 환상에 사로잡혀 있었다. 그들을 전멸시키는 자는 미군도 아니며 영국군도 캐나다군도 프랑스군도 아니다. 그것은 눈에 보이지 않는 제삼의 힘, 그 힘이 작용하기 때문이라고 생각했다. 제삼의 힘? 도대체 그것이 무엇이지? 철은 자신의 뺨을 세차게 후려쳤다. 그런 것은 없다, 없어, 이 무슨 망상이냐.

처음에 인간의 힘으로 체제를 변형시키며 새로운 사회를 건설하고자 하였으나 전쟁의 거대한 소용돌이에 휘말리면서 강철은 인간이 어찌할 수 없는 한계를 인식하고 그것을 조종하는 제 삼의 힘을 느낀다. 그러면서 그것이 망상이라고 거부한다. 그러나 인간이 어찌할 수 없는 또 다른 힘의 존재를 감지하는 것은 분명하다. 종교적인 존재에 대한 깨달음의 시작이지만 의식적으로 그것을 부정함으로써 오히려 제삼의 힘의 존재를 두드러지게 한다. 여기서 이야기하는 제 삼의 힘은 인간의 운명을 통제하는 힘이다. 즉 신의 존재와 연계된다. 자본주의 사회에서 계급적으로 소외받았던 강철은 자신의 소외를 혁명적 이념운동으로 극복하고자 하였으나 전쟁이 진행될수록 자신의 신념은 흔들리고, 친구 애인인 미라와의 사건으로 주체적 인간으로서의 실존의 위험까지 느낀다. 운명의 소용돌이 속에 함몰된 실존의 위험을 인식하는 순간 그는 바로 신의 존재를 확신하게 되는 것이다.

> 쓰러진 남녀의 기이한 광경을 보았습니다. 그들은 북한 공산군의 복장을 하고 있었습니다. 그러나 그들에게는 계급도 붙어있지 않았고 그들의 곁에는 총 한자루도 없었습니다. 그들은 머리를 마주 향한 채로 쓰러져 있었는데 저마다 손을 앞으로 뻗고 있었습니다. 그들은 죽기 전에 서로 손을 마주 잡으려고 애를 쓴 것처럼 보였습니다. 그러나 남녀의 손은 간격을 둔 채로 멎어 있었습니다. 그들의 얼굴은 이상하게 보기 흉한 표정으로 굳어 있었습니다.(367쪽)

허준이 잃은 자의 본보기로 들려주는 상황은 강철과 미라의 죽음이다. 손을 맞잡으려고 애쓴 강철과 미라의 죽은 모습에서 허준은 잃은 자를 본다. 죽었다는 단선적인 표현으로 잃은 자라고 하는 것이 아니라 계급과 총이 없는 군복을 입은 사람들의 죽음은 그들이 삶의 굴곡을 대변하고 있는 것이다. 이데올로기 전쟁에 휘말린 사랑하는 남녀의 모습은 이념 때문에 사랑을 잃어버린 희생자로 허준에게 보여진다. 이념이라는 거대한 힘에 의해 인간의 가장 중요한 본성인 사랑이 허무하게 없어진 것이다. 허준이 그렇게 갈망하던 사랑을 잃어버린 남녀의 죽음은 인간이 살아가는 중요한 덕목을 상실한, 잃은 자의 모습인 것이다.

이들의 모습을 통해 허준은 인간이란 존재적 자아를 가진 독립된 존재로서의 인식이 아니라 이념이라는 거대한 소용돌이에 희생된, 자아로서의 실존이 아니라 이념이라는 타자로 존재하는 모습을 본 것이다. 강철이 공산주의 이데올로기 안에서는 생생한 실존적인 존재로 표현되다가 그 이념이 흔들리자 자신의 존재조차 흔들리고 절망하는 모습과 맥을 같이한다. 특히 강철은 인간의 윤리성에 대한 규범적 인식에 자신을 가둔 모범적 유형이기에 그 절망의 속도는 배가 된다. 강철과 현수의 사랑을 받는 여성인물인 미라도 자신을 독립된 존재로서 인식하는 자의식보다는 현수나 강철에 의해 만들어지는 타자로서의 존재로 드러난다. 특히 남성이라는 타자로 인하여 실존의 의미를 부여하는 것은 키에르케고르의 여성관과 일치한다. 미라는 다른 작중인물인 허준과 강철에 비해서 인간존재의 근원적인 고민을 섬세하게 표현하고 있지는 않다. 강철과의 욕정으로 아이를 임신하면서 어머니적인 모성의 본능과 병원에서 봉사하는 자애로운 간호사의 희생적 삶의 태도가 드러날 뿐이다. 이것은 희생과 헌신이라는 모성성과 여성의 정체성을 동일시하는 남성적 시각을 드러내는 것이기도 한다.

3. 결론

덴마크의 종교 철학가이며 작가인 키에르케고르는 실존의 단계를 다음의 3단계로 각각 제시한 바 있다. 그 하나는 향락 속에서 자기를 찾는 미적 실존, 둘째는 양심에 의해서 자기를 지키는 윤리적 실존, 셋째는 신앙에 의해서 본래적 자기를 찾으려는 종교적 실존이다. 키에르케고르는 실존과 실존적 사고와 주체적 진리를 역설하면서 현대철학과 신학에 지대한 영향을 미쳤을 뿐더러 상실한 자기회복의 노력이라는 실존사상을 축으로하여 모순과 갈등에서 비롯된 부조리의 인간존재에 의한 불안과 절망 등의 심리를 심층 분석하여 실존주의의 새로운 지평을 열어가기도 하였다.

김용성의 『잃은 자와 찾은 자』에 나타난 작중인물들의 방황과 불안 그리고 갈등의 요인은 인간존재의 실존적 의미를 찾기 위한 과정이라고 할 수 있다. 허준이 일본인 어머니를 둔 한국 사람이라는 정체성은 일종의 원죄의식처럼 그를 괴롭히고 방황과 불안의 원인이 된다. 이 원죄의식은 자신의 존재이유에 대한 당위성의 물음으로 그의 삶속에 깊이 파고든다. 자신의 운명적 불행을 자조하면서 그는 신의 부재를 주장하기도 한다. 그런 그가 인간실존의 의미를 찾는 것은 전쟁을 통해서이다. 전쟁을 겪으면서 인간존재의 상실과 회복을 좌우하는 힘의 의미를 깨달은 것이다. 그것은 인간의 운명을 통제하는 신의 존재론적 인식이며 그 앞에서 인간이 행위하는 악함과 그것을 극복할 수 있는 희망을 동시에 볼 수 있었다는 것이다.

강철 역시 친구의 애인을 사랑하면서 양심의 가책에 시달리고 그것이 전쟁이라는 극한적 상황에서 자신의 신념이었던 이데올로기조차 흔들리고, 인간이라는 존재론적 의미자체에 의문을 가지고 극도의 불안감을 드러낸다. 이 불안감은 정신적 고통으로 확산되고 결국 죽음에 이르게 된다. 새로운 세상을 만들기 위한 전쟁을 겪으면서 그는 그 전쟁을 통해 어쩔 수 없는 힘의 개입을 경험한다. 강하게 부정하지만 신의 존재를 깨닫는 순간이다.

강철과 미라의 죽음은 허준에 의해서 해석된다. 잃은 자에 대한 본보기로 나타나지만 그것은 죽음이라는 운명에 희생되었기 때문이 아니라 두 사람의 손이 서로를 갈구하는 듯한 포즈를 통해서 열망하지만 이룰 수 없었던 현실을 본 것이다. 두 사람의 손을 서로 맞잡게 한 허준의 행동은 이승에서라도 둘의 사랑을 이루게 하려는 희망을 드러낸 것이다.

허준이 무의식적으로 행한 이 행동은 인간의 삶에 현재성 보다는 영혼의 행복을 추구하는 기독교적 이념에 의한 행위이다. 결국 허준은 신의 존재와 영혼의 행복을 통해 인간 실존의 근원적인 물음에 대한 해답을 구할 수 있었던 것이다.

김용성,『잃은 자 찾은 자』, 중앙일보사, 1985.

배경열, 「30년대 실존주의론」,『한국문학의 이론과 비평』제20집(7권 3호), 국문학
　　이론과비평학회, 2003.

임헌영, 「실존주의와 1950년대 문학사상」,『한국현대문학사상사』, 한길사. 1988.

전기철, 「해방후 실존주의 문학의 수용양상과 한국문학비평의 모색」,『한국현
　　대문학연구』1집, 현대문학연구회, 1991.

정문길,『소외론 연구』, 문학과 지성사, 1984.

볼파르트 파넨베르크 지음, 박일영 옮김,『인간학Ⅰ』, 분도출판사, 1996.

쇠렌 키에르케고르 지음, 임규정 옮김,『불안의 개념』, 한길사, 1999.

페터 로데 지음, 임규정 옮김,『키에르케고르, 코펜하겐의 고독한 영혼』, 한길사, 2003.

『인하어문연구 7』, 인하어문연구회, 2006

소설에 반영된 민속신앙에 대한 고찰

― 김용성의 소설 「홰나무 소리」를 중심으로

이 영 수

Ⅰ. 서론

소설 「홰나무 소리」는 마을의 동구 밖에 서 있는 홰나무에 얽힌 홍씨 일가의 3대에 걸친 비극적 가족사를 단편적으로 그린 작품이다. 소설의 시대적 배경은 구한말, 1948년 가을 어느 날, 그리고 1970년대의 산업화가 한창 진행 중인 어느 때쯤이다. 소설은 '나 ― 할아버지 ― 아버지 ― 덕보'의 순으로 이야기가 전개되며, 그 중심에 홰나무가 자리한다. 즉, 구한말 의병 활동에 가담한 할아버지의 효수와 8·15 해방 이후 좌우익의 이념 대립에 따른 아버지의 피살, 그리고 산업화로 인한 마을의 해체와 그에 따라 삶의 목적을 상실한 덕보의 죽음 등이 직접적으로 홰나무와 연관되어 있다. 소설 속에서 홰나무와 연계된 사건들은 역사적 격변기에 실제로 있었거나 아니면 있음직한 일들이다.

소설집 『홰나무 소리』의 후기에서 작가는 이 작품을 통해 "현대화 과정에서 傳統으로부터의 뿌리 뽑힘에 대한 비애를 그려보려 한 것이 나의 뜻이었다."[1]고 밝힌 바 있다. 김용성은 이 소설을 통해 전통 사회에서 산

---

1) 김용성, 『홰나무 소리』, 현암사, 1976, 397쪽. 앞으로 소설을 인용할 경우는 본문에 필요한 페이

업화 사회로 이행되는 과정에서 필연적으로 발생하는 공동체 사회의 붕괴와 그로 인해 사람들이 겪은 정신적인 공황 상태를 그리고자 했던 것이다. 이러한 '전통으로부터의 뿌리 뽑힘에 대한 비애'를 그리는 과정에, 한국 사회의 암울했던 과거사를 소설에 원용함으로써 등장인물의 울분과 상호간의 갈등, 그리고 비애가 드러나게 된다. 그런데 등장인물의 시대적 울분과 갈등, 비애를 홰나무에 투사함으로써 현실적으로 심각해질 수밖에 없는 역사적 사건을 객관적 입장에서 조망하고 있다.

김용성은 "작품「홰나무 소리」는 詩人 洪思容의 고향을 찾아갔다가 들은 이야기에서 암시를 얻어 쓴 것이다."[2]고 하여 구전으로 전승되던 이야기, 즉 설화에서 모티프를 취해 소설화하였음을 작품 후기에서 밝히고 있다. 이러한 소설의 창작 배경에서 알 수 있듯이「홰나무 소리」는 민속학적인 시각에서 접근했을 때, 그 의미를 보다 더 잘 파악할 수 있을 것이다.

「홰나무 소리」에 주목하여 간략하게나마 언급한 사람은 임헌영[3]과 정현기[4]이다. 임헌영은 이 소설이 "현대 사회의 반인간화 현상을 간접적으로 고발·비판"[5]한 것으로 보았으며, 정현기는 민족 내부의 갈등 문제를 유교 이데올로기와 마르크스식 교조주의를 통해 풀어 보이고 있다고 지적하였다.[6] 그런데 이들 논의는 김용성의 작품 세계를 논하는 과정에서 단편적으로 언급한 것으로,「홰나무 소리」의 전반적인 양상을 파악하기에는 다소 미흡한 감이 있다. 따라서 이 소설에 대한 본격적인 연구는 전무하다고 하겠다.[7]

지만을 적는다.
2) 같은 곳.
3) 任軒永,「비극적 관점과 反人間化」,『한국현대문학전집 27』, 삼성출판사, 1985.
4) 정현기,「평형원리와 작가적 전망 - 金容誠 論 -」,『슬픈 양복 재단사의 나날』, 청림출판, 1989.
5) 임헌영, 앞의 글, 403쪽.
6) 정현기, 앞의 글, 355~357쪽.
7) 김용성의 작품에 대한 본격적인 연구는 다음과 같다.

소설에 등장하는 홰나무는 마을의 수호신이자 동시에 마을과 운명을 같이하는 생활 공동체의 일원으로 묘사되고 있다. 그래서 홰나무를 매개로 일어난 사건은 한 개인의 일로 국한되지 않고 마을 전체의 사건으로 확대되는 양상을 띠게 되는 것이다. 따라서 소설「홰나무 소리」를 올바로 파악하기 위해서는 홰나무를 이야기의 중심에 놓고 전체적인 맥락을 살펴보아야 한다.

본고는「홰나무 소리」에서 홰나무를 중심으로 사건 전개 양상을 살펴보고, 그 속에 내재되어 있는 홰나무의 상징성을 고찰하고자 한다. 이를 위해 소설집『홰나무 소리』에 수록된 작품을 텍스트로 삼았다.

Ⅱ. 소설에 나타난 홰나무의 상징성

1. 상처 입은 영혼의 치유

「홰나무 소리」의 주인공인 '나'는 어린 시절, 이념 투쟁의 와중에 아버지의 죽음을 목격하고 6·25전쟁 중에 전염병으로 어머니를 잃는다. 이러한 '참담한 추억'이 '나'로 하여금 고향에 안주하지 못하고 전국을 떠도는 장돌뱅이 신세로 전락하게 만든다. 여기서 '나'의 방랑은 좋아서가 아니라 전통적인 안주지를 잃은 데 대한 방황의 한 수단이었던 것이다.[8] 외판사원으로 방황의 삶을 살던 '나'에게 고향을 지키며 살아가는 덕보에게서 한 장의 편지가 날아든다. 편지의 내용은 고향 마을이 수출공업단지로 조성되어 동구 밖의 홰나무가 뿌리째 뽑히게 되었다는 것이다. 이런 소식을 접한 '나'가 한밤중에 마을을 찾는 대목부터 소설은 시작한다.

남기홍,「도둑일기론」,『인하어문연구 5』, 인하어문연구회, 2001.

김명임,「≪잃은 자와 찾은 자≫에 나타난 실존의 의미」,『인하어문연구 7』, 인하어문연구회, 2006.

金三柱,「김용성 꽁트 연구」,『인하어문연구 7』, 인하어문연구회, 2006.

8) 임헌영, 앞의 글, 403쪽.

마침내 나는 고향 마을 동구에 서 있는 홰나무 앞에 온 것이다. 우람한 가지들은 하늘에 뻗친 채 꿋꿋이 버티고 섰는 거대한 홰나무 앞에 다다른 것이다. 앞 냇물은 조용히 흘러 와서 조용히 가는가 하면 때로는 거세게 소용돌이치며 와서는 소용돌이치며 갔다. 그래서 물은 항상 새로와지고 있었다. 그러나 홰나무는 수백년 쓰디쓴 추억을 간직한 채 그 자리에 변함없이 서 있었다. 마치 그것은 죽지 않는 옛 늙은 장수처럼, 외로움의 표상처럼 느껴졌다.(7쪽)

고향을 찾은 '나'가 처음 맞닥뜨린 것은 "마을 동구에 서 있는 홰나무"였다. 마을의 동구에는 마을이 존재한다는 여러 표지들이 설치되는 경우가 많은데, 장승과 신목 등이 그러한 것이다. 이런 것들은 마을을 방문하는 사람들에게 마을의 대문 구실을 한다.[9] 동네 입구에서 '나'를 맞아준 홰나무는 수령이 수백 년이나 된 것으로, "우람한 가지들은 하늘에 뻗친 채 꿋꿋이 버티고 섰는" 몸통이 "세 아름이나 되는"(8쪽) 거대한 나무이다. 소설에서 묘사된 홰나무의 외형적 모습은 사람들이 외경심을 갖기에 충분한 크기의 거목인 것이다. 이렇게 고령의 거대한 나무가 오늘날까지도 남아 있을 수 있는 것은 종교의 전파 이전부터 신성한 나무로 여겨져 숭배되었기 때문이다.[10] 이런 유형의 나무는 마을에 존재하는 어떠한 사물보다도 규모가 크고 수령이 오래되었다는 점에서 사람들에게 신목으로 인식된다.

일본놈들은 비라고 지랄하는 거고. 그러니깐 이 분이 그러면 우리 칠석날 거기서 술 한 잔 먹고, 오래된 나무니깐 나무 밑에다 술 한잔 부어놓고 그리고 우리가 비마. 그러니께 그럼 그렇게 허라고, 칠월 칠석날 술 먹고, 그 이튿날 비게 됐는디, 팔일오(8·15) 해방

---

9) 최인학 외 공저, 『한국민속학 새로 읽기』, 민속원, 2002, 45쪽.
10) 자크 브로스 지음, 양명란 옮김, 『식물의 역사와 신화』, 갈라파고스, 2005, 82~83쪽.

이 되었어. 그래서 그 나무가 여태 살아 있어.[채록자: 그 나무 어디 있어요?] 저 가보면 있어. 이따 일러 줄게.

그래서 그 나무 비기가 늦었지. 팔이오 해방이 됐으니깐. 그래서 그 나무를 동네에서 위혀요. 또, 그 나무를 가지를 찐다던가 가지를 근다던가 허면 해를 봐. 그건 뭐…. 그래서 거기서 나무에서 돼지 같은 것, 개같은 것 잡으면 또 해고. 그래서 이 동네는 그 나무를 굉장히 위하거든, 이 동네는.[11]

위의 인용문은 충남 청양군 화성면 매평리의 군지정보호수인 정자나무와 관련된 이야기이다. 일제의 압력으로 사라질 운명에 처해 있던 정자나무가 마을 사람들과 일본인이 서로 옥신각신하는 사이에 해방을 맞이하여 생명을 보존하게 되었다는 것이다. 그런데 이 정자나무에서는 어떠한 부정한 행위도 금하고 "동네는 그 나무를 굉장히 위"한다는 것으로 보아 마을 사람들에 위함을 받는 신목임을 알 수 있다. 이처럼 마을을 지키는 신목은 사람들이 태어나기 이전부터 그곳에 자리를 잡고 있었으며, 자신들이 죽은 후에도 여전히 그 자리를 지킬 것이기에 개인의 생존 기간을 훨씬 초월한다.[12] 작가는 홰나무가 시대를 초월하여 존재함을 냇물이 "조용히 흘러 와서 조용히 가는가 하면 때로는 거세게 소용돌이치며 와서는 소용돌이치며 갔다."고 비유적으로 표현하고 있다. 홰나무는 역사적 소용돌이 속에서도 변함없이 묵묵히 제자리를 지키며 외부의 적으로부터 마을을 수호하는 역할을 담당했던 것이다. "죽지 않는 옛 늙은 장수"로 묘사된 홰나무는 노거수의 이미지를 지닌 것으로, 사람들에게 신앙의 대상이 되기에 충분한 연륜과 규모를 가졌음을 알 수 있다.

일반적으로 마을 사람들에 의해 신앙의 대상이 되는 노거수를 당산나

---

11) 김기창·박미영, 「14. 정자 나무 이야기(1)」, 『한국구전설화집 9(충남 청양군)』, 민속원, 2004, 112~113쪽.
12) 이필영, 『마을신앙으로 보는 우리 문화 이야기』, 웅진닷컴, 2000, 274쪽.

무 또는 당나무라고 부른다. 당산나무는 당산신이 서의棲依하고 있다고 여겨지는 신체의 하나로, 주로 아름드리 노거수의 느티나무·은행나무·팽나무 등의 생목이 이에 해당한다.[13] 이런 당산나무는 마을 사람들을 하나의 공동체로 묶어주는 구실을 한다. 오늘날에는 그 의미가 쇠퇴하였지만, 전통 사회에서 마을이라는 공간은 단순히 집들이 모여서 형성된 집합체를 의미하지 않는다. 생활공간으로써의 마을은 '우리'라는 의식이 강하게 지배하는 곳이다. 흔히 사람들은 자신이 사는 마을을 '우리 마을', 그곳에 거주하는 사람들을 일컬어 '우리 마을 사람들'이라고 부른다. 마을을 하나의 공동 운명체로 인식하는 것이다. 그렇기 때문에 신앙적인 측면에 있어서도 마을 사람들은 동일한 대상을 모시며 섬겼던 것이다.

> 제가 말씀드리고자 하는 요지는 그동안 고향에 머무르면서 형님과 어르신네께 누를 끼친 제 선대의 죄를 속죄하고자 미력하나마 고향을 위해 살과 피를 바쳐 왔다고 믿어 왔읍니다만 제 의사가 아닌 타자의 힘에 의해 속죄의 땅을 잃어버리게 되었다는 제 변명입니다. …(중략)… 형님께서도 혹 신문을 읽으셨는지 모르겠읍니다만 우리 마을이 수출공업단지 조성지에 포함되어서 머지않아 뿔뿔이 이주해야 한답니다. 이미 떠나간 사람들도 있읍니다. 저의 마음은 갈피를 잡지 못하고 절망상태에 있읍니다. 제게는 도시로 진출한다든지 타동리에서 낯선 사람들과 어울려 산다든지 하는 것은 상상조차 할 수가 없읍니다.(10쪽)

위의 인용문은 '나'의 아버지를 죽음에 이르게 했던 자신의 아버지의 죄를 "속죄하고자 미력하나마 고향을 위해 살과 피를 바쳐 왔던" 덕보가 주인공인 '나'에게 고향 마을이 수출공업단지의 조성으로 없어지게 되었

---

13) 김형주,『민초들의 지킴이 신앙』, 민속원, 2002, 49쪽.

다는 것을 알리는 편지의 내용 중 일부분이다. 덕보는 편지에서 '나'가 살았던 곳을 "우리 마을"이라는 단어를 사용함으로써, 비록 '나'가 마을을 떠났음에도 불구하고 마을 구성원의 일원임을 일깨워주고 있다. 그래서 일상적으로 마을 사람들끼리 부르는 호칭인 "형님"으로 '나'를 지칭하는 것이다.14) 고향을 지키며 살아가는 덕보나 과거 '나'의 집안과 관련된 불행한 사건으로 인해 고향을 등지고 전국을 떠돌아다니는 장돌뱅이 신세인 '나' 모두에게 있어서 마을은 여전히 '우리'라는 공동체 의식으로 묶일 수 있는 공간이었던 것이다.

일반적으로 마을을 떠난다는 것은 마을 구성원으로서의 자격이 박탈되었음을 의미한다. 이렇게 마을 사람들에 의해 강제로 추방당한 자는 어느 곳에서도 환영받을 수 없는 국외자가 된다. 이런 사람들은 어느 사회에도 소속될 수 없기에 홀로 삶을 영위하며 고독과 두려움, 공포에 떨게 된다. 덕보가 "저의 마음은 갈피를 잡지 못하고 절망상태"에 놓였다거나 "타동리에서 낯선 사람들과 어울려 산다든지 하는 것은 상상조차 할 수" 없는 일이라고 한 것은 이런 맥락에서 이해할 수 있다. 소설 말미에 덕보가 자살하는 것은 자신의 의지와 상관없이 고향을 등지게 되는 뿌리 뽑힘에 대한 두려움, 즉 국외자로서의 삶을 거부하는 것으로 볼 수 있다. '나'는 부모와 연관된 비참한 추억을 잊고자 고향을 등졌지만, 결국 전국을 떠돈다는 점에서 뿌리 뽑힌 자로서의 삶을 살아가는 것이다. 마을을 떠나는 것이 두려운 덕보나 마을을 등지고 살아가는 '나' 모두가 사회에 적응하지 못하는 소외된 인생인 것이다.

'나'는 타지에서 생활의 터전을 마련했지만, 그 의식의 기저에는 항상 고향과 홰나무에 대한 추억과 미련이 남아 있다. 그것은 전국을 떠돌면서도 고향 근처에는 얼씬도 하지 않던 '나'가 홰나무가 뿌리째 뽑힌다는

---

14) 덕보의 편지 내용에서도 볼 수 있듯이, '나'는 소년시절에 덕보에게 '나'를 형님으로 불러도 좋다고 허락하였다.

날의 전날 밤에 고향으로 돌아와 홰나무를 감싸 안는 행동을 통해서 짐작할 수 있다.

> 그리고 뿌리째 뽑히고 말 홰나무의 원혼을 달래 주어야 할 것이다.
> 그러나 지금 나는 애초의 그러한 작정과는 달리 오늘의 내 자신의 처
> 지에 대한 홰나무로부터 위안을 받으려는 심정밖에 없었다.(11～12쪽)

위의 인용문에서 보듯이 주인공인 '나'는 뿌리째 뽑힐 홰나무의 비참한 운명을 안타깝게 생각하고 그 원혼을 달래주고자 하는 마음을 품고 고향을 방문한다. 그런데 홰나무를 어루만지고 귀를 기울이는 동안에 자신도 모르게 홰나무에 동화되어 위안을 받는 처지로 상황이 역전된다. 홰나무 입장에서 보면, 자신을 위로하겠다고 나선 '나'의 행동은 만용에 가까운 어리석은 수작에 불과한 것이다.

앞에서 살펴보았듯이 홰나무는 마을 공동체 신앙의 중심에 서 있는 상징적인 존재인 노거수로, 정기적으로 마을 사람들이 제물을 받치고 제사를 받드는 신수神樹이다. 홰나무와 같은 신수는 병마와 재액을 물리치는 주력을 지녔다고 믿기에 제의를 통해 전체적으로는 마을의 무사태평과 풍요를, 개인적으로는 무병장수와 재복을 기원한다. 제의에 참석하는 것 자체만으로도 마을 사람들은 마음의 평안과 위안을 얻게 된다. 이것은 '나'에게 있어서도 마찬가지다. 홰나무는 자신의 존재가 부정되고 뿌리째 뽑힐 운명에 처했음에도 불구하고 연약한 존재인 '나'의 마음에 남겨진 상처를 어루만져주고 치유해주는 것이다. 여기서 홰나무가 위안수로의 역할을 하고 있음을 볼 수 있다. 그리고 최후의 순간까지도 마을의 수호자로서 자신의 본분을 다하며 마을과 운명을 함께 하는 공동체의 일원이기도 하다.

2. 통과의례적 매개체

한국의 전형적인 마을은 배산임수와 장풍득수라는 풍수신앙을 바탕으로 형성된다. 마을의 규모와 위치에 따라 달라지기는 하지만 일반적으로 뒤쪽에는 산이 있어 마을을 감싸고, 앞쪽으로는 훤하게 트이고 냇물이 흐르는 남향의 마을을 이상형의 마을로 생각한다.[15] 마을이 형성되면 그 주변에 서낭당이나 장승 등의 표식을 통해 그곳에 사람이 살고 있음을 표시한다. 이런 형상물을 마을 주변에 배치하는 것은 외지인에게 마을이 존재하고 있음을 알리는 동시에 외부의 적이나 사악한 기운이 마을로 들어오는 것을 막기 위해서이다. 따라서 마을은 외부 세계와 단절된 성의 공간으로써의 소우주를 뜻한다. 소우주에는 신성현현에 의해 성별되었거나 제의적으로 구축된 성스러운 공간이 존재하기 마련이다.[16] 소설에서는 홰나무가 서 있는 동구가 바로 이런 신성 공간으로 묘사되고 있다.

> 정미년(丁未年) 팔월 초순이라고 할머니는 말했다. 황토길이 벌
> 겋게 타오르는 염천 대낮에 때아니게 하늘에 사무치는 통곡 소리가
> 들렸다. …(중략)… 소리는 동구 쪽 이제 막 노리끼리한 꽃이 피기
> 시작한 홰나무 아래에서 났다. 무슨 영문인지 몰라 어리둥절하던
> 사람들이 잠시 후 정신을 가다듬고 홰나뭇가로 우우 몰려 들었다.
> 거지 중에도 상거지라 할 땀에 절은 남루한 옷을 걸친 한 젊은 사내
> 가 칼자루를 앞에 놓고 무릎을 꿇어 앉아 고개를 떨군 채 마른 땅의
> 풀포기를 쥐어 뜯으며 통분의 울음을 터트리고 있었다.(12쪽)

한병韓兵 장교였던 '나'의 할아버지인 홍순구는 일본에 의해 강제로 군대가 해산되자, 일병과 싸우다가 쫓기는 몸이 되어 고향으로 돌아온다.

---

15) 김형주, 앞의 책, 49쪽.
16) 미르치아 엘리아데 저, 이재실 옮김, 『이미지와 상징』, 까치, 2005, 46쪽.

이런 홍순구가 동구 밖 홰나무 아래서 통곡을 한다. 무슨 영문인지 모르는 마을 사람들이 "홰나뭇가로 우우 몰려 들었다." 이처럼 '홰나뭇가'에 사람들이 모였다는 것은 이곳이 마을 공간의 중심 광장이며, 그것 자체가 일상적인 마을 생활의 중심임을 보여준다.17) 마을의 중심 공간인 '홰나뭇가'에서 홍순구는 마을 사람들에게 자신의 결연한 의지를 선포한다. 자신의 굳은 의지를 드러내고자 하는 홍순구의 입을 통해 이곳이 성스러운 장소로 탈바꿈하게 됨을 볼 수 있다.

> "이제 나라는 망했소. 나의 상관 박승환(朴昇煥) 대장은 군인으로서 나라를 지키지 못하고 신하로서 충성을 다하지 못했으니 만번 죽어 마땅하다 하고 자결했소. 그 분의 뜻을 받들어 우리들은 일병의 기관포와 맞서 싸웠으나 구식 소총으로는 신식 무기를 당할 재간이 없어 피를 뿌리며 우리의 많은 병졸이 죽어갔소. 내 이제 쫓기는 몸이 되어 군복을 벗고 목숨을 달아 고향에 돌아왔으나 굴욕으로 더러워진 몸을 어이 꿋꿋이 들 수가 있겠소? 그러므로 순하나 대세를 모르는 몽매한 내 고향 사람들에게 호곡으로 고하고 삼일 동안 금식으로 이 홰나무 아래에서 뉘우치려 하니 여러분들은 나를 상관하지 마시오."(13쪽)

홍순구는 마을 사람들을 향해 나라의 망함과 그들의 "순하나 대세를 모르는 몽매"함을 지적하고 민족의식의 자각을 호소한다. 그리고 "삼일 동안 금식으로 이 홰나무 아래에서 뉘우치려 하니 여러분들은 나를 상관하지 마시오."라고 한다. 이런 홍순구의 행동은 자신의 굳은 의지를 표명함과 동시에 '홰나뭇가'를 세속적인 공간과 단절시킴으로써 비일상적인 신성 공간으로 탈바꿈하는 계기가 된다. '홰나뭇가'는 마을의 중심에서 세계의 중심으로 그 역할이 확장되며, 그곳에 자리 잡은 홰나무는 단순히 살

---

17) 이필영, 앞의 책, 273쪽.

아 있는 나무가 아닌 세계의 중심에 위치한 우주목 내지 세계수를 상징하게 된다. 나무는 단지 그 자체로써 숭배의 대상이 되는 것이 아니다. 나무가 내포하고 의미하는, 즉 나무를 통해 계시하는 것이 있기에 숭배되는 것이다.[18] 숭배의 대상이 되는 홰나무 아래에서의 참회는 홍순구의 "굴욕으로 더러워진 몸을" 정화시켜 새로운 인간으로 거듭나게 한다.

> "홍순구가 의병을 한단다."
> 누구 입에서 나왔는지 마을에는 그런 소문이 돌았고 누구 누구는 할아버지를 따라 산간으로 들어갔다고들 했다. 그와 거의 때를 같이 해서 집안의 논과 밭이 뭉텅뭉텅 남의 손으로 떨어져 나갔다. 의병의 군비와 식량을 조달하기 위해서 할아버지는 조상이 길러온 재산을 팔아 버렸던 것이다. 그 임무를 수행한 것은 덕보의 할아버지였다. 그는 칠흙 같은 어둠을 타고 집으로 몰래 숨어 들어왔다. 그리고는 다음날 새벽에 떠나갔다.
> "달이 없는 밤이면 칠성이가 네 할아버지의 소식을 가지고 오리라는 생각 때문에 잠을 이룰 수가 없었단다. 얘야, 허지만 칠성이가 나타나서 땅문서를 가지고 가면 이번에는 가슴이 덜컹 내려 앉고 떨리는 게 앞으로는 어찌 살까 아뜩하기만 하여 또 잠을 이룰 수가 없었단다."(14쪽)

홰나무의 신성성을 매개로 한 정화의식을 통해 홍순구는 한병 장교에서 의병장으로 신분이 바뀐다. 한병 장교로서 일병과 맞서 싸운 것이 군대 해산에 따른 타율적인 행위였다면, 의병장이 되어 일본으로부터 나라를 지키고자 하는 것은 자신의 의지에 따른 자율적인 행위라는 점에서 차이를 보인다. 이러한 의식의 전환은 새로운 인간으로의 재탄생을 의미한다. 성소의 이미지로 상징되는 '홰나뭇가'는 홍순구를 외부의 힘으로부터

---

18) 엘리아데 저, 이은봉 옮김, 『종교형태론』, 한길사, 1997, 357쪽.

안전하게 지켜주는 동시에 그 자신의 중심을 발견하도록 도와주었던 것이다.[19] 즉 '홰나뭇가'는 통과의례적 공간인 것이다.

자신이 무엇을 해야 할지를 깨달은 홍순구는 산간으로 들어가게 된다. 그리고 "집안의 논과 밭"을 팔아 "의병의 군비와 식량을 조달"한다. 자신이 홰나뭇가에서 마을 사람들을 향해 외쳤던 구국의 싸움을 시작한 것이다. 그런데 "달이 없는 밤이면 칠성이가 네 할아버지의 소식을 가지고" 올 것이라는 할머니의 말을 통해 홍순구의 일본에 대한 항전이 은밀하게 이루어졌음을 알 수 있다. 따라서 집안 식구들은 그에게 해가 되지 않도록 모든 일에 있어서 경거망동을 삼가고 근심하며 조심해야 한다. 그래서 '나'의 할머니는 "잠을 이룰 수가 없었"던 것이다. 그녀의 걱정에도 불구하고 홍순구는 싸늘한 시신이 되어 마을로 돌아온다.

> "그 분의 영구가 어디에 있소?"
> 사람들은 마을 앞 홰나무 아래에 있다고 말했다. 그리고 영구는 알아서들 모실테니 부인은 몸조리를 하라고 일렀다. 그러나 할머니는 완강히 거절했다.
> "아무도 내가 보기 전에는 그분을 건드리지 말아요. 아무도……절대로……"
> 할머니는 부축하려는 사람들을 뿌리치고 걸었다. 온 천지가 노랗게 흔들렸다. 그녀는 쓰러지지 않으려고 이를 악물고 허위적거리며 비틀거리며 홰나무 앞으로 걸어 나갔다. 그때까지 할머니는 할아버지의 죽음이 그렇게 참혹한 줄은 몰랐다.
> 두 개의 모가지가 긴 장대 위에 꽂혀 세워져 있었다. 할아버지의 얼굴은 온통 피투성이었고 산발한 머리카락이 그 위를 덮어 내렸다. 두 눈은 뜬 채여서 햇빛에 시퍼렇게 빛이 났다. 얼른 보아 그것은 할아버지의 얼굴 같지가 않았다.(16~17쪽)

---

19) 미르치아 엘리아데, 앞의 책, 61쪽.

일본군에 의해 참혹하게 죽은 홍순구의 모습이 사실적으로 묘사되어 있다. 자신의 재산을 처분하고 의병활동을 벌이다가 일본 토벌대에 의해 효수 당한 사건은 한반도 역사의 한 축약도인 것이다.[20] 여기서 한 가족의 비애를 넘어 우리 역사의 비극적 사건에 비유될 수 있는 효수가 행해진 장소에 주목할 필요가 있다. 홍순구의 머리는 긴 장대에 꽂혀 홰나무 아래에 세워졌다. 앞에서도 살펴보았듯이, '홰나뭇가'는 세계의 중심인 성소를 의미한다. 따라서 세계의 중심에 세워진 긴 장대는 '세계목의 복제'[21]에 다름 아니다.

세계목은 신의 하강처인 동시에 인간의 소망을 신에게 전달하는 매개체 역할을 한다. 작가는 '홰나뭇가'를 효수 장소로 선택함으로써 비록 홍순구가 일병과의 싸움에서 패배하였지만 그것이 구국 운동의 좌절을 뜻하는 것이 아님을 보여준다. 홍순구는 일본군에 패해 자신의 머리가 긴 장대에 매달리는 신세가 되었지만, 그의 "두 눈은 뜬 채여서 햇빛에 시퍼렇게 빛이 났다." 이것은 죽음조차도 홍순구의 구국 의지를 꺾지 못함을 보여주는 것이다. 홰나뭇가에서의 죽음을 통해 홍순구는 한 가문의 종손에서 나라의 장래를 걱정하는 영웅적 인물로 변모하게 되는 것이다.

3. 신성성의 상실과 반역의 목도

홰나무를 신성시 여기는 심성은 '나'의 할아버지 대까지 유지되며, 그에 대한 믿음은 세대를 거듭하면서 약화되는 경향을 보인다. 이것은 시간의 경과에 따른 인식의 변화라는 점에서 당연한 귀결이라 하겠다. 할머니의 입을 통해 '나'에게 전승되는 할아버지와 홰나무에 얽힌 이야기에는 분명 신화적인 속성이 존재한다. 그러나 아버지의 입을 통해 '나'에게 습득되

---

20) 정현기, 앞의 글, 356쪽.
21) 미르치아 엘리아데, 앞의 책, 53쪽.

는 홰나무와 관련된 지식에는 수목의 신성성은 배제된 채 그 신화적 흔적만을 엿볼 수 있을 뿐이다.

> "홰나무는 스스로가 소리를 내는 것은 아니지만 몇 가지 중요한 것들로 인해서 홰나무 안에서 소리가 나게 되는 것이다. 너희들은 마을 앞 홰나무가 속이 텅 비어 있는 것을 알겠지? 밑은 큰 구멍이 나 있고 위쪽에는 아주 작은 구멍이 하나 나 있지. 무서워서 그 안을 들여다보지 못한 학생들이 있다면 공부가 끝난 뒤에 한번 안을 들여다보렴. 구멍으로 파란 하늘이 보일 게다. 밤에 보면 먼 별빛도 보이지. 귀신이 붙은 나무라는 말은 틀린 것이니 무서워 말고 들여다봐요."
>
> ···(중략)···
>
> "너희들은 퉁소가 아름다운 소리를 내는 것을 알 게다. 아니, 퉁소뿐만 아니라 보리피리도 소리를 낸다. 구멍 속으로 바람이 들어가서 소리가 나지. 그와 마찬가지로 바람이 홰나무 큰 구멍으로 들어가서 위의 작은 구멍으로 빠져 나올 때 소리가 나게 되는 게다. 바람이 불고 비가 오는 날에는 물기나 물방울이 구멍 벽에 방울방울 맺혀 더욱 묘한 소리를 내게 마련이란다. 우리들은 그 나무에 귀신이 붙었다고 생각해서도 안되지만 그렇다고 그 소리를 너무 가치 없이 생각해서도 안된다. 홰나무는 머지 않아 잎이 모두 지겠지만 한여름엔 꽃도 피우고 시원한 그늘을 내리며 때때로 아름다운 소리를 내어 우리들 마음을 흐뭇하게 해주기 때문이란다."(19쪽)

위의 인용문은 사람들이 홰나무가 소리를 내는 것으로 믿기 때문에 그렇게 들리는 것일 뿐, 결코 홰나무는 소리를 내지 않는다는 덕보의 대답에 대해서 '나'의 아버지가 나름대로 부연 설명하는 대목이다. 아버지는 "홰나무는 스스로가 소리를 내는 것은 아니"라고 전제하면서 "몇 가지 중요한 것들로 인해서" 홰나무가 소리를 내게 되는 것이라고 한다. 그리고

'나'와 덕보를 비롯한 학생들에게 홰나무에서 소리가 나게 되는 내력을 통소와 보리피리를 예로 들면서 "바람이 홰나무 큰 구멍으로 들어가서 위의 작은 구멍으로 빠져 나올 때 소리가 나게 되는" 것이라고 하면서 과학적인 방법을 통해 홰나무가 우는 소리를 합리적으로 설명하고 있다.

위의 인용문에서 홰나무를 지칭하면서 "무서워서 그 안을 들여다보지 못"했다거나 "구멍으로 파란 하늘이 보"인다거나 "귀신이 붙은 나무라"고 하는 말은 여전히 마을 사람들에게 있어 홰나무가 경외시 되는 대상이었음을 보여준다. 하지만 학생들에게 "귀신이 붙은 나무라는 말은 틀린 것이니 무서워 말고 들여다봐요."라고 하는 아버지의 말에서 더 이상 홰나무가 신성한 존재로 인식되지 않을 것임을 암묵적으로 드러내고 있다. 이것은 앞에서 언급한 '나'의 아버지가 아이들에게 홰나무가 소리를 내는 원리를 설명하는 대목에서 분명히 드러난다. 나무에 성스러운 힘이 있다고 믿는 것은 나무가 수직으로 서 있고 성장하며 잎이 지고 피고는 과정을 무수히 반복하기 때문이다. 이러한 무한히 재생하는 힘으로 말미암아 나무는 우주를 상징하게 되는 것이다.[22] 홰나무가 성스러운 나무로의 상징성을 잃게 되자 사람들에게 "시원한 그늘을 내리며 때때로 아름다운 소리를 내어 우리들 마음을 흐뭇하게 해주"는 나무로 그 위상이 떨어지게 된다. 이를 극명하게 보여주는 사건이 '나'의 아버지의 죽음이다.

> 그날 아버지는 홰나무 밑으로 끌려 갔다. 죽음을 예견한 마을 사람들은 할머니와 어머니와 나를 붙들고 놓아 주지 않았다. …(중략)… 아버지는 새끼줄로 홰나무에 꽁꽁 묶여 있었다. 그 순간 나는 탕, 탕 하는 두 발의 총성을 듣고 그 자리에 흠칫 멈춰서고 말았다. 아버지의 머리가 힘없이 가슴 앞으로 떨어졌다. 홰나무에서는 한 잎 낙엽이 졌다.(23쪽)

---

22) 엘레아데, 앞의 책, 358쪽.

덕보의 아버지는 '나'의 아버지를 가리켜 "저 사람의 집안은 조상 대대로부터 가난하고 천한 사람들을 가혹하게 학대해 온 이 마을의 대표적 부르조아 계급이오."(22쪽)라고 한다. 그에 의해서 '나'의 아버지는 인민을 악랄한 수법으로 착취한 인물로 낙인찍힌다. 그리고 혁명과업을 완수한다는 명목 하에 홰나무에 묶인 채 총살을 당한다. 이런 아버지의 죽음을 소설에서는 "홰나무에서는 한 잎 낙엽이 졌다."고 하여 은유적인 수법을 사용하여 표현하고 있다. 여기서 작가의 시선은 민족 전체를 위해 재산을 바치고 마지막 남은 아버지의 유산으로 학교를 건립한 양반 가계를 적대시하여 살해한 행위는 비참한 분노의 결과이며, 그러한 행위가 비열한 짓이라는 것이다.[23]

'홰나뭇가'에서의 아버지의 죽음은 홰나무의 신성성을 훼손하는 행위로, 더 이상 그곳이 신성 공간으로 자리매김할 수 없음을 보여주는 상징적인 사건이라 하겠다. 유년기의 '나'가 홰나무 아래서 목도한 광경, 즉 아버지의 죽음을 목격함으로써 홰나무에 얽힌 이야기는 더 이상 신화적 속성을 지니며 전승할 수 없게 된다. 홰나무는 신성 공간으로부터 일탈하여 사람들이 생활하는 일상 공간으로 옮겨오게 되는 것이다. 앞으로 전승하게 될 홰나무와 관련된 이야기는 '나'가 몸소 경험한 현실을 반영할 것이기 때문이다.

4. 뿌리 뽑힌 자들의 표상

전통적인 마을에서는 사람들에 의해 위함을 받는 당산나무가 존재한다. 이런 당산나무에는 신성이 존재함을 보여주는 여러 가지 형태의 이야기가 전승된다. 소설 속의 홰나무도 그 중의 하나로, 사람들이 나무에게서 느꼈던 신성함이 그대로 소설 속에 내재되어 있다. 홰나무가 성에서 속의 공간

---

23) 정현기, 앞의 글, 357쪽.

으로 이동하였다고 하여 그에 대한 경외심이 모두 사라지는 것은 아니다.

> 바람이 분다. 뷔이잉 뷔잉 하고 홰나무가 운다. 할아버지가 운다. 아버지가 운다. 할머니가, 어머니가 운다. 그 울음소리에 어울려 내가 운다. 별 없는 하늘이 운다. 들판이 운다. 냇물이 운다. 마을이 운다. 온 천지가 운다.(24쪽)

'나'는 홰나무가 우는 소리를 듣는다. 그런데 홰나무의 우는 대상이 '나'의 가족에서 시작하여 마을을 넘어 온 천지로 점층적으로 확대되고 있다. 이러한 홰나무의 울음소리를 들은 것은 '나'만이 아니다. 덕보는 '나'에게 보낸 편지에서 나의 할아버지와 아버지의 음성뿐만 아니라 자신의 할아버지와 아버지의 음성을 들었으며, 그 음성이 온 천지에 아득하게 들려온다고 하였다. 그리고 이와 같은 기적이 자신을 포함해서 온 마을 사람들의 것으로 자리매김하게 되었음을 밝힌다. "그리하여 홰나무는 하나의 전설을 지니게 된"(11쪽)다. 이것은 홰나무와 관련되어 벌어진 일련의 사건들이 마을 사람들의 기억 속에 하나의 전설로 자리 잡게 되었음을 의미한다. 홰나무가 "뷔이잉 뷔잉"하고 우는 것은 나무의 속이 텅 비었기 때문에 나는 소리가 아니다. 그것은 자신에게 영험함이 존재하고 있음을 드러내는 징표인 것이다.

> "이걸 뽑아내고도 성할까?"
> 불도우저 위에 앉아 있는 사내가 밑에서 신호를 보내는 사내에게 물었다.
> "이따위 나무를 한 두 번 뽑아 봤나? 얼기는 왜 얼어?"
> "어젯밤 꿈자리가 꽤나 뒤숭숭했단 말야. 구렁이가 내 몸을 칭칭 감는 꿈을 꾸었거든. 포항 어디선가는 고목 하나 밀어냈던 사람이 그날 밤으로 반신불수가 되었다더구만"(27~28쪽)

위의 인용문에서 "고목 하나 밀어냈던 사람이 그날 밤으로 반신불수가 되었다더구만."하는 불도저 기사의 입을 통해 당산나무에 대한 사람들의 심성을 읽을 수 있다. 홰나무처럼 마을 사람들에 의해 모셔지는 당산나무는 신의 현현을 상징하는 신체이기에 이를 자르거나 꺾으면 신의 노여움을 사게 된다고 여겼던 것이다. 즉, 신의 몸을 상하게 하면 그에 따른 벌을 받게 된다는 것이다. 신목의 신체를 훼손하여 그로 인해 신벌을 받았다는 이야기를 우리 주변에서 쉽게 찾아볼 수 있다.

　이 줄기가 썩고 다시 움돋아서 또 나구 나구 해서 유지가 되고 있는데, 바로 요기가 부근당자리다. 이거야요. 부근당 자리가 여기 있어가지고, 이 나무는 건들이며는 신이 붙어서 잘못하면 벌 받는다. 그래가지고 이 나무 근접을 못했어요. 그것이 이 동네 신앙. 이 저 자연(조사자: 민간신앙요?) 웅. 그래가지고 이 나무가 오늘날까지 이렇게 유지가 되고 있는데. 이-저 교동에 그런 나무가 더러 있어요. 아까 읍내리. 그저 부 교동부가 있던데 자리. 거기도 나무 하나 있는데, 어-동네 사람들이 이 나무 다치면은 이 나무 건들이면 벌 받는데. 근데 바로 아까 지서 주재소 자리가 있었다고 그랬죠. 그 주재소가 있을 때 거기 일본놈 순사부장이 에에- 와가지고선 주재소에서 자는데, 에ー에 거기 심부름하는 사람이 그 동네 아주 가난한 사람이었어요. 그런데 하루는 보니까 땔감이 없어. 그러니까 그 순사부장이, 일본사람이
　"야, 저기 올라가면 고목이 있는데 고목 좀 꺾어다가 펴라."
　그러니까 그 사람이
　"그것은 신이 붙은 나무가 돼서 괜히 벌 받습니다." 하니까
　"신이 무신 신이야. 가서 짤라와."
　그래서 짤라다가 헐 수 없이, 톱을 가지고 가서 짜르면서,
　"이거 목신대감님 이거 지가 짤르는 것이 아닙니다. 이저 그 일본 순경 순사부장이 이름이 하시모도라고 교본인데, 교본 이놈이 짜르

라고 해서 짜르니까 벌을 줘도 이 놈 주지 다치지 말게" 해달라는
거야. 아주 직싸하게 앓았다는 거야. 교본이라는 순사부장이, 하여
간 그렇게 내려오는 말도 있고(웃음) 그래서 이 거기도 신이 붙은
나무가 있는데, 여기도 이게 신이 붙은 나무니까 건들이면 큰일 나
니까, 그렇게 해서 유지가 되는 거야.(웃음) 이게 고목군 현이 있었
을 적에 심어진 나무일거다 이거야. 다른 자생목이 아니에요. 다른
소나무나 참나무나 이런 것이 아니라 물푸레나무 물푸레나무. 이
물푸레나무는 우정 심었을 거다 이거야.24)

　위의 인용문은 강화군 교동 읍내리의 옛 부근당 자리에 서 있는 물푸레
나무에 관한 이야기이다. 마을 사람들은 물푸레나무에 신이 좌정하였다고
믿고, 이를 건들면 벌을 받는다고 여겼다. 이러한 마을 사람들의 믿음을 우
습게 여긴 주재소의 일본인 순사부장이 일하는 사람을 시켜서 나무를 잘라
오게 하였다가 "직싸하게 앓았다"는 것이다. 마을 사람들은 오늘날까지도
물푸레나무가 보존될 수 있었던 것은 당시 일본인 순사부장에게 신벌이 내
렸기 때문이라고 생각한다. 이처럼 마을의 당산나무를 훼손한 자들에게 신
벌이 내렸다는 이야기는 전국적으로 광범위하게 전승되고 있다. 마을에서
일 년에 한두 번씩 제사를 지내던 서낭목의 신성을 무시하고 나무에 소변
을 보고 이를 베려던 사람이 갑자기 미쳐서 마을을 싸돌아다녔다거나25) 일
제 때 주재소 소장이 마을에서 위하는 나뭇가지를 치고 벙어리가 되었다거
나26) 성황당에 모셨던 나무를 베어 집안이 망했다거나27) 마을 창고를 짓
기 위해 당산나무를 잘랐다가 동티가 나서 그 자리에 새로운 나무를 심었
다28)는 식의 이야기가 오늘날에도 생명력을 지니며 전승하고 있다.

24) 필자 채록. 채록일시: 1999.10.22. 화자 : 이강성(남 79세, 인천광역시 강화군 교동면 읍내리)
25) 최웅·김용구·함복회, 「서남목을 베어 벌을 받다」, 『강원설화총람 Ⅰ』, 북스힐, 2006, 255쪽.
26) 박종익, 「신목(神木)」, 『한국구전설화집 14(충남편Ⅱ)』, 민속원, 2005, 197쪽.
27) 최웅·김용구·함복회, 「성황당 나무를 베어 망한 마씨네」, 『강원설화총람 Ⅵ』, 북스힐, 2006,
　　353~354쪽.

한편, 당산나무에 서려 있는 신성은 나무가 생명을 상실하였다고 하여 사라지는 것이 아니다. 땔감이 마땅치 않던 시절, 신목으로 위함을 받던 나무가 쓰러져 죽자 이를 가져다가 불을 땐 사람이 화를 입어 죽었다거나[29], 자기 논 위에 있던 버드나무를 죽인 부부가 병에 걸려 앓다가 죽었을 뿐만 아니라 죽은 버드나무를 싼 값에 사다가 판 사람도 결국엔 사고를 당해 죽었다는 이야기[30]가 전승된다. 이처럼 당산나무의 신성이 나무의 생사 여부와 상관없이 지속된다는 믿음은 감염 주술적 사고에 기인한다. 당산나무는 자신을 해치고자 하는 의도가 없었다고 하더라도 신성을 무시하는 사람에게는 언제든지 신벌을 내린다는 것이다.

> "그걸 믿어? 공연히 하는 수작이야. 비가 더 내리기 전에 어서 뽑아 버리자구"
>
> "에라, 모르겠다"
>
> 그와 함께 불도우저는 푸른 연기를 뿜으며 힘차게 홰나무 밑 흙을 긁어 올렸다. 마을 사람들이 멀찌감치 서서 그 광경을 묵묵히 바라보고 있었다. 십여 분 동안 흙을 긁어 올리던 불도우저는 드디어 정면으로 홰나무 몸둥이 앞으로 다가갔다. 홰나무는 우지끈 소리를 내며 서서히 냇물 쪽으로 기울어졌다. 마치 피빛으로 물든 수십 마리의 구렁이가 얼키고 설킨 듯한 붉은 뿌리가 드러났다. 그것은 갈색이었는지, 아주 흰색이었는지 몰랐다. 어떤 환상이 나로 하여금 피빛으로 보이게 했는지도 몰랐다. 그때 비를 몰고 온 바람이 홰나무 가슴 속을 뚫고 나가면서 뷔이잉 하며 울었다.(28쪽)

홰나무가 뿌리째 뽑힌 것은 근대화라는 미명하에 우리의 정신적·신앙적 문화유산의 파괴가 공공연히 자행되었음을 보여주는 상징적 사건이라

---

28) 국민대, 『구비문학 현지답사 보고서 − 전라남도 장흥군 − 』, 2006, 95쪽.

29) 박종익, 앞의 책, 488쪽.

30) 최운식, 「호탄리의 버드나무」, 『한국구전설화집 5(연기편)』, 민속원, 2002, 41~42쪽.

하겠다. 마을사람들은 당산나무가 쓰러지거나 죽으면 자신들에게 재앙이 생길까봐 두려움에 떨었다. 그래서 당산나무가 쓰러지거나 고사하면 그 옆에 새로이 좋은 수종의 나무를 심고 두 나무를 실로 연결하여 노거수 신목의 신령성과 장수성의 생명력이 어린 새 나무로 옮겨가도록 하였던 것이다.[31] 그런데 근대화를 달성하기 위해 산업단지를 조성하는 과정에서 당산나무에 관한 신앙은 그냥 "공연히 하는 수작"으로 매도된다. 이것은 수목신앙을 문명의 해택을 누리지 못한 사람들이 초자연적인 힘에 의존하여 현실의 복을 추구하고자 하는 전근대적인 발상에 지나지 않는 것으로 여겨졌기 때문이다. 근대적 견지에서 보면 당산나무에 관한 사람들의 신앙은 타파해야 할 미신에 불과한 것이다. 이러한 신앙은 사회가 근대화·과학화되면 자연적으로 사라질 것으로 믿었다. 하지만 당산나무에 대한 믿음은 오늘날까지도 사람들의 심성에 남아 전해지고 있으니 아이러니가 아닐 수 없다.

마을 사람들은 멀찌감치 서서 자신들이 위하던 홰나무가 우지끈 소리를 내며 냇물 쪽으로 쓰러지는 광경을 그저 바라볼 뿐, 어떠한 항변도 하지 않는다. 그들은 조국 근대화라는 대의명분 앞에 속수무책으로 당하는 무기력한 인간상을 대변한다. 이것은 '나' 또한 마찬가지다. 덕보가 '나'에게 홰나무를 보존할 수 있는 방법을 묻자 "자네도 알다시피 나는 아무런 능력도 없"다고 하면서, 오히려 덕보에게 "마을을 떠나게. 모든 과거를 잊고 새로운 곳에서 새롭게 출발하게"(25쪽)라고 충고한다. 덕보에게 현실의 변화를 인정하고 그 속에 안주할 것을 권하는 것이다. 그런데 이러한 '나'의 충고는 공허한 메아리에 불과하다. '나'는 "마치 피빛으로 물든 수십 마리의 구렁이가 얼키고 설킨 듯한" 홰나무의 뿌리를 보지만, 곧이어 "어떤 환상이 나로 하여금 피빛으로 보게 했는지도 몰랐다."고 하면서 자신이

---

31) 김형주, 앞의 책, 52쪽.

목격한 사실조차도 확신을 갖지 못한다. 여기서 자신에게 주어진 환경에 순응하고자 하는 소시민상을 엿볼 수 있다. '나'가 환상을 본 듯한 착각에 빠졌을 때, 빗속에서 "비를 몰고 온 바람이 홰나무 가슴 속을 뚫고 나가면서 뷔이잉 하며 울었다."고 하는 것은 신화적 속성이 탈락하여 전설의 단계로 전환하게 됨을 보여주는 상징적인 표상이다. 오늘날에도 인간세상의 이상 징후를 감지한 나무가 울었다는 전설이 전해지고 있다.32)

한편, 덕보에게 있어서 홰나무의 뿌리 뽑힘은 자기 정체성의 상실을 의미한다. 나무를 뿌리째 뽑는다는 것은 인간을 우주로부터 철수시켜 감각의 사물과 행위의 열매로부터 자신을 끊어버리는 것을 의미하기 때문이다.33) 덕보는 홰나무를 보존하는 것이 자신의 아버지가 '나'의 아버지에게 행한 죄를 씻는 것으로 믿는다. 덕보에게 있어서 홰나무는 업보의 나무였던 것이다. 그래서 덕보에게 홰나무의 보존은 그만큼 절박했던 것이다. 그는 홰나무가 마을에서 자취를 감추게 되는 때를 택하여 자살한다. 덕보가 자살을 선택한 것은 자신의 정체성 상실에 따른 두려움과 자기 존재를 부정하는 사회에 대한 거부감의 표시라고 할 수 있다.

> 덕보의 시체는 그날 오후 화장장을 향해 떠났다. 나는 장의차에 앉은 이장에게 부탁했다.
> "이걸 함께 태워 주십시오"
> "이게 뭡니까? 나무 뿌리가 아닙니까?"
> "네. 동구 앞 홰나무 뿌립니다"
> 젊은 이장은 내가 건네 준 뿌리를 소중하게 받아 관 위에 올려 놓았다.
> "불행한 사람을 기억해 주십시오"

---

32) 박종익, 『한국 구전설화집 15(충남편)』, 민속원, 2005, 105~106쪽; 김균태·강현모, 『새내 유역의 구비설화』, 금산문화원, 2005, 162~163쪽. 6·25 전쟁이 나면서 마을의 정자나무가 울었다거나 해방 전과 1949년, 그리고 박정희 대통령이 시해당하기 한 해 전에 울었다는 보석사의 은행나무 등이 있다.
33) 엘리아데, 앞의 책, 365쪽.

이장은 감수성이 예민하고 매우 동정적인 사람이었던지 울먹거리며 말했다. 나는 멀어져 가는 장의차의 뒤꽁무니를 바라보며 한동안 꼼짝 않고 빗발 속에 서 있었다. 그러나 불행한 것은 덕보가 아니라 살기 위해서 이제부터 어디론가 정처없이 떠돌아다녀야만 하는, 바로 나 자신인 것이다.(30쪽)

위의 인용문은 소설의 결말 부분이다. '나'는 홰나무 뿌리를 덕보의 시신과 함께 화장해 줄 것을 이장에게 부탁한다. 나무는 줄기와 가지가 없어도 살 수 있지만, 뿌리가 없으면 존재할 수 없다. 뿌리는 생명의 원천인 것이다. 뿌리를 소중히 여기는 것은 인간의 경우도 마찬가지이다. 이곳저곳을 떠돌아다니다가 어느 한 곳에 정착할 때 '이곳에 뿌리를 내리겠다.'고 한다. 이 말은 그곳에 삶의 터전을 마련하고 공동체의 일원으로서 자신의 본분을 다하며 삶을 영위하겠다는 것이다. 이런 뿌리들이 모이고 확장되어 마을을 형성하는 것이다. 마을을 개척한 사람을 입향조入鄕祖, 섬을 개척한 사람을 입도조入島祖라고 하면서 받드는 것도 이들이 마을에 뿌리 내린 것을 기리기 위함이다.34) 따라서 홰나무가 뿌리째 뽑혔다고 하는 것은 뿌리를 기반으로 한 마을 공동체의 붕괴를 의미한다.

「홰나무 소리」가 발표된 1970년대 중반은 정부에서 철강, 화학, 비철금속, 기계, 조선, 전자를 6대 전략 업종으로 선정하고 포항과 울산, 그리고 창원을 비롯한 남해안 일대에 새로운 공업단지를 조성하여 중화학 공업 위주의 성장 정책을 펼치던 시기이다. 정부 주도의 성장 전략은 우리 사회를 빠르게 도시화·산업화시켰으며, 이러한 경제 성장의 논리에서 소외된 농촌은 이농현상이 가속화되면서 점차 피폐해지게 된다. 홰나무가 마을을 상징한다고 볼 때, '나'가 이장에게 건넨 홰나무의 뿌리는 인생사가 서로 얽히고설키듯 살아왔던 마을 사람들에게 더 이상 고향에서의

---

34) 한국문화상징사전편찬위원회, 『한국문화상징사전 2』, 두산동아, 2006, 366쪽.

뿌리내림이 불가능함을 보여주는 징표인 것이다. 작가는 소설에 등장하는 홰나무를 이용하여 정부 주도하에 일방적인 진행되던 도시화와 산업화의 문제를 우회적으로 비판하고 있다.

III. 결론

지금까지 살펴본 바와 같이, 소설 「홰나무 소리」는 한국의 전형적인 농촌 마을을 배경으로 하여 마을 사람들에 의해 신성시되던 홰나무와 근현대사의 격동기에 일어났던 일련의 사건을 병행시켜 다룬 작품이다. 여기서 홰나무는 마을 사람들을 하나의 공동체로 묶어주는 신앙적 대상물인 동시에 우리의 과거사에서 뼈아픈 역사적 사건이 발생하게 되는 장소이기도 하다. 그래서 홰나무에 투영된 역사적 사건은 일개인에 국한된 것이 아니라 마을 전체, 그리고 우리의 사회 전반에 걸쳐 영향을 미치는 사건으로 그 의미가 점차 확대되었던 것이다.

작품의 중심에 서 있는 홰나무는 '나-할아버지-아버지-덕보'의 순으로 이야기가 진행되는 과정에서 각기 다른 역할을 수행한다. 뿌리 뽑힌 자의 삶을 살아가는 '나'에게 있어 홰나무는 고향을 떠올리게 하는 연결 고리이자 그 자체가 바로 고향을 의미한다. 그래서 홰나무는 '나'에게 정신적 안식처이자 비참한 추억을 치유해 주는 위안수로서의 역할을 하였던 것이다. 이에 비해 '나'의 할아버지인 홍순구에게 있어서 홰나무는 지난날의 허물을 벗고 새로운 인간으로 재탄생하는 통과의례적 매개체 구실을 한다. 즉 홰나무의 신성성을 매개로 하여 한병 장교에서 의병장으로 거듭나게 된다. 그는 홰나무 아래서 구국의지를 불태우고, 이런 그의 의지는 홰나무 아래서의 효수로 완성된다. 홰나뭇가는 신성 공간으로, 이곳에서의 재탄생과 죽음을 통해 홍순구는 한 가문의 종손에서 구국의 항전을 벌이는 영웅적인 인물로 변모하게 된다.

홰나무에 대한 신성은 세대를 거듭하면서 약화된다. '나'의 아버지는 어린 '나'와 덕보, 그리고 마을 사람들에게 홰나무가 우는 속성을 과학적 원리를 통해 설명하고 있다. 더욱이 홰나무 아래서의 '나'의 아버지에 대한 총살은 홰나무가 신성성을 상실하게 되는 결정적인 계기가 된다. 홰나무에 얽힌 이야기는 신화적 속성을 잃어버린 채 일상적인 이야기로 전환하게 되는 것이다. 따라서 홰나뭇가는 신성 공간에서 일상 공간으로 옮겨가게 된다. 성에서 속의 공간으로 옮겨졌다고 해서 홰나무에 대한 신성이 모두 사라진 것이 아님을 덕보와 관련된 이야기를 통해서 확인할 수 있었다. 홰나무를 뽑기 위해 온 불도저 기사는 나무가 운다고 하면서 작업하기를 꺼려한다. 이것은 홰나무처럼 오래된 노거수에는 신령이 거주하며, 이를 함부로 베거나 꺾으면 신벌을 받게 된다는 전통적인 믿음에서 비롯된 것이다. 이러한 전통적인 신앙관이 일상 공간에 존재하는 홰나무를 전설의 세계로 이끌었던 것이다.

한편 덕보에게 있어서 홰나무는 자신의 선대가 지은 죄를 씻기 위한 업보의 나무였다. 홰나무가 뿌리째 뽑히는 것은 자신이 속죄할 수 있는 대상의 상실을 의미한다. 그래서 덕보에게 있어서 홰나무의 보존은 절실할 수밖에 없었던 것이다. 홰나무의 뿌리 뽑힘을 자신의 존재감 상실로 받아들인 덕보는 더 이상 삶을 지탱할 용기가 없어 자살로 생을 마감한다. 그리고 마을 사람들에게 있어서 홰나무의 뿌리 뽑힘은 마을 공동체의 붕괴로 이어진다. 작가는 '나'를 비롯한 살아남은 사람들의 처지가 결코 덕보보다 나을 것이 없음을 말하고 있다. 이들 역시 정체성을 상실한 채 뿔뿔이 흩어져야 할 운명이기 때문이다. 홰나무는 덕보의 죽음과 함께 역사의 뒤안길에서 하나의 전설로 자리매김하게 된다.

'나'를 비롯한 마을 사람들은 불도저에 의해 홰나무가 뿌리째 뽑히는 광경을 그저 멀리서 바라보기만 한다. 그들은 조상 때부터 살아온 삶의 터전을 빼앗기고 고향을 떠나 뿔뿔이 흩어져야 하는 상황에서 어떠한 항변도 하지 못한다. 여기서 조국 근대화라는 미명하에 희생을 강요당하는 인간군상을 보게 된다. 홰나무가 뿌리째 뽑히는 사건은 한국 전통 사회의 붕괴와 그에 따른 공동체 의식의 피폐화를 상징적으로 드러낸 것이다. 김용성은 「홰나무 소리」에 등장하는 홰나무를 통해 한국 사회가 정체성을 상실해 가는 과정을 보여주고자 했던 것이다.

|참고문헌|

국민대,『구비문학 현지답사 보고서 - 전라남도 장흥군』, 2006.

김균태・강현모,『새내 유역의 구비설화』, 금산문화원, 2005.

김기창・박미영,『한국구전설화집 9(충남 청양군)』, 민속원, 2004.

김명임,「≪잃은 자와 찾은 자≫에 나타난 실존의 의미」,『인하어문연구 7』, 인
        하어문연구회, 2006.

金三柱,「김용성 꽁트 연구」,『인하어문연구 7』, 인하어문연구회, 2006.

김용성,『홰나무 소리』, 현암사, 1976.

김형주,『민초들의 지킴이 신앙』, 민속원, 2002.

남기홍,「도둑일기론」,『인하어문연구 5』, 인하어문연구회, 2001.

마르치아 엘리아데 저, 이재실 옮김,『이미지와 상징』, 까치, 2005.

박종익,『한국 구전설화집 14(충남편 Ⅱ)』, 민속원, 2005.

_____,『한국 구전설화집 15(충남편)』, 민속원, 2005,

엘리아데 저, 이은봉 옮김,『종교형태론』, 한길사, 1997.

이필영,『마을신앙으로 보는 우리 문화 이야기』, 웅진닷컴, 2000.

임헌영,「비극적 관점과 反人間化」,『한국현대문학전집 27』, 삼성출판사,
        1985.

자크 브로스 지음, 양명란 옮김,『식물의 역사와 신화』, 갈라파고스, 2005.

정현기,「평형원리와 작가적 전망 - 金容誠論 - 」,『슬픈 양복 재단사의 나날』,
        청림출판, 1989.

최인학 외 공저,『한국민속학 새로 읽기』, 민속원, 2002.

최운식,『한국구전설화집 5(연기편)』, 민속원, 2002.

최웅・김용구・함복희,『강원설화총람 Ⅰ』, 북스힐, 2006.

_____,『강원설화총람 Ⅵ』, 북스힐, 2006.

한국문화상징사전편찬위원회,『한국문화상징사전 2』, 두산동아, 2006.

『아시아문화연구 22』, 경원대학교 아시아문화연구소, 2011. 6

김용성 꽁트 연구

김 삼 주

1. 서론

이 글의 목적은 김용성(金容誠, 1940~2011)의 꽁트에 드러나는 주제적 지향성을 고찰하는 데 있다.

실상 꽁트는 우리의 문학 비평이나 문학 연구에 있어서 단편소설 범주에 속해 있는 변형적 단편소설로 간주되어 왔을 뿐 독자적 장르를 인정받지 못한 것이 사실이다.[1] 그러나 꽁트는 그동안 여러 작가들에 의하여 창작되었을 뿐만 아니라 독자들에게 꽁트라는 이름으로 널리 읽혀 왔다. 또한 꽁트는 그 형식면에서 단편소설과 확연히 구분된다. 무엇보다도 분량이 단편소설의 절반에도 못 미치는 200자 원고지 20매 내지 30매 이내의 짧은 이야기이다. 이 분량의 제한 때문에 "꽁트는 한 事件의 어느 순간적인 모멘트를 붙잡아, 그것을 예리한 비판력과 압축된 구성법과 해학적인 필치로써 단적으로 그리고 반어적으로 표현하는"[2] 문학 양식으로 인식되어 왔다. 이처럼 꽁트는 작가와 향수층이 분명히 존재하고, 독자적 형식을 갖는, 실체가 분명한 우리 문학의 한 장르이다.

이 점에 관하여는 김용성도 같은 견해를 피력하고 있다.

1) 구인환·구창환, 『문학개론』, 삼영사, 1978, 227쪽.
2) 정비석, 『소설작법』, 선문사, 1953, 172쪽.

꽁트는 명확하게 하나의 독립된 양식을 지니고 있다. 단편소설이 장편소설을 축약시킨 양식이 아니듯이 꽁트 역시 단편소설을 축약시킨 양식은 아닌 것이다. 꽁트에는 매우 단순화된 성격의 소유자가 기껏해야 두세 명 등장하고 그들이 벌이는 행위나 사건도 하나로 집중되는 것이 보통이다. 수사적 표현도 절제되어야 하며 내면세계를 그리려는 의도는 배제되어야 한다. 그러면서 동시에 극도의 놀람의 형식과 그 속에 교훈적인 것이 내포되기를 요구하고 있기도 하다.[3]

위의 인용문에서처럼 김용성은 꽁트를 단편소설의 축약이 아닌 독립된 서사문학 장르로 구분하고 있다. 독립된 서사문학 장르로서 그가 제시한 변별적 요소들은 인물, 사건, 묘사, 구성 형식 등이다. 이들 중에서 특히 단편소설과 대비가 되는 것은 인물과 '극도의 놀람의 형식'이다.

단편소설에서 인물은 작품 그 자체라고 할 만큼 강조된다. 단편소설 쓰기란 또 하나의 인물(성격) 창조라고 할 만큼 단편소설의 성공 여부는 인물 창조에 달려 있다. 그런 점에 반하여 김용성은 꽁트에서의 인물이 "매우 단순화된 성격의 소유자"이어야 하며 따라서 그 인물의 "내면세계를 그리려는 의도는 배제되어야 한다"고 말한다. 말하자면 꽁트에서는 인물 즉 인간성의 창조보다는 사건의 전개에 적합한 유형성의 인물 정도를 요구한다는 견해이다. 결론적으로 꽁트에서의 인물은 새롭게 창조되는 인물이기보다는 사건에 어울리는, 이야기를 이끌어 나가는 데에 적합한, 인물이면 된다는 의미로 이해할 수 있다.

구성 면에서도 꽁트는 단편소설과 변별적 형식을 갖는데, 김용성은 이를 "극도의 놀람의 형식"이라 규정하고 있다. 놀람은 구성의 여러 측면에서 유발될 수 있다. 발단에서부터 괴기적 사건이나 공포성의 사건을 끌어

---

3) 김용성, '작가의 말', 『고장난 시계는 고쳐서 씁시다』, 도서출판 판, 1992, 서문.

들이거나, 전개 과정에서 반전을 가져옴으로써 '놀람'이라는 정서적 충격을 유발할 수도 있다. 그러나 한 이야기에서 '극도의 놀람'을 유발하기 위해서는 이야기의 끝 부분에서 반전을 가져오는 것이 가장 효과적이다. 왜냐하면 발단에서의 괴기적 사건이나 공포성의 사건은 독자의 호기심을 유발하는 데 유용할 뿐 '극도의 놀람'이 되기는 어렵고, 전개 과정에서의 반전은 아직 남은 이야기가 있으므로 독서의 심리상 '그래서 아마 어떻게 될 것이다'라는 기대감 때문에 '극도의 놀람'이 되기 어렵다. 실제로 김용성의 꽁트에서도 이 점은 쉽게 확인된다. 그의 꽁트는 반전의 반전을 거듭하는 구성이 아니라 결말에서 독자를 사로잡는 '극도의 놀람의 형식'을 지향하고 있다.

꽁트가 이처럼 '극도의 놀람의 형식'을 요구하는데 반하여 단편소설의 구성은 '놀람'의 성격이 아주 다르다. 왜냐하면 단편소설에서 위기와 절정을 거쳐 결말에 이르는 갈등의 성격이 꽁트의 그것과 다르기 때문이다. 단편소설에 있어서의 갈등은 기본적으로 두 가지로 나눌 수 있다. "작중인물이 현실적인 장애물과 투쟁을 하는 외적 갈등과, 내적 갈등(또는 작중인물 내부의 갈등)"[4] 이 그것이다. 이 갈등은 위기와 절정을 거치면서 순차적으로 고조되고 또 결말에 이르러 해소된다. 따라서 이 갈등은 독자에게 점진적으로 고조되었다가 해소되는 것이지 '놀람'이라는 정서 충격으로 끝나는 것은 아니다.

인물과 구성의 한 단면들만 일별해도 꽁트와 단편소설은 이처럼 판이한 특징을 지니는 서로 다른 장르라는 점을 쉽게 알 수 있다. 그럼에도 불구하고 우리 문학의 꽁트 논의는 문학 개론서에서 잠깐 언급될 뿐, 본격적 논의가 이루어지지 않는 실정이다. 이러한 우리의 문학 현실은 꽁트의 작가가 대체로 단편소설은 물론 중·장편소설의 작가라는 점에서 아쉬

---

4) 베이더, 찰즈E. 메이 편, 최상규 역, '현대 단편소설의 구조', 『단편소설의 이론』, 정음사, 1983, 168쪽.

움을 남긴다. 왜냐하면 한 작가의 작품 세계는 작품 전체에 대한 총체적 조명을 바탕으로 하여 규명되어야 하기 때문이다. 특히 김용성의 경우 꽁트 작품이 31편이나 된다. 작가 연구에서는 한두 편의 작품도 소홀히 할 수 없는데, 단행본 한 권 분량의 작품을 두고서도 연구 대상으로 다루지 않는다는 것은 작가 연구의 문제점으로 지적되지 않을 수 없다. 이 연구는 그런 문제점을 보완하고자 하는 동기에서 출발한다. 말하자면 연구자들의 관심 밖에 있었던 그의 꽁트 작품들을 고찰함으로써 김용성의 작품 세계 연구에 보완적 역할을 하고자 하는 것이다.

따라서 본 연구는 김용성 꽁트의 주제적 지향성을 세 측면에서 고찰하고자 한다. 주제적 지향성은 항상 그것을 담아내는 독자적 형식을 수반하고 있다. 이야기 문학으로서 꽁트는 이야기하는 진술자로서의 시점, 이야기에 등장하는 사람들 그리고 이야기를 엮어가는 방법 등을 그 형식으로 볼 수 있을 것이다. 그래서 먼저 김용성 꽁트에 채용된 시점의 유형성과 그 의미를 고찰한다. 그의 꽁트들에는 자주 채용하는 시점이 있다. 그 시점들은 무엇 무엇이며 그 효과는 어떠한가를 분석한다. 다음으로 김용성 꽁트에 등장하는 인물의 유형성과 그 의미를 고찰한다. 인물들이 유형성을 갖는다면 그것을 우리는 작가의 지향성과 관련지어 논의할 수 있을 것이다. 그리고 끝으로 이야기를 이끌어 가는 방법을 고찰한다. 앞에서 우리가 김용성의 꽁트론을 잠깐 살펴보았듯이 그는 꽁트의 구성에 관하여 '극도의 놀람의 형식'을 강조하고 있다. 그가 소설에 관해서도 "소설은 소설이란 양식이 갖는 틀을 지킬 때 가장 소설다우며 소설다운 묘미를 풍기는 법"5)이라고 종래에 우리가 중요시했던 전통적인 기법을 고집하듯이 그의 꽁트 작품들도 '극도의 놀람의 형식'을 이루는 독자적 기법을 갖는다. 그것을 분석함으로써 우리는 김용성 꽁트의 주제 강화 방법과 미의식

---

5) 김용성, 『도둑일기 2』, 동서문학사, 1992, 350쪽.

의 일단을 찾아낼 수 있을 것이다.

이 연구에 사용한 원전은 『고장난 시계는 고쳐서 씁시다』[6]라는 김용성 꽁트집에 수록된 31편의 작품들이다. 이 작품집은 여러 잡지에 발표했던 작품들을 모은 것으로 작가에 의해 재수록 되었다는 점에서 원전으로 사용해도 무방할 것으로 판단된다.

끝으로 김용성 꽁트에 관한 선행 연구가 없다는 점을 고려하여, 본 연구는 그의 꽁트 작품 세계를 고찰함에 있어 가능한 한 전체적인 특징을 탐색하는 데 중점을 두고자 한다. 그러한 작업이 그의 꽁트 작품 연구에 있어 한 출발점이 될 수 있을 것이라 믿기 때문이다.

2. 시점 선택과 현실 조명

김용성의 꽁트 31편은 각각의 이야기에 어떤 동질적 요소들이 편재돼 있다. 말하자면 이야기의 시점이라든지, 인물들의 신분이라든지, 배경이라든지, 혹은 구성 형식이라든지, 그것들이 완전히 동일한 것은 아니지만 하나로 유형화할 수 있는 특징들을 지니고 있다. 이 유형성이 분석되면 우리는 그것을 김용성 꽁트의 특징으로 말할 수 있을 것이고, 아울러 작품 세계가 갖는 주제적 지향성을 논의하는 근거를 마련하게 될 것이다. 그래서 이 항에서는 시점의 선택에 있어 그의 꽁트 작품들이 갖는 유형성을 찾아 그 의미를 분석하고자 한다.

김용성의 꽁트 작품 31편을 시점으로 분류해 보면 전지적 작가시점으로 서술한 작품 21편, 일인칭관찰자시점으로 서술한 작품 10편 등으로 나눌 수 있다. 일인칭관찰자시점으로 분류한 작품들 중에서 서술자인 '나'가 목욕탕의 여러 상황을 통하여 친구와 그의 아버지 사이의 부자지정을 이해해 가는 작품 '아버지와 아들'이나, 자신의 아들과 그를 돌보아주는 옆

---

6) 김용성, 『고장난 시계는 고쳐서 씁시다』, 도서출판 판, 1992.

집 여인 사이에서 어머니와 자식 사이의 정을 깨달아 가는 '정'이란 작품은 관점에 따라 일인칭주인공시점으로 볼 수도 있으나 사건의 줄기가 '나'가 말하는 다른 인물을 중심으로 전개된다는 점에서 일인칭관찰자시점으로 분류하는 것이 더 타당할 것이다. 이렇게 보면 그의 꽁트 31편은 일인칭관찰자시점 10편과 전지적 작가시점 21편으로 분류할 수 있다. 그러면 각각의 시점들이 보이는 유형성을 점검하기로 한다.

먼저 일인칭관찰자시점으로 분류한 이 작품들에서는 서술자가 '나'와 '우리'라는 두 가지 형태가 있다. 예를 들자면 "그 무렵 우리들은 미스 주와 같은 여자가 신입 사원으로 들어왔다는 것에 대해 어리벙벙해 있었다."[7] 라고 시작되는 작품 '얼굴'에서처럼 이야기의 서술자로 '우리'를 등장시킨다. 이렇게 일인칭관찰자시점의 꽁트는 '나'를 서술자로 한 작품이 다섯, '우리'를 서술자로 한 작품이 다섯 편이다. 구체적인 작품을 떠나서 그들의 일반적인 용법을 생각해 보면 서술자가 단수인 '나'일 경우에 서술자는 그가 관찰하는 인물이나 사건을 다소 주관적 태도로 독자에게 전달할 수 있는 재량을 갖게 된다. 한편 서술자가 복수인 '우리'의 경우에 서술자는 '우리'라는 집단의 공통적 견해로서 사건이나 인물을 독자에게 전달할 수밖에 없다. 따라서 '우리'는 '나'보다 집단의 목소리를 갖게 된다.

이러한 사정은 김용성의 꽁트에도 반영되어 있다. 이 점을 보다 자세히 살펴보기 위하여 먼저 '나'와 '우리'를 진술자로 내세운 두 편의 작품 개요를 읽기로 하자.

「얼굴」의 개요[8]

1) 우리들은 용모가 못생긴 미스 주의 입사에 실망한다.
2) 미스 주는 우리들의 술자리에까지 끼어 진지하고 당당하게 자

---

7) 위의 책, 23쪽.
8) 위의 책, 23~27쪽.

신의 생각을 털어 놓았고 우리들은 그녀를 더욱 측은하게 생각하게 된다.

3) 어느 봄날 미스 주는 회사에 사표를 내고 결혼을 선언한다.

4) 결혼 상대자에 호기심이 간 우리들은 어떤 남자가 못난 미스 주의 남편이 되는지 궁금해 예식장으로 간다.

5) 우리들은 예식장에서 미스 주가 Z그룹의 막내딸로서 Y물산의 셋째 아들과 결혼한다는 사실을 알게 된다.

6) 우리들은 미스 주에게 한 행동에 대하여 후회한다.

7) 우리들은 미스 주의 집들이에 초대되어 그녀의 눈부신 아름다움을 발견한다. 그러나 왜 추녀였던 그녀가 미녀로 보이는지 이유를 알 수 없다.

「하늘의 공원」의 개요[9]

1) 나는 바닷가 공원 산책길에서 녹슨 폐차에 빨간 페인트 칠을 하는 은발의 노인을 만난다.

2) 노인은 그 폐차 안에서 신선처럼 책을 읽는다.

3) 노인이 보이지 않아 조바심하고 있던 어느 날 독서 대신 핸들을 잡고 언덕 아래쪽을 굽어보고 있는 노인을 만난다. 노인의 권유로 나는 그 차에 동승한다.

4) 좌석에 놓였던 책을 무릎에 올려놓고 자리에 앉자 나는 그 폐차가 하늘로 날아오르는 환상체험을 하게 된다. 노인은 나에게 날아오를 수 있는 힘이 그 두터운 책에서 나온다고 일러준다.

5) 비행의 환상체험이 계속되던 어느 가을날 노인이 죽고 나는 그 노인의 책을 갖고 싶어 차 안을 뒤지지만 찾지 못한다. 그때 나는 "저절로 그 책이 손에 들어오기를 기대하지 마라. 너에게 합당한 책은 따로 있으며 너의 노력에 의해서 찾아야 한다."는 노인의 말을 듣는다.

---

9) 위의 책, 205~210쪽.

위에 제시한 작품 개요에서 서술자를 일인칭복수관찰자로 한 「얼굴」의 경우를 먼저 분석해 보기로 하자. 이 이야기에서 '우리'는 주인공인 미스 주에 대하여 처음에는 우월감을 갖지만 결말에 이르면 그녀의 패배자로 전락한다. 물론 '우리'가 미스 주와 싸움을 벌이거나 그녀에게 직접적인 대항을 하는 것은 아니지만 상대적 우월 의식을 갖고 그를 멸시한다는 점에서, 그리고 그 의식이 종국에는 정반대로 바뀌면서 후회하게 된다는 점에서 그러하다. 이처럼 '우리'는 서술자이면서 동시에 일정한 역할을 갖고 이야기에 참여한다. 사실, 이 이야기에서 '우리'가 제거되면 하나의 작품으로 성립될 수 없다. 왜냐하면 'Z그룹 회장의 딸 미스 주가 Y물산 셋째 아들과 결혼했다.'는 이야기는 꽁트의 사건이라기보다는 싱겁기 짝이 없는 보도 자료에 불과하기 때문이다. 진술자인 '우리'가 사건에 개입하여 패배자로서의 역할을 수행함으로써 비로소 이 꽁트 작품은 인간의 속물성에 대한 풍자라는 주제를 획득하게 된다. 또한 진술자인 '우리'는 분명한 전형성을 갖는다. '우리'는 평범한 남성 회사원이라는 점, 미모의 여사원이 함께 근무하기를 바란다는 점, 술자리의 대화가 철학적 진지성을 감당하지 못한다는 점, '거대한 식장, 가득한 축하객, Y물산 셋째 아들' 등과 같은 물질적 우위에 압도당한다는 점, 그래서 추의식이 미의식으로 바뀐다는 점 등속의 사실들로 미루어 '우리'는 물질적 가치에 사로잡혀 살아가는 속물적 소시민의 전형이라 할 수 있다.

이처럼 김용성의 꽁트에서 '우리'라는 일인칭복수관찰자시점의 서술자는 전형성을 띠고 플롯에 적극적으로 개입한다. '그림을 그린 사람'에서 '우리'는 역사적 진실을 모른 채 언론과 여론에 좌우되는 어리석은 사람들로, '홍 사장의 출국 전날'의 '우리'는 선입견으로 인간을 판단하는 소인배로, '연싸움'의 '우리'는 향수를 욕망으로 바꾸어 분출하는 절제력 없는 군중으로 플롯에 참여하고 있다. 패배자인 이들에 의하여 이야기는 극적으로 전개되어 마침내 '극도의 놀람의 형식'을 이룬다.

한편, 일인칭단수관찰자시점의 서술자 '나'도 김용성의 꽁트에서 한 유형성을 갖는다. 위에서 제시한 「하늘의 공원」을 보자. 이 작품에서 '나'는 복수관찰자인 '우리'의 역할과는 달리 중심 사건에 직접 참여하지 않는다. '나'는 관찰자의 역할을 수행하면서 '나'가 가졌던 호기심을 하나하나 풀어 나간다. 이 탐색의 과정에서도 '나'에겐 의도한 계획이 있는 것이 아니라, '나'의 입장에서 보면 의외의 사건일 수 있는 일들이 새롭게 다가오고, 그에 따라 호기심을 풀어 가다가 마침내 하나의 결론을 얻어낸다. 이를테면 「하늘의 공원」에서 그 결론은 독서의 방법과 의의라는 교훈적 의미인 것이다. 이처럼 '나'라는 일인칭단수관찰자는 김용성 꽁트의 플롯 속에서 탐색자로서의 역할을 수행한다. 그리고 그 탐색의 결과에는 교훈적 의미가 담겨 있다. 예를 들면 탐색자인 '나'는 "지금 몇 시죠?"라고 아무데서나 수시로 묻는 버릇을 가진 장 기자를 관찰하다가 강박관념에 의해 시간도 자아도 점(순간)으로 인식하는, 자의식이 단절된 현대인을 만나고(「지금 몇 시죠?」), 목욕탕에서 아버지들과 아들들이 벌이는 도에 지나친 행동들을 관찰하다가 부자지정이 어떤 것인가를 발견하고(「아버지와 아들」), 돈 많은 친구 앞에서 선행을 약속하는 또 다른 친구들의 행적을 추적하다가 돈이나 지위 앞에서 위선자가 되는 세태를 발견한다(「걸레의 죽음」).

그러면 이제 전지적 작가시점을 적용한 작품들의 유형성에 관하여 살펴보자. 김용성 꽁트에서 전지적 작가시점은 21편에서 채용할 만큼 압도적이다. 성격 창조가 아닌 '극도의 놀람의 형식'으로서 꽁트에서 전지적 작가시점의 서술은 이야기를 이끌기 쉽다는 점에서 당연한 귀결인지도 모른다. 논의를 위하여 먼저 전지적 작가시점을 채용한 작품 한 편을 보기로 한다.

　　「권위자 한 분」의 개요[10]

─────────────

10) 위의 책, 84~90쪽.

1) 상호는 아내와의 이혼을 결심하고 가정법률상담소를 찾아간다. 그곳에서 여러 유형의 부부 불화를 목격하고 마치 병원의 대기실 같다는 생각을 한다.
2) 상호는 상담 간사에게 날마다 낮에 아내가 집을 비우면서 그 사유를 말하지 않을 뿐만 아니라 자신의 외출에 대하여 당연한 듯 당혹감을 주는 웃음을 보이기 때문에 아내의 사랑을 의심하고 있으며 다행히 자식도 없으므로 이혼하려 한다고 말한다.
3) 상담 간사는 상호에게 권위자 한분을 소개하겠다며 그를 다른 방으로 안내한다.
4) 상호는 그곳에서 상담 간사로 일하는 아내를 만난다. 그리고 아내가 임신중임을 확인한다.

위의 이야기에서 상호와 그의 아내는 사소한 문제로 다투고, 마침내 이혼 결심까지 하게 된다. 그들이 다툰 문제는 정말 사소하다. 상호의 입장에서는 외출의 사유에 대한 아내의 대답이 "남자로 하여금 안심을 품도록 하는듯하면서도 어딘가 당혹감을 안겨주는 그 웃음"인 때문이고, 아내의 입장에서는 상호가 한 말이 "아이도 없는 우리니까 홀홀 털고 헤어지면 남남이 되는 것"이기 때문이다. 이처럼 태도에서 나타나는 사소한 실수가 부부간에 말다툼으로 이어지고 그 말다툼이 감정을 자극하여 흥분한 나머지 이성을 잃고 '이혼하자'는 말을 내뱉게 되는 상황에 이르는 일은 우리 주변에 너무도 흔하다. 사랑하는 마음이 변한 것도 아닌, 사소한 말실수가 감정 대립을 불러오고, 다투고, 또 화해하는 것은 흔히들 말하는 '사는 것이 그런 것'에 해당한다. 바꾸어 말하면 이성끼리 가정을 이루고 산다는 것은 서로 다투며 이질적 요소들을 제거하고 동질적 요소들을 공유해 나간다는 것이다. 이 '사는 것'에 김용성 꽁트의 전지적작가시점이 놓여 있다. 남자 파출부를 쓰는 아내를 의심하다 자신이 파출부 노릇을 하여 '고달픈 즐거움'을 누리게 되는 이야기 「남자 파출부」, 박봉에 쪼들리면서도 수집광이 된 남편을 미워하다가 자신의 작품을 사옴으로써 비로소 진정 값진 것이 무엇인지를 깨닫고 행복해지는 이야기 「흘러간 것의 의미」 등을 비롯하여 이 시점을 적용한 작품들은 대부분 우리네 삶의 보편적인 애환을 찾아내어 우리에게 보여주고 있다. 물론 이 시점을 적용한 21편이 모두 그런 것은 아니다. 작품 「대자대비」와 「선물」은 위선의 폭로에, 또 다른 작품 「예쁜 베로니카」, 「컴컴과 염불」, 「낚시광은 물고기를 낚지 않는다」, 「돈이 열리는 나무」 등은 세태풍자 또는 탐욕적인 인간성 풍자에 더욱 초점이 맞추어져 있다. 그런 예외적인 작품 세계도 결국은 일상사의 사소한 것들에 이어져 있다는 점을 감안한다면 김용성 꽁트의 전지적 작가시점은 이 시대 도시 소시민들이 살아가는 모습을 꿰뚫어보는 작가로서 우리네 삶의 애환과 따뜻한 인간미를 서술하는 기법으로 쓰이고 있다고 할 수 있다.

이상에서 살펴본 김용성 꽁트에 채용된 시점들은 모두 현실을 조명하는 기법으로 쓰이고 있음을 알 수 있다. '우리'라는 패배자로 사건에 개입하건, '나'라는 탐색자로 생의 교훈을 찾아 나서건, 전지적 서술자로 현실을 보여주건, 그 어느 것이나 모두 삶의 현장을 진단하고, 분석하고, 방향성을 모색하는 기법인 것이다.

3. 인물 선정과 소시민 탐색

앞에서 시점의 유형성을 살피면서 부분적으로 언급되었듯이 김용성의 꽁트에 등장하는 인물들은 대부분 도시 소시민이자 서민들이다. 이들을 직업 유형별로 열거해 보면, 회사원이 16편의 주인공으로 등장하여 가장 많고, 노동자 4편, 부자 2편, 가짜 스님이 1편, 화가 1편, 군인 1편, 학자 1편, 사장 1편, 학생 1편, 기타 가정주부, 등으로 나타난다. 회사원과 노동자를 제외한 다른 인물들 중에서 가정주부는 회사원의 아내이고, 가짜 스님은 스님 행세로 구걸하여 그 돈을 먹고 노는 데 쓰는 무위도식하는 백수건달이고, 군인의 계급은 소위이므로 회사원이나 다름없다. 또한 사장도 사업에 전념하여 기업을 일으킨 인물이 아니라 동창들에게 사기 행각을 벌이며 이름만 사장인 인물이다. 그러고 보면 김용성 꽁트의 인물들은 도시 소시민과 서민이라는 큰 유형으로 묶이고, 부자, 화가, 학자, 등이 예외적으로 또 한 유형을 이루고 있다.

그러면 먼저 회사원으로 대표되는 소시민 유형의 인물에 대하여 살펴보자.

무엇보다도 그들은 가난하다. 다락방 같은 이층 셋방이나 작은 아파트 전세, 아니면 낡고 작은 아파트에 산다. 친구를 만나러 가고 싶어도 입고 나갈 적당한 옷이 없다. 그들의 아내는 입덧을 해도 포장마차에 직접 가서 국수를 사 먹고, 남편의 부족한 월급에 생활비를 보태기 위해 부업을 한다. 노동자의 경우는 더욱 심각하다. 가난 때문에, 돈을 벌기 위하여 사랑하는 사람과 헤어져 살아야 한다. 그러나 그들은 일확천금을 꿈꾸지 않는다. 복권을 산다든지, 전세 비용을 돌려 증권을 사는 일은 없다. 돈을 모으는 일에 관한 한 월급에 의존하는 평범한 서민들이다.

또한 그들은 사랑을 갈망한다. 한 여인의 사랑을 얻기 위하여, 그 여인이 딴 남자에게 마음이 기울어 있는 듯해 보여도 일곱 번이나 약속 장소에 홀로 나타나서 드디어 사랑을 성취하는 칠전팔기의 사랑도 있지만(「밤항로」), 그들의 사랑은 대체로 평범하게 만나 결혼을 통하여 결합된 부부 간의 사랑으로 나타난다. 혼외정사라든가, 동성애 같은 특수한 형태의 사랑은 기도하지 않는다. 그러면서도 남편과 아내 사이에 절대적인 믿음은 다소 결여돼 있다. 남편은 아내를, 아내는 남편을 의심하기도 한다. 심한 경우는 이혼을 결심하고 가정법률상담소를 찾기도 한다. 그러나 이혼을 하는 법은 없다. 끝없는 갈등으로 남남처럼 지내는 법도 없다. 그들은 일상사의 사소한 오해로 다투다가 서로의 사랑을 다시 확인하고 더욱 두터운 정을 쌓아간다. 그러므로 그들 사이의 다툼이란 역설적이게도 의심을 믿음으로 바꾸어 사랑이 깊어지게 하는 계기가 된다. 믿음은 부부를 사랑으로 묶는 제일 조건이다. 그런데 그들의 사랑은 의심으로 금이 간 뒤에 믿음을 확인하여 더욱 단단해진다. 그러기에 그들은 돈을 전제로 다가오는 사랑은 거부하고(「자선냄비」), 결혼이란 서로가 서로의 결점을 보완하는 일이라고 생각한다(「결점이 없는 사람은 없다」). 이처럼 김용성 꽁트의 인물들은 사랑에 관한 한 믿음으로 부부애를 쌓아 가는 소시민들이다.

아울러 그들은 세속적 결점들을 지니고 있다. 외모에 이끌려 마음을 빼앗겼다가 낭패를 보고(「아침마다 꿈」), 외모로 사랑을 판단하다 연인의 죽음을 맞기도 하고('예쁜 베로니카'), 의심 때문에 사랑에 금이 가기도 한다(「남자파출부」, 「의처신랑」, 「꽃구름」, 「권위자 한 분」 등). 돈 때문에 남편을 미워하다가 남편이 사다 준 자신의 그림 앞에서 진정 값진 것이 무엇인가를 깨닫기도 하고(「흘러간 것의 의미」), 돈을 좇아 배우자를 찾아 나섰다가 낭패를 보기도 한다(「자선냄비」). 허영에 들떠 악몽의 고통을 맛보고(「가스 이머전시」), 어린 시절에 대한 향수가 욕망으로 변질되면서 죄를 낳기도 한다(「연싸움」). 이처럼 서민이자 소시민인 김용성 꽁트의 인물들은 돈, 외모 따위의 물질적 가치를 우위에 두기도 하고, 의심과 허영과 욕망에 사로잡히기도 하는 세속적 결점들도 아울러 갖고 있다.

그러면 예외적 인물들은 어떤 부류이며 김용성의 꽁트 세계에 왜 예외적으로 끼어들었는지에 대하여 생각해 보기로 하자. 그런 인물들 중 하나는 유한계급이다. 작품 「낚시광은 물고기를 낚지 않는다」[11])에 나오는 '김권돌 씨'는 "선대로부터 물려받은 전답이 택지로 둔갑하면서 부동산 사업을 시작하여 떼돈을 번 신흥 갑부다." 사업이 번창하여 회장님으로 불리

---

11) 위의 책, 179~184쪽.

게 된 그는 물질적 풍요가 가져오는 권태로움을 씻기 위하여 고아원 독지가가 되기도 하고, 골프를 치기도 하고, 술과 여자에 가까이하기도 해보지만 어느 것이나 권태롭기는 마찬가지여서 끝없이 새로운 무엇을 찾아 헤맨다. 그래서 그가 마지막으로 선택한 것은 낚시였으며, 그는 결국 낚시광이 되고 말았다. 그러나 보통의 낚시에도 권태감을 느낀 그는 우연히 듣게 된, 낚시 재미가 전국 제일이라는, '방뎅이 낚시터'를 찾아 간다. 그러나 그곳은 낚시터가 아니라 '재생기도원'이라는 정신병자 수용소였다. 일확천금을 낚으려는, 여자를 낚으려는, 천국을 낚으려는, 대학을 낚으려는 정신이상자들이 있었고 그들을 보고 그는 비로소 자신이 지금껏 찾아 헤맨 것에 대해 의문을 갖는다. 작가는 이 의문에 대해 대답을 보류한다. 작가가 보류한 대답은 무엇일까. 유한하므로, 경제생활에 여유가 있고 여가가 많으므로, 찾아온 권태감을 떨치기 위해 그가 찾아 헤맨 것은 무엇일까. 그것은 일확천금도, 술과 여자도, 자선도, 낚시도 아니었다. 그런 것들은 일상적 삶의 바깥에 있다. 그렇다면 그가 찾은 것은 일상의 내부에 있는 것이 아닐까. 날마다 반복되는 생업, 그것을 이어나가는 성실성 속에 삶의 의의가 있다고 암시하는 것은 아닐까. 이렇게 보면 유한계급 '김권돌 씨'는 김용성 꽁트가 추구한 소시민적 삶의 의미를 보완하는 역할을 수행하는 인물이라 할 수 있다.

또 다른 예외적 인물은 작품 「그림을 그린 사람」[12]의 괴짜와 「선물」[13]의 박박사이다. 이들을 소시민이 아니라고 할 뚜렷한 근거는 없지만, 사회 지도층 인사들이며 궁핍하게 살지 않는다는 점에서 다른 인물들에 비해 예외적이다. 괴짜라는 인물은 화단에서 위치가 확고한 화가요 교육자로서 전시회를 갖자마자 희대의 천재라는 극찬을 받는다. 하지만 그는 어린시절 적에게 동지들을 알려주고 목숨을 구한 '자기희생을 모르는 유약

---

12) 위의 책, 123~128쪽.
13) 위의 책, 51~55쪽.

한 사람'이라는 사실이 폭로된다. 박박사라는 인물은 "고래 등 같은 기와집의 솟을대문은 아예 비교도 되지 않을 만큼 높고 넓은 대문"의 집에 사는 부유한 학자이다. 그러나 그는 제자가 가지고 온 맥주 한 상자의 선물을 돌려보내고 그 제자의 학위 논문마저 보류시킨다. 말하자면 그는 학문의 진지성보다는 "높고 넓은 대문"의 집을 지키는, 재물에 눈이 어두운 속물근성을 갖고 있다. 그에게 선물을 들고 찾아갔던 제자는 실망한 나머지 "높고 넓은" 대문 앞에서 맥주를 다 마시고 그 대문에 방뇨를 하면서 "박박사님, 제 정성이니 이거라도 잡수세요."라고 말한다. 교육자로서 그의 명예에 오줌 세례를 받은 그는 결국 소시민적 삶보다 못한 부류로 전락한다. 이처럼 괴짜도, 박 박사도 사회 지도층 또는 사표로서의 자리를 제대로 지키지 못한다. 따라서 소시민에게 실망과 아픔을 주는 이 인물들은 작가에게는 풍자와 비판의 대상이 된다.

이상과 같이 김용성의 꽁트 세계는 소시민적 삶에 주제적 지향성을 두고 있다. 가난하지만 사랑과 믿음으로 행복을 추구하는 그들의 삶에 작가의 애정 어린 시선이 닿아 있는 것이다.

4. 놀람의 형식과 주제 심화

이상과 같이 우리는 김용성 꽁트 작품들에 드러난 시점과 인물을 통하여 그의 꽁트 작품세계가 지향하는 주제들을 살펴보았다. 이 항에서는 그러한 주제들이 어떤 형식에 의하여 독자에게 감동적으로 전달되는지를 살펴보고자 한다. 서론에서 언급한 바와 같이 그는 꽁트에 있어서 '극도의 놀람의 형식'을 강조한다. 그것은 구성의 문제로서 소설 미학을 중시하는 작가에게 있어 주제 구현의 중요 도구가 아닐 수 없다. 사실 김용성은 "나는 독자의 심금을 울리지 못하는 이야기 없는 말재주를 혐오하는 편이다. 그런 의미에서 성급하게 소설이란 종래의 서사양식은 죽었다고

말하는 사람에게도 혐오감을 느낀다."[14]라고 플롯으로서의 형식을 강조
할 만큼 소설의 형식미를 추구하는 작가이다. 그의 이런 미의식은 꽁트에
서도 확연히 드러난다. 이 점을 확인하기 위하여 꽁트 한 편의 사건을 먼
저 살펴보자.

「그림을 그린 사람」의 개요[15]

1) 괴짜 스승은 중견 화가이면서도 전시회를 갖지 않았다.
2) 괴짜가 처음으로 전시회를 열자 희대의 천재라는 찬사를 받는다.
3) 우리들은 '학살'이라는 그의 그림에서 고야의 '1808년 5월 3
   일'을 연상한다.
4) 두 그림의 기법상 유사성에도 불구하고 우리는 두 그림의 차
   이점을 발견한다. 고야의 그림은 저항 정신의 찬양이, 괴짜의
   그림은 피학살자의 죽음에 대한 공포와 전율이 짙게 드리워져
   있고 특히 열다섯 가량의 소년의 고통스런 표정이 우리들의
   의문을 불러일으킨다. 괴짜는 그 질문에 답하지 않는다.
5) 사흘째 날에 거지가 전시회장에 나타난다. 그는 전시회장을
   돌다가 그 그림 앞에 무릎을 꿇고 기도한다.
6) 우리들은 그를 쫓아내려 하지만 그는 완강히 거부한다.
7) 우리들이 경찰을 부르려 할 때 그는 우렁찬 목소리로 그림 속
   의 소년에 대해 말한다. 그림 속의 소년은 바로 자기이며, 자기
   를 사지로 몰아넣은 사람이 괴짜라고 폭로한다.
8) 그가 나가려고 할 때 괴짜가 등장하고 두 사람의 시선이 마주친다.

위의 이야기에서 작가는 아이러니 기법을 구사한다. 서술자인 '우리들'
은 괴짜를 신뢰하고 옹호하려고 애쓴다. 그러나 '거지같은 사내'의 폭로에

---

14) 김용성, 『도둑일기 2』, 350쪽.
15) 김용성, 『고장난 시계는 고쳐서 씁시다』, 123~128쪽.

의해서 패배하고 만다. 이러한 플롯의 전개는 그리이스어 에이로네이아의 의미에 부합하는 아이러니이다. 사전적 의미가 되어 버린 '시치미 떼기' 또는 '위장'의 기법인 것이다.16) 위의 이야기에서 '우리들'은 고대 그리이스 희극에 나오는, 우둔하고 허풍 떠는 알라존이며, '거지'는 약하지만 영리한 에이론이다. '우리들'은 스승인 '괴짜'에게 은근한 존경심을 갖고 있다. 그 존경심으로 '우리들'은 그의 그림에서 힘찬 필력과 생동하는 색채를 느낀다. 매스컴이 괴짜를 두고 천재의 탄생을 대서특필할 때 '우리들'은 자신의 일처럼 기뻐한다. 심지어는 괴짜를 나폴레옹 군대의 스페인 침입과 그들의 잔혹상을 고발한 화가 프란시스코 고야와 같은 반열에 올려놓는다. 따라서 전시장에 출현한 '거지 행색의 사내'를 멸시하고 골치 아픈 사람으로 생각할 수밖에 없다. 그러나 '우리들'은 '거지'에 의해서 무참히 패배당하고 만다. '괴짜'는 희대의 천재가 아니라 유다라는 것,17) 은전 서른 닢에 예수를 팔고 마침내는 "내가 죄 없는 사람을 배반하여 그의 피를 흘리게 하였으니 나는 죄인입니다."라고 고백하고 목매달아 자살한 유다라는 것, 나그네들의 공동묘지가 된 '피의 밭'의 장본인이라는 폭로에 "우리들은 아무 말도 할 수가 없었다." 그리하여, 경찰을 불러서라도 그를 내쫓으려던 '우리들'은 우둔한 허풍쟁이 알라존으로 전락하고 반면 '거지 같은 사내'는 약하지만 영리한 에이론이 된다.

이처럼 「그림을 그린 사람」에 구사된 '극도의 놀람의 형식'은 아이러니 기법이었음을 알 수 있다. 그것은 '우리들'이 자신도 모르게 '거지'에 이끌려 가는 소크라테스적 아이러니이다. 이 점은 작가와 독자에게도 마찬가지로 적용된다. '우리들'을 내세운 작가의 기교에 휘말려 독자는 '우리들'과 한 패거리가 되어 이야기를 쫓아간다. 그리고 '우리들'이 그러했던 것처럼 '거지'의 폭로 앞에 아연해지는 것이다. 물론 세련된 독자라면 "틀림

---

16) Alex Premingered., Princeton Encyclopedia of Poetry and Poetics(Princeton univ. Press, 1974), 407쪽.
17) 공동번역 성서, 26장~27장.

없이 나중에 이변이 일어날거야." 라고 짐작은 하겠지만 작가의 교묘한 감추기에 의해서 "그래서? 그래서?" 라고 물으면서 '우리들'의 진술을 뒤쫓는다. 말하자면 "관중으로서의 우리들은 이를 재미있게 보는 것 이외에는 정서적으로는 말려들지 않는다."[18] 즉, 작가는 '극도의 놀람'을 위해서 처음부터 아이러니 상황을 만들지 않는다. 이른바 상황적 아이러니는 아닌 것이다.[19] 철저하게 진술자인 '우리들'의 말을 진실로 받아들이도록 다른 상황의 묘사나 암시를 자제한다.

또한 작가는 '극도의 놀람'을 위하여 위기와 절정과 결말을 한데 압축해 버린다. "이쪽에 유다가 있었습죠."로 시작되는 사건의 반전은 연속되는 '거지같은 사내'의 말로써 유보적 결말에 이른다. 폭로 이후의 상황을 결말로 본다면 그것은 들어오는 '괴짜'와 사실을 폭로한 '거지'의 마주침으로 마무리할 뿐, 그 상황에 대한 해석은 독자의 몫으로 남긴다. 그리하여 독자는 그 결말이 주는 충격을 안고 한동안 생각에 잠기며 두고두고 그 작품을 떠올리게 된다.

실제로 위의 작품에서 우리는 여러 가지 상념을 갖게 된다. 그것은 일차적으로 '우리들'의 패배를 통해 지식인의 위선 문제를 생각하게 한다. 희대의 천재라는 예술가이자 스승으로서의 '괴짜'가 실존 인물일 가능성도 있으며, 실존 인물이 아니라 하더라도 그런 부류의 인간이 존재할 가능성은 의심할 여지가 없다. 또한 그것은 우리 자신의 내부에도 얼마든지 잠재할 가능성이 있는 것이다. 즉 그것은 있는 일 또는 있을 수 있는 일로서의 현실 반영인 것이다. 그러기에 우리는 처음에 느끼는 '괴짜'에 대한 경멸과 그 결과로 일어나는 동정심을 우리 자신의 진실성에로 옮겨 오게 된다. 다시 말하면 "우리들이 아이러니의 희생자에 대해서 느끼는 동정심"[20]을 우리들 자신의 문제로 옮겨 오는 내면화의 과정을 갖게 된다. 그

---

18) D.C. Muecke, 문상득 역, 『아이러니』, 서울대학교 출판부, 1980, 58쪽.
19) 위의 책, 64쪽.

런 까닭에 김용성 꽁트에 드러나는 아이러니 기법은 '극도의 놀람의 형식'
이자 동시에 풍자적 기능을 수행한다고 할 수 있다. 풍자의 목적이 개심
에 있는 한, 위의 꽁트는 모든 것을 숨기고 있는 위선자로서 '괴짜'와 우리
들 내부의 '괴짜'를 향해 교정을 촉구하고 있기 때문이다.[21]

　다음으로 독자로 하여금 위의 작품에 관하여 상념에 잠기게 하는 것은
역사적 비극에 관한 것이다. 이야기 속에서 작가는 '거지'의 말을 빌어 "우
리들 열두 사람은 적 치하에서 아군에게 정보를 제공하였던 사람들입죠."
라고 그림의 소재가 된 사건이 전시 상황이 빚어낸 일임을 얘기한다. 굳
이 6·25 한국전쟁이라고 명시하지는 않았지만 우리는 그것이 이야기의
전후 문맥을 통하여 한국전쟁이라는 것을 알고 있다. '괴짜'는 전시 상황
이라는 운명적 사건 속에서 자신의 유약함 때문에 '공포와 전율의 얼굴들'
인 열한 명의 희생자를 낸다. 그리고 그 '공포와 전율의 얼굴'을 자의식 속
에 담고 살다가 마침내 그림으로 형상화하게 된다. 어쩌면 그것은 우리
시대의 슬픔인지도 모른다. 전쟁은 반세기를 지났지만 우리는 아직도 분
단국가로서, 전쟁의 직접적인 피해자들이 살아 있는 시대에 살고 있기 때
문이다.

　여기서 주목해야 할 점은 작가의 시선이 어떤 이념적 편향성을 띠지 않
는다는 점이다. 그의 장편소설 『잃은 자와 찾은 자』나 『기억의 가면』 등
전쟁의 상흔을 그린 작품들 속에서도 그러하듯 그가 드러내고자 하는 것
은 상황 속의 인간 실존의 문제인 것이다. 작가는 전쟁을 두고 '파괴를 그
림자처럼 거느리고 있는 괴물'이라 말하듯, 피할 수 없는 '괴물' 앞에서 인
간은 어떤 선택을 할 것인가라는 문제를 그는 이 꽁트 작품 속에서 형상
화하고 있는 것이다.

　이처럼 아이러니 기법은 그가 꽁트에서 추구한 '극도의 놀람의 형식'의

---

20) 위의 책, 59쪽.
21) Arthur Pollard, 송락헌 역, 『풍자』, 서울대학교 출판부, 1979, 6~9쪽.

중심 방법으로 드러난다. 그 정도의 차이는 있을지라도 이 기법은 김용성 꽁트의 중심 형식임에 틀림없다. 사실 「결혼반지」[22] 같은 작품은 「그림을 그린 사람」보다도 더욱 강한 '극도의 놀람'을 유발한다. 전쟁 속에서 배고픔을 참지 못해 결혼반지를 팔러 나섰다가 반지를 팔지 못한 채 날이 저물어 찾아든 빈집의 어둠 속에서 여인은 사내들 틈에 잠을 청한다. 옆에 누워 있다가 이불을 덮어 주고, 감자를 건네주고, 마침내 몸을 요구하며 여인의 손을 잡는 사내가 놀란다. 여인의 손에 낀 반지를 만져보고 아내인 것을 알게 되는 것이다. 전시 상황과 아내와 남편이 겪는 인간 실존의 문제가 이 '극도의 놀람의 형식'으로, 아이러니 기법으로, 제시되는 것이다.

5. 결론

꽁트란 단편소설의 한 부류가 아니라 독립적인 서사문학의 한 장르라는 전제하에서 본 연구는 시작하게 되었다. 왜냐하면 꽁트는 독자적 형식을 갖고, 구체적인 작품으로 존재하며, 독자층을 갖기 때문이다. 특히 본 연구의 대상으로 선정한 김용성의 경우 작가 스스로 꽁트의 독자성을 인정하고 있을 뿐만 아니라 자신의 꽁트 31편을 모은 꽁트집을 발간했기 때문이다.

본 연구는 김용성의 꽁트 작품이 갖는 주제적 지향성을 고찰하는 데 목적을 두었다. 그리고 주제적 지향성은 그것을 담아내는 독자적 형식을 수반한다는 점에서 작가가 채용하는 시점, 인물, 배경, 구성 등의 분석을 통해 그가 추구하는 작품세계의 의미를 분석해 보았다.

그 결과를 요약하면 다음과 같다.

첫째, 김용성의 꽁트론은 '극도의 놀람의 형식'이라는 용어로 요약할 수

---

22) 김용성, 앞의 책, 129~132쪽.

있다. 그에게 있어 꽁트란 그 형식 속에 단순화한 성격의 인물이 벌이는, 하나로 집중되는, 행위나 사건을 담아내는 서사문학인 것이다. 이를 수행하기 위해서는 수사적 표현도 절제되어야 하고, 내면세계를 그리려는 의도도 배제되어야 한다.

둘째, 김용성의 꽁트에 채용된 시점은 일인칭관찰자시점과 전지적작가시점이 있다. 전자는 10편에서 채용되고 있는데 이는 다시 일인칭복수관찰자시점(우리들)과 일인칭단수관찰자시점(나)으로 반반씩 나뉜다. 각각의 시점에서 진술자는 나름대로의 전형성을 띠면서 작품에 기여한다. 일인칭복수관찰자인 '우리'는 작품 속의 패배자로 등장하여 소시민의 결점 폭로에 기여하고, 일인칭단수관찰자인 '나'는 탐색자로 등장하여 삶의 구체적 진실을 찾아 보여주는 역할을 한다. 그리고 전지적 작가시점의 진술자는 소시민적 삶의 현장을 비추어 내는 역할을 한다. 이처럼 김용성이 꽁트에 채용한 시점들은 각각의 역할 편차에도 불구하고 전반적으로 소시민적 삶의 현실 조명에 기여하고 있다.

셋째, 김용성의 꽁트에 등장하는 인물들은 두세 명 예외적인 인물을 제외하면 모두 노동자 서민으로서 소시민들이다. 그들은 의심이나 허영 그리고 욕망 등의 인간적 결점을 갖고 있지만 성실로써 가난을 극복하고 부부애의 복원으로써 행복을 성취하려는 진실성을 보여준다. 한편 예외적 인물로서 부자와 사회 지도층 인사들은 풍자의 대상이 되기도 한다. 많은 돈에 의하여 유한계급이 된 부자는 권태감을 벗어나려고 끊임없이 새로운 자극을 찾아 나서지만 생의 의의는 결국 일상적 삶의 중심에 있다는 것을 깨닫지 못한다.

사회 지도층 인사인 박사와 화가는 인격 또는 자기극복 의지의 결여로 조롱의 대상이 된다. 이런 예외적인 인물들은 소시민적 삶의 진실성 추구라는 주제적 지향성에 역설적으로 기여한다.

넷째, 김용성의 꽁트에는 '극도의 놀람의 형식'으로서 아이러니 기법이 구사되어 있다. 그것은 그리이스어 에이로네이아에 해당하는 시치미 떼기 또는 위장으로서 아이러니이다. '우리들'을 비롯한 일련의 인물들 그리고 독자는 알라존이며 '거지'류와 작가는 에이런이다. 작가는 의도적으로 상황적 아이러니를 배제하고 결말에 대한 암시를 철저히 감춤으로써 결말에 와서야 속았다는 사실을 알게 되는 '극도의 놀람'을 이루어 낸다. 그리하여 주제는 그 정서적 충격과 함께 독자의 마음을 오래도록 사로잡게 한다.

이상과 같이 김용성의 꽁트는 서민으로서 소시민적 삶의 조명과 행복 추구의 방향성 탐색에 주제적 지향성이 놓여 있다. 이러한 작업은 그가 40여 년을 두고 추구해 온 소설세계와 결코 무관하지 않을 것이다. 그들은 서로 보완적 관계일 수도 있고, 귀속적 관계일 수도 있고, 독자적 세계일 수도 있다. 이런 점의 해명에는 본고의 능력이 미치지 못했으며 그것은 고를 달리해야 할 것으로 판단된다. 아울러 김용성 꽁트의 문학사적 의미 고찰도 본고는 결여하고 있다. 그것은 꽁트 장르에 대한 연구가 확대되어야 가능한 일로서 차제에 꽁트에 관한 비평적 관심이 제고되기를 기대한다.

|참고문헌|

〈기본자료〉

김용성,『고장난 시계는 고쳐서 씁시다』, 판, 1992.

〈연구논저〉

구인환·구창환,『문학개론』, 삼영사, 1978.
김용성,『도둑일기 2』, 동서문학사, 1992.
대한성서공회, 공동번역 성서, 1986.
정비석,『소설작법』, 선문사, 1953.
베이더. '현대 단편소설의 구조', 찰즈 E. 메이 편, 최상규 역,『단편소설의 이론』,
        정음사, 1983.
Muecke D.C., 문상득 역,『아이러니』, 서울대학교 출판부, 1980.
Pollard Arthur, 송락헌 역,『풍자』, 서울대학교 출판부, 1979.
Preminger Alex ed., Princeton Encyclopedia of Poetry and Poetics. Princeton univ.
        Press : 1974.

『인하어문연구 7』, 인하어문연구회, 2006

3

작품해설 · 기타

〈우리 문학의 전기를 마련하는 이정표〉

'휴머니즘'의 구가謳歌

주 요 한

6·25동란은 동포뿐 아니라 외국인들의 목숨까지 앗아갔다. 그러나 '잃은 자'는 육체뿐이요, '찾은 자'는 정신과 '휴머니즘'이다. 당선작은 시종일관 긴장미와 깊이가 있는 동시에 '휴머니티'가 강하게 흐르고 있다. 두 개의 반행伴行 '스토리'를 끌고 나가면서도 이만큼 독자의 심금을 울리 수 있었다는 것은 작가의 역량을 보여주는 것이다.

아까운 몇 편이 낙선된 것은 가슴 아픈 일이다. 차라리 1, 2, 3등 순으로 서너 편 선발하도록 했더라면 좋은 작품 몇 편이 구제되었으리라고 믿는 다. 낙선의 쓴 잔을 마시게 된 작가들을 고무해주고 싶은 노파심에서 그들에 대한 간략한 독후감을 쓰고자 한다. 당선작 외에 내가 우수하다고 생각한 작품으로 『애정비원愛情悲願』, 『절망絶望 뒤에 오는 것』, 『건강한 사람들』, 『농무濃霧』 등이 있다.

『애정비원』이란 어쩐지 신파연극 제목 같은 감을 주는 제목이었으나 그 내용은 어디까지나 심각하고 '휴머니스틱'한 작품이다. 8·15해방 뒤 이북생활을 다룬 특이한 작품으로 복선배치와 '심볼'은 좋았으나 '템포'가 너무 느리고 억지로 꾸민 우연적 해우가 많은 것이 흠이다. 『절망 뒤에 오는 것』은 등장인물 각자의 성격이 뚜렷하게 부조浮彫된 것이 좋았으나 거의 종말에 가서 한 인물의 파격은 납득되지 않는다. 절망 뒤에 오는 것이라면 으레 희망이리라고 기대하는 것이 상식인데 이 작품에는 무엇이 오는지에 대한 아무런 암시도 내포되어 있지 않다.

내가 읽은 작품 거의 전부가 불건전한 생활 묘사였는데 『건강한 사람들』은 제목뿐 아니라 내용도 아주 건전했기 때문에 딴 작품보다 더 정독했지만 억지로 꾸민 '멜로드라마'와 현실착오 때문에 낙오된 것이다. 낙심하지 말고 건전한 작품을 계속 써내주었으면 하고 바란다.

『농무』는 작가자신의 설명 없이도 사춘기 남녀의 '이유 없는 반항'이 아니라 '이유 있는 반항'을 대변한 작품으로 가정, 교육제도, 성인사회 등 기성세대에 보내는 하나의 경종警鐘이었다. 그런데 무용한 설교가 많고 고2 학생정도에는 맞지 않는 비약적 철학이론 전개가 어색하기 한이 없었다.

마지막으로 기발한 형식을 시도한 『인간회오人間悔悟』에 대해 논하지 않을 수 없다. 작가 자신도 소설이 아니요 '넋두리'라고 자처하면서 왜 응모했는지 알 수 없다. 형식이 재래식에 대한 혁명인데다 교묘하기 그지없는 문장에 처음에는 누구나 매혹되지 않을 수 없다. 그러나 아무리 매혹적인 문구일지라도 4, 5차 반복이 나오게 되면 싫증나게 되는 것이다. 그리고 작가의 다독과 박학을 지나치게 자랑하면서 독자가 가진 지식을 얕잡아보고 멸시하는 것 같은 감을 풍긴 것이 이 작품의 치명상이다. 그리고 인간성과 생활을 철저히 비꼬는 풍자를 시도했지만 집중되지 못하고 압축되지 않았기 때문에 실패했다. 내가 읽은 작품 중 이 한편 문장이 가장 우수한 것이 사실이지만 문장 재주 피는 것과 넋두리만은 소설이 아니다. 끝으로 이번 작품 전부가 지리멸렬한 설교와 설명이 있었는데 장편소설에 있어서도 압축 수련은 절대요건이라고 생각된다.

≪한국일보≫, 1961.3.3.

인간성 추구의 귀한 기록

황 순 원

예심을 거쳐 온 작품들을 읽고 먼저 느낀 것은 소수의 작품을 제외하고는 그 대부분이 신문소설이란 것을 너무 염두에 두고 있다는 점이었다. 물론 신문에 연재될 것이니만큼 신문이란 것의 생리를 전혀 무시할 수도 없을 것이다.

그러나 신문소설(특히 우리나라 신문소설)의 유형만을 좇는다면 장편소설이 갖고 있는 줄기찬 생명감은 제거되고 그 대신 기계적인 잔재주만 남게 될 위험성이 없지 않다. 그렇다고 덮어놓고 신문소설에 반발해보려는 의욕만으로 되는 것도 아니다. 여태까지의 신문소설에 반발하거나 거기서 탈피한다는 것도 결국 소설작품이 돼놓고 난 후의 이야기다. 문제는 결국 그것이 좋은 소설이냐 아니냐에 있다. 좋은 소설이면 그것이 신문에 연재되든 문학잡지에 게재되든 상관없이 우리에게 새로운 감동내지 감격을 줄 것이고 자연히 재미도 따르게 마련인 것이다.

다음에 인상에 남은 몇 작품에 대한 간단한 소감을 쓰기로 한다.

『아라크네의 고독孤獨』 가장 세련된 문장과 특이한 묘사력을 보여주고 있다. 그러나 솔직히 말해서 이 작품을 읽고 나서 오는 감동이란 회소했다. 그것은 어디서 오는 것일까. 먼저 작중인물(성격)들의 일률적인 근사성에서 오는 게 아닐까 한다. 많은 중요인물들의 언행이 일견 각각 색다른 것 같으면서도 결국은 이 인물이 저 인물같고 저 인물이 이 인물같아 한 개인으로는 그다지 매력이 없는 인간들이 돼버렸다. 그리고 이 작품의 결정적인 흠은 전편을 통해 밑바닥에 깔려 있는 것(테에마라고 해도 좋다)이 희박하여 뚜렷이 감명을 주지 못하고 있다는 데 있다.

『인간회오人間悔悟』 작자 자신이 '앙대·로망'을 선언하고 나선 작품이다. 그런데 작자는 '앙대·로망'이란 말의 개념을 그릇 파악하고 있는 것 같다. 작자의 말 가운데 '앙대·로망'을 '비문학非文學'이라고 한 것은 '반소설反小說'이라고 하는게 옳지 않을까. '앙대·로망'도 '문학'일진대 어찌 '비문학'이란 말이 해당되겠는가. 이렇게 '앙대·로망'에 대한 오해는 그대로 작품에 반영되어 있다. 종래의 소설의 플롯과 인물성격의 조형을 파괴하는 대신에 '이메이지'의 비약 또는 상징의 효과를 거두어야 할 것인데도 불구하고 이 작품은 그야말로 '비문학'적인 설명조의 사설만이 눈에 뜨인다. 따라서 이 작품은 인간생활과도 동떨어져 있지만 작자 자신의 감정세계와도 동떨어져 버린 것이 되고 말았다.

『절망絶望뒤에 오는 것』 이 작품은 당선작『잃은 자者와 찾은 자者』와 함께 장시간 선자選者들의 논의대상이 되었다. 여순반란사건서부터 6·25동란까지 이르는 기간을 통하여 여주인공 '강서경'의 파란 많은 반생을 그리는데 어느 정도 성공한 작품이라는 것은 인정한다. 체험과 현지조사와 상상력 등 상당히 성실하게 문학수련을 쌓은 이의 작품이라는 것도 알 수 있다. 그러나 내가 이 작품을 택하지 않은 것은 작자가 신문소설이란 것에 얽매여 한 작품으로의 진가를 충분히 발휘시키지 못하고 있기 때문이다. 여기서 파생된 결함으로서 사건 중심이 되었다는 것, 거기 따라 우연성이 적잖게 개재됐다는 것, 그리고 파고들 곳을 파고들지 않고 신문 한 회 한 회를 생각하여 그저 무난주의無難主義로 넘어갔다는 것 등이 섭섭하나 이 작품을 믿지 못하게 한 것이다.

『잃은 자와 찾은 자』 물론 이 작품도 흠점을 잡자면 이 한두 군데가 아니다. 첫째 이 작품의 커다란 두 줄거리가 합쳐지는 데 있어서 좀 더 강력하고도 유기적인 계기가 마련돼 있지 못한 점, 다음은 부분적인 면에 있어서 여주인공 '미라'와 '강철'이 맺어지는 동기가 어색한 점, '미라'가 북으로 '강철'을 찾아가게 되는 심적 전기가 '센티'하다는 점, '미라'가 임신한 것을 고백했을 때의 '강철'의 태도가 부자연스러운 점 등 그리고 이 작품에서 우리는 외국작가의 영향을 받고 있는 흔적을 찾아 볼 수가 있다. '플로트'에 있어서는 '어윈·쇼'의 『젊은 사자獅子들』에서, 그 밖의 몇 장면에서는 '헤밍웨이'의 작품에서, 그러나 작자 자신을 잃어버리는 모방이 아니고 그것을 흡수하여 자기 것을 만드는 영향이란 것을 무턱대고 배격만 할 수도 없다고 본다.

더구나 한 작가의 초기작품에서는 그렇다고 본다. 이러한 여러 가지 점을 전제해 놓고 내가 이 작품을 민 것은 작자가 여기서 몇 개의 인간상을 부조하는 데 성공했다는 점과 전편에 걸쳐 잔잔하기는 하지만 쉼 없이 흐르고 있는 인간성 추구의 정신을 높이 샀기 때문이다. 그리고 장면 장면이 어떤 사실이나 작자 자신의 주장에 빠지지 않고 아름다움을 발하는 데까지 이끌어 올린 점도 높이 평가하지 않을 수 없다. 하여튼 이만한 작품을 이번에 얻었다는 것을 선자의 한사람으로 기쁘게 생각한다. 앞으로 작자의 자기 세계 확립을 위해 한층 정진이 있기를 바란다.

≪한국일보≫, 1961.3.3.

유창한 문장과 필력

박화성

    종말까지 남은 작품은 『불붙은 목숨들』, 『잃은 자와 찾은 자』, 『절망 뒤에 오는 것』 등 세 편이었다.

    여기에서 한 가지 생각하게 하는 것은 이 세 편이 다 전란을 바탕으로 하여서 얘기를 짜내었다는 사실이다. 그리고 이 세 편은 함께 우리의 가슴을 강하게 울렸다는 것이다.

    그만큼 우리는 몸으로 동란을 겪었고 마음으로 전쟁을 통곡한 민족이다. 그러기에 이 세 작가는 과장 없이 절실하게 체험을 그려왔고 우리도 또한 그들의 기록을 읽으며 공감하기에 인색하지 않았다고 보는 것이다.

    『불붙는 목숨들』. 무게 있는 내용이 주는 여운이 깊고 짙게 가슴에 남는다. 스케일도 크려니와 계획도 면밀하다. 동란 후에 벌어진 착잡한 혼란상을 안팎으로 잘 나타냈다. 즉 밑바닥에서부터 표면까지의 모순과 비수와 애욕상을 각 부분적으로 잘 해부하였다.

    문장과 기교도 놀랄만하여서 문학적인 수련을 많이 쌓은 작가임을 알 수 있으나 지리하고 불필요한 여화餘話가 눈에 거슬리며 역할과 개성이 뚜렷하지 못한 찬주가 폭넓게 차지하고 있는 것이 불만이다. 선량하던 최석주가 갑자기 악인이 되는 것도 의심스러우나 바르게 살려고 발버둥치는 주인공의 성격과 정신은 살아있는 것이다.

『잃은 자와 찾은 자』. 머리가 어지러울 만큼 많은 인물이 등장한다. 그러나 소설의 방법을 어느 정도 잘 습득한, 작가는 유창한 문장과 필력으로 서투르지 않게 인물을 처리하여 갔다.

필요 이상의 잔소리인 여화와 작가의 직접적인 설명이 큰 결점이나 6·25의 전쟁을 겪는 청년들의 군상이 그들의 사상이 독자의 머리에서 생동한다. 색다른 전개가 신선한 맛을 풍기기는 하나 허준과 강철과의 유기성이 너무나 희박하고 안이한 감을 준다. 끝내 강철과 한미라를 인민군의 복장으로 죽게 한 작자의 뜻은 어디에 있을까?

더구나, 주인공들의 죽음으로 끝낸 한국민족의 벅찬 혈투사血鬪史를 '프랑소와즈'라는 한 외국여인의 편지에다가 날려버린 최후의 장면은 '파리'라는 외국도시배경설정을 합리화하려는 작가의 의도 같아서 불쾌감과 허무감을 아울러 자아내는 것이다.

『절망 뒤에 오는 것』. 이 작자는 소설을 충분히 이해할 뿐만 아니라 이것이 요구하는 모든 것을 종합하여서 만들어낸 능력과 '테크니크'를 가지고 있다. 즉 장편소설이 가져야하는 조건을 구비하였다는 말과 통한다.

우선 주제의 통일성과 빈틈없는 구성을 찬양하며 문장에 있어서도 소박하고 간결한 표현이 내포하고 있는 문학적인 향기를 높이 살 수 있다.

더구나 지리멸렬한 회화와 설명에 지친 나는 불필요한 군소리와 해설이 없는 것에 괄목하지 않을 수 없었다. 그리고 인물들의 성격에도 각각 특징이 살아있었다. 맹목적인 충의에 사私를 잊고 있는 임형규 대령은 말할 것도 없거니와 간악하고 잔인한 한상철이 자기의 아내에게 끝내 악의 비밀을 감출만한 마음을 지니고 있는 것이라든지 우유부단한 지성인의 전형인 원동휘와 철두철미 이기주의인 김혜련이 그것이다.

다만 한 가지 얼른 수긍이 가지 않던 것은 강서경의 아편밀수 방조 사실이었으나 작자가 끈기 있고 성실하게 그의 환경과 심경의 변화를 암시하고 갔음으로써 의혹은 완전히 풀렸었다.

　다시 말하고 싶은 것은 이 작품은 작자가 오랫동안 품고 있으면서 수정을 거듭한 것처럼 모든 면에서 잘 다듬어져 있을 뿐 아니라 전편에 넘치는 저의와 박진의 거센 흐름을 과소평가할 수가 없다는 것이다.

≪한국일보≫, 1961.3.3.

'유니크'한 작품 구성

박 영 준

이번 읽은 이십 삼 편 중 대부분의 작품이 6·25의 전쟁을 배경으로 하고 있었다. 그러나 전쟁에서 역사적인 사회성을 발견하고 그 속에서 인간성을 발굴하려는 노력들이 부족했다고 본다.

당선작과 가작도 6·25 동란을 배경으로 하고 있지만 6·25의 역사성을 좀 더 구상화시켰어야했으리라 생각한다. 사실 나는 여러 심사위원들과 의견이 달랐다. 내가 좋게 생각한 작품은 『불붙는 목숨들』이었다. 그 다음이 『절망絶望 뒤에 오는 것』이었다.

견해의 차가 어디에 있는지 나 스스로 반성을 하고 있지만 아직까지도 『불붙는 목숨들』을 우수하다는 생각을 버리지 않고 있다. 왜냐하면 그 작품 속에는 6·25를 통한 하나의 의지가 살아있기 때문이다. 현대적 감각을 살리면서 애국적인 참신한 의지를 살렸다는데 공감을 느낄 수 있었던 것이다.

그런데 『잃은 자者와 찾은 자者』는 구성에 특색이 있기는 하나 그 특질적인 구성을 완전히 살리지 못했다고 생각한다. 파리巴里를 배경으로 나타난 주인공과 서울을 배경으로 나타난 주인공이 같은 6·25 전투에 참전하는 것으로 서로 연관되어있는 것 같으나 그 연관성이 희박한 것이다. 그리고 파리의 주인공이 고국으로 돌아와 전투의 대열에 참가하는데 그

동기가 개인적 '센티멘탈'에서 출발하는 것 같은 인상을 주었다. 파리를 배경으로 하는 이유도 확실치가 않았다.

『절망 뒤에 오는 것』은 신문소설이라는 것을 많이 고려하여 쓴 작품이었다. 그렇기 때문에 흥미가 가미되어있지만 여주인공의 성격이 일관되어 있지 않다는 결점이 있다. 동시에 '멜로드라마'적인 장면들이 적지 않았다.

일 년 이상씩 걸려서 쓴 작품들을 단 몇 마디로 평하는 내가 너무나 잔인한 감을 느낀다. 아마 작자들은 심혈을 기울여 쓴 자기 작품들이 선자에게 소홀하게 대접받는 것 같은 서운함을 느낄지도 모른다.

그러나 선자들은 좋은 작품을 만들어 보겠다고 자기의 창작적 의욕 같은 것을 움직여 가며 한 편 한 편을 대했으리라고 믿는다.

끝으로 『절망 뒤에 오는 것』을 가작으로 정하여 백만 환의 상금을 주기로 한 한국일보사의 넓은 도량에 감사를 드린다.

규정에도 없는 일을 작가와 작품을 아끼고 마음에서 시상하는 그 아량과 따뜻한 마음이 앞으로 좋은 작가를 발굴해 낼 수 있을 것이라 믿기 때문이다.

≪한국일보≫, 1961.3.3.

문학정신의 감동적 표현

최 정 희

예심 통과 작품이 23편이었다. 이것을 심사위원 다섯 사람이 돌려가며 읽고 나서 최종심사에 들어갔다.

우선 한사람이 세 편 내외의 작품을 골라내기로 했다.

내가 『아라크네의 고독孤獨』를 천거薦하게 된 까닭을 한마디로 말하라면 작자가 많은 것을 알고 있다는 점에서였다. 참으로 이 작자는 온갖 지식을 다 가지고 있는 것이다. 너무 많이 알고 있기 때문에 가장 중요한 소설을 놓쳐 버린 것을 유감스럽게 여긴다.

『절망絶望뒤에 오는 것』은 여순반란사건에서부터 6·25사변까지를 솜씨 있게 엮은 소설이다. 문장도 흠잡을 데가 없고 말도 가려서 썼다. 읽어내려 가노라면 사랑도 배우게 되고 허무와 고독도 알게 되는 작품이다. 그런데 그것들을 뼈가 저리도록 느끼지 못하게 되는 것은 작자의 붓에 힘이 다하지 못한 탓이라고 할 밖에 없다. 작자는 문학을 쓰자는 생각보다 '신문소설'을 쓰자는 생각을 머리에 더 두었던 것이 아닐까.

『잃은 자와 찾은 자』는 위에서 말한 '신문소설'을 전혀 머리에 두지 않고 써내려갔다. 장편을 쓴다는 생각조차도 잊어버리고 쓴 것 같다. 군데군데에서 압축된 단편을 발견하게 된다. 장편에서 이렇게 단편을 찾아내게 하는 일이 옳은지 그른지는 모르지만 어쨌든 나는 그런 것들 때문에 호감을 갖게 되었다.

그 대신 탈을 잡을 데도 적지 않다. 가다가는 소설을 잊어버린 데가 종종 있다. 지루하기 짝이 없는 대목도 있다. 말을 틀리게 쓴데도 있다. '휘청였다'라든지 '정결 되어 있었다'라는 말은 아무래도 귀에 거슬린다.

내가 『잃은 자와 찾은 자』를 쉽게 당선작으로 밀지 못하고 한참 망설이게 된 이유가 이런 것에 있었던 것이다.

그러나 보배로운 문학을 산다는 마음에서 망설이는 마음을 걷어차고 『잃은 자와 찾은 자』를 당선작으로 뽑는데 용단을 내렸던 것이다.

≪한국일보≫, 1961.3.3.

인간탐구의 집요한 시선

윤 재 근

　여기에 수록된 네 명의 작가 김용성, 오인문, 김영희, 최해군 등은 1961~2년에 걸쳐 문단에 데뷔한 작가들로 1926년에 출생한 최해군을 제외하고는 1940년대 전후에 출생한 동년배의 작가들이다.

　무릇 한 작가의 문학적 업적이나 작품경향을 알기 위해서는 그 작가가 태어나 살고 있는 시대적 배경이나 환경 및 그 작가가 발표한 모든 작품을 완벽하게 접하고 난 다음에야 가능하겠으나 여기서는 수록된 작품을 중심으로 그 작가의 문학세계 등을 개관해보고자 한다.

　먼저 작가별로 그 특색을 요약한 다음 작품분석에 들어가기로 하자.

　김용성의 경우, 그는 소설을 재미있는 이야기로서가 아니라 심각한 문제점을 추적하게 되는 하나의 엄격한 모형으로 다루고 있음을 보여준다. 또, 삶의 상황을 중요시하며 개인과 집단 사이의 관계에 깊이 천착하고 있음을 알 수 있는 것이다.

　그는 작품을 구조하는 과정이 엄밀하고, 소설 속의 모든 인물을 필연성에 따라 배치하고 움직이게 한다. 묘사가 치밀하면서도 인물의 외부묘사마저 과장됨이 없이 극도로 객관화시킴으로써 극적 긴장을 높이고 있다.

　오인문은 「조련사」에서 하나의 작품에다 삶의 여러 측면을 압축하여 보여준다. 역사의식을 보이는가 하면 민족의식을 노정시키며 동시에 인간과 자연의 괴리와 그 위기감마저 체험하게 한다.

특히 자연의 참모습을 서정적으로 접할 수 있는 그의 묘사력은 살벌한 문제의식에다 서정성을 삽입하여 묘한 소설의 맛을 만들어내고 있다.

리리시즘이 면면하게 흐르면서 리얼리즘이 또한 돌출하듯이 배후에서 솟아나오는 듯한 분위기는 독자로 하여금 긴장을 불러일으킨다.

김영희는 감각이 섬세한 작가로 세밀한 묘사보다는 인간의 지각이 얼마나 내면에서 천태만상으로 이산되어지고 있는가를 보여준다.

인간과 인간이 필연의 관계라기보다는 필요에서 시작된다는 것을 삶의 문제로 제기하며 또한 그러한 관계에서 함정이 숨어 있음을 생의 아이러니로 포착한다.

인간과 인간이 관계한다는 사실은 어떤 전제된 화합이라기보다는 편견과 오해로 이어져 현실을 이루며 인간은 그 현실에 만족할 수 없는 근원적인 저항이 있음을 소설로서 모형화하고 있는 것이다.

최해군은 민족의 뿌리를 추적하는 데 집요한 관심을 보인 작가로 '우리'라는 한 집단으로서의 '겨레'에서 '얼'을 찾고자 한다. 그런 얼이 '정한情恨'으로 나타나며 정한의 인물들이 역사를 이끌어감을 조명한다. 이는 그가 추구하는 문학정신이 어떤 객기나 감각에 치우치지 않음에서 연유한다.

개인과 집단의 함수관계

김용성은 하나의 인간과 집단이라는 것 사이의 함수관계에서 이 시대의 비리와 부정에 대한 심층을 소설에서 형상화시키려고 한다. 이러한 작가의 의도가 「유적지」와 「냄새들」에서 역력히 나타나 있다. 김용성은 인간을 윤리성에서 접근하려는 안목을 갖추고 있는 셈이다. 인간이란 행복을 추구한다. 그러나 일상적인 선악의 구별을 김용성은 인정하지 않는다. 그러므로 그에게 갖추어진 윤리성은 언제나 삶에 대한 상대적 가치와 판단을 요구하려고 한다. 집단이 하나의 조직이 될 때 그 조직은 힘을 갖게 되고 그 힘은 조직의 속성에 따라 인간을 계층화시키려고 든다. 「유적지」에서는 그러한 계층화를 어떠한 비밀의 집단이 파괴하는 반면에 「냄새들」에서는 그러한 계층이 왜 심화되어 가는가를 보여준다.

「유적지」에서 '공도희 여사'는 삶의 불행과 고통과 좌절이 무엇인지를 모르면서 커다란 회사의 회장직을 맡게 된다. 여권신장을 주장하며 사회단체의 책임직을 두루 거치고 있는 40대의 여인 공도희 여사는 아무런 영문을 모르는 채 납치되어버린다.

누구에 의하여 왜 납치되었는지 모르게 허름한 통통선의 배밑 창고에 몸을 묶인 채로 감금되었다는 사실을 공도희 여사는 확인하면서 꿈인지 생시인지 몽롱한 의식 상태에서 생존의 본능을 발휘한다. 납치해가는 자들이 여자들임을 급기야 알아차린다. 사내들이라면 정조를 바쳐서라도 생명을 건질려고 하며, 당당했던 공도희 여사는 허깨비와 같이 무력해진다. 그러나 억센 여인들이라 목걸이로 유혹하려고 하나 되지 않는다. 비겁하지 않고 의젓하게 보이려던 자존심을 깡그리 무너져 내린다. 무인도에 한 '사내'와 함께 남겨두고 그대로 떠나, 그 후 정기적으로 최소한 먹을 것들을 납치자들이 날라다준다. 물론 그 사내는 해난을 당하여 표류하다가 구해진 30대의 억센 어부였고 그 어부로부터 얼마간 성적 희열을 맛보게도 된다. 그녀는 어이없게도 임신마저 하게 된다. 이러한 최악의 환경에서 일 년을 보내고 나자, 납치자들은 그때까지 일어났던 일을 전혀 없었던 것으로 비밀을 지켜준다면 육지로 보내주겠다고 하여 약정서에 서명을 하고 그녀는 자신의 빌딩이 있는 도시로 돌아온다. 그러나 그 도시의 모든 집단은 공도희 여사를 인정해주지 않는다. 집단에 의하여 하나의 인간이 여지없이 파괴되어버릴 수 있음을 김용성은 섬뜩하게 보여주고 있는 것이다.

인간의 존재를 보장해주는 안정장치란 없는 것이다. 통통거리는 배, 밀폐된 배 밑의 창고, 정체를 알 수 없는 납치자들, 그런 알 수 없는 힘에 의하여 인간의 존재가 허망하리만큼 위기의 상황에 놓여질 수 있다는 공포를 체험하게 된다. 이러한 인간의 모형이 바로 작가 김용성이 바라보는 시대정신의 위기감일 것이다.

작가 김용성은 그러한 위기감으로 인물의 내면을 파고드는 것이 아니라 외면의 묘사를 극도로 추구하여 그러한 위기감을 눈으로 보게 한다.

하나의 사회에서 실력이 있다고 스스로 정한 계층도 자신도 모르게 어떤 조직에 의하여 파괴되어버릴 수 있음을 보여주려는 것이 「유적지」라면 정해진 계층은 정해질 수밖에 없다는 또 다른 측면을 「냄새들」에서 보여주고 있다.

「냄새들」은 '이철준'과 '송수일'이란 인물들 사이에 몸져누운 '한씨'가 끼어들면서 이야기가 시작된다.

이철준은 세관원이다. 송수일은 부두의 하역작업을 하는 노동자이다. 그리고 한씨 역시 하역노동자였으나 몸져누워 있으니 한씨의 가족은 떨어져 있으나 역시 생활고에 시달리고 있을 것임을 이철준과 송수일은 알고 있다. 그러한 한씨를 돕기 위해 이철준이 하역작업을 하겠다고 송수일과 함께 야간작업에 자진해서 나간다. 송수일은 이철준을 이해하지 못하고, 어쩐지 거리감을 갖게 되고 동정하려는 이철준이 미워지기조차 한다. 그러나 일을 하면서 송수일은 이철준을 차츰 이해하게 되고 두 인물 사이에 놓여진 '계층'을 송수일은 잠깐 잊어버리게 된다. 그러나 주변의 공장에서 독가스가 새어나와 하역노동자들이 질식을 하는 소동이 벌어지자, 이철준은 세관원임이 판명되어 병원으로 옮겨지고 송수일과 그 외 노동자들은 학교의 교실에 수용된다. 인간이 매겨놓은 계층은 어쩔 수 없이 드러난다. 송수일과 이철준 사이에 다시 뛰어넘을 수 없는 거리가 나고 만 것이다. 두 인물 사이에 생겨지는 계층이란 비리非理는 자의自意와는 관계없이 타의적인 집단에 의하여 형성된 것이다. 송수일은 이를 운명처럼 받아들인다. 그러한 순종은 비겁하게 자신을 희생시켜서 얻어지는 것이 아니라 자신에게 주어진 상황을 의연하게 받아들임으로써 가능해진다는 사실을 송수일을 통하여 이철준은 보게 된다. 세관장이 나와서 성실하게 일하는 이철준을 허세를 섞어 추켜세울 때, 특히 이철준은 허세에 가득찬 군상들이 멀어져가고 자신의 처지에 관계없이 주어진 상황을 몸으로 부딪쳐가는 의젓한 송수일을 떨쳐버릴 수 없음을 깨우친다. 썩은 쥐포를 언제나 씹어서 되새김질을 끝없이 하는 송수일을 이철준은 지워버릴 수가 없는 것이다. 썩은 냄새가 나는 바다, 썩은 냄새가 나는 부두의 하역장, 썩은 독가스를 뿜어내는 공장의 굴뚝들, 이 틈바구니에서 노역하는 송수일의 입속에서 씹혀지는 썩은 쥐포의 냄새, 이러한 냄새들은 이 작품에서 묘한 상징성과 현장감을 동시에 일으킨다.

이철준이 간밤의 독가스에 어떻게 질식되지 않았느냐고 물었을 때 송수일은 썩은 쥐포를 씹은 덕택이라고 대답한다. 송수일은 하나의 작은 영웅처럼 이철준에게 압도해온다.

부유한 집안에서 자라, 비록 세관원이지만 하역자들을 아프게 생각하며 실제로 몸져누워 있는 한씨를 돕자고 밤을 이용, 막노동을 하였던 이철준이란 인물은 오히려 나약하고 감상주의적인 박애주의자로 비쳐질 뿐이다. 이철준은 신념에 차 있는 인간이라기보다는 물정을 모르는 풋내기처럼 혹은 온실의 꽃처럼 접해올 뿐이다.

썩은 냄새의 부둣가에서 억세게 버텨온 잡초같은 송수일은 이철준을 압도하여 버린다. 동정은 싫다, 동정은 싫다, 힘주어 말했던 송수일은 질식한 이철준의 호주머니에서 한씨의 도장을 가져가 병든 한씨를 업고 와서 가스중독자의 무리에 집어넣고 치료를 받게 한다. 누가 그를 간교하고 파렴치하다고 할 것인가? 너무나 떳떳하게 접해오는 것은 인간의 삶이 펼쳐지는 현실이란 현장에서 선과 악, 미와 추, 진실과 거짓이 결정적인 것이 아니라 상황에 따라 변할 수 있음을 「냄새들」에서 보게 된다. 작가 김용성이 그려내는 소설이라는 삶의 모형에서는 삶의 진실을 결정할 수 있는 것은 없다는 생각을 갖게 한다. 인간의 삶을 처리하려는 어떠한 힘이라 할지라도 변수일 뿐 상수常數는 아니라는 결론에 도달하게 된다. 이러한 결론이 그의 작품에서는 인간들 사이에 인위적으로 지워져 있는 계층들이란 언제나 허물어질 수도 있으며, 그러한 계층을 뛰어넘으려는 대신에 완강하게 그러한 계층에 도전하려고 할 때, 인간은 비로소 엄청난 힘을 갖게 됨을 보여준다. 작가 김용성은 「냄새들」에서 감동적인 작은 영웅인 송수일을 잊혀지지 않는 인물로 조형하는 데 성공하고 있다. 썩은 쥐포를 씹는 그가 오히려 작은 영웅으로 이철준을 압도함을 볼 수 있는 것이다.

『한국현대단편문학전집 33』, 1981

잃어버린 삶을 찾아서

이 남 호

김용성은 우리 현대사의 소용돌이가 우리 민족 한 사람 한 사람에게 얼마나 깊은 상처를 남겼으며, 그 상처는 아직도 치유되지 못함은 물론 정확하게 인식조차 되지 못한 채 우리네 삶의 왜곡요인으로 잠재하고 있음을 들추어내는 작가라 할 만하다.

중편 「안개꽃」도 바로 이러한 작업의 소산이다. 「안개꽃」은 몇 십 년의 세월이 흘러도 아물지 않는 상처의 현재 모습이 어떠한 것인가를 담담하게 보여준다.

이승호란 인물은 1·4후퇴 때 고아가 되어 북한에서 성장한 사람인데, 김일성대학 공학도로 재학 중에 동독에 유학을 가서 60년대 중반에 서독으로 탈출하여 현재 서독 모 공장 기술부 기사로 있다.

소설은 이 사람이 한국에 와서 월남한 아버지를 수소문하는데서 시작된다. 이승호는 작중화자인 나에게 아버지를 찾는 일에 도움을 청하여, 함께 이곳저곳을 찾아다닌다. 그러다가 정신병자들의 요양소에서 결국 아버지를 찾게 되는 것이 결말이다. 제법 긴 분량의 중편소설이면서도 서사적 골격은 빈약하다고 볼 수 있다. 그러나 작가의 의도는 서사적 골격과는 거의 무관하다. 그것은 작중인물들의 심리적 태도에 의해서 전달되기 때문이다. 한마디로 이 소설의 핵심을 말하자면, 그것은 상처의 노출에 대한 망설임과 거리낌이다. 이 작품에 등장하는 모든 인물은 전쟁의 상처를 몇 십 년 동안 안고 있는 사람들이다. 남대문 생선가게 주인인 윤치근, 이승호의 아버지와 아저씨, 이승호와 나 그리고 심지어는 서독의 간호원이었던 윤치근의 딸까지도 전쟁의 상처를 지니고 있는 인물이다. 이들은 모두 아픈 과거의 노출로 현재의 조그만 평화를 깨뜨리는 것을 원하지 않는다. 아픈 상처는 더 이상 건드리지 말고, 아픔을 참고 가려두자는 편이다. 이승호가 아버지를 찾고자 하는 마음은 말할 수 없이 절실하면서도 그 태도가 극히 수동적이고 미온적이라는 점, 그리고 먼 친척뻘 되는 아저씨를 확인하고는 그 아저씨를 만나기를 두려워한다는 점 등은 이승호 자신에게도 과거의 회복은 견디기 어려운 불안이요, 고통이기 때문이다. 쓰라린 과거는 더 이상 들추지 말자는 논리는 윤치근에 의해서 보다 직접적으로 주장된다. 아버지에 대해 물어보는 이승호에게 윤치근은,

　　"이 승호 선생이라고 하셨던가요? 포기하는 게 좋을 겁니다. 어떻게 아버님과 헤어졌건 이미 삼십 년이 흘러갔어요. 아버님을 찾더라도 그 옛날의 관계로 되돌아가기란 힘든 일이요."

　라고 답한다. 이 대답의 의미는, 윤치근의 딸이 이승호가 정주사람인 것을 알고 난 후 갑자기 냉정해진 이유를 답하는 데서 보다 구체적으로 부연 설명된다.

　　"미숙이는 그애가 태어나기 전의 과거에 대하여 알기를 두려워하고 있어요. 왜냐하면 현재의 행복이 과거의 그 무엇으로 인해서 무너질는지도 모른다고 생각하기 때문입니다."
　　"과거의 그 무엇이라뇨?"
　　"제가 이북에 두고 온 아내와 자식 말입니다. 그애는 그것을 알고 있죠. 허지만 그 이상을 알고 싶어 하지는 않습니다. 짐작하건데 그

애는 선생님과 가까이 지냄으로써 무엇인가 두려운 것을 들을지도 모른다고 생각했을 겁니다. 그래서 선생님을 멀리하려고 했겠죠. 만약에 운이 좋아 선생님의 아버님을 만났다고 가정해보시오. 아버님의 가족들은 선생님의 출현을 달가와하지 않을 거예요. 아버님조차도, 그러니 현재의 상태가 좋은 것입니다. 다시 옛날의 관계로 돌이킬 수 없는 한."

윤치근의 이러한 설명은, 이승호를 비롯한 모든 등장인물들의 망설임과 거리낌의 이유를 밝혀준다. 바로 이러한 까닭으로 친척뻘되는 아저씨는 이승호를 만나기를 망설였고, 나는 이승호의 부자가 대면하는 현장을 피하고자 한 것이다. 뿐만 아니라 이승호의 아버지가 삼십 년 만에 만난 아들을 보고도 못알아 보는 체 해버리는 것이다(이승호의 부친인 이민수는 정신질환을 앓고 있지만 여러 정황으로 보아 아들을 알아보고도 모른 체한다).

그러나 이 망설임과 거리낌은 삼십 년 동안이나 지속되는 상처의 고통에 대한 메카니즘이다. 그래서 망설임의 중량은 바로 고통의 중량이라고 할 수 있다. 삼십 년 동안 지속되어온 고통을 정리하는 첫걸음은 우선 과거의 노출이다. 앞에서 인용한 윤치근의 논리는, 지나간 일을 다시 들추어내서 새로운 아픔을 만들지 말자는 것이었지만 이는 잘못이다. 이 소설에서 제기하는 고통은 결코 지나간 일이 아니고 지금도 생생하게 살아 있는 것이기 때문이다. 이점은 이승호의 갈등에서도 분명히 드러나지만, 나와 형과의 갈등이 일종의 예증 역할을 해준다('나'의 소설적 기능은, 고통의 현재성에 대한 증거적 인물이라는 점이다). 따라서 이 고통을 정리하고 극복하기 위해서는 괴로움을 무릅쓰고 과거를 찾아야 한다. 모든 등장인물이 과거를 찾는데 망설이지만 결국은 과거를 찾아가게 되는 데서 이 소설의 의미는 탄생한다. 이 작품의 끝부분에서 이민수는 아들을 모르는 체 해버리지만 결국은 아버지와 아들의 감정적 화해가 이루어질 것임을 암시하며 소설은 끝이 난다. 이승호가 과거의 상처를 덮어둔다면 이민수의 상처와 이승호의 상처는 각각의 가슴속에서 평생 풀리지 않게 된다. 그러나 괴로움을 무릅쓰고 아버지를 찾음으로써 그들의 상처는 회복기를 맞이한 셈이다. 그러니까 「안개꽃」은 전쟁이 남긴 상처가 삼십 년이 지난 오늘날에도 여전히 생생하다는 것, 그리고 그 상처를 치유하기 위해서는 과거의 상처를 감추지 말고 드러내어 화해의 길을 당당하게 모색해야 한다는 것을 말해주는 작품이다.

「안개꽃」보다 훨씬 짧고 단순한 작품이지만 「두 아들」도 거의 같은 주제의 변주라고 볼 수 있다. 이 작품도 과거의 상처를 숨기는 것이 아니라 용기 있게 노출시킴으로써 상처의 치유책을 발견하고 화해의 단서를 얻게 됨을 보여 준다. 그런데 이런 주제가 단순 구조로 표현될 때는 어쩔 수 없이 도식적인 면이 발견되는 바, 이 작품도 약간 그런 점이 있다.

그리고 「슬픈 양복재단사의 나날」은 채수라는 4·19 세대의 반평생을 통하여 우리 현대사의 왜곡상을 보여주는 작품이다. 갑수의 삶과 채수의 삶을 비교하여, 우리 현실의 허위성을 노출시키는 방식은 효과적이면서 동시에 상투적일 위험성이 많다. 그러나 작가는 인물과 사건의 배경을 적절하게 설정하고 조그만 에피소드를 잘 이용하여 그런 위험성을 극복하고 있다. 한 가지 예를 들면, 주인공의 직업·가정을 양복재단사로 설정한 것을 들 수 있다. 이런 점들의 축적이, 우리가 이미 짐작하고 있는 현실의 왜곡상을 새로운 실감으로 전달해주는 것 같다. 이런 점에서 「안개꽃」보다 「슬픈 양복재단사의 나날」이 더 많은 소설적 설득력을 지니고 있는 것 같다.

『정통한국문학대계 23』, 어문각, 1987

「슬픈 양복재단사의 나날」

김 윤 식

    김용성 씨의 「슬픈 양복재단사의 나날」은 우리 소설이 그동안 소홀히 했던 측면을 유려하게 드러내고 있다. 나는 이 작품을 읽으면서 서대문구 현저동에 산 서울토박이들의 삶을 대하고 우리 소설이 어째서 이 영역을 등한히 했는가를 반성해 보았다. 이 작품은 나이 40대에 든 화자이며 돌중의 아들이자 교사인 만중이 옛 친구인 기자출신의 양복재단사 채수의 장례식에 참석한 일을 다룬 것이다. 일제시대에 그들은 독립문 옆에서 자랐고, 6·25를 겪고 4·19에 대학생이었고, 유신 때 감옥으로 갔다. 내게 흥미 있는 것은 그러한 내용이 아니다. 서울이 그들에게 고향이자 뿌리였다는 점이다. 이 사실은 많은 독자에게 충격적이다. 60년대 이래 우리 소설이 근대화로 또는 6·25로 빚어진 고향문제를 얼마나 열심히 다루어 왔던가를 생각해 보라. 고향(시골)은 그들에겐 속죄의식의 다른 이름이었다. 서울 인구의 80%가 고향의 희생 위에 겨우 가능했던 이른바 '출세한 촌놈'으로 구성되어 있었던 만큼 고향 콤플렉스는 단연 70년대 소설에서도 주류를 이루어 왔다. 그것은 수사법 없이도 막걸리 모양 우리를 취하게 했다. 그렇지만 거기서는 거짓과 과장이 지나치게 활개를 쳤다. 관리사회에로 접어든 오늘날에 있어 시골(고향)은 이제 '출세한 촌놈'의 그리움이 터전이 아니고 완전히 낯선 곳이다.

김용성 씨의 작품은 서울이 고향임을 말하는 소설다운 방식을 보여주고 있다. 작가가 서울출신이라는 사실은 이 경우엔 일종의 '자질'에 속하는 것이다. 월남했다는 것이 작가의 경력이 아니라 '자질'의 일종이듯이. 김용성 씨의 자질은 이제부터 빛나도 좋을 것이다. 그는 벌써 서울식 고향을 말하는 소설방식조차 찾아내고 있음에랴. 채수의 양복점을 그려내는 작품의 앞부분이 그러한 방식이다. 사소한 양복점 구석이나 기물들을 묘사해 놓는 일이 서울의 서민층 감각인 탓이다.

『작은 생각의 집짓기 ─ 비평가의 표정 ─』, 나남, 1985

『큰새는 나뭇가지에 앉지 않는다』

이 명 재

최근에 펴낸 김용성의 『큰새는 나뭇가지에 앉지 않는다』라는 이름의 책은 제목 못지않게 퍽 주목되는 장편소설이다. 그것은 결코 30여 년 동안 꾸준히 창작생활에 임해온 중견작가의 작품이라는 선입견에서가 아님은 물론이다.

이 장편소설이 주목되는 이유는 우선 작품 성향들에서 새로운 면모를 보여주고 있기 때문이다. 지금까지 김용성의 소설은 대체로 분단조국의 아픔이나 일상적인 삶과 연결된 따뜻한 인정미 등을 다루어 왔었다. 이를 테면 60년대 초의 데뷔작인 『잃은 자와 찾은 자』를 비롯하여 70년대의 「리빠똥 장군」, 80년대 중엽의 『도둑일기』나 「슬픈 양복재단사의 나날」 및 작년에 발표한 「너는 우리의 죽음이었다」 등이 그것이다. 그런데 이번 의 『큰새는 나뭇가지에 앉지 않는다』는 제재면이나 주제면에서 이전의 작품들과는 상이하다.

이 장편은 말하자면 우리 사회의 발전 과정에서 겪어온 80년대 중엽의 민주화와 노동해방의 곡절을 반영한 문제작인 것이다. 예의 박종철 고문사건이 일어나던 무렵, 일부 경직된 집권자들에 의해 자행되던 호헌선언 이나 노동탄압에 대항하여 노학연계 투쟁을 벌이던 운동권 세력의 양상 을 묘파한 것이다. 그만큼 심각한 상황과 의식화에 대한 첨예한 접근이나 현장감 넘치는 호흡으로 새롭게 시도한 사회 대응의 소설미학이랄까.

구성면에서도 여느 작품과는 다르다. 대학생과 노동계층을 주로 한 운동권 청년들이 인물 성격의 주축을 이룬다. 그리고 시종 마음 죄는 긴장 속에서 다분히 미스터리한 사건이 이어진다. 또한 이런 인물과 사건들이 우리 민주사회발전의 숨막힌 고비길을 이루었던 80년대 중엽의 공단주변과 시위현장을 배경으로 전개되고 있어 더욱 흥미진진하다.

등장인물의 성격들도 이전의 작품들과는 대조적이다. 현직 경찰 간부의 아들로서 각종 시위를 조종하는 등 변혁사회의 역군으로 활약하다가 당국에 수배 받는 K라는 익명을 가진 백이라는 인물. 이런 백의 처지와는 달리 도시 영세민의 아들로 대학에 진학했지만 강의실보다는 민주화를 위한 학생시위에 끼어들고 노동운동을 겸하다 끝내는 진짜 K가 되어 변혁운동의 선봉이 되는 주인공 조예수. 또한 그를 오빠라고 부르며 사랑하는 까페 여종업원 신분의 애순. 이들 조예수와 애순을 노동자 해방을 전취하는 일선 공장에 위장취업 시키는 개척교회 전도사 남민철. 그들의 동지로서 고문을 받은 후유증으로 신경질환을 앓았던 방선구 등.

또한 이들과 함께 전개되는 사건은 흡사 추리물을 대하듯 스릴 만점인 흡인력을 보인다. 첫 장면부터 수배 받는 K의 증거를 인멸시키기 위해 잠자는 사내의 카메라 필름을 훔쳐내려고 그의 침실에 숨어들어갔다가 엉겁결에 호신용 칼로 백을 찌르는 장면 등이 그것이다. 더욱이 형사의 미행을 경계하는 그들 조직원들의 행동에도 불구하고 고교 중퇴자로 속여 공장의 도금부에서 일하던 예수가 형사한테 연행된 뒤 겪는 고문이나 마지막 장면은 끔찍하기까지 하다. 또한 부평역 주변에 모인 노동자들, 교회 신도들, 학생들, 시민 등 1천여 명이 모인 가운데 전경들과 대치해 있을 때 방선구가 석유를 뿌린 자신의 몸에 라이터 불을 댕겨 분신한 일들도 그렇다.

그리고 이런 분신장면 못지않게 세팅 설정 또한 섬뜩한 충격을 준다.

이를테면 조예수가 공장에서 강제로 포니 승용차에 태워진 후, 어딘지 모를 지하의 방에서 겪는 고문이 그렇다. "이 새끼, 불어, 불어!"하는 사내의 말과 함께 맨몸에 몽둥이가 날아드는 상황이 짐작된다. "나는 민전총, 구체적으로 민족민주 해방 전선 학생총연맹의 위원장 조예수요, 일명 K라고도 하죠"해도 막무가내다. "전 열흘 동안 경찰에게……발가벗겨진 채 몽둥이로 사정없이 전신을 구타당했습니다. 욕조에 머리를 처박혔습니다. 코로 주전자물을 먹었습니다. 손과 발가락에 전기 고문을 당했습니다. 이 열 손가락에는 물집이 잡혔던 상처자국이 선명히 남아 있습니다."

요컨대, 『큰새는 나뭇가지에 앉지 않는다』는 수년 동안 우리 사회발전 상의 현안문제였던 민주화와 개방화 및 노동해방 등에 걸친 문학적인 접근이요, 풀이작업의 하나로서 남다른 가치가 있다. 근래 이런 과제는 한승원의 「아버지와 아들」, 양헌석의 「태양은 묘지 위에 붉게 타오르고」, 방현석의 「새벽출정」, 김향숙의 「안개의 덫」, 김원일의 「마음의 감옥」처럼 인기 높은 중편들에서도 다루어졌지만 이 작품과는 질량면에서 상이함을 드러낸다. 장편과 중편이라는 차이에서보다는 구체적인 현실을 밑바탕으로 삼아 계급적인 의식화문제나 종교성을 곁들인 복합적인 서사문학으로서의 형상화를 가했다는 점이다.

김용성의 이전 작품과는 달리 벅찬 노학연계의 현실 문제를 다루되 조예수를 통해서 기독교적인 해방신학 내지 희생정신을 중의적으로 표출해 낸 회심작이다. 그리고 평이한 문장 속에 동시대를 사는 시민으로서 시국 사안의 핵심에 임하는 선명한 작가의식을 담고 있어 더욱 소중한 독자들의 벗이 되기에 충분하다.

『교보문고 서평』, 1991년 1월호

『도둑일기』

임헌영 · 김재용

작가 : 김용성(金容誠, 1940~2011)

일본 고베에서 태어남. 서울에서 성장. 경희대 영문과와 동대학원 국문과 졸업. 1961년 ≪한국일보≫ 장편현상모집에 『잃은 자와 찾은 자』 당선으로 등단. 1969년 ≪한국일보≫ 기자로 입사, 2년간 근무. 1984년 『도둑일기』로 현대문학상 수상. 1986년 단편 「아카시아 꽃」으로 제1회 동서문학상 수상. 주요 작품으로는 단편 「환멸」, 「불상」, 「홰나무 소리」 등. 중편 「안개꽃」, 「슬픈 양복재단사의 나날」, 「버림받은 집」 등. 장편 『리빠똥 사장』, 『그것은 우리도 모른다』 등. 그 외 문학사 르포 『한국현대문학사탐방』이 있음. 인하대 교수로 재직 중.

등장인물

이한수 : 6 · 25로 고아가 되어 15세에 가장이 된 맏형. 돈을 버는 일에 몰두, 장래 사업에 대한 야심이 만만함.

중수 : 화자. 소설가가 되는 것이 꿈임.

성수 : 막내. 사제가 될 목적으로 신부를 돕는 바오로 복사服事가 되었음.

줄거리

우리 삼형제의 방랑과 모험은 1952년 설날부터 시작되었다. 그때 형은 중학을 중퇴, 나와 동생은 국민학교를 중퇴해 고모집에 기식하고 있었다. 경찰이었던 아버지는 전사하고 어머니마저 전쟁의 와중에 폐앓이로 절명했다. 우리에게 도둑질하지 말고 정직하게 살 것을 유언으로 남겼다. 우리는 어머니를 독립문 근처 한 방공호에 묻고 그럭저럭 연명하다 고모를 찾아갔던 것이다. 그런데 세뱃돈에 불만을 터뜨린 고종동생 동호의 "나는 쟤들이 싫단 말이에요. 밥벌레들이에요. 고아원에나 보내세요!"라는 말에 우리는 충격을 받고 그길로 집을 나와 구두닦이통을 만들 판자를 훔쳤다. 형은 우리가 자립하고 공부도 더 하기 위해, 목적이 좋다면 도둑질도 괜찮다고 했다. 우리는 형에게 복종했다. 구두 닦을 우단을 훔치기 위해 성당에 갔다. 신부에게 들킨 성수가 한 시간 후에 일 년 닦을 우단 조각을 가지고 나왔다. 굶주리며 텃세와 수모를 받아야 하는 구두닦이의 길은 순탄치 못했다.

어느 날 구두닦기하는 형의 친구 정길남을 만나, 나은 벌이를 찾아 그와 전방 미군부대로 떠났다. 도중에 잠자리를 찾아 빗속을 헤매다 신부의 도움으로 겨우 하룻밤을 보냈다. 다음날 성수의 구두통에 새 성경이 들어 있는 것을 발견했다. 어렵게 목적지에 도착한 우리의 생활은 전과 딴판이었다. 돈을 벌기 위해 각지에서 몰려온 사람들 틈에서 우리는 빈집을 하나 차지해 구두닦이로 받은 양키물건을 독 속에 몰래 모았다. 밥값 때문에 물건은 좀처럼 늘지 않아서 형과 각자 행동하기로 하고 하루는 성수와 함께 부대 안으로 들어갔다. 흉포한 미군을 만나 폭행을 당하려다 도망쳤다. 구두를 닦아 주고 C레이션을 상자 째 받은 날은 헌병에게 걸려 가진 것을 몰수당하고 지역 밖으로 쫓겨났다. 마을로 되돌아오는 길에 철조망에 걸려 있던 시계를 훔쳤다. 성수는 도둑질해 학교에 갈 수 있다고 해도 자신은 차라리 성당에 갈 것이라며 시계를 돌려줄 것을 맹세케 했다. 나는 약속을 지키지 않았고 시계는 잃어버리고 말았다. 우리는 성격상 구두닦기가 맞지 않다고 서울로 보내졌다.

그 후 성수는 신부를 도우면서 교리를 배웠다. 그의 얼굴은 부모 없는 아이의 가위눌린 표정이 사라지고 차차 순진하고 맑은 표정이 되었다. 형도 결국 독 속의 물건들을 도둑맞고 겨우 만 원을 쥐고 돌아왔다. 형은 도둑질로 모은 것은 결국 도둑맞아 없어진다고 말했지만 성수처럼 반성의 맹세는 하지 않겠다고 선언했다. 형은 직업적이고 전문적인 도둑질을 했다. 서울역에서 석탄과 코크스를 훔치다가 나중에는 그것을 수집하는 장사꾼이 되어, 서대문 근처 폐허의 땅에 소규모 철조망을 치고 사무실이 달린 판잣집을 지었다.

나는 형의 배려로 국민학교 6학년에 복학했다. 형은 자신도 공부하고 싶지만 돈을 벌기 위해 일을 하고 대신 내가 열심히 공부해 법관이 되기를 바란다. 형은 우여곡절을 겪었지만 '서울종합물산'이란 간판을 걸고 시작한 사업은 차차 확장되었다. 1956년 여름 형의 나이 스물에 수집상과 잡목 판매소를 어엿한 목재상으로 탈바꿈시켰다. 그는 장래 무역상이 될 것을 장담하고 상호는 그대로 두었다. 그 무렵 나는 형 사무실로 쓰고 있는 땅의 주인 오창명 사장의 집에 입주 가정교사로 지냈다. 오사장은 땅 사용료도 받지 않고 우리 형제에게 호의를 베풀었다. 나는 그의 큰딸 연주를 무척 사랑했다. 그러나 그녀가 형을 좋아하고 있다는 사실을 알고 충격을 받았다. 나는 포기하지 않고 그녀의 마음을 돌리기 위해 일년치 용돈을 투자한 레코드 원판을 피아노를 치는 그녀에게 생일선물로 전했다. 거절당하자 나는 '비창'이 담긴 그 판을 그녀 앞에서 밟아 쓰레기통에 처박았다. 결국 나는 연주네의 은혜를 배반한 놈이 되고 말았다.

형에게는 알리지 않은 채 나는 생활의 자립을 위해 싸전 '미답상회'의 창고 관리인으로 취직했다. 짝 김병기의 부친인 주인에게는 오사장처럼 은혜의식을 느낄 필요없이 성실한 책임관계로 서로 믿었다. 나에게 일을 주선해주고 동시에 자유를 준 친구를 고맙게 생각했다. 꼭두새벽에 곡식 트럭이 들어오면 나는 하역을 감시하고 학교에 갔다. 크리스마스가 가깝던 어느날, 소식을 끊고 있던 형이 낡은 지프차를 몰고 미곡창고로 찾아왔다. 내가 고지식하게 오사장 집을 나와 둘째사위가 될 기회를 놓친 것이 안타깝다고 그가 말했을 때 울화가 치밀었다. 형은 야심이 어떻게 자신의 영혼을 갉아먹고 있는가를 알지 못했다. 그는 어머니 산소를 마련하는 일도 뒤로 미루고 돈이 생기는 대로 폐허의 땅을 사들일 작정이었다. 전쟁으로 부모를 잃었지만 자신은 그것으로 돈을 벌 것이라고.

형은 연주와 결혼할 것이라는 사실도 밝혔다. 형이 나와 함께 신부를 찾아간 것은, 우단을 훔치는 일에서 시작하여 이만큼 잘살게 된 것을 감사드리기 위해서였다. 형이 신부에게 용서를 빌고 땜질한 소파를 바꿔주려고 했을 때, 신부는 추운 거리를 헤매는 가난한 사람을 돕는 것이 진정한 보상이라고 했다. 형은 돌아오면서 못살게 되는 것은 게으른 탓이고, 그런 자는 죽든지 죽기 싫으면 도둑질이라도 해서 살든지 해야 한다고 격앙했다. 나는 그의 사고방식의 위험성을 어렴풋이 느끼고 있었다.

1959년, 나는 문과대학에 입학했다. 나이가 들면서 형과는 이질적인 존재로 발전해갔는데, 내가 연주 때문이라면 형은 내가 법과대학을 들어가지 않은 것 때문에 서로 거리감을 가지기 시작했다. 형은 사업을 위해 군대에 가지 않으려 했으나 일이 잘못되어 징집되었다. "내 인생이 막 꽃봉오리를 맺을 시기에…… 빌어먹을!"하고 억울해했지만 나는 위로할 말이 없었다.

하루는 형이 떠나고 제재소의 일을 맡은 고모부가 달려왔다. 도로확장으로 어머니 시신이 거덜날 판이라는 것이다. 형은 서울이 번창하여 높은 빌딩이 들어설 것이라고 했지만 이렇게 되리라고는 짐작하지 못했다. 형은 땅을 사고, 정치하는 사람과 연줄을 맺을 돈을 대느라, 명당자리에 멋진 무덤을 만들겠다고 한 약속을 잊고 있었는지 모른다. 어머니의 유해는 벽제 부근 야산에 묻었다. 고모는 나와 성수의 허리를 껴안으며 이만하면 명당이라고 흡족해했다. 이듬해 성수는 현실을 도피해 은둔해 사는 것을 걱정했지만, 대망하던 신학대학에 입학했다. 우리는 서로 사제가 되고 소설가가 되기를 기원했다.

『현대문학』, 1983, 9~11

문학사적 의의

삶 속에서 체득한 무반성적 배금주의 사고방식의 한수, 종교를 통해 자신의 삶을 반성하고 정화해가는 성수, 그들을 통해 자신의 참모습을 찾으려는 중수, 이 형제들은 우리 시대의 탐욕을 되돌아보게 하는 거울이다. 그러나 반성이라는 소극적 자세로 대응해 사회의 모순을 바로잡을, 적극적으로 조직화해내는 힘에 대한 전망이 불투명했던 것은 이 작품에 나온 사회적 여건과도 무관하지 않다.

|참고문헌|

임헌영, 「비극적 관점과 반인간화」, 『한국현대문학전집』 50, 삼성출판사, 1979.
윤재근, 「작품의 품성과 조형술」, 『도둑일기』, 현대문학사, 1984.
전영태, 「탐욕의 뿌리를 찾아서」, 『탐욕이 열리는 나무』, 문학사상사, 1986.

『한국문학명작사전』, 한길사, 1991

정결한 앨범

— 김용성 장편 『도둑일기』

임순만

소설은 왜 쓰여지고 어떻게 만들어지는지. 작가의 고단한 순례 끝에 나온 하나의 결실인 '작품'은 독자들에게 무엇인지.

작가 김용성 씨(인하대 교수)가 8년에 걸쳐 낸 장편 『도둑일기』(동서문학사) 1 · 2부를 읽으며 그런 문학의 근본적인 질문과 만났다.

문학이 상업화되고, 타락한 세계에서 작가들은 타락한 방법으로 독자들과 만난다는 골드만의 이론에 편리하게 기대며 작품을 대중의 취향에 맞추는 소비의 시대. 작품을 적게 발표하는 김 씨의 이번 소설은 문학이 어째서 시공을 넘는 정신의 편력인지를 생각게 했다.

『도둑일기』는 6 · 25부터 60년대까지를 시대적 배경으로 전쟁고아가 된 세 형제의 성장을 그린 소설이다.

고아 소년들이 겪는 유랑생활의 핍진함, 막막하고 무서운 사회에의 눈뜸과 삶의 비의스러움(제1부), 악덕 사업가가 된 큰 형, 베트남 파병을 거쳐 한때 신문기자로 일하다 소설가의 길을 가는 둘째, 성직자가 된 셋째의 각기 다른 행로(제2부).

이 소설은 마음과 몸이 추웠던 그 시절을 정제整齊하며 우리 사회의 풍파를 헤쳐온 그 세대들의 살아있는 개성을 보여준다.

이 소설에서 밑그림으로 어른거리는 것은 시대의 슬픔을 삭이며 글을 써온 작가의 모습이다.

일본 고베神戸에서 트럭운전사의 아들로 태어난 김 씨는 해방 직전에 귀국, 암울한 성장기를 보냈다. 부친의 사망, 한국 전쟁의 발발, 1·4후퇴 당시의 무수한 죽음 같은 때 이른 비극을 보면서 소년은 구두를 닦았고 때로는 멍석에서 잠들었다. 동네 아이들과 함께 미군들이 진주해 있던 전방으로 구두닦이 돈벌이에 나서는 소설의 삽화는 그의 경험에서 나온다.

학비가 거의 들지 않는 철도고등학교를 졸업하고 대학 2학년 시절 한국일보 장편소설 모집에 『잃은 자와 찾은 자』(1960)를 낸 것도 순전히 살아가야 했던 어려움 탓이었다.

상금 6백만 환은 두 동생을 책임져야 했던 그의 곤고한 삶을 위로하는 구원의 빛이었다. 뿐만 아니라 일석 이희승 선생으로부터 '너무 조숙해서 쓰러질 우려가 있다'는 걱정을 들은 이 소설은 최초로 6·25를 본격 장편의 세계에 올린 작품으로 문학사에 남았다.

그에게 있어 소설은 풀 수 없는 삶의 슬픔을 삭이고 그것을 전하는 영혼의 양식이다. 그 절실함은 진짜 도둑이었던 프랑스 작가 장 주네의 「도둑일기」처럼 퇴폐와 저항으로 가득 찬 테카당으로 가지 않는다.

그의 『도둑일기』는 역사 속의 시간대처럼 한 20년을 멀찌감치 비켜서서 그 시절을 다듬고 잔가지 쳐 문학의 앨범 속에 넣는 작업이다.

그렇기 때문에 50년대 활동했던 대부분의 작가가 작업을 멈춘 지금, 그가 잡아낸 몇 가닥 삶의 유형들은 땅속 깊은 물처럼 읽는 이의 마음속에 흐른다.

그가 보는 우리사회의 전경은 한때 물질이 부족한, 이제는 정신이 부족한 도둑들의 사회다. 도둑일기를 쓰는 작가는 얼마나 많은 도둑질을 했는지 그는 답한다.

"자라면서 실제로 도둑질을 한 적은 없다. 내 소설의 의지는 오만해지는 우리사회에 회의와 반성을 제기하고 싶었던 거다."

『임순만 기자의 문학이야기』, 도서출판 세계사, 1994

소설에 반영된 생명의 문제

신 덕 룡

　김용성의 「사해 위에서」와 김원일의 「도요새에 관한 명상」은 공업화
·산업화로 인한 환경과 생태계 파괴문제를 다룬 본격적인 작품이다.
1970년대 중반에 발표된 「사해 위에서」는 공장지대 경비초소로 발령을
받은 주인공의 시선에 포착된 폐허가 된 마을풍경과 썩어 있는 바다의 모
습을 충격적으로 보여준다. 그의 눈에 비친 죽음의 모습은 어느 특정한
상징물을 통해 나타나지 않는다. 삶의 공간 전체가 죽음의 모습으로 뒤덮
어 있다. 대규모 공장들이 불길을 내뿜으면서 죽어버린 바다, 사람들이
모두 떠나 가버린 폐촌이 된 마을, 유일하게 어린 손자 돌이를 데리고 살
아가는 할아버지는 모두 개발의 논리에 밀려난 희생자의 모습이다.

　　바다는 잿빛을 띠며 죽어 있었다. 그것은 마치 선사시대의 거대
　한 짐승의 시체처럼 소리 없이 누워 있었다. 구름은 태양을 가렸고
　수면 위에는 바람 한 점 스치지 않았다. 길게 육지를 파고들어 물굽
　이를 이루는 곳에 강물이 흘러 들어오고 있었으나 유심히 눈여겨보
　지 않으면 그것도 움직이는 것 같지가 않았다. 다만 움직이는 것은
　하구河口에 우뚝 솟은 공장 굴뚝들을 통해 솟아오르고 있는 여러
　개의 불기둥뿐이었다. 불기둥은 밤낮을 가리지 않고 여기 바닷물
　위에 붉은 그림자를 던지고 있었다.

'선사시대의 거대한 짐승의 시체'처럼 누워 있는 바다, 살 수 없어 폐허가 된 어촌 — 모두 공장이 들어서면서 시작된 일이다. 공장의 불기둥이 던지는 붉은 그림자는 서서히 물고기와 갈매기를 죽였고, 어촌을 황폐화시켰고, 그곳에 사는 짐승과 사람들까지 병들게 하고 있었다. "물이 고기를 죽였고 가축을 죽이고 사람들을 죽일 거라고" 떠나버린 마을 사람들, 물고기를 찾아볼 수 없는 양식장의 물웅덩이, 뜰과 부엌 어디에나 뿌리를 내리고 있는 갈대, 한 시간 이상 노를 저어 나가야 볼 수 있는 깨끗한 바다 등은 공장이 가동되면서 시작된 마을의 비극이다. '불기둥'의 공격성과 야만성, 무차별성은 마을을 황폐화하는 데 그치지 않는다. 바다의 죽음과 돌이의 피부병, 병든 염소, 아버지의 뼛가루를 맑은 바다에 뿌리고자 찾아온 사나이의 절망, 나태한 선임 순경의 태도 — 이 모두는 불기둥의 위력과 음산한 분위기를 한껏 고조시키면서 우리 삶의 미래를 예고해 준다. 굳이 "인간은 물과 불에서 생명을 얻는데도 불구하고 싸움을 붙였으니 반드시 벌 받고 말거야"라는 돌이 할아버지의 탄식을 빌지 않더라도, 사람이 살 수 없을 정도로 황폐해진 자연환경 속에 어떤 생명도 발붙일 수 없다는 사실을 경고하고 있기 때문이다.

이와 함께 이런 황폐해진 환경에서 살아가는 선임자의 소외감을 보게 된다. 그의 소외감은 "거대한 산업시설을 보호하는 중차대한 임무"와 직무유기 사이의 관계에서 드러난다. 안보 이데올로기와 연관된 '중차대한 임무'란 산업시설과 사람이 살 수 있는 터전을 지키는 일이다. 그러나 그가 지키는 산업시설이 오히려 살고 있는 사람마저 내쫓는 결과를 가져왔다. 수상한 사람이라야 이곳저곳을 떠돌아다니는 부랑자에 불과하다. 문제는 그가 사람이 살 수 없게 된 '하늘과 바다'를 지켜야 한다는 것이다. 이곳 사람들에게 고향과 바다를 황폐화시킨 근대화가 의미 없듯, 이곳을 지켜야 하는 일도 소외된 자의 몫일 뿐이다. 자연을 파괴하고 사람이 살

수 없는 땅과 바다를 만들면서 진행되는 공업화가 당시의 거대한 물결이라면, 그 물결에 떠밀려 버렸다고 믿는 자의 자기 소외와 권태 역시 환경 파괴와 결부된다는 인식의 일단을 보여주는 것이리라.

『환경위기와 생태학적 상상력』, 실천문화사, 1999

피폐한 인간에서 온전한 인간으로

성 민 엽

　김용성의 신작 장편소설 『기억의 가면』은 20세기 한국이 겪어야 했던 세 개의 전쟁에 대한 이야기이다. 태평양전쟁, 한국전쟁, 베트남전쟁─이 세 개의 전쟁이 한국인의 삶에 미친 영향은 지대한 것이었고, 그러므로 한국 소설이 이 전쟁들을 다룬 수많은 작품을 낳은 것은 자연스럽고 당연한 일이라 할 것이다. 그러나 워낙 많은 작품이 나오다 보니 그 중요성에도 불구하고 이 제재에 대해 독자들은 식상하기 시작했고, 작가들은 새로운 방법을 창출하는 데 갈수록 더 큰 어려움을 겪고 있다. 당겨 말하면, 『기억의 가면』은 이러한 곤경의 돌파가 어떻게 가능한지를 보여주는 한 성공적인 사례로서 진부한 제재란 것은 없고 있는 것은 오직 진부한 방법임을 다시 한 번 일깨워 준다.

　『기억의 가면』의 주인공 이진성은 작가 김용성의 분신이거나 변형이다. 소설가인 이진성은 1940년 일본 고베에서 한국인 아버지와 일본인 어머니 사이에 태어났고 1945년 6월 홀로 삼촌을 따라 한국으로 건너와 서울에서 성장했다. 이진성의 이력이 작가의 이력과 어디까지 부합하는지는 분명치 않지만, 중요한 것은 "일본 고베에서 유년기에 겪은 피폭 공포와 소년 시절 6 · 25 전쟁으로 입은 육체적 · 정신적 고통, 그리고 1966년과 1967년 사이에 있었던 베트남전에서의 체험"이 이진성을 "전쟁이 낳은 참혹한 환경에서 벗어날 수 없는 피폐한 인간"으로 만들어 버렸다는 사실이다. 그런 그가 과거의 기억을 찾아 감행하는 여행이 이 작품의 서사적 골격을 이룬다.

'기억, 1945년 6월 5일'이라는 제목의 제1장은 유년기의 기억을 찾아가는 여행의 기록이다. 1945년 6월 5일은 일본 고베 지역에 대한 미군의 대규모 공습이 있었던 날이다. 일본인 생모와 함께 겪었던 그 날의 기억을 이진성은 다시 찾은 고베에서 고스란히 되살린다. 물론 이진성이 찾고자 한 것은 전쟁의 기억 자체가 아니라 생모의 흔적인데, 결국 그는 어려서 헤어진 누이동생 이네코를 만나게 되고 생모가 1952년에 이미 죽었다는 사실을 알게 된다.

'전락, 1950년 9월 22일'이라는 제목의 제2장은 6·25 전쟁 때 행방불명된 삼촌의 행적을 추적하는 여행의 기록이다. 여기서 이진성은 브라질까지 가서 삼촌 이문수의 인민군 제6사단(일명 방호산 사단) 전우였던 허정민을 만나고 그에게서 삼촌 이야기를 듣는다. 1950년 9월 22일은 허정민이 부상당한 이문수를 지리산 자락 한 초가집에 버린 날이다.

'죽은 자의 말'이라는 제목의 제3장에서 이진성은 1950년 9월 22일 이후의 삼촌의 행적을 추적하기 위해 중국으로 간다. 그러나 중국에서 전해 듣는 이야기 속의 인물이 자신의 삼촌과 동일인인지 여부는 불확실하다 그리하여 이진성은 삼촌 이문수를 주인공으로 하는 소설을 쓴다. 이 소설은 지리산 자락에 혼자 버려진 데서부터 1956년 9월 22일 권총 자살을 하기까지의 과정을 죽은 이문수의 입을 통해 서술한다(그래서 제목이 '죽은 자의 말'이다). 소설을 쓰던 중에 삼촌 이문수의 아들일 것으로 짐작되는 이종만 소식을 접하게 되고 소설을 다 쓴 뒤 이종만을 만나기는 하지만 사실 여부는 여전히 밝혀지지 않는다.

'나팔 소리'라는 제목의 제4장은 베트남전쟁과 관련한 이진성 자신의 기억 속으로의 여행의 기록이다. 베트남 여성 응우엔 롱이우의 편지가 이 여행을 촉발했다. 1967년 청룡부대 분대장이었던 이진성은 수색 작전 중에 베트콩 부부를 체포했는데 그 부부는 갓난아이를 남긴 채 자결했고 이진성은 갓난아이를 성당에 맡겼다. 바로 그 갓난아이가 성장한 것이 바로 응우엔 롱이우이고 그녀는 "부모님이 어떤 분들인지, 제 고향 마을이 어딘지"를 알고 싶어 한다. 고민하던 이진성은 마침내 롱이우를 만나기로 결심하고 하노이행 비행기에 오른다.

이 여행들은 공통된 형태와 목적을 갖고 있다. 형태상으로 보자면 그것들은 모두 기억 되살리기라 할 수 있다. 되살리는 기억이 제1장과 제4장에서는 이진성 자신의 것이고 제2장과 제3자에서는 타인들의 그것이라는 차이가 있기는 하지만 여기서 이 차이는 그다지 중요하지 않은 것 같다. 후기에서 작가가 한 말을 주목할 필요가 있겠다. 작가는 기억을 '의식적인 기억'과 '무의식적인 기억'(혹은 '순수 기억') 두 가지로 구분한다. 후자가 새로운 것을 창조하는 기능을 하며 진실에 관계되는 데 비해 전자는 '합리화란 가면'을 쓰고 진실을 은폐한다. 이 작품의 제목 '기억의 가면'은 바로 여기서 비롯되었다. 말하자면 '의식적 기억'의 가면을 벗기고 '무의식적 기억'의 진실을 드러내는 것이 이 작품의 기억 되살리기의 내용인 것이다. 이 '무의식적 기억'의 차원에서 보자면 흔히 말하는 사실과 허구의 구분은 무의미한 것이 되고 기억의 주체로서의 자아와 타자의 구분 역시 중요하지 않은 것이 된다. '나를 억압했던 기억들'(주인공 이진성의 기억들), '영혼의 비명이라 할 수 있는 많은 기억들'(소설에서 인용되는 실제의 각종 기록들), 작중인물들의 허구적 수기와 회고담, 주인공 이진성이 작중에서 쓰는 소설 – 이 모든 것들이 넓은 의미에서의 기억이 되는 것인데 작가는 여기에 '상상'이라는 또 하나의 이름을 부여하고 있다. 이 기억 – 상상이

이 작품의 다양한 형식 실험의 근거이다.

그렇다면 기억 되살리기로서의 여행의 공통된 목적은 무엇인가. "그가 생모의 생사를 확인하고 삼촌의 행방을 추적하려 했던 것은 온전한 인간으로 되돌아가려는 열망이 빚어 낸 처절한 몸부림이 아니었을까"라는 대목을 보면 그것은 '온전한 인간으로 되돌아가기'라고 할 수 있다. '피폐한 인간에서 온전한 인간으로'가 이 여행의 모토인 것이다. 이 작품에서 '피폐한 인간'의 증상은 주로 강박관념으로 나타난다. 첫째는 꿈(악몽)이고 둘째는 귀앓이이다. 각 장이 모두 이진성의 꿈(악몽)을 제시하는 데서 시작하는 것이나 이진성이 수시로 귀앓이를 하는 것은 그 때문이다(이진성의 귀앓이는 각 장의 기억 여행과 더불어 증상이 나타났다 사라졌다 한다). '피폐한 인간'의 증상을 치유(혹은 극복)할 때 '온전한 인간'이 가능해진다. 이 구조가 이 작품의 플롯의 원리이다. 이 작품은 기억 — 상상의 형식 실험과 치유(혹은 극복)의 구조로 인해 진부한 전쟁소설의 반복을 뛰어넘고 소설 일반의 지평에서 주목할 만한 새로움을 개척하는 데 성공했다.

그러나 마음에 걸리는 대목들이 없지 않다. 첫째는 제1장부터 제3장까지의 연속성에 비해 제4장이 상대적으로 동떨어진 느낌을 준다는 점이다. 이진성은 이종만과 만났던 그날, 두 사람이 사촌인지 아닌지는 확인하지 못했지만 밤새 술잔을 나누며 의형제를 맺었고, 그 이듬해에는 이진성 부부가 일본에 살고 있는 누이동생 부부와 함께 중국 투먼의 이종만을 방문했으며, 다시 3년 뒤엔 이종만 부부를 한국으로 초청하여 국내 여행을 하기도 했다. 이 만남들을 두고 서술자는 "그것이 마치 씻김굿 같은 기능을 했는지도 몰랐다"라고 쓴다. 여기서 이 작품이 끝났더라도 좋았을 것이다. 그러나 작가는 굳이 제4장을 추가했다. "베트남전에서 겪은 마음의 상처는 그대로 남아 있었다"라는 서술과 함께 말이다. 제4장의 추가는 부모가 누구이며 고향 마을이 어디인지를 알고자 하는 응우엔 룽이우와 부모와 삼촌의 행방을 추적하던 이진성이 '자기 존재의 확인'이라는 동기를 공유한다는 점에서 한편으로 그럴 법하기도 하지만 제4장의 이진성에게는 참회라는 모티프가 주된 것이어서 앞의 3장과 스타일상의 불일치를 보이는 것 또한 부인할 수 없는 사실이다. 적어도 이 불일치를 해결하고자 하는 어떤 적극적 장치가 고안되었어야 하는 것이 아닐까.

다음은 '피폐한 인간에서 온전한 인간으로'라는 모토가 휴머니즘과 맺는 관계 문제이다. 반反휴머니즘의 사상이 주류를 이루고 있는 요즈음이라고 해서 무조건 휴머니즘을 타기하자는 것은 아니다. 필자는 오히려 휴머니즘에 대한 새로운 성찰이 필요하다고 생각한다. 다만 새로운 성찰에의 노력 없이 진부하게 휴머니즘을 차용하는 것은 경계해야 한다. 이 작품은 '온전한 인간으로 되돌아가기'라는 전망을 제시하면서 그 '온전한 인간'이 무엇인가에 대한 성찰은 결여하고 있다. 되돌아간다는 것으로 보면 '온전한 인간'은 이미 주어진 자명한 완결태로 전제되어 있는 것 같고 그렇다고 그 성찰의 부재가 조금도 이상한 일이 아닐 것이다. 그러나 그 자명한 완결태의 내용은 과연 무엇인가. 이 물음을 받아들이는 데서 『기억의 가면』 이후가 새롭게 열릴 수 있지 않을까.

『황해문화』, 2004년 가을호

영혼의 비명의 사실화와 정체성 찾기

— 김용성 『기억의 가면』

문 홍 술

　작가 김용성이 장편소설『기억의 가면』(문학과지성사, 2004)을 발표하였다. 제목 그대로 이 작품은 작가의 기억에 입각한 소설이다. 기억을 작품화할 때, 그것이 보편성을 지녀야 한다는 점은 강조되어야 한다. 기억은 보통 회상의 형식을 띠게 마련이고, 그러다 보면 자기 방어적이면서 감상적인 측면을 띨 때가 많다. 이런 류의 작품들을 우리는 많이 접해 보았고, 그런 개인사적 넋두리를 인내심을 갖고 읽어야 하는 고통도 경험해 보았다.

　그러나 김용성의 이번 작품은 그렇지 않다. 이 작품의 기억은 먼저, 역사적 사건과 관련된 기억이라는 측면에서 보편성을 획득하고 있다. 일제강점기부터 한국전쟁을 거쳐 베트남 전쟁으로 이어지는 기억의 연쇄 고리는 기억이 담고 있는 사건 자체가 질곡의 한국 역사와 맞물려 있다는 점에서 개인사적이면서 동시에 민족사적이다.

　다음, 역사적 사건과 관련된 기억이 '사실로서의 역사'를 되풀이하고 있지 않다는 점이다. 역사는 역사가에 의해 재해석되기 마련이다. 그리고 이 재해석에는 어떤 형태로든 당대의 지배 이데올로기가 투사되기 마련이다. 이러한 역사를 두고 작가는 "합리화란 가면을 쓰고 있으며 사물의 진리를 은폐"하는 역사라 비판한다. 이런 역사 대신에 작가는 작가의 기억 속에 내재된 역사를 소설화하고 있다. 이를 두고 작가는 "고유한 초점을 갖고서 삶의 모든 사실을 어떠한 세목도 빠뜨리지 않고 순수하게 보존하고 있다가 터뜨리는 영혼의 비명"이라 하면서, 이 작품에 대해 "영혼의 비명의 사실화"라 명명하고 있다. 그러면서 작가는 기억에 입각한 자전적 요소의 과장된 나열을 차단시키기 위해 여러 가지 장치를 활용하고 있다.

> 순수기억의 사실을 언어로 기록한다는 것은 창조적인 의미에서 허구적이다. 그러므로 나는 『기억의 가면』에서 사실과 허구를 구분하지 않으려고 했다. 나는 나를 억압했던 기억들을 되살리고 영혼의 비명이라 할 수 있는 많은 기록들을 인용하고, 작중 인물의 허구적 수기 또는 회고담을 소설화하거나 죽은 자가 말을 하는 이상한 소설을 끼워넣기도 하면서, 될 수 있는 한 그럴 듯한 이야기를 만들어내려고 온갖 상상을 해보며 그에 걸맞은 여러 가지 형식을 동원해보았다.(367쪽)

이런 여러 가지 장치 외에 작가는 기억의 흔적을 찾아가는 추리소설 기법을 원용하여 독자의 흥미를 배가시키고 있다.

마지막으로 이 작품의 기억은 작가의 성장기와 맞물려 있다. 대개 작가는 자신의 자전적 기억을 작품에 노출하는 것을 극력 억제한다. 그러나 아무리 은폐시키려 해도 기억은 작품의 틈새로 아주 조금씩 드러나기 마련이다. 작가의 전생애에 걸친 작품들에 숨겨져 있는 이 기억을 재구성하여 작가의 글쓰기의 원형 내지 기호생산의 원형을 탐구하는 것이야말로 작가론 연구가 도달할 수 있는 가장 깊은 영역일 것이다. 그런 의미에서 이번 작품은 작가 김용성의 문학적 세계관을 연구하는 데 있어 없어서는 안 될 귀중한 작품으로 자리매김 될 것이다.

일본 고베에서 유년기에 겪은 피폭 공포와 소년 시절 6·25 전쟁으로 입은 육체적·정신적 고통, 그리고 1966년과 1967년 사이에 있었던 베트남전에서의 체험은 그를 전쟁이 낳은 참혹한 환경에서 벗어날 수 없는 피폐한 인간으로 만들어버렸다. 그러니까 그가 생모의 생사를 확인하고 삼촌의 행방을 추적하려 했던 것은 온전한 인간으로 되돌아가려는 열망이 빚어낸 처절한 몸부림이 아니었을까. 때때로 생각하고는 했다.(279쪽)

이 작품의 주인공 이진성은 일제 말기 고베에서 한국인 아버지와 일본인 어머니 사이에서 소실의 아들로 태어났고, 미군 폭격으로 아버지를 잃은 뒤 6살 때 한국으로 와서 성장한다. 한국전쟁이 발발하면서 삼촌 이문수가 북한 의용군으로 자원을 하게 되면서, 이후 연좌제로 인해 갖은 고초를 겪는다. 가난과 신분의 불이익을 겪으면서 성장한 주인공은 베트남전쟁에도 참가를 한다. 이후 작가가 된 주인공은 나이가 들고, 연좌제가 폐지되면서 어느 정도 자유롭게 되자, '온전한 인간으로 되돌아가려는 열망'으로 자신의 기억의 원형을 찾아 길고도 먼 여행을 떠난다.

그 기억의 여행을 통해 '사실로서의 역사' 뒷면에 감추어져 있는 '영혼의 비명'과도 같은 역사의 진실을 탐구하고 있다. 그러면서 동시에, 질곡의 역사에서 상처받으면서 성장해 온 과정을 되돌아봄으로써 자신의 정체성이 무엇인지를 확인해 나가고 있다. 그 확인 과정이 일제말기부터 현재까지의 시간축 및 한국, 일본, 브라질, 중국으로 확장되는 공간축과 연결되고, 동시에 유려하면서 박진감 넘치는 묘사와 결합되면서, 이 작품은 독자를 강력하게 흡인하여 큰 감동의 세계로 이끌고 있다.

『경희문학』, 2004

자신만의 독특한 아우라aura

이 성 주

    모 출판사에서 계절 '여름'에 해당하는 시 한 편과 수필 한 편씩을 추천해 달라는 말에, 시와 수필을 각각 한 편씩 보내주었단다. 그러나 정작 책이 출간되었을 때는 자신이 추천하지도 않은 작가의 작품이 실려 있었고, 추천인에는 자신의 이름을 올려놓았더라는 것이다. 무슨 연유로 그렇게 되었는지 까닭을 물었더니, 담당을 맡고 있는 그 여류(수필가)가 선뜻 대답하더란다. 당신이 추천한 분들은 별로 유명한 작가들이 아니라서, 다른 유명 작가의 글로 대체代替했다는 것이다. 그럼 무엇 때문에 자신의 이름을 추천인으로 올려놓았느냐 했더니, 우물쭈물 말을 얼버무려버리더라는 차마 웃지 못 할 해프닝을 전해 들어야했다(그 여류가 유명하지 않다고 말한 시인과 수필가는, 프로기질과 유명의 정상에 우뚝 선 분들임에도).

    그렇다. 이러한 문제는 어느 한 개개인의 단순하게 넘겨버릴 사건만은 아님이 분명하다. 일단은 책 읽는 일에 게으르고 무지한, 문학적 소양素養조차 없는 사람이 글을 쓴답시고 출판사에 앉아서 편집 일을 하는 현실이 안타깝다.

    수단과 방법을 가리지 않는 온통 가짜들이, 온갖 방송 문화매체와 인터넷을 통한 무차별적 출연의 남발을 일삼는 시대착오적 발상이 문제인 것이다. 매명이나 얼굴팔기에 일명 성공(?)을 거둔 허울 좋은 이름들이, 유명이라는 탈 가면을 쓰고 문학예술계를 휘젓는 세상. 이러한 본질적 심각성은 분명, 프로 작가의 기질을 외면한 '저 혼자 훌륭한' 작가들의 날조된 행위에서 비롯된 것이겠다.

유명에 대한 진실의 왜곡이 단지 어제 오늘만의 일이 아닌 이상 현상 속에서도, 한국문학의 기대에 부합하는, 스케일이 탄탄한 프로들이 끈질긴 생명력으로 살아있다. 소설가 김용성은 섣부른 모양새의 꼴스런 인기의 대상이 아닌, 시대의 문제작問題作으로 오랜 세월 조명 받고 있는 유명 프로 문제작가인 것이다.

게재 자료로 보내온 몇 장의 사진을 보면서, 김용성 소설가의 인간상을 그려본다. 참으로 틀이 반듯한 용모의 보기 좋게 뚜렷한 인간상이다. 기나긴 하 세월동안 소설을 쓰면서 대학교수로서 가르침의 길을 병행한 인물이라기엔, 표정하며 눈매가 꾸밈없이 단정하고 순박해 보인다. 언제나 그랬듯, 김용성은 명암明暗이 엇갈린 현시대의 문학적 아이러니마저도 괘념掛念치 않는다.

그러나, 덧칠 할 줄 모르는 사고思考와 언변으로 삶을 살아가는 소설가 김용성의 작품세계에는, 인상과는 달리 완강한 문학성을 가진 작가 특유의 기류氣流가 전율하고 있다. 좋은 문학매체와 평자評者들의 반응 또한 그러하다. 선이 굵으면서도, 자상하고 부드러운 따뜻한 내면을 지닌 소설가 김용성. 세상에 대하여 진부한 서술형의 설명을 달지도, 달려고 하지도 않는 짧막한 단답형의 대화와, 가식 없는 표정의 인품은 선생의 트레이드마크라 할 만큼 여러 문인들의 입소문으로 익히 들은 바 있다.

소설가 김용성이 『도둑일기』를 출간했을 당시 평자들의 주요 평을 옮겨 보았다.

"작가로서 김용성은 무서운 존재이다. (……)그의 작품은 과작이지만 작품마다 단단하게 조형되어 이 시대의 소설이 하나의 인기품목으로서 만족하거나 자족할 수 없다는 엄격한 창작의지를 보여준다. 그러므로 그는 무서운 작가다."

— 윤재근(문학평론가. 한양대 교수) —

"신문 사회면 보기가 겁나는 세상이다. 각계각층의 비리와 부도덕과 도둑질은 날이 갈수록 극성이다. 그러나 그들의 도둑질은 향락과 치부致富가 아니라 생존을 위해서 비롯되었다. 그렇다면 누가 진짜 도둑인가? 처음부터 끝까지 숨 쉴 틈을 주지 않고 몰고 가는 김용성 문학의 마력은 모든 독자를 전율케 한다."

— 권택영(문학평론가. 경희대 교수) —

"김용성의 도둑일기는 우리 문학사에 거의 그 전통이 없다시피 한 부피 있고 체계적인 성장소설의 지평을 개척했다는 사실만으로도 주목에 값할만하다."

— 김종회(문학평론가) —

소설쓰기 방법의 다양한 모색을 멈추지 않는 김용성의 소설은, 쉽사리 벌어들인 격찬이 아닌 것이다. 김용성의 소설은 대립과 갈등의 사회적 문제들을 날카롭게 지적하기도 하지만, 궤도이탈軌道離脫을 하지 않는 자신만의 독특한 아우라aura로 독자들에게 읽는 감동을 선사해 준다.

그렇다. 사회문제와 인간 삶의 조건에 관한 문제를 주로 다루고 있는 소설가 김용성은, 화려한 빛깔로 자신을 수놓으려 애쓰지 않는 진정성의 인물인 것이다. 이렇듯 따뜻한 인품을 지닌 선생의 소설을 읽으면, 더위에 맺힌 땀이 시원하게 씻겨나간다. 영혼이 맑은 소설가 김용성의 소설은, 읽는 이에게 청정한 감동으로 흐린 날 같은 정서를 말끔하게 환기시켜 준다.

1961년 선생의 나이 22세, 장편『읽은 자와 찾은 자』가 한국일보 공모전에 당선된 후로「리빠똥 장군」, 현대문학상을 수상한『도둑일기』와 대한민국 문학상을 수상한『큰새는 나뭇가지에 앉지 않는다』, 남미를 배경으로 한, 소재가 돋보이는 이색적인 소설『이민』, 그리고 주로 여성의 문제를 다룬 소설「파계」등 다수가 있다. 필자는 선생의 소설 중『기억의 가면』을 읽으면서 소설가 김용성의 '인간적 설득력'을 인정하지 않을 수 없다. 자기 소설에 대한, 진정한 문학적 가치를 목에 걸리지 않게 잘 소화시킬 수 있는 소설을, 거침없이 써내려가는 선생의 문학적 위상을 새삼 느낀다.

> "『기억의 가면』은 지난 세기의 전쟁들 가운데 주인공이 겪은 2차 세계대전 중 미군의 일본 본토 폭격과 6・25 전쟁에 관한 한, 1961년 데뷔작인『잃은 자와 찾은 자』와는 대척적인 자리에 놓이면서 동시에 짝을 이루는 작품으로 형상화하려고 의도했다. 나는 이 소설을 전쟁터에서 억울하게 희생된 영령들에게 바치는 묘비명이자 살아남은 자의 참회록이라고 감히 말하고 싶다. 솔직히 말해서 독자들의 반응이 궁금하다."
>
> ― 장편소설『기억의 가면』작가의 말 중에서 ―

10년 세월을 꼬박 걸러내어 군더더기 없이 깔끔하게 빚어 올린『기억의 가면』은, 소설가 김용성의 이미지와 소설 속 주인공인 '이진성'의 삶이 톱니바퀴처럼 온전히 맞물려져 양자 간의 절묘한 조화를 이룬다.

김용성의 소설은 주로 시대의 비극성과 사회성 짙은 소설들로, 생존경쟁의 법칙인 '인간의 삶'을 리얼하게 다루고 있다. 오랜 세월이 지나도록 아물지 못하고 비껴간 세월 속에서, 굳이 대중의 취향에 맞추려는 의도와는 거리가 먼 체험적 반영을 토대로 삼았다. 보고, 듣고, 느끼면서 진술하게 기록해 둔 자료들에 비범한 상상을 불어넣은 글쓰기를 멈추지 않는다.

작중 인물의 성숙도가 시간의 흐름에 융화되는 가지런한 질서의 유지가 돋보인다.

『기억의 가면』을 대하는 독자들의 반응에 궁금해 하지 않아도 될 일이다. 매너리즘에 빠지거나, 그저 남다른 묘사에만 그치지 않는 선생의 균형 잡힌 문제작問題作들은, 간결하고 깔끔한 문체와 생생한 현장성, 크나큰 흡인력吸引力으로 읽는 이들을 압도하기에 충분하다.

천부적 기질과 해박한 지식으로 인한 글쓰기로 승승장구의 길을 걸어온, 50년 작가인생 김용성 소설가는 기만하지 않고, 암시의 급물살 같은 흐름에 편승便乘하지 않는다. 언제나 진행형인 소설가 김용성의 힘찬 행보는, 높은 울타리를 둘러치고 프로계의 오피니언opinion을 만드는 사람들의 행위 그 뒤편에서도 한국 소설계의 새로운 경지를 열어나갈 한계를 무던히 극복할 것이다.

프로필

- 1940년 11월 22일 일본 고베에서 출생.
- 1945년 6월 귀국(우리말을 못해 동네 아이들로부터 '쪽바리'라는 놀림은 받음).
- 1947년 삼청국민학교 입학.
- 1948년 안산국민학교로 전학.
- 1954년 배재중학교에 입학.
- 1957년 국립교통고등학교에 입학(이때부터 소설을 읽고 쓰는 일에 더 큰 매력을 느낌. 대학에서 시행하는 학생 문예작품 공모에 두어 번 입선).
- 1960년 야간 국제대학 영문과에 입학.

한국일보 6백만 환 현상 장편소설 공모를 목표로 대학 도서관에서 소설쓰기에 몰두.

고등학교 학우 양문길을 통해 김원일, 김원두, 신중신 등과 교우하게 됨.

· 1961년 4월 장편소설 『잃은 자와 찾은 자』가 한국일보 공모에 당선됨.

· 1962년 중편 「도전하는 혼」(희망) 발표. 문학공부를 하기 위하여 황순원 선생께 청원하여 봄에 경희대학교 영문과로 옮김.

· 1963년 경희대학교 졸업. 단편 「제6열 인간」(현대문학), 중편 「버림받은 집」(소설계) 발표.

· 1964년 3월 군대생활을 제대로 체험하기 위해 훈련이 고되다는 해병대 간부 후보생을 지원입대.

· 1965년 1월 포항 사단에 배치되어 보병 소대장으로 군생활을 시작하면서 틈틈이 소설을 쓰고자 노력함. 단편 「아플락싸쓰」(현대문학) 발표.

· 1966년 단편 「환멸」(사상계), 「망각의 강」(문학), 「상한象限 밖으로」(사상계), 「시자始者와의 결별」(신동아) 발표.

· 1967년 「벽」(현대문학), 「신이여 우리에게 화평을」(신동아) 발표.

· 1968년 「불상」(현대문학), 「인간의 죽음」(현대문학) 등을 발표.

· 1969년 4월 임시 대위 계급장을 끝으로 군생활 청산. 5월에 한국일보 기자로 입사. 단편 「덜미 잡힌 사내」(현대문학), 「비극적 환상」(월간문학), 「바드레」(현대문학) 발표.

· 1970년 단편 「거짓말장이」(현대문학) 발표.

· 1971년 창작활동에 전념하기 위해 한국일보 퇴사. 중편 「**리빠똥 장군**」(월간문학에 분재). (문학과지성)에 재수록.

- 1972년 9월부터 르포 「문학사 탐방」을 한국일보에 주 1회 연재, 다음해 8월에 마침. 단편 「조그만 영토」(월간중앙), 「재판관 귀하」(창조), 「욕망의 꼬리」(지성) 발표.
- 1973년 「문학사 탐방」을 보완하여 『한국 현대문학사 탐방』을 국민서관에서 간행. 단편 「촉각」(문학사상사), 「유적지流謫地」(한국문학), 「도刀」(세대) 발표.
- 1974년 장편 『리빠똥 사장』(일간스포츠)에 연재. 단편 「조상기眺翔記」(문학사상), 「벽과 흐름」(월간중앙), 「시인의 얼굴」(창작과 비평), 「제비 이야기」(세대) 발표.
- 1975년 첫 작품집 『리빠똥 장군』과 장편소설 『리빠똥 사장』을 예문관에서 간행. 긴급조치 9호로 광고 한 번 해보지 못함. 단편 「마魔의 자유」(한국문학), 「홰나무 소리」(문학사상), 「괴물」(소설문예) 발표.
- 1976년 두 번째 작품집 『홰나무 소리』(현암사) 간행. 단편 「도주」(현대문학), 「밤의 기아棄兒」(문학사상), 「사해 위에서」(한국문학), 「권마부행전」(월간중앙) 발표.
  장편 『정죄淨罪의 산』(주부생활)에 연재. 11월부터 장편 『내일 또 내일』(한국일보)에 연재시작.
- 1977년 단편 「뻐꾸기에서 기러기까지」(문학사상), 「굴레」(한국문학) 발표. 작품집 『화려한 외출』(갑안출판사) 간행.
- 1978년 『내일 또 내일』(현암사), 『야시』(우일문화사), 『오계의 나무들』(월간독서사) 간행. 단편 「강 건너 북촌」(문학사상), 연작 「밀항 I」(한국문학) 발표, 작품 『떠도는 우상』(부산일보) 연재.
- 1979년 연작 「밀항II」(문학사상), 「밀항III」(현대문학), 단편 「유예猶豫에서의 꿈」(문학사상), 중편 「안개꽃」(한국문학), 장편 『그것은 우리도 모른다』(매일신문)에 연재.

- 1980년 '작단作壇' 동인 가입. 단편 「하늘공원」(작단), 중편 「그날의 행방」(월간조선) 발표. 『나신의 제단』 경향신문에 연재. 『떠도는 우상』(현암사), 『그것은 우리도 모른다』(문암사) 간행.
- 1982년 경희대학교 대학원 국문과 석사과정 입학. 6월~12월까지 ≪한국일보≫에 주 1회로 제2차 「문학사 탐방」 연재. 단편 「탐욕이 열리는 나무」 문학사상에 발표.
- 1983년 성장지인 서대문 일대를 배경으로 한 『도둑일기』를 현대문학 9월호부터 3회에 걸쳐 분재.
- 1984년 2월 『도둑일기』로 제29회 현대문학상 수상. 논문 「蔡萬植의 『태평천하』 연구」로 석사학위 취득. 대학원 박사과정 입학. 1, 2차 「문학사 탐방」을 종합 재구성하고 보완하여 『한국 현대문학사 탐방』(현암사) 간행. 단편 「침묵의 메아리」(현대문학), 「진혼제」(소설문학), 「가오리 연」(문학사상), 「도망자」(문예중앙), 중편 「슬픈 양복재단사의 나날」 한국문학 발표. 장편 『도둑일기』(현대문학사) 간행.
- 1985년 단편 「침묵의 소리」(현대문학), 「뱀탕과 종이학」(세계의 문학), 「두 아들」(두 아들) 발표. 장편 『잃은 자와 찾은 자』(중앙일보사) 간행, 인하대학교 전임대우 강사.
- 1986년 「슬픈 양복재단사의 나날」 계통에 속하는 「아카시아 꽃」(동서문학)으로 제1회 동서문학상 수상. 작품집 『탐욕이 열리는 나무』(문학사상사) 간행.
- 1987년 경희대학교 대학원에서 논문 『한국소설의 시간의식 연구』 문학박사학위 취득.
- 1988년 인하대학교 국어국문학과 조교수.
- 1989년 소설집 『슬픈 양복재단사의 나날』(청림출판사) 간행.
- 1990년 장편 『큰 새는 나뭇가지에 앉지 않는다』(문학세계사) 간행.

- 1991년 장편『큰 새는 나뭇가지에 앉지 않는다』로 대한민국문학상 수상.
- 1992년 장편『도둑일기』2부를 동서문학에 연재. 콩트집『고장난 시계는 고쳐서 씁시다』(판출판사) 간행. 장편『도둑일기』1, 2를 각각 동서문학사에서 간행.

  저서『한국소설의 시간의식』(인하대출판부) 간행. 문예진흥원 기금으로 12월부터 2개월간 남미 한국 이민들의 실상을 취재하기 위해 여행함.
- 1994년 장편『도둑일기』3부를 동서문학에 연재 완료. 인하대학교 국어국문학과 부교수.
- 1998년 남미 한국 이민들의 삶과 애증을 그린 전작 장편『이민』(전3권, 밀알출판사) 간행. 인하대학교 인문학부 정교수.
- 2000년 인하대학교 인문학부 국어국문학 전공 교수로 재직.
- 2004년 장편소설『기억의 가면』(문학과 지성사) 간행.

  요산문학상, 김동리문학상, 경희문학상 수상.
- 2005년 2월 인하대학교 정년퇴임, 명예교수.

  『현대소설작법』(문학과 지성사) 간행.

새미 작가론 총서 20   **김용성**

| 초판 1쇄 인쇄일 | 2011년 11월 1일 |
| 초판 1쇄 발행일 | 2011년 11월 3일 |

지은이	김종회 편
펴낸이	정구형
출판이사	김성달
편집이사	박지연
책임편집	김현경
본문편집	이하나 정유진
디자인	정문희
마케팅	정찬용
영업관리	한미애 김정훈 안성민
인쇄처	월드문화사
펴낸곳	**새미**

등록일 2006 11 02 제2007-12호
서울시 강동구 성내동 447-11 현영빌딩 2층
Tel 442-4623 Fax 442-4625
www.kookhak.co.kr
kookhak2001@hanmail.net

| ISBN | 978-89-5628-583-2 *94800 |
| 가격 | 26,000원 |